Edwidge Danticat

Die süße Saat der Tränen

Edwidge Danticat

Die süße Saat der Tränen

Roman

Aus dem Englischen
von Beate Thill

Claassen

Darauf sammelte Jiftach alle Männer aus Gilead und kämpfte gegen Efraim, und die Männer aus Gilead schlugen Efraim. Die Efraimiter hatten gesagt: Ihr seid Flüchtlinge aus Efraim; Gilead liegt ja mitten in Efraim, mitten in Manasse. Gilead besetzte die nach Efraim führenden Übergänge über den Jordan. Und wenn efraimitische Flüchtlinge (kamen und) sagten: Ich möchte hinüber!, fragten ihn die Männer aus Gilead: Bist du ein Efraimiter? Wenn er nein sagte, forderten sie ihn auf: Sag doch einmal »Schibbolet«. Sagte er dann »Sibbolet«, weil er es nicht richtig aussprechen konnte, ergriffen sie ihn und machten ihn dort an den Furten des Jordan nieder. So fielen damals zweiundvierzigtausend Mann aus Efraim.

Buch der Richter, 12, 4–6

Im Vertrauen auf Dich,
Metrès Dlo, Mutter der Flüsse

Amabelle Désir

I

Sein Name ist Sebastien Onius.

Er kommt fast jede Nacht, um meinen immer wiederkehrenden Alptraum zu beenden, in dem ich mit ansehen muß, wie meine Eltern ertrinken. Während mein Körper sich gegen den Schlaf wehrt, darum kämpft aufzuwachen, flüstert er mir zu: »Bleib still liegen, ich hole dich zurück.«

»Zurück wohin?« frage ich, ohne zu spüren, wie sich meine Lippen bewegen.

»Ich hole dich zurück in die Höhle auf der anderen Seite des Flusses.«

Ich blinzele ihn an und versuche noch ganz schlaftrunken aufzustehen. Er gibt mir Halt mit den Spitzen seiner langen und doch gekrümmten Finger, von denen jeder ein eigenes Leben zu haben scheint, wenn sie sich so auf mich zubewegen. Ich umfange seinen Körper, mein Kopf reicht kaum bis zur Mitte seiner Brust. Im schwachen Licht meiner Kastoröllampe sieht er verwirrend schön aus, obwohl das Zuckerrohr überall auf seinem glänzenden schwarzen Gesicht die Haut so aufgerissen hat, daß in Furchen kreuz und quer breite Narben darauf zurückgeblieben sind. Seine Arme sind so dick wie einer meiner nackten Schenkel. Sie sind wie aus Stahl, gehärtet in vier Jahren Zuckerrohrernte.

»Schau dich nur an«, sagt er und umfaßt mein Gesicht mit seiner breiten, zu einer Schüssel gewölbten Hand. Die Mache-

te, mit der das Zuckerrohr gehauen wird, hat die Lebenslinien in seinen Handflächen ausgelöscht. »Du glühst wie eine Weihnachtslaterne, obwohl deine Haut die Farbe von Treibholzasche im Regen hat.«

»Du sollst mir nicht solche Sachen sagen«, murmele ich, noch immer gegen die Schatten des Schlafs ankämpfend. »Bei diesen Reden fühle ich mich so nackt.«

Er fährt mit seiner Hand meinen Rücken hinauf und hinunter. Seine rauhen, abgearbeiteten Handflächen zwicken und reiben, das Band mit gelben Kaffeebohnen an seinem Handgelenk hingegen rollt und streicht über die empfindsamen Stellen entlang meiner Wirbelsäule.

»Zieh dein Nachthemd aus«, schlägt er vor, »und sei wirklich nackt. Wenn du nichts anhast, merkst du, daß du hellwach bist, und ich kann dich einfach anschauen und mich freuen.« Er gleitet hinüber auf die andere Seite des Zimmers und beobachtet jede Bewegung meines Körpers, während ich meine Kleider ausziehe. Dort in der Ecke, im Schatten, sieht er mich besser als ich ihn. »Es ist gut, wenn du lernst darauf zu vertrauen, daß ich bei dir bin, selbst wenn du mich nicht leibhaftig vor dir hast«, sagt er.

Da muß ich lachen, ganz laut, zu laut für diese Stunde mitten in der Nacht. Jetzt bin ich splitternackt und hellwach. Mit meinem Nachthemd um die Knöchel stolpere ich schnell auf ihn zu. Da ich, wie er sagt, so dünn bin, habe ich Angst, ich könnte zusammenklappen und einfach verschwinden. Ich habe Angst, schüchtern, gehemmt und gefühllos zu sein. Ich habe Angst, ich könnte aufhören zu existieren, wenn er nicht da ist. Ich bin wie einer jener Steine im Meer, der die Farbe in sich aufsaugt und seine Leuchtkraft verliert, sobald man ihn aus der Gischt der Wellen holt und in die Sonne hält. Wenn Sebastien nicht da ist, habe ich Angst, ich kenne niemanden und niemand kennt mich.

»Diese Kleider verbergen mehr als deine Haut«, sagt er. »Du wirst wie die Uniform, die du anziehen mußt. Jetzt bist nur du hier, nur dein Fleisch.«

Entweder bin ich in einem Alptraum oder nirgends. Oder

aber ich treibe in diesen Erinnerungen, voll Schmerz darüber, wer ich einmal war, oder besser, was aus mir geworden ist. Doch nur, wenn er nicht da ist.

»Schau nur dein vollkommenes kleines Gesicht an«, sagt er, »deine vollkommene kleine Gestalt, deinen vollkommenen kleinen Körper, eine Kindfrau mit tiefdunkler Haut, du hast alle Schattierungen von Schwarz, die einen sehen wir, die anderen nicht, das Gute und das Böse.«

Er berührt mich so sanft, als würde eine Feder über mich streichen, vielleicht befürchtet er ebenfalls, ich könnte verschwinden.

»Alles in deinem Gesicht ist, wie es sein soll«, sagt er, »deine Nase da, wo sie sein soll.«

»O wi, *es wäre wirklich traurig«, sage ich, »wenn meine Nase an meinen Fußsohlen säße.«*

Diesmal ist er es, der lachen muß. Von nahem gesehen zerknittert das Lachen sein ganzes Gesicht, seine Schultern heben und senken sich unregelmäßig. Ich bin nie sicher, ob er nur lacht oder auch weint, obwohl ich ihn nie weinen sah.

Über ihm ausgestreckt, schlafe ich wieder ein. Am Morgen ist er schon vor dem Zitronengrasduft des ersten Sonnenstrahls verschwunden. Aber ich spüre noch seine Anwesenheit im kleinen Quadrat meines Zimmers. Ich rieche seinen Schweiß, der, wenn er zuviel gearbeitet hat, dick ist wie Zuckerrohrsaft. Ich spüre seine Lippen, das auberginefarbene Zahnfleisch, das wie fette Ziegenmilch schmeckt, die mit senfgelben Kartoffeln zuckersüß gekocht wurde. Ich spüre meine Wangen unter seinen fußnageldicken Fingernägeln, die Vertiefung unter meinen Backenknochen, wo das Armband mich gekratzt und einen genau halbmondförmigen Tropfen getrockneten Bluts hinterlassen hat. Ich spüre die feuchten Linien an meinem Rücken, wo seine Zunge die lebenspendenden Adern zum Rückgrat entlanggefahren ist, spüre die schwachen Abdrücke seiner Hände an den Stellen meiner Hüften, wo er mich zu fest gehalten hat, vielleicht als er einmal fühlte, wie ich ihm entglitt. Und ich kann noch immer seine Atemzüge zählen, die manchmal viel schneller gingen als der Schlag seines Herzens.

Als ich ein Kind war, verbrachte ich Stunden damit, mit meinem Schatten zu spielen, mein Vater warnte mich, ich könnte davon Alpträume bekommen, in denen ich womöglich Stimmen sehen würde, die in einem Hurrikan von Regenbogenfarben wirbelten, und in denen ich hören würde, wie die gewöhnlichen Gegenstände aufstanden und sich selbst Namen gaben. Wenn ich mit meinem Schatten spielte, fühlte ich mich, ein Einzelkind, weniger einsam. Denn wenn ich Spielgefährten hatte, waren sie für mich nie ganz und wirklich da. Ich betrachtete sie immer nur als Ersatz für meinen Schatten. Auch in meinem Leben nach der Kindheit gab es viele Schatten. Zuweilen beschützte mich Sebastien Onius vor ihnen. Manchmal aber war er selbst einer dieser Schatten.

2

Geburten und Sterbefälle, das war die Arbeit meiner Eltern gewesen. Ich hätte nie gedacht, daß ich selbst einmal bei einer Geburt helfen würde, bis die Schreie an jenem Morgen durch das Tal gellten, nur eine Stimme, aber sie klang, als würden tausend Gläser zerspringen. Wie ich es hörte, saß ich gerade im Garten hinterm Haus im Gras und nähte den letzten Knopf an ein neues indigofarbenes Hemd für Sebastien. Ich ließ den Nähkorb fallen und rannte durch das Haus zum Schlafzimmer der Señora.

Señora Valencia lag auf ihrem Bett, ihre Haut triefte vor Schweiß, und der untere Teil ihres Kleides war von Babywasser durchtränkt.

Die Fruchtblase war geplatzt.

Als ich ihre Beine anhob, um die Laken abzuziehen, schoß Señora Valencias Vater, Don Ignacio, von uns Papi genannt, ins Zimmer. Er beugte sich über sie, mit der einen altersgefleckten Hand zog er an seinem schmetterlingsförmigen Schnurrbart, mit der anderen tätschelte er ihre feuchte Stirn.

»Oh, nein, oh, nein!« preßte die Señora durch die knirschenden Zähne. »Es ist zu früh! Erst in zwei Monaten!«

Papi und ich wichen beide ein paar Schritte zurück, als wir den blutgefleckten Schwall sahen, der zwischen den Beinen seiner Tochter hervorströmte.

»Ich gehe den Doktor holen«, sagte er. Seine sonst lederfarbene Haut wurde augenblicklich weiß wie warme Eierschalen.

Beim Hinausrennen schubste er mich zurück zum Bett. Mit der schroffen Geste deutete er an, daß ihm in dieser Situation nichts anderes übrigblieb, als das Leben seines einzigen Kindes meinen unfähigen Händen anzuvertrauen.

Glücklicherweise war die Señora, nachdem Papi fort war, einen Moment lang ruhig. Die Schmerzen schienen ein wenig nachgelassen zu haben. In die Tiefen der Matratze versunken atmete sie ein paarmal erleichtert auf.

So blieben wir eine Weile, sie hielt meine Finger umklammert, wie damals, als wir kleine Mädchen waren und zusammen in einem Zimmer schliefen. Obwohl sie allein in ihrem Himmelbett liegen sollte und ich in einem kleineren Kinderbett gegenüber, lud sie mich ein, bei ihr zu schlafen, wenn ihr Vater zu Bett gegangen war. Dann hüpften wir beide auf der Matratze herum und spielten mit unseren Schatten, wir wären vier fröhliche Mädchen, bis das Hausmädchen Juana kam und drohte, Papi zu wecken, damit wir von seiner Tracht Prügel so richtig müde würden.

»Amabelle, ist das Bett für das Baby fertig?« Immer noch meine Hand umklammernd warf Señora Valencia einen schnellen Blick hinüber zu der Wiege, die zwischen den Balkontüren mit den Jalousien davor und ihrem Lieblingsschrank eingezwängt stand, in den Riesenorchideen und fliegende Kolibris geschnitzt waren.

»Alles ist bereit, Señora«, sagte ich.

Obwohl ich ans Beten nicht gewöhnt war, flüsterte ich ein paar Worte zu *La Virgen de la Carmen*, flehte, daß der Doktor hier sein möge, bevor die Señora neue Wehen hatte.

»Mein Mann soll kommen.« Die Señora preßte die Augenlider zusammen, so daß die Tränen ruhig an ihrem Gesicht herunterrannen.

»Wir lassen ihn holen«, sagte ich. »Sagen Sie mir, wie fühlen Sie sich jetzt?«

»Die Schmerzen haben nachgelassen, aber wenn sie stark kommen, ist es, als würde mir jemand ein Messer in den Rücken stoßen.«

Möglich, daß das Kind sich an ihren Rücken lehnte, überlegte ich und mußte an einen Lieblingsspruch meines Vaters denken, den er immer sagte, wenn er mit meiner Mutter die Blätter sammelte, die in Rum- und Feuerwasserflaschen gestopft wurden, bevor sie forteilten zu einer Geburt. Wenn mir nicht einfiel, welche Blätter das waren, konnte ich die Schmerzen der Señora nicht lindern. Es war zwar reichlich Rum und Feuerwasser im Haus, aber ich wollte sie nicht allein lassen, um etwas in der Küche zu holen. In meiner Abwesenheit konnte alles mögliche passieren, das schlimmste wäre, wenn eine Dame ihres Standes das Kind allein herauspressen müßte, wie eine Feldarbeiterin, die plötzlich unter dem Dach des Zuckerrohrs die Wehen spürt.

»Amabelle, ich werde doch nicht sterben?« Sie schrie so laut es ihre sanfte, leise Stimme erlaubte, die sie schon in ihrer Kindheit hatte. Zwischen den Worten keuchte sie in neuer Bedrängnis.

Wir waren allein im Haus. Ich mußte sie beruhigen, ihr helfen, sie hatte sich schon immer auf mich verlassen, wie auch ihr Vater sich schon immer auf mich verlassen hatte.

»Bisher war der schlimmste Schmerz, den ich erleiden mußte, als eine Wespe mich stach und meine Hand anschwoll«, sagte sie.

»Das hier wird mehr weh tun, aber nicht viel mehr«, sagte ich.

Eine leichte Brise zog durch den schmalen Spalt zwischen den Balkontüren herein. Sie packte das Moskitonetz, das über ihrem Kopf zusammengebunden hing und knetete den Stoff.

Gänsehaut lief über ihre Arme. Sie griff so fest nach meinem Handgelenk, daß meine Finger taub wurden. »Wenn Doktor Javier nicht kommt, wirst du das für mich tun müssen«, schrie sie.

Ich befreite meine Hände und massierte ihr die Arme und die verspannten Schultern, damit ihr Körper sich auf die Geburt vorbereiten konnte. »Reißen Sie sich zusammen«, sagte ich. »Sparen Sie Ihre Kraft auf für das Baby.«

»*Virgencita!*« rief sie zur Zimmerdecke, als ich ihr das Hauskleid über den Kopf zog. »Ich werde nur an dich denken, *Virgencita*, bis dieser Schmerz zu einem Kind geworden ist.«

»Lassen Sie die Luft schön in Ihren Mund hinein und wieder heraus«, riet ich ihr. Ich erinnerte mich, meine Mutter hatte immer betont, daß die Frauen normal atmen mußten, wenn es nicht so weh tun sollte.

»Mir ist so schwindelig«, klagte sie und warf sich hin und her wie lebendiges Fleisch auf dem Feuer. Während sie immer wieder auf das Bett schlug, würgte sie verzweifelt große Schlucke Luft hinunter, doch ihr Gesicht schwoll an, und ihre Adern pochten an den Schläfen wie Trommelschläge.

»Ich werde mein Baby so nicht bekommen«, sagte sie und versuchte, in einer Mulde in der Mitte ihres Bettes liegenzubleiben. »Ich werde es nicht zulassen, daß irgend jemand hereinkommt und mich so sieht, nackt!«

»Bitte, Señora, denken Sie jetzt nur an eines!«

»Würdest du wenigstens meine Beine zudecken, wenn sie kommen?« Sie umfaßte ihren Bauch mit beiden Händen, da sich eine neue Wehe ankündigte.

Ich fühlte, wie der Inhalt meines Magens aufstieg und in der Mitte meines Brustkorbs liegenblieb, als der Kopf des Babys auftauchte. Obwohl ich wußte, daß es ihr nicht so ging, war ich erleichtert. Ich sagte mir: Jetzt weiß ich, daß aus all diesen Schmerzen wirklich ein Kind kommt, es ist nicht mehr ganz unmöglich.

Trotz meiner Zuversicht blieb das Kind am vorderen Ende des Geburtskanals stecken, als hätte es seine Meinung geändert und entschieden, nicht mehr herauszuwollen. Von den Schmerzen betäubt, regte sich auch die Señora nicht mehr.

»Señora, es ist Zeit«, sagte ich.

»Zeit wofür?« fragte sie, während ihre kleinen runden Zähne auf die Unterlippe schlugen.

»Es ist Zeit, das Kind herauszupressen. Ich sehe schon den Kopf. Das Haar ist dunkel, weich und lockig wie Ihres!«

Sie preßte mit aller Kraft, es war, als wollte eine Ameise einen Baum versetzen. Der Kopf glitt heraus und füllte meine Handfläche.

»Señora, dieses Kind wird Ihnen gehören«, sagte ich besänftigend. »Sie werden seine Mutter sein für den Rest Ihres Lebens. Es wird zu Ihnen gehören wie die Brunnenkresse zum Brunnen und die Flußlilie zum Fluß.«

»Wie ich zu meiner Mutter gehört habe«, fiel sie ein, nach Atem ringend.

»Jetzt werden Sie selbst erfahren, warum es heißt, Kinder seien der Preis des Lebens.«

»Mach schnell!« kommandierte sie. »Ich will es sehen. Ich will es in meinen Armen halten. Ich will wissen, ob es ein Junge oder ein Mädchen ist.«

Ihre Stirn runzelte sich vor Erwartung. Sie spannte alle Muskeln an und drückte die Schulter des Kindes heraus. Der Körper des Säuglings fiel mir in die Arme und bedeckte meine Schürze mit Blut.

»Sie haben einen Sohn.« Stolz holte ich ihn zwischen ihren Beinen hervor und hob ihn hoch, so daß sie ihn sehen konnte.

Die Nabelschnur dehnte sich aus ihrem Inneren, als ich den Knaben in meine Armbeuge legte. Ich wischte ihn mit einem bestickten Tuch sauber, das ich zugeschnitten und verziert hatte, sobald ich von der Schwangerschaft erfuhr. Ich gab ihm zwei Klapse auf den Po, aber er weinte nicht. Statt dessen weinte Señora Valencia.

»Ich dachte immer, es würde ein Mädchen«, sagte sie. »Sonntags, wenn ich aus der Messe kam, scharten sich jedesmal die kleinen Jungen um meinen Bauch, als wären sie schon in sie verliebt.«

Señora Valencias Sohn hatte die Farbe von Kokosmilch, wie die Mutter, seine Wangen und seine Stirn waren zart gerötet wie Seerosen.

»Ist er hübsch? Hat er alle Finger und Zehen?« fragte sie. »Ich habe ihn, glaube ich, noch nicht schreien hören.«

»Ich dachte, ich überlasse es Ihnen, ihm noch mal einen Klaps zu geben.«

Voller Stolz auf meine Leistung riß ich ein weißes Band von einem Kissen in der Wiege ab, legte es um die Nabelschnur und trennte mit einer Rasierklinge, die ich dem Mann der Señora wegnahm, den Knaben von seiner Mutter. Señora Valencia hatte gerade ihre Arme ausgestreckt, um ihn in Empfang zu nehmen, da ertönte plötzlich ein Schrei. Er kam nicht von dem Neugeborenen, sondern von ihr. Ein gepeinigtes Ächzen hinten im Hals.

»Es geht wieder los!« kreischte sie.

»Wie fühlt es sich an, Señora?«

»Neue Wehen!«

»Es ist das alte Nest Ihres Babys, es will heraus«, sagte ich, mich an einen Lieblingsspruch meiner Mutter erinnernd. *Das alte Nest des Babys nahm sich Zeit herauszukommen. Ganz als wäre es noch ein Kind.* »Sie müssen wieder pressen, damit wirklich nichts zurückbleibt.«

Sie preßte stärker als zuvor. Noch ein Kopf mit lockigem schwarzem Haar glitt zwischen ihren Beinen heraus, er schwamm in der Nachgeburt.

Ich legte schnell den Sohn in die Wiege, um das andere Kind zu holen. Jetzt fühlte ich mich schon erfahrener. Ich langte wieder hinein und zog den Kopf heraus. Die winzigen Schultern und dann die dünnen Beinchen rutschten mühelos hinterher.

Der Erstgeborene wimmerte, als ich den zweiten Säugling zwischen Señora Valencias Schenkeln hervorzog. Es war ein kleines, nach Luft japsendes Mädchen, ein dünner brauner Schleier wie mehrere Lagen Spinnweben überzog sein Gesicht. Die Nabelschnur hatte sich in einem blutigen Kranz um seinen Hals gewickelt und bedeckte jeden Zoll zwischen seinem Kinn und seinen Schultern.

Señora Valencia zog die Eihaut mit den Fingern vom Gesicht ihrer Tochter. Ich schnippte ihr die Nabelschnur mit der Klinge vom Hals und schon schrie die Kleine mit ihrem Bruder im Chor.

»Es bedeutet einen Fluch, nicht wahr?« sagte die Señora, als sie ihre Tochter in den Arm nahm. »Die Eihaut und dazu die Nabelschnur.«

Sie blies sanft über die geschlossenen Augen ihrer Tochter, damit sie sie öffnen sollte. Ich holte den Knaben nun aus der

Wiege und brachte ihn zum Bett, in die Nähe seiner Mutter und seiner Schwester. Die beiden Babys hörten auf zu schreien, als wir ihre Fußsohlen gegeneinander rieben.

Señora Valencia wischte mit einem sauberen Ende des Lakens das Blut von der Haut ihrer Tochter. Das Mädchen schien viel kleiner als sein Zwillingsbruder, es reichte nicht einmal bis zur Hälfte seines auch schon kleinen Körpers. Sogar in den Armen seiner Mutter lag es auf der Seite, die winzigen Beine eng an ihren Bauch gekrümmt. Seine Haut hatte einen tiefen Bronzeton, zwischen der Farbe dunkler Paranußschalen und Schwarzwurzeln.

Señora Valencia bedeutete mir, mit ihrem Sohn noch näher zu kommen.

»Sie sehen unterschiedlich aus.« Sie wollte eine zweite Meinung hören.

»Ihr Sohn ähnelt Ihrer Cherimoya-Milch-Haut«, sagte ich.

»Und meine Tochter ähnelt dir«, sagte sie. »Meine Tochter ist ein Chamäleon. Wenn sie dein Gesicht nur sieht, nimmt sie seine Farbe an.«

Mit noch zitternden Fingern machte sie Kreuzzeichen von ihrer Stirn bis hinunter zu der schweißbedeckten Höhlung zwischen ihren schwellenden Brüsten. Es war ein besonders heißer Morgen. Die Luft war erfüllt vom Duft nach Zitronengras und den Flammenbäumen, die ihren Morgentau an die Sonne abgaben, wie auch vom Geruch des vielen Bluts, das die Señora für ihre Kinder geopfert hatte. Ich machte die Balkontüren fest zu, so daß keine Luft mehr von draußen hereinkam.

»Würdest du eine Kerze für die *Virgencita* anzünden, Amabelle? Ich habe ihr versprochen, daß ich das nach der Niederkunft tun würde.«

Ich zündete eine weiße Kerze an und stellte sie auf die Wickelkommode hinter der Wiege, in der schon die Señora gelegen hatte, als sie klein war.

»Glaubst du, die Kinder werden mich lieben?« fragte sie.

»Lieben Sie selbst sie nicht schon jetzt?«

»Ich habe das Gefühl, als wären sie immer dagewesen.«

»Wissen Sie denn, wie Sie die Kinder nennen möchten?«

»Ich denke, meiner Tochter gebe ich den Namen Rosalinda Teresa, zu Ehren meiner Mutter. Unserem Sohn einen Namen zu geben, das überlasse ich meinem Mann. Amabelle, ich bin so glücklich heute. Du und ich, schau nur, was wir geschafft haben.«

»Sie waren es, Señora, Sie haben es geschafft.«

»Wie sieht meine Tochter aus? Wie findest du meine dunkle Rose? Gefällt sie dir? Gefallen sie dir beide? Sie ist so klein. Nimm sie bitte und laß mich meinen Sohn in den Armen halten.«

Wir tauschten die Kinder. Einen Augenblick schien Rosalinda zwischen unseren Händen zu schweben, es sah aus, als würde sie gleich fallen. Ich schaute in ihr winziges Gesicht, auf dem noch Streifen vom Blut ihrer Mutter waren, und schloß sie fester in meine Arme.

»Amabelle, glaubst du, die Hautfarbe meiner Tochter wird immer so bleiben wie jetzt?« fragte Señora Valencia. »Mein armer Liebling, was ist, wenn sie für eine von euch gehalten wird?«

3

Wenn wir in der wachen Dunkelheit liegen und uns nicht berühren, müssen wir reden, sagt Sebastien. Wir müssen reden, um uns daran zu erinnern, daß wir uns noch nicht in der schlafenden Dunkelheit befinden, die ein endloser Tod ist, wie eine dunkle Höhle.

Ich sage ihm, daß es mir lieber wäre, er würde mich berühren, mich immer an denselben Stellen streicheln, wieder und wieder. Er sei zu müde, sagt er, daher müssen wir reden. Schweigen ist für ihn wie schlafen, dem Tod ganz nah.

Er fragt nach meiner Familie, wie meine Eltern waren, als sie noch lebten.

»Was war es, was du an deiner Mutter am meisten bewundert hast?«

Manchmal mag ich es, wenn er sich anhört wie ein tiefes Echo, wenn ein Satz nach dem anderen jeden Winkel des Raums ausfüllt, wenn seine Stimme so klingt, als wäre sie nie das Wimmern eines Säuglings gewesen, das Flüstern eines Jungen, das Murmeln eines jungen Mannes, wenn seine Stimme spricht, als wäre jedes Wort, das sie je gesagt hat, schon immer für mich bestimmt gewesen und würde immer für mich bestimmt sein.

»Sag mir, was hast du an deiner Mutter am meisten gemocht?« fragt er wieder, wenn ich seine Stimme zu lange bewundere und daher nicht antworte.

»Ich mochte ihre Ruhe«, sage ich. »Sie war eine Frau, die alles langsam machte, in ihrer eigenen Zeit, wie mein Vater immer sagte. Sie machte nicht viele Worte. Wenn sie etwas sagte, dann war es geradeheraus und treffsicher. ›Das alte Nest des Babys nahm sich Zeit herauszukommen. Ganz als wäre es noch ein Kind.‹ Sie war eine strengblickende Frau mit einer Stirn wie eine Kalebassenhälfte, das heißt, ihre Stirn war groß, hoch und breit, wie meine, manche sagen, es sei ein Zeichen für einen guten Verstand. Sie zeigte mir nicht viel Liebe. Ich glaube, sie hielt es für richtig, ein Mädchen so aufzuziehen, als wenn es für den Rest seines Lebens möglicherweise keine Liebe haben würde. Und sie lächelte nicht oft.«

»Du lächelst auch nicht oft.«

»Sie war dünn, wie ich. Ich glaube, ich sehe aus wie sie, aber ich lächele öfter.«

»Lächelst du jetzt?« Ich kann ihn im Dunkeln lächeln hören. Das Lächeln mischt sich in seine Stimme und unterbricht hier und da ein wenig den Fluß seiner Worte.

Seine Finger bewegen sich durch die Luft auf mich zu. Bevor seine Hände meine beiden Hüften berühren, kreische und gackere ich wie ein krankes Huhn, da ich das Kitzeln im voraus schon spüre.

»Erzähl mir mehr von deiner Mutter«, sagt er, wenn sein Kitzeln und mein Kreischen aufgehört haben. »Sag mir, wie hieß sie?«

»Ihr Name war Irelle Pradelle«, sage ich, »wenn ich nach ihrem Tod von ihr träumte, lächelte sie immer. Außer natürlich, wenn sie und mein Papa ertrinken.«

4

Doktor Javier eilte sofort nach seinem Eintreffen an Señora Valencias Bett. Als er den Raum betrat, verkündete sie rasch: »Amabelle und ich haben es allein geschafft, Javier. Wir haben die Kinder auf die Welt gebracht, es sind Zwillinge.«

Doktor Javier war ein ungewöhnlich großer Mann und schien auf alle um sich herum herabzuschauen. Seine zugekniffenen Augen sahen gefährlich und grimmig aus, als er die Kinder untersuchte und ihnen die Nabelschnur näher am Bauch abschnitt.

»Wie lange hat es gedauert mit den Geburtswehen?« fragte er Señora Valencia.

»Es fing gestern abend an«, antwortete sie.

»Warum haben Sie mich nicht gleich gerufen?«

»Erinnern Sie sich daran, was wir gerechnet hatten? Ich dachte, es könne noch nicht soweit sein.«

»Vielleicht haben wir es falsch eingeschätzt.«

»Die Kinder und ich hatten Glück, daß Amabelle wußte, wie man Kinder auf die Welt bringt«, sagte sie. »Ich hätte es nie allein geschafft.«

»Wir alle sind Amabelle dankbar.« Doktor Javier lächelte mich an, während er sein strähniges hellbraunes Haar zur Seite strich, das ihm wie bei einer Frau in die Stirn fiel. Am Kragen seines bestickten Hemdes waren kleine, in Holz geschnitzte Zuckerrohrblätter angesteckt. Sie glichen den Amuletten, welche die Zuckerrohrschnitter hier in Alegría um den Hals trugen, um sich vor bösen Geistern zu schützen.

»Amabelle, bring bitte Wasser zum Kochen«, sagte der Doktor. »Die Kleinen müssen gewaschen werden.«

Das Haus stand auf der Spitze eines Hügels mit Blick auf die azurgrünen Berge im Hintergrund und auf eine breite Straße, die vorn an ihm vorbeiführte. Ich lief durch die Küche zur Hintertür, die in den Garten hinausging. Ich eilte zu meinem Zimmer, zog meine blutgetränkte Schürze und meine Bluse aus und häufte beides in einen Winkel neben den Latrinen.

Weiter unten am Hügel konnte ich das Hausmädchen Juana erkennen, das mit einem Eimer voller Wäsche auf dem Kopf vom Fluß heraufkam. Juana und ihr Mann Luis hatten schon vor Valencias Geburt für Papi gearbeitet. Juana ging bis zu ihrem Haus, dessen spitzes Dach halbvergraben in dem grasbedeckten Hügel lag.

In meinem eigenen Verschlag, den ich zum Kochen unter freiem Himmel nutzte, stellte ich den Kessel mit Wasser auf die Holzkohle und wartete, daß Juana heraufkäme. Von hieraus konnte ich auch die festgeschlossenen Jalousien vor Señora Valencias Zimmer sehen. Sie waren indigoblau gestrichen wie das meiste am Haupthaus, nur die umlaufende Veranda war leuchtend rot wie die Flammenbäume von Alegría, wenn sie in voller Blüte stehen.

Aber Juana kam nicht herauf, und so brachte ich selbst die beiden Emaillebecken mit warmem Wasser in Señora Valencias Zimmer, das eine trug ich auf dem Kopf, das andere in den Händen. Señora Valencia war völlig zugedeckt, vom Kinn bis zu den Zehen, die blutigen Laken waren in eine Ecke gehäuft. Papi hatte die Matratzen von ihrem Bett genommen und sie durch saubere aus dem alten Bett ihrer Mutter im Nähzimmer ersetzt.

Doktor Javier half mir, die Schüsseln auf der Wickelkommode abzusetzen. Er schüttete eine Medizin ins Wasser, in dem die Babys gebadet werden sollten. Señora Valencia reichte ihm ihren Sohn.

»Amabelle, erinnerst du dich an die genaue Uhrzeit, wann die Kinder geboren wurden?« fragte Papi. Er hatte ein Notizbuch auf dem Schoß, in das er die Einzelheiten für die Geburtsurkunden eintragen wollte.

»Es war noch Morgen.« Señora Valencia schaute hinauf zu einer alten Uhr in einem Mahagonigehäuse, die Papi von seinem Vater etwa zwanzig Jahre zuvor aus Spanien erhalten hatte.

Ich schaute Papi über die Schulter, als er feierlich in seiner schönsten Schrift Zeit und Ort der Geburten aufschrieb, am dreißigsten August im Jahre 1937, dem dreiundneunzigsten Jahr der Unabhängigkeit, im siebten Jahr der Ära des Generalissimo Rafael Leonidas Trujillo Molina, des Obersten Heeresführers und Präsidenten der Republik.

»Und wieviel Zeit lag zwischen den Geburten, Amabelle?« fragte Papi. »Weißt du das noch?«

»Das zweite war eine Überraschung. Ich weiß nicht«, sagte ich.

»Nicht mehr als eine Viertelstunde später«, meinte Señora Valencia.

Als Rosalinda mit Baden an der Reihe war, nahm Doktor Javier sie auf und tauchte sie ins Wasser. Sie blieb ruhig, als es ihre Haut berührte.

»Die da hat ein wenig Holzkohle hinter den Ohren«, sagte Doktor Javier dreist zu Señora Valencia, als er ihre Tochter aus dem Wasser hob.

»Das muß von der Familie ihres Vaters herrühren«, warf Papi ein, während er sich mit den Fingerspitzen über das sonnenverbrannte weiße Gesicht strich. »Meine Tochter wurde in der Hauptstadt dieses Landes geboren. Ihre Mutter war reinblütige Spanierin. Sie kann ihre Familie bis zu den Konquistadoren zurückverfolgen, die Linie von *El Amirante*, Cristobal Colón. Und ich selbst wurde in der Nähe eines Hafens geboren, in Valencia, Spanien.«

Wir wickelten die Babys in weiße Stoffstreifen, die ich während Señora Valencias Schwangerschaft gesäumt hatte, als sie noch dachte, sie würde nur ein Mädchen bekommen. Sie nahm ihre Tochter auf den Arm, während Papi auf seinen Enkel hinunterstarrte und ihn dabei vor seiner Brust wiegte.

»Das war eine sehr ungehörige Bemerkung«, tadelte Papi Doktor Javier leise, als er dachte, daß seine Tochter es nicht hörte. »Ich will nicht, daß uns so etwas noch einmal zu Ohren kommt.«

»Amabelle, kann ich dich um einen *cafecito* bitten?« Doktor Javier hielt es für das beste, Papis Gegenwart zu entfliehen.

»Gib ihm alles, was er will«, sagte Papi, ohne den Blick vom Gesicht seines Enkels abzuwenden.

Doktor Javier folgte mir in die Küche. Als er unter dem Türrahmen hindurchging, strich ein getrocknetes Bündel Petersilie über seinen Kopf, so daß ein paar winzige Stiele in seinem Haar hängenblieben. Ich langte hinauf, um sie abzustreifen, ließ es aber doch lieber sein. Es wäre zu keck von mir gewesen, ihn zu berühren; er hätte es mißverstehen können. Wenn du für andere arbeitest, mußt du immer auf der Hut sein. Doktor Javier war stets nett zu mir, aber ich konnte nicht davon ausgehen, daß es ihm gefiel, wenn ich mit meinen Fingern durch sein Haar strich.

»Amabelle, warst du schon die ganze Zeit eine Hebamme und hast es uns nie gesagt?« fragte er.

»Ich halte mich nicht für eine Hebamme, Doktor.« Ich verschüttete etwas von dem Kaffee, als ich ihn in eine Tasse mit rotem Orchideenmuster füllte, sie in die Untertasse und alles zusammen auf ein Silbertablett vor ihn hinstellte.

»Woher wußtest du, wie man diese Kinder auf die Welt bringen mußte?«

»Mein Vater und meine Mutter waren in Haiti Kräuterheiler. Wenn sie gerufen wurden, brachten sie auch Kinder zur Welt«, sagte ich, ich wollte mit meinen Eltern bescheiden sein, da sie selbst immer bescheiden gewesen waren.

»Valencia hat mir erzählt, das kleine Mädchen hätte es schwer gehabt«, sagte er.

»Ja, sie hatte die Eihaut über dem Gesicht und die Nabelschnur lag schlecht.«

»Lag schlecht, um ihren Hals! Es ist, als hätte der andere versucht, sie zu erwürgen.«

»Wenn Sie gestatten, Doktor, es wäre mir lieber, diese kleinen Kinder nicht mit solchen Reden zu verurteilen.«

»Viele von uns fangen im Bauch als Zwillinge an und bringen den anderen um«, beharrte er. »Als ich noch Student war, fanden wir einmal zwei kleine Beine eines Babys, sie steckten einzeln im Rücken einer erwachsenen männlichen Leiche. Es gab keine andere Erklärung dafür, als daß diese Beine schon vor seiner Geburt in seinen Rücken gekommen waren.«

Ich dachte, vielleicht erzählte er mir das, um mir den Mut zu nehmen. Viele Leute, die sich für klug hielten, machten sich einen Spaß daraus, die Hausangestellten mit Wundergeschichten von der Welt draußen zu erschrecken, einer Welt, die wir nach ihrer Auffassung selbst nie zu sehen bekommen würden.

»Auf der anderen Seite«, fuhr er fort, »kommen manchmal zwei Kinder gleichzeitig auf die Welt; eines wird tot geboren, aber das andere ist gesund und munter, weil das tote ihm noch im Mutterleib eine lebensrettende Infusion gegeben und sich damit im Grunde geopfert hat.«

»Ich bin dankbar, daß bei uns beide überlebt haben«, sagte ich.

»Neben der Medizin sind die Sprache und die Abstammung meine Leidenschaften«, sagte er. »Von der kleinen Rosalinda kann ich etwas lernen, wenn ich sie so anschaue.«

Gab er meinetwegen mit seinem Wissen an?

»Nun, da unser alter Freund, der Mann der Señora, ein Offizier ist, weiß ich gar nicht mehr, wie ich ihn anreden soll«, sagte er. »Sein Rang wechselt ständig. Wenn ich mich richtig erinnere, war er zuletzt Hauptmann. Aber ich habe ihn einige Zeit nicht gesehen.«

»Er kommt recht häufig aus der Kaserne nach Hause«, sagte ich und versuchte mich so aus dem Gespräch herauszuwinden. »Wenn er hier ist, sind Sie eben nicht da. Sie sollten Ihre Fragen Señora Valencia stellen, Doktor.«

»Ich habe die Militärs satt«, sagte er, von meinem mangelnden Interesse keineswegs entmutigt. »Sie mögen mich oft auch nicht, die Leute von der Guardia, nicht einmal die Leute, die, wie Pico, eigentlich alte Bekannte sind. Aber jetzt wollen wir einmal nicht daran denken. Amabelle, was ich dir sagen möchte, ist folgendes: Ich mache mir große Sorgen um das kleine Mädchen.«

»Ist sie nicht gesund?« fragte ich.

»Wenn Valencia sie gut füttert, kann sie in wenigen Wochen kräftig werden. Aber sie ist so klein. Kannst du darauf achten, daß sie sie häufig stillt? Bitte sag es auch Juana. Sie wird sich vielleicht auch um die Kinder kümmern.«

»Und der Junge?«

»Er macht einen gesunden Eindruck. Ich mache mir nur Sorgen um die kleine Rosalinda.« Er stellte die leere Tasse umgekehrt auf die Untertasse als Zeichen, daß er keinen Kaffee mehr wollte. »Noch eines möchte ich dir sagen, Amabelle. Du solltest von hier weggehen und in Haiti Hebamme werden.«

Ich spürte, wie meine Augenbrauen emporschnellten und mein Mund sich zu einer Grimasse verzog, die als Lächeln gedeutet werden konnte.

»Ich bin keine Hebamme«, sagte ich. »Und ich bin nicht mehr auf der anderen Seite der Grenze gewesen, seit ich ein Kind von acht Jahren war.«

»Du kannst eine Ausbildung machen«, sagte er. »Valencia hat mir einmal erzählt, daß du lesen und schreiben kannst. Leute wie du werden in der kleinen Klinik auf der anderen Seite des Flusses, die ich manchmal besuche, gebraucht. Es gibt dort nur zwei haitianische Ärzte für ein riesiges Gebiet. Ich kann nicht immer dort hinüber, und ich kenne nur eine oder zwei Hebammen in der Grenzregion. Du wirst dringend gebraucht.«

»Es ist nett, daß Sie soviel von mir halten, Doktor.«

»Würdest du gerne hinübergehen?«

»Das muß ich mir erst überlegen –«

»Denk genau drüber nach«, sagte er im Gehen.

Ich fühlte mich immer noch geschmeichelt vom Vorschlag des Doktors, als Juana mit einem Korb voll gefaltetem Hausleinen in die Küche kam.

»Ich habe heute Kaffee von meinen Schwestern bekommen«, sagte Juana. Juanas zwei jüngere Schwestern, Ana und María, lebten beide als Nonnen eines katholischen Waisenhauses in einem Bergdorf nahe der Grenze.

Juana holte eine reife gelbe Mangofrucht aus ihrer Tasche und gab sie mir. »Ich weiß, die hättest du gepflückt, wenn du an dem Baum vorbeigekommen wärst«, sagte sie.

Ich grub sogleich meine Zähne in die Mango, sie füllte mir den Mund mit ihrem dicken, schweren Saft.

»Wie geht es der Señora?« fragte sie.

»Hast du die Schreie nicht gehört?«

»Welche Schreie?«

»Die Señora in den Wehen.«

»Baby?«

»Babys!«

Sie ließ den Wäschekorb fallen, dann bückte sie sich, um die verstreuten Tücher wieder aufzusammeln. Juana war eine schwere Frau, jede Bewegung ihres ausladenden Körpers wirkte übertrieben. Ihre bleichen Hände waren groß, sahen aber verwundbar aus, als würden sie aufplatzen, wenn man mit einer Nadel hineinstach.

»Wie viele Babys?« fragte sie, während ihr Kopf vor Aufregung hin und her wackelte.

»Wie viele wohl? Sie ist keine Henne.«

»Zwei?«

»Ein Junge und ein Mädchen.«

»Zwillinge in diesem Haus«, sagte sie und bekreuzigte sich. »Das ist bestimmt das Werk von Santa Felicitas und Santa Perpetua. Wo ist die Señora jetzt?«

»In ihrem Zimmer, Doktor Javier ist bei ihr.«

»Oh! Das war Santa Mónicas Werk, daß der Doktor rechtzeitig kam.«

»Er kam zu spät«, sagte ich, die Bescheidenheit vergessend, die ich in meiner Kindheit von meinen Eltern gelernt hatte. »Ich habe die Babys allein zur Welt gebracht. Es ging so schnell, du würdest es ein Wunder nennen.«

»Wunder geschehen immer in meiner Abwesenheit«, sagte

sie. »Das muß ich Luis erzählen.« Sie eilte aus der Küche hinaus, kam aber gleich wieder zurück. »Zuerst muß ich die Señora und die Babys selbst gesehen haben.«

Ich legte meine Mango weg. Wir gingen zu Señora Valencias Zimmer. Juana brach in Tränen aus, sobald sie die Kinder sah: Rosalinda in den Armen ihrer Mutter und den kleinen Jungen, der von Doktor Javier noch einmal eingehend untersucht wurde.

Señora Valencia hielt Juana die kleine Rosalinda hin.

»Nimm sie«, sagte sie. »Möchtest du nicht meine Tochter halten, Juana?«

»Ich habe Angst, gleich loszuweinen«, schluchzte Juana.

»Du weinst doch schon«, bemerkte Señora Valencia.

Nach dem kleinen Jungen spähend trat Juana an das Bett.

»Ich habe meiner Tochter den Namen Rosalinda Teresa gegeben«, sagte Señora Valencia.

»Für die Mami!« Juana schluchzte jetzt noch lauter. »Oh, wenn Ihre Mutter diesen Tag noch erlebt hätte, wie hätte sie sich gefreut.«

»Warum weinst du dann?« sagte Señora Valencia. »Es ist doch ein Glückstag.«

»Ihre Mutter hätte auch geweint, aber mehr Freudentränen als Tränen der Trauer.«

»Ich gehe zur Kaserne, Pico holen«, sagte Papi. »Ich möchte zurück sein, bevor es dunkel wird.«

»Gehen Sie nicht allein, Don Ignacio.« Juana trat mit Rosalinda in ihren Armen vor ihn hin.

»Kein Grund zur Sorge, ich gehe mit Gott«, sagte Papi, eine Spur Ungeduld in der Stimme.

»Ja, gehen Sie bitte mit Gott. Aber nehmen Sie Luis mit«, drängte Juana. »Er ist im Bananenfeld, um ein paar Bananen für mich abzuschneiden. Ich weiß nicht, warum er von alledem nichts gehört hat.«

»Wir versuchen, heute abend zurück zu sein«, sagte Papi, während er seiner Tochter die Hand küßte.

»Señora, Sie ruhen sich aus«, sagte Juana. »Amabelle und ich werden uns um alles kümmern.«

»Verwöhnt sie nicht zu sehr«, warnte Doktor Javier. »Valencia, paß auf, daß die Freundlichkeit dieser guten Frauen dich nicht verwöhnt.«

»*Pobrecita*, das ist eine gefährliche Zeit für sie«, sagte Juana. »Sie muß die notwendige Zahl von Tagen im Bett bleiben und sich ausruhen, sowohl um ihrer selbst als auch um der Kinder willen.«

5

Sebastien – er stammt aus dem Norden Haitis wie ich, aber wir kannten einander nicht, als wir dort lebten – fühlt sich vom Gurren der Tauben verfolgt. Ihr Schreien, sagt er, klingt so, als sei es nicht für andere bestimmt, sondern als würde jede ruckende Taube versuchen, ihren Kopf tief in sich selbst zu vergraben. Er stellt sich vor, daß die Klage der Tauben die gleiche ist, wie wenn Geister weinen, weil sie zu einsam oder traurig sind, oder weil sie schon so lange tot sind, daß sie vergessen haben, wie man ihren eigenen Namen ausspricht.

Sebastiens Vater wurde bei dem großen Hurrikan getötet, der im Jahr 1930 beide Teile der Insel verwüstete – Haiti und die Dominikanische Republik. Sebastien verlor seinen Vater und fast alles andere. Deshalb verließ er Haiti. Deshalb gehört er mir. Ein Sturm, der so viele Häuser zerstörte und so viele Menschen tötete, hat ihn zu mir gebracht.

Sebastiens Mutter lebt immer noch in Haiti. Manchmal, wenn wir zusammen fast eingeschlafen sind, hört Sebastien eine Taube; die Tauben, die er hört – ich höre sie nicht immer –, stimmen Nacht für Nacht ihre endlose Klage an, mit ihren geheimnisvollen Rufen in ihrer geheimnisvollen Sprache.

Die Tauben lassen ihn immer den Atem anhalten, mit den Lippen schnalzen und sagen: »Ay, pobrecita manman mwen.« *Meine arme Mutter.*

6

Doktor Javier wurde zu einem jungen Mann gerufen, der mit Schüttelfrost und Fieber im Bett lag. Er versprach, zurückzukommen, um vor Einbruch der Nacht noch einmal nach den Kindern zu sehen.

Juana war in der Küche und kochte aus dem Fleisch eines alten Huhns Hühnerbrühe für die Señora, und für den Rest des Haushalts einen Eintopf. Die Kinder schliefen in ihrer Wiege, während die Señora in ihrem Bett lag und unter mehreren Decken nur ihr Gesicht herausschaute.

Ich ging hinüber, um nach den Babys zu sehen. Ganz winzig im Vergleich zu ihrem Bruder lag Rosalinda völlig still da. Ich langte in die Wiege und hob sie heraus. Valencia drehte sich auf die Seite und sah, daß ich ihre Tochter hielt.

»Amabelle, leg ihr Gesicht an deine Brust«, sagte sie.

Rosalinda schlief weiter, während ich meine Bluse aufknöpfte und ihre winzige Wange zwischen meine Brüste und mein Schlüsselbein legte. Augenblicklich spürte ich, wie die Luft in ihre Nase ein- und ausströmte, sie atmete im Takt meines Herzschlags.

»Ist es nicht ein Wunder?« Señora Valencias Augen wanderten zwischen ihrer Tochter und ihrem Sohn hin und her, als gäbe es für sie auf der Welt nichts anderes zu sehen. »Javier sagt, sie könnten in den ersten Tagen nichts erkennen außer Hell und Dunkel. Ich glaube ihm nicht. Sie sind zu vollkommen.«

Sie bedeutete mir, ich solle mich neben sie aufs Bett setzen. Ich legte Rosalinda zurück in ihre Wiege und ging zu ihrer Mutter hinüber.

»Amabelle, ich muß dir etwas gestehen«, sagte sie. »Als ich dich die Kerze für *La Virgencita* anzünden ließ, nachdem die Kinder geboren waren, war es in Wirklichkeit für meine Mutter. Ich hatte ihr versprochen, nach der Niederkunft eine Kerze für sie anzuzünden. Als gestern abend die Wehen anfingen, hatte ich das Gefühl, als wäre meine Mutter bei mir. Seit ich schwanger geworden war, träumte ich noch mehr von ihr als sonst, aber gestern abend war es nicht wie ein Traum. Meine Mutter saß hier neben mir in diesem Bett. Sie legte ihre Arme um mich und berührte meinen Bauch. Deshalb mußte ich erst ganz zum Schluß schreien. Ich fühlte mich nie allein.«

Sie drehte sich um und schaute zu der weißen Kerze auf der Wickelkommode hinüber, der Docht war halb in einem Klumpen geschmolzenen Paraffins versunken, die Flamme bei all der Bewegung im Raum schon lange erloschen.

»Ich wünschte, du hättest Mami gekannt, Amabelle«, sagte sie.

»Ich wünschte auch, ich hätte sie gekannt, Señora.« Aber ihre Mutter war schon gestorben, bevor meine Eltern ertrunken waren, sie alle hatten uns verlassen, und wir mußten unsere Kindheitsträume aus uns selbst gebären.

Juana kam mit einem Tablett mit dampfender Suppe und süßem Tee herein und stellte es auf das Bett vor Señora Valencia.

»Lassen Sie es sich schmecken, Señora«, sagte sie. »Denken Sie daran, die Kinder essen bei Ihnen mit.«

Wieder liefen Tränen über Juanas Gesicht. Sie wandte sich zu mir und sagte: »Schau zu, daß die Señora ißt« und rannte aus dem Zimmer.

»Juana stand Mami beide Male zur Seite, als sie schwanger war«, erklärte Señora Valencia.

Ich legte ihr ein besticktes Tuch um die Schultern und gab ihr einen Löffel. Kaum hatte die Señora ein wenig gegessen, begann Rosalinda zu wimmern. Ich nahm sie auf und brachte sie ihrer Mutter.

»Mein kleiner Winzling, sie muß kräftig werden, wie soll sie sich sonst wehren, wenn ihr Bruder sich mit ihr balgen will?« sagte Señora Valencia, während sie sie mir abnahm. »Ich kann es kaum erwarten, daß Pico die Kinder sieht. Ich hoffe, er und Papi kommen heute abend zurück.«

»Der Señor wird bestimmt kommen wollen«, sagte ich.

»Mein Pico ist so voller Ehrgeiz. Er erzählte mir, schon als Junge habe er davon geträumt, in der Armee voranzukommen und eines Tages Präsident dieses Landes zu werden.«

»Und Sie die Frau des Präsidenten, Señora?«

»Das möchte ich nicht«, sagte sie und rümpfte ihre Nase wie bei einem sauren Geruch. »Wenn Pico alles erreicht, was er will, will er mich vielleicht nicht mehr. Als Kind war er so arm. Jetzt kann er sich nicht damit abfinden, daß er ein wenig Bequemlichkeit hat und nicht jeden Morgen darum kämpfen muß, daß die Sonne aufgeht.«

»Die Arbeit vom Señor ist wichtig.« Das sagte ich, weil ich wußte, daß sie daran glaubte.

»Ich wünschte, er wäre öfter bei mir«, sagte sie. »Ich vermisse den herben Geschmack nach Zigarre in seinem Mund.«

Señora Valencia legte das kleine Mädchen über ihre Schulter, als hätte sie ihr ganzes Leben nichts anderes getan.

»Ich habe an alles gedacht, was ich den Kindern sagen möchte«, sagte sie. »Alles, was sie wissen müssen, aber auch an andere Dinge, über die ich wohl besser den Mund halte.«

»Sie werden am besten wissen, was zu tun ist, Señora.«

»Was du heute für mich getan hast, Amabelle, hätte eigentlich Mami für mich tun müssen, außer, sie wäre wie ich gewesen und hätte vor Schmerz ebenfalls geschrien.« Sie warf den Kopf zurück und lachte über den Schmerz, der sie mit ihrer Mutter verband. »Amabelle, nachdem meine Mami starb, erzählte mir Juana, daß wenn bei einer Geburt die Wahl zwischen dem Leben der Mutter und dem des Kindes besteht, man sich nach unserem Glauben für das Kind entscheiden muß.«

»Ich bin froh, daß wir diese Wahl nie treffen mußten, Señora.«

»Wenn du hättest wählen müssen, hätte ich gewollt, daß du dich um meine Kinder kümmerst. Schau nur, was wir zusammen hervorgebracht haben, meinen spanischen Prinzen und meine indianische Prinzessin.«

»Oder möchtest du vielleicht keine Prinzessin sein?« flüsterte Señora Valencia ihrer Tochter zu. »Sie wird viele Herzen brechen, meine Rosalinda. Schau dir das Profil an. Das Profil von Anacaona, einer echten indianischen Königin.«

»Juana und ich werden heute nacht bei Ihnen im Haus schlafen«, bot ich der Señora an.

»Juana würde uns in ihren Tränen ertränken«, kicherte sie. »Ich werde ihr sagen, sie soll den Schutzheiligen der Tränen anrufen, damit sie aufhören.«

»Ich denke, sie schläft am besten in ihrem Haus und du in deinem Zimmer.«

»Eine von uns muß bei Ihnen bleiben, auch wenn Señor Pico nach Hause kommt.«

Ich überließ die Señora der Pflege einer jungen Cousine ihres Mannes, die mit noch mehr Suppe von altem Huhn, Eiern, Muskat, Geld und Hundezähnen zum Schutz der Babys aus ihrem Dorf gekommen war, und ging hinunter zu Juana in die Küche.

Sie saß am Tisch und rührte mit einem Holzlöffel in dem Schüsselchen Eintopf, das vor ihr stand. Ihre Augen waren vom vielen Weinen gerötet. Sie stand auf und schöpfte mir auch ein Schüsselchen mit Eintopf.

»Sicher ist die eine oder andere Träne in den Eintopf gefallen, als du ihn gekocht hast«, sagte ich, während ich mich neben sie an den Tisch setzte.

Ich hatte nicht bemerkt, wie hungrig ich war, bis ich die großen Stücke Kohl, Yucca und Maniok in meinem Schüsselchen schwimmen sah.

»In deiner Schüssel sind keine Tränen«, sagte Juana. »Da habe ich aufgepaßt. In meinen Eintopf kommt nichts, was nicht hineingehört.«

»Ich habe es nicht ernst gemeint«, sagte ich und tätschelte den fleischigen Wulst an ihrem Rücken.

»Mach keine Scherze. Was, wenn die Señora dich hört?«

»Warum weinst du so viel, Juana? Ich glaube nicht, daß es alles Freudentränen sind.«

»Für dieses Haus ist es ein großer Tag«, sagte sie, »ein Tag, der mich daran erinnert, wie schnell die Zeit vergeht. Eine Frau wie ich wird alt, während immer mehr Kinder auf die Welt kommen.«

»Bist du neidisch, Juana? Möchtest du eigene Babys haben?«

»Neidisch? Santa Ana, Heilige Mutter, die Leben schenkt, was, wenn sie dich hört?« Sie schlug mit ihren Handknöcheln an die vier Ecken des Tisches, als wollte sie die Härte des Holzes prüfen, dann nahm sie ein Tuch und wischte die schon sauberen Tischbeine ab.

»Wenn sie Ohren hat, hat Santa Ana schon alles gehört, was ich gesagt habe.«

»Dann ist Sünde über deinem Haupt«, sagte sie. »Aber du bist ja nicht gläubig.«

»Woher weißt du, daß ich nicht gläubig bin?«

»Glaubst du an irgend etwas?«

Juana rieb ihre Hände aneinander wie beim Waschen am Bach. Nach den vielen Jahren, die sie als Hausmädchen arbeitete, war es schwer für sie, still zu sitzen.

»Ich weiß noch, wie Señora Valencias Mutter mit ihr schwanger wurde«, sagte sie. »Eines Tages hatte sie keine Monatslappen für mich zum Waschen. Ich sagte zu ihr: ›Señora Rosalinda, erwarten Sie vielleicht ein Kind?‹ Sie sagte zu mir: ›Ich wage nicht einmal, davon zu träumen.‹ Ich sagte: ›Warum?‹ Sie sagte: ›Es wäre ein zu großes Wunder.‹ Aber sie erwartete wirklich ein Kind und im ersten und zweiten Monat wurde ihr Körper ganz unförmig. Sie wurde dicker und dicker, bis sie zu breit für die meisten Flure in diesem Haus war. Wenn irgend jemand aussah, als bekäme sie Zwillinge, dann war es Señora Rosalinda.«

Juana stand auf und holte sich noch ein Schüsselchen Eintopf. Während der letzten paar Monate hatte sie einen ungeheuren Appetit entwickelt und war noch dicker geworden, vor allem im Gesicht.

»Jetzt hat Señora Valencia eigene Kinder.« Sie dachte laut über das Ereignis nach. »Schau, wie schnell die Zeit vergangen ist. Aber es ist nicht die Zeit selbst, sondern was sie uns antut.«

»Du bist noch lange nicht alt«, sagte ich. Sie war mindestens fünfzig, doppelt so alt wie ich und Señora Valencia, aber ihr Körper wirkte noch kräftig und sah aus, als könnte er noch viele Kinder bekommen.

»Du weißt nicht, wie lange ich um ein Kind für mich gebetet habe«, sagte sie.

»Ich habe kein Kind, aber sogar ich weiß, daß man für ein Kind mehr tun muß als beten.«

»Sünderin!« Sie lachte und schlug mir scherzhaft auf den Handrücken.

»Du hast dir also Kinder gewünscht?« fragte ich.

»Babys bringen uns immer dazu, daß wir von noch mehr Babys sprechen. Möchtest du nicht auch eigene Kinder haben?«

Ich schüttelte den Kopf. Weil meine beiden Eltern jung gestorben waren, hatte ich mir vielleicht nie vorstellen können, älter zu werden, als ich war, und noch viel weniger, lange genug zu leben, um selbst Kinder zu bekommen. Bevor ich Sebastien kannte, hatte ich nur von der Vergangenheit geträumt: von einem Land, von Orten und Menschen, die ich vielleicht nie wiedersehen würde.

»Einmal wäre ich beinahe Mutter geworden«, sagte Juana. »Mein Bauch wuchs drei Monate und neun Tage lang, dann war alles auf einmal weg. *¡Adíos bebé!* Das Kind wurde nie geboren. Es hatte nie ein Geschlecht. Nie einen Namen. Mein Luis liebt Kinder. Wenn man sie in Erde ziehen könnte, hätte er schon lange eines für mich wachsen lassen. An einem Punkt ihres Lebens wie diesem fragt eine Frau sich: Wozu soll all dieses Fleisch gut sein? Wozu habe ich diesen Körper bekommen?«

Juana und ihre Schwestern waren in einer Klosterschule aufgewachsen, wo ihre Mutter als Köchin arbeitete. Wie ihre

Schwestern wollte sie Nonne werden, bis sie Luis kennenlernte. Sie und Luis waren zusammen fortgegangen und hatten sich im Tal niedergelassen. Juana glaubte nun, sie habe keine Kinder bekommen können, weil sie ihrer Berufung nicht gefolgt war. Das Kind, das sie verloren hatte, mußte ihr wie die verdiente Strafe eines Gottes vorgekommen sein, dem sie sich widersetzt hatte.

»Schau mich an«, sagte sie und führte ihre Arme wie beim Bügeln vor und zurück. »Es gibt keinen Grund, um mich selbst zu weinen. Ich muß wegen Doña Rosalinda weinen, die bei dem Versuch starb, der Familie ein zweites Kind zu schenken. Und ich muß wegen Señora Valencia weinen, die an diesem Tag ohne ihre Mutter ist.«

7

Eines Nachts, als Sebastien in der wachen Dunkelheit seinen Vater vermißte, fragt er: »Was hast du an deinem Vater am meisten bewundert?«

Ich tue so, als könne ich mich nicht erinnern, aber er ist hartnäckig: »Bitte sag es mir, Amabelle, ich möchte es wissen.«

»Der Name meines Vaters war Antoine Désir«, sage ich, denn ich weiß, er wird weiter fragen. »Ich hörte, wie die anderen ihn immer Frè Antoine *riefen, Bruder Antoine, und meine Mutter riefen sie* Man Irelle, *Mutter Irelle. Meine Mutter war, glaube ich, älter als er und manche behaupteten, man sähe es ihr an.«*

»Sag mir, was du an ihm am meisten gemocht hast, an deinem Vater.« Sebastiens Stimme klingt zögerlicher als sonst, es ist, als wollte er es nicht wirklich wissen, als hätte er es am liebsten, wenn ich sagen würde, ich hätte nie einen Vater gehabt, aber er weiß, ich hatte einen, und ich habe ihn verloren, wie er den seinen.

»Mein Vater war ein froher Mensch im Gegensatz zur schweigsamen, etwas mürrischen Art meiner Mutter«, muß ich bekennen. »Er nahm mich oft hoch, als wollte er mich in die Luft werfen, selbst als ich schon zu schwer war, um getragen zu werden, und als nicht mehr alles, was er tat, mir wie ein Wunder vorkam. Er spielte gern ein Spiel, bei dem er so tat, als wollte er alles, was ich auf meinem Teller hatte, aufessen,

wenn seiner leer war. Er verbrachte viel Zeit mit seiner Arbeit, der Pflege von Kranken und der Geburtshilfe. Er suchte immer nach neuen Wegen, Kranke zu heilen, nach Mitteln gegen Krankheiten, mit denen er noch nie zu tun gehabt hatte. Neben der Arbeit, die er zusammen mit meiner Mutter leistete, der Geburtshilfe und der Behandlung von Kranken, half er auch oft anderen Leuten beim Pflügen oder Ausheben von Bewässerungsgräben für ihre Felder. Ich war immer sehr eifersüchtig, wenn er, statt zu Hause zu sein, Zeit auf dem Land anderer Leute verbrachte.«

Ich merke, jetzt ist er bereit. Er möchte, daß auch ich Fragen zu seinem toten Vater stelle. Ich merke es an der endlos langen Pause, die eintritt, nachdem ich aufgehört habe zu sprechen, daran, wie er ab und zu den Mund öffnet, aber nur seufzt, als müßte er sich selbst fragen, wo in aller Welt er beginnen soll.

»Wie hat der Hurrikan deinen Vater gefunden?« frage ich schließlich. Es ist nicht die schonendste oder geschickteste Art, danach zu fragen, aber ich glaube, sie wird ihm die Antwort erleichtern.

Er öffnet den Mund noch ein paarmal und stöhnt.

»Wenn du es zuläßt«, sagt er endlich, »siehst du es vor deinen Augen, ein Junge trägt seinen toten Vater von der Straße, er torkelt, wankt, stolpert unter dem Gewicht. Der Junge hat den Wind in den Ohren und Stücke vom Blechdach, das seinem Vater die Kehle aufgeschnitten hat, fliegen um ihn herum. Der Junge versucht, den Vater nicht fallen zu lassen, er weint und schreit nicht, wie du vielleicht denkst, er betet nur darum, daß mehr vom Blut des Vaters in seinem Hals bleiben und nicht in die lehmige Flut fallen möge, die wer weiß wohin fließt. Wenn du es zuläßt, siehst du es vor deinen Augen.«

8

Señor Pico Duarte trug den gleichen Namen wie einer der Väter der Dominikanischen Unabhängigkeit. Er hatte den Namen auch mit dem höchsten Berg der Insel geteilt, bis dieser vor kurzem in Pico Trujillo umgetauft worden war, nach dem Generalissimo. Dabei war Señor Pico Duarte mit seinen sechsunddreißig Jahren kleiner als ein durchschnittlicher Mann, sogar in seinen Militärstiefeln, die doch die anderen Offiziere größer erscheinen ließen. Da er mandelhonigfarbene Haut und kohlschwarze Augen hatte, ähnelte die kleine Rosalinda am meisten ihm.

Der Boden donnerte unter seinen Füßen, als er von Papis Automobil ins Haus rannte, zu seiner Frau und seinen neugeborenen Kindern. Im Salon und all den anderen Zimmern des Hauses suchte er nach Zeichen, daß sie da waren. Juana und ich folgten ihm beide instinktiv ins Zimmer seiner Frau, wir dachten, er würde vielleicht etwas brauchen, das wir ihm, seiner Frau oder ihren neuen Kindern bringen könnten. Wenn man für andere arbeitet, lernt man, da und zugleich unsichtbar zu sein, zur Hand, wenn man gebraucht wird, und weit weg, wenn man nicht gebraucht wird, aber immer noch nah genug für den Fall, daß sie es sich anders überlegen.

Juana hatte sich wieder gefaßt. Mit zurückhaltendem Lächeln schaute sie zu, wie Señor Pico zu dem Bett eilte, in dem seine Frau lag, und ihr Haar und ihre Stirn küßte.

»Pico, laß mich dein Gesicht sehen«, sagte sie und zog ihn an seinen borstigen, teerschwarzen Haaren.

»Geh und schau dir die Kinder an«, drängte ihn Papi mit einem herzlichen Lachen.

Als er sich über die Wiege seiner Kinder beugte, bebte Señor Picos Leib, als müßte er aufschreien; er hielt sich die Faust vor den Mund, um seine Freude zurückzuhalten. Seine Augen blieben an seinem Sohn, dem Erben, hängen. Er hob das Tuch über dem Körper des Säuglings an und spähte unter der Windel nach den Hoden des Jungen.

»Ich werde ihn Rafael nennen, nach dem Generalissimo«, sagte er, während Juana die Kinder neu und noch sicherer wickelte als zuvor. Die Señora stimmte mit schüchternem Nicken dem Namen zu. So hieß der Junge Rafael wie der Generalissimo, der Präsident der Republik. Für Nahestehende Rafi.

Während er noch Betrachtungen über die Pracht und ungewöhnliche Eleganz des Namens seines neuen Sohnes anstellte, schälte sich Señor Pico aus Mütze und Mantel, die auf dem Boden, wo er sie fallen ließ, einen Haufen Khaki bildeten. Juana ging hin, um sie aufzuheben. Genau deshalb waren wir ihm gefolgt, um die anfallenden Aufgaben zu erledigen, so daß er auf dem Gipfel seiner Freude davon unbelastet sein konnte.

Ich schaute zu Juanas Mann Luis hinüber, der allein in der Tür stand und aussah, als würde er gleich in Tränen ausbrechen. Er trug noch immer seine Arbeitskleidung, ein lehmverschmiertes Hemd und eine weite Hose, die wie ein geöffneter Fallschirm um seine schmale Gestalt schlotterte. Ehrfürchtig hielt er seinen Strohhut vor der Brust fest. In seinem Gesicht stand der Schmerz über die eigene Kinderlosigkeit geschrieben, den ich zuvor schon bei Juana gesehen hatte. Aus Schüchternheit verbarg Luis all seine Gefühle hinter ausgesuchten Gesten der Höflichkeit und des Respekts. Er wagte sich nicht über die Schwelle in das Schlafzimmer, um die Babys anzuschauen. Es forderte ihn auch niemand dazu auf.

»Möchten Sie Ihr Abendessen, Señor?« fragte Juana, während sie die hohen Schnürstiefel des Patrón vom Boden aufsammelte.

Señor Pico winkte sie mit seinen glücklichen Händen weg.

»Sollen wir Ihnen ein Bad bereiten?« Sie ließ nicht locker.

»Halte das Wasser auf den Kohlen für mich warm«, sagte er.

Luis rannte hinaus, um Señor Picos Badewasser auf die Kohlen zu stellen.

»Es muß sehr schmerzhaft gewesen sein. Hat es sehr weh getan?« fragte Señor Pico seine Frau.

Sie lächelte, eine friedliche Röte lag auf ihrem Gesicht. Juana hängte Señor Picos Kleider in den Schrank.

»Amabelle, Juana, ihr dürft uns jetzt alleine lassen«, sagte Señor Pico.

Während der Señor bei seiner Frau und seinen Kindern war, saß ich in meinem Schaukelstuhl draußen vor meinem Zimmer und schaute zu, wie Luis mit einer Sturmlampe im Hof hockte und mit seinem Hut dem Feuer unter Señor Picos Badewasser Luft zufächelte. Als die Flammen größer wurden, spielte die Abendbrise mit ihnen, so daß die Schatten auf den Wänden des Blecheimers tanzten. Juana ging zu ihrem Mann und reichte ihm ein Schüsselchen mit Eintopf. Luis stellte es zum Aufwärmen neben den Eimer. Er säuberte einen Platz auf der Erde und breitete einen Lumpen aus, damit Juana sich neben ihn setzen konnte. Sie erzählte Luis, daß sie von ihren Schwestern Nachricht (und getrocknete Kaffeebohnen) erhalten hatte. Juana sprach aufgeregt von Señora Valencias Babys. Sie könne es kaum glauben, daß Señora Valencia – deren eigene Geburt sie miterlebt hatte – jetzt selbst eine Mutter war.

Während sie schwatzte, schaute Luis ins Dunkel um sich herum, als hätte er Angst, von den Bäumen angegriffen zu werden. Doch er schwieg und wartete, bis er mit Reden an der Reihe war. Endlich verstummte Juana.

»Señor Pico hat eine Ziege gekauft, ich muß sie heute abend noch zerlegen und einsalzen«, war das erste, was er sagte.

»Wo ist die Ziege?« fragte Juana.

Juana spähte nach ihr. Das Tier hing an den Hinterbeinen von einem der stärksten Äste des Flammenbaums. Dann musterte sie das Gesicht ihres Mannes, vielleicht weil sie spürte, daß etwas Unangenehmes passiert war, von dem er noch nicht gesprochen hatte.

»Wie war die Fahrt?« fragte sie.

»Zu schnell«, berichtete Luis. »Don Ignacio fuhr zu schnell auf der Hinfahrt zur Kaserne. Señor Pico fuhr zu schnell auf der Rückfahrt. Ich dachte schon, du würdest an einem Berghang ein weißes Kreuz für mich aufstellen müssen. Man sagt, diese Automobile seien für Automobilrennen gemacht. Mir war, als würden wir an einem teilnehmen.«

»Zitterst du deshalb immer noch?« fragte Juana und legte ihre breiten Arme um seine magere Gestalt.

»Ich habe dir ja noch nicht mal die halbe Geschichte erzählt«, sagte Luis. »Señor Pico saß bei der Rückfahrt am Steuer. Ich habe nie einen Mann so glücklich gesehen. Es war nicht seine Schuld. Wer könnte es ihm übelnehmen?«

»Ihm was übelnehmen?« fragte Juana.

»Señor Pico fuhr und redete. Je näher wir dem Haus kamen, desto schneller fuhr er. Er stellte Don Ignacio alle möglichen Fragen nach den Kindern. Als Don Ignacio keine Lust mehr hatte, ihm zum hunderttausendsten Mal zu sagen, wie groß die Kinder sind, wem sie ähnlich sehen und so weiter, fuhr Señor Pico noch schneller. Als wir die Straße in der Nähe der Schlucht erreichten, sahen wir drei Männer vor uns gehen –«

»Heilige Mutter, die Leben schenkt, vergib uns«, warf Juana ein. Sie hob beide Hände in die Luft, als wollte sie sich bei den Sternen beklagen.

»Señor Pico schrie und hupte die Männer an«, fuhr Luis fort. »Zwei von ihnen sprangen zur Seite. Der andere hatte die Hupe anscheinend nicht gehört. Das Automobil erfaßte ihn, und er flog hinunter in die Schlucht. Er brüllte, als das Automobil ihn traf, aber als wir ausstiegen um nachzusehen, war er weg. Es war ein *bracero*, vielleicht einer von denen, die in der Zuckermühle von Don Carlos arbeiten.«

Ich kannte die meisten der Leute, die mit Sebastien in der Mühle von Don Carlos arbeiteten, in den Baracken von Don Carlos wohnten und auf den Zuckerrohrfeldern von Don Carlos schufteten. Das Tal war so klein, daß fast jeder von uns jeden kannte. Ich dachte sofort an Sebastien. Bestimmt aber wäre schon einer der Arbeiter zu mir gekommen, wenn Sebastien von Señor Picos Auto angefahren worden wäre.

Etwas raschelte unter dem Flammenbaum. Wir alle sprangen auf. Ich dachte schon, jetzt würde Sebastien mit blutüberströmtem Leib auf mich zurennen. Aber es war nur Doktor Javier mit seiner jüngeren Schwester Beatriz. Beatriz verbrachte ihre Zeit damit, mit den Fingern auf ein Klavier im Salon ihrer Mutter zu hämmern und mit sich selbst Lateinisch zu reden. Sie wollte Journalistin werden, hieß es, die Welt bereisen, Hosen tragen und Leuten Fragen stellen, die noch schlimmeres Unglück auszuhalten hatten als sie selbst. Señor Pico hatte Beatriz den Hof gemacht – doch sie hatte kein Interesse gezeigt –, bevor er der Señora nachstellte. Am Tag, als Beatriz ihn kurzerhand gebeten hatte, den Salon ihrer Mutter zu verlassen, damit sie allein weiter Klavier spielen könne, wankte der Señor in einem Anfall von Liebeskummer über diese Zurückweisung die Straße entlang. Und sah Señora Valencia, die gerade im Garten ihres Vaters rote Orchideen pflückte, um sie in eine kleine Vase neben ihrem Bett zu stellen. Señor Pico, den sie bei den gesellschaftlichen Ereignissen des Ortes nur in Begleitung von Beatriz gesehen hatte, ließ sich plötzlich neben ihr nieder, um ebenfalls Orchideen zu pflücken. Nachdem er der Señora einen Monat lang Besuche in ihrem Salon abgestattet hatte, hielt Señor Pico bei Papi um ihre Hand an. Papi beriet sich mit der Tochter und willigte ein, aber nur unter der Bedingung, daß seine Tochter in ihrem eigenen, behaglichen Haus bleiben durfte, und nicht in einem der dürftigen, abgelegenen Bungalows in der Nähe der Kaserne wohnen mußte, wo sich Señor Pico aufgrund seiner besonderen militärischen Verpflichtungen häufig aufzuhalten hatte.

Juana stand auf, um den Doktor und Beatriz zu begrüßen. Beatriz hatte sich einige leuchtend bunte Bänder in ihr karamelfarbenes Haar geflochten, das ihr bis zu den Waden reichte; ihr Zopf schwang wie ein riesiges Fischskelett über ihrem Rücken hin und her.

Doktor Javier nickte Juana zu und fragte: »Ist der Vater eingetroffen?«

»Ja, er ist gekommen«, sagte Juana. »Guten Abend, Señorita Beatriz.«

»Salve!« antwortete Beatriz auf Latein.

»¡Hola! Ihnen das gleiche, Señorita Beatriz«, sagte Juana, während sie ihr Kleid hinten von Staub befreite. »Gehen Sie doch bitte ins Haus.«

Ich machte mir die ganze Zeit Sorgen um Sebastien. Während ich Beatriz im Schlafzimmer der Señora lachen und mühelos Latein sprechen hörte, ging ich hinüber zum Flammenbaum und spähte nach der toten Ziege, die Señor Pico mitgebracht hatte. Neben dem Blutfleck, da wo die Nase der Ziege fast den Boden berührte, lagen mein Nähkorb und Sebastiens immer noch unfertiges Hemd. Ich hatte sie dort fallen lassen, als ich die ersten Schreie von Señora Valencia hörte. Ich hob den Nähkorb und Sebastiens Hemd auf und nahm sie mit zum Schaukelstuhl. Oben ging die freudige Begrüßung weiter, während Luis immer noch das Feuer anfächelte, um Señor Picos Bad warm zu halten.

Kurz darauf beobachtete Doktor Javier mich von weitem, als er mit Beatriz fortging. Señor Pico wollte jetzt sein Bad; Luis brachte ihm das Wasser.

»Meine Frau möchte dich sprechen«, rief mir Señor Pico über den Hof zu.

Ich ging in ihr Zimmer. Sie lag im Bett, für einen kurzen Augenblick allein, die Kinder schliefen nebenan.

»Ich bin dir so dankbar, Amabelle, für das, was du heute getan hast.« Sie reichte herüber und drückte mir die Hände.

Als ihr Mann im Schlafrock den Raum betrat, ließ sie schnell meine Finger los. »Juana wird heute nacht hierbleiben«, verkündete sie.

Warum Juana? Warum nicht ich? dachte ich. Aber vielleicht hatte Juana sie darum gebeten. Vielleicht brauchte sie es, ein wolkenweiches Kind zu wiegen und sich vorzustellen, es sei ihr eigenes. Außerdem mußte ich in mein Zimmer gehen und auf Sebastien warten. Er würde sicher wissen, was passiert, wer vom Automobil angefahren worden war.

Juana war im früheren Nähzimmer von Señora Valencias Mutter und häufte Decken auf den Boden, um darauf zu schlafen. Hinter ihr stand ein Himmelbett mit vier Pfosten, das Papi vor langer Zeit für die Siesta seiner Frau gebaut hatte.

Señor Pico zog die Schlafzimmertür zu, um die Nachtluft draußen zu lassen. Ich winkte Juana eine gute Nacht zu, aber sie war schon am Einschlafen. Sie blies die Lampe aus, und ich stand im Dunkeln.

Im Schlafzimmer versuchte Señor Pico seine Frau zum Lachen zu bringen, indem er ihr erzählte, wie sehr er sie all die Nächte vermißt hatte, als er auf harten, schmalen, von Ungeziefer wimmelnden Matratzen in der Kaserne hatte schlafen müssen.

»Ist es so schrecklich?« fragte sie.

Ja, das sei es, sagte er. Um die Wahrheit zu sagen, es sei sogar noch schlimmer. Fern von ihr komme es ihm vor, als ob er auf einer eisernen Bank in der Hölle säße.

Die Señora fragte ihren Mann, ob er bald wieder in die Kaserne zurück müßte. Würden die ihm unterstellten Soldaten nicht eine Weile warten können?

Er würde versuchen, während der Zeit ihres Wochenbetts zu bleiben, sagte er, aber die Dinge konnten sich auch schnell ändern. Hatte er tatsächlich vergessen, sie zu unterrichten? Wo war er nur mit seinen Gedanken? Der Generalissimo verbrachte nämlich gerade einige Zeit bei Freunden, nicht weit von hier. Eine gute Freundin des Generalissimo, Doña Isabela Mayer, hatte vor, für ihn nahe der Grenze einen prachtvollen Ball zu geben. Und ihn – ihren Ehemann, konnte sie das ermessen? – hatte man mit der Aufgabe betraut, eine Gruppe anzuführen, die an der Grenze für die Sicherheit des Generalissimo zuständig war. Sie sollten auch eine neue Grenzoperation leiten.

Würde er dann nicht noch länger von ihr weg sein, wollte Señora Valencia wissen.

Sie bräuchte sich überhaupt keine Sorgen zu machen, versicherte er ihr. Die Operation würde schnell und präzise vonstatten gehen. Um die Wahrheit zu sagen, sie habe zum Teil schon begonnen.

Seine Frau klang nicht so glücklich, wie er es sich vielleicht gewünscht hätte. »Wir wollen nicht vom Fortgehen reden«, sagte sie. »Wenigstens bist du jetzt bei uns.«

Papi saß wie jeden Abend allein im Salon. In einer Ecke neben dem akkordeonförmigen Radio bemühte er sich angestrengt, die Stimme eines Sprechers zu verstehen, ohne die anderen im Haus zu stören. Papi war ein Patriot im Exil, der seit eineinhalb Jahren mit Hilfe des Radios einen Bürgerkrieg in Spanien führte. Auf seinem Schoß hatte er die Pläne verschiedener spanischer Städte, die er mit einer Handlupe absuchte, während er lauschte. Die Karten waren an den Ecken und Kanten gebrochen und zerfielen mit jedem Tag mehr zu Staub. »Wie stehen die Kämpfe heute?« fragte ich. »Gewinnt Ihre Seite?«

»Es gewinnt nicht immer die gute Seite«, sagte er.

»Wünschten Sie, daß Sie dort wären?«

»Im Krieg, ein alter Mann wie ich?«

Über Papis Kopf thronte ein großes Porträt des Generalissimo, das Señora Valencia auf Wunsch ihres Mannes gemalt hatte. Das Bild war viel schmeichelhafter als die meisten öffentlichen Fotografien vom Generalissimo. Sie hatte aus ihm einen Riesen in vollem militärischem Ornat gemacht, mit enormen befransten Epauletten und Büscheln von Medaillen, die in ordentlichen Reihen unter der safranfarbenen Borte quer über seiner Brust hingen. Hinter ihm stand die rot-blaue Fahne des Landes mit dem weißen Kreuz in der Mitte, sowie das Wappen und ein Schild: DIOS, PATRIA, LIBERTAD. GOTT, VATERLAND, FREIHEIT. Aber das Zentrum bildete der Generalissimo selbst, der würdevolle Ausdruck auf seinem ovalen Gesicht, darüber das volle schwarze Haar (die beginnenden grauen Strähnen waren vorsorglich weggelassen). Seine dicken, krausen Locken waren in sanften Wellen zurückgekämmt und umrahmten die breite Stirn, sein schüchternes, sanftes Lächeln und seine Augen, die seltsam zärtlich wirkten. Sein Schlafzimmerblick, hatten es viele genannt.

Papi schien die riesige Präsenz des Generalissimo nicht zu bemerken, während er auf Nachricht aus einem sehr fernen Land horchte.

»Möchten Sie einen heißen Guanabana-Tee?« fragte ich. »Er ist gut zum Schlafen.«

Er schüttelte den Kopf.

»Amabelle, ich habe kein Glück«, stellte er fest.

»Warum sagen Sie das?« fragte ich.

»Ich glaube, wir haben heute abend einen Mann getötet«, sagte er.

Da schien mir, als hätte der getötete Mann noch weniger Glück gehabt als er.

»An dem Tag, an dem meine Enkel geboren werden, sitze ich in einem Automobil, das vielleicht jemandem das Leben genommen hat«, sagte Papi. »Mein Schwiegersohn wollte sich nicht mit der Suche nach ihm aufhalten, und ich habe ihn nicht dazu gezwungen. Es war schon dunkel. Ich machte keine Anstalten, daß ich selbst oder daß Luis in die Schlucht hinabstieg, um nach dem Mann zu suchen, und zu sehen, ob wir sein Leben retten konnten. Erzähl es mir, Amabelle, wenn du etwas über den Mann erfährst, ob er überlebt hat oder tot ist. Frag deine Freunde und berichte mir dann.«

»Das werde ich tun.«

»Dann gute Nacht.«

»Schlafen Sie gut, Papi.«

Draußen häutete und zerhackte Luis die Ziege. Er legte die Beine in einem Eimer übereinander und bedeckte sie mit einigen Brocken Steinsalz.

Als ich ein Kind war, spielten mein Vater und ich zusammen ein Spiel namens *oslè* mit den kleinen Gelenkknochen der Vorderbeine einer Ziege. Diese Knochen sind wie Dominosteine, nur sind sie auf der Rückseite gebogen und auf drei Seiten hohl. Ich verbrachte Stunden damit, allein eine Handvoll mit fünf Knochen auf der gleichen Seite landen zu lassen. Es gelang mir nie.

Ich bat Luis, die beiden kleinen Knochen für mich abzuschneiden. Während ich sie in mein Zimmer trug, wischte ich das Blut ab. Ich zog mein sandfarbenes Hauskleid aus und nahm das dazu passende viereckige Kopftuch ab. Fast alles, was ich besaß, hatte früher einmal Señora Valencia gehört, bis sie es nicht mehr wollte. Alles außer Sebastien.

Ich breitete ein altes Leintuch auf dem Boden aus, neben der Kastoröllampe und einer Schneckenmuschel, die Sebastien mir einmal mit der Erklärung geschenkt hatte, daß in ihr das Geräusch fließt, das die Fische hören, wenn sie tief unten in den Höhlen des Ozeans schwimmen. Ein sieben Jahre alter Kalender klebte an der Wand, aus dem Jahr des großen Hurrikans, welcher die ganze Insel verwüstet hatte. Damals waren so viele Häuser zerstört und so viele Menschen getötet worden, daß der Generalissimo persönlich durch die winddurchfegten Straßen der Dominikanischen Hauptstadt marschiert war und angeordnet hatte, daß die Leichen, auf die er während seiner Inspektion stieß, zur Plaza Colombina gebracht und auf öffentlichen Scheiterhaufen verbrannt werden sollten. Diese loderten dann tagelang und füllten die Luft mit so viel Asche, daß alle mit tränenden Augen herumliefen, ihre Taschentücher an die Nasen preßten und ihre Sonnenschirme eng an ihre Köpfe hielten.

Ich legte mich auf meine Matte auf dem Boden und gab Sebastien noch ein wenig Zeit. Wenn er nicht bald käme, mußte ich selbst gehen und in den Hütten bei der Mühle nach ihm suchen.

In der Zwischenzeit tat ich etwas, was ich immer tat, wenn es mir schwerfiel, hinauszugehen und eine unangenehme Wahrheit zu erfahren. (Wenn du so wenige Erinnerungen hast, klammerst du dich an sie und holst sie dir immer wieder ins Gedächtnis, damit die Zeit sie nicht auslöscht.) Ich schloß meine Augen und stellte mir die riesige Zitadelle vor, die das Haus meiner Eltern in Haiti überragte, eine Festung, die aus einer Kette mitraförmiger Berge emporstrebte wie zwei aneinandergeballte Fäuste im Kampf mit dem Himmel.

Die Zitadelle war von Henri I erbaut worden, einem König, der eine Welt hatte erobern wollen, die zuvor ihn erobert hatte. Mein Vater liebte es, diese Geschichte von Henri I zu erzählen, einem Sklaven, der sich zusammen mit den anderen Gefangenen gegen die Franzosen aufgelehnt und eine eigene Nation gebildet hatte. Danach baute er Festungen wie die alte Zitadelle, um Eindringlinge fernzuhalten.

Als Kind spielte ich in den verlassenen Gefechtsräumen von Henris Zitadelle. Ich spähte hinter ihren Säulen und Bogengängen hinaus auf den Rest der Welt und von den Türmen herab, die für Kanonen bestimmt waren, um einen Angriff von Schiffen zur See abzuwehren. Im Schutze dieser Räume sah ich das gesamte nördliche Kap: die gelbgrünen Berge, das Reistal, den Königspalast mit seinen dreihundertfünfundsechzig Türen, drunten auf den Hügeln über Milot und das *Palais des Ramiers*, den Hof der Königin auf der anderen Seite der Savanne. Ich roch die modrigen Kanonenkugeln und fühlte, wie die königliche Rüstung von Henri I Rost auf meine Hände blutete. Sie trug ein Wappen mit einem Phönix, der über einem Feuerwall aufstieg, und Worte, die der König angeblich häufig sagte – *Je renais de mes cendres* – das Versprechen, daß er einst aus der Asche des Todes auferstehen würde. Ich hörte, wie der Wind durch das wilde Gras und Unkraut fegte, das in den Spalten der Steinmauern wuchs. Von den hochgewölbten Decken herunter meinte ich, den König zu hören, wie er müden Geistern Befehle gab. Doch diese mußten ihn daran erinnern, daß dies eine andere Zeit war – ein anderes Jahrhundert – und daß wir ein anderes Volk geworden waren.

Unmerklich ging das Gemurmel von Henri I in das von Sebastien über. Ich erhob mich und ging zur Tür. Dort stand er. Er reichte mir zwei Stangen Yams, an denen noch die Wurzeln und die Erde hingen. Der Yams stammte aus dem kleinen Garten hinter seinem Barackenraum. Manchmal kochte ich für ihn. Wir aßen zusammen, wann immer wir konnten.

»Ich habe fast von dir geträumt«, sagte ich. »Ich war zu Hause und wünschte mir, daß du bei mir wärst.«

»Ich habe draußen gewartet und die richtige Gelegenheit abgepaßt«, sagte er.

Sein Hemd, eines der vielen, die ich ihm aus indigogefärbten Mehlsäcken genäht hatte, war mit getrocknetem rotem Lehm und grünen Grasbüscheln bedeckt. Einige Kaktusnadeln steckten immer noch in dem Stoff und ein paar in der Haut an seinem Arm, aber er schien ihre Stacheln nicht zu spüren. Eines seiner Augen war geschwollen, das Unterlid trug deutliche Spuren geronnenen Bluts. Er versuchte zu lächeln und hielt sich dabei die Seite des Gesichts, wo das Lächeln zerrte und weh tat.

»Bist du ins Zuckerrohrfeld gefallen?« fragte ich, obwohl ich ahnte, daß es anders war. Ich berührte den verschmutzten Bart, den er in den letzten Tagen hatte wachsen lassen. An einigen Stellen zeigte er grüne Flecken, als wäre sein Gesicht längere Zeit in zerquetschtes Gras gedrückt worden.

»Ich kann nicht bleiben«, sagte er. Wenigstens spricht er normal, dachte ich. Seine Stimme war nicht verändert. »Der alte Kongo wartet in der Mühle auf mich. Sein Sohn Joël wurde getötet. Joël ist tot.« Der Schweiß stand ihm auf der schmutzverschmierten Stirn. Mit einer ausholenden Geste seiner Hand wischte er ihn weg.

»Joël tot? Wie denn?«

»Yves, Joël und ich gingen die Straße entlang, da erfaßte ein Automobil Joël, und er fiel in die Schlucht.«

»Und du? Hast du dir etwas gebrochen?« fragte ich, als wäre das die einzige Art, in der ein Leib verletzt werden konnte, oder aber er wurde zerquetscht, wie das Zuckerrohr in den Pressen der Mühle.

»Yves und ich hatten Glück«, sagte er. Ja, dachte ich, er hatte wirklich großes Glück gehabt. Er weinte und schrie nicht, er warf keine Steine auf das Haus oder hämmerte mit einem Knüppel auf das Automobil ein, das seinen Freund getötet hatte. Vielleicht hatte ihn die Wahrheit noch nicht in ihrer vollen Tragweite erreicht. Aber er war ja schon früher dem Tod nahegekommen.

»Was macht Kongo?« fragte ich. Vielleicht blieb Sebastien deshalb so ruhig, weil er an das dachte, was als nächstes zu tun war.

»Das Wichtigste ist, Joëls Leiche zu begraben«, sagte er.

»Weiß Kongo, wessen Automobil Joël angefahren hat?«

»Im Augenblick ist alles, was er weiß, daß sein Sohn tot ist. Er muß einen Sarg zimmern. Don Carlos wird für die Beerdigung nicht bezahlen wollen.«

Luis und Papi waren zu Bett gegangen. Ich führte Sebastien hinter die Latrinen. Dort hatte Papi einen Stapel Zedernbretter, denn zu seinem Zeitvertreib baute er Tische, Stühle und Miniaturhäuser. Sebastien nahm vier lange Bretter, die schon gebeizt und poliert waren, genug, um einen Sarg für einen erwachsenen Mann zu machen.

Ich bot ihm an, beim Tragen zu helfen, aber er lehnte ab.

»Du bleibst hier«, sagte er. »Ich komme zurück.«

Ich schaute auf den Yams hinunter, der an der Wand lehnte, wo ich ihn abgelegt hatte, nachdem er ihn mir gegeben hatte.

»Trotz alledem hattest du noch Zeit, mir Yams zu bringen?« fragte ich.

»Du bleibst hier, bis ich zurück bin«, sagte er, »geh nicht hinaus.«

Ich hörte, wie er unter dem Gewicht des Holzes, das er wegschleppte, schwer atmete. Ich ging zurück in mein Zimmer, legte mich hin und wartete auf ihn.

Armer Kongo. Mein Beileid, Kongo. Zwei neue Kinder sind auf die Welt gekommen, und du mußt deinen Sohn begraben.

9

Es ist Freitag, Markttag. Meine Mutter, mein Vater und ich gehen hinüber nach Dajabón, der ersten dominikanischen Stadt auf der anderen Seite des Flusses. Meine Mutter möchte Kochtöpfe bei einem haitianischen Topfmacher kaufen, der dort lebt, der beste Topfmacher in der Gegend. Moys Töpfe haben einen besonderen Glanz, so daß man meint, eine Kostbarkeit zu erwerben. Sie werden nie dunkel, selbst wenn sie jahrelang zum Kochen auf offenem Feuer verwendet werden.

Am Nachmittag, als wir den Fluß mit unseren zwei neuen glänzenden Töpfen wieder zu durchwaten beginnen, fängt es in den Bergen weit flußauf an zu regnen. Die Luft ist schwer und feucht; ein weiter Regenbogen gleitet vom Himmel hinab, an seiner Stelle ziehen dunkle Regenwolken herauf.

Die Brücke ist ein ganzes Stück entfernt. Mein Vater will schnell nach Hause. Wenn wir uns beeilen, ist immer noch genügend Zeit, sicher hinüberzukommen, sagt er. Meine Mutter meint, er solle warten und die Strömung eine Weile beobachten.

»Wir dürfen keine Zeit verlieren«, beharrt mein Vater.

»Ich trage dich zuerst hinüber und komme dann zurück, um Amabelle und die Töpfe zu holen«, sagt er.

Wir steigen die Böschung hinunter. Mein Vater sucht die Furt; die gerundeten, rostfarbenen Felsblöcke, die wir als Trittsteine benutzt hatten, sind schon in der Strömung versunken.

»Halt die Töpfe fest«, sagt meine Mutter zu mir. »Papa kommt dich gleich holen.«

Auf der Böschung sind ein paar Flußratten, haitianische oder dominikanische Jungen, die für etwas zu essen oder ein, zwei Münzen die Leute und ihre Waren auf dem Rücken über den Fluß tragen. Die Strömung schwillt an, die Becken im Fluß werden größer. Sogar die Flußratten haben Angst, hinüberzugehen.

Mein Vater hält die Hand in die Strömung und spritzt sich Wasser ins Gesicht, als wolle er den Flußgeist grüßen und ihn für die Überquerung um Erlaubnis bitten. Meine Mutter bekreuzigt sich dreimal und schaut zum Himmel hinauf, bevor sie auf den Rücken meines Vaters klettert. Schon beim ersten Schritt reicht das Wasser meinem Vater bis zu den Hüften. Als er im Fluß ist, schrickt er zusammen, er muß erkennen, daß er einen schweren Fehler gemacht hat.

Meine Mutter dreht sich nach mir um, dadurch verliert mein Vater das Gleichgewicht. Ein Schwall Lehm erfüllt die Furt. Mein Vater reckt die Hände nach vorn und versucht, weiterzugehen. Meine Mutter umschlingt seinen Hals fester; ihr Körper beschützt ihn und zieht ihn zugleich nach unten. Als er sie an den Füßen nach oben zu schieben versucht, huscht ein Büschel Lianen an ihnen vorbei; meine Mutter greift nach ihnen, als wären sie die Planken eines Floßes.

Mit dem Regen steigt der Fluß an wie das Wasser bei einer Springflut im Ozean. Die Jungen gehen so nah ans Wasser heran, wie sie können, und werfen meinen Eltern ein dickes Sisaltau zu. Die Strömung verschluckt das Tau. Die Jungen holen es zurück und wickeln es um einen Steinblock. Sobald sie es loslassen, gleitet der Knoten vom Block.

Das Wasser steigt über den Kopf meines Vaters. Meine Mutter läßt seinen Hals los, die Strömung trägt sie weg, so daß er sie nicht mehr erreichen kann. Getrennt sind sie für den anschwellenden Fluß ein noch geringeres Hindernis.

Ich schreie, bis ich Blut in meiner Kehle schmecke, bis ich meine eigene Stimme nicht mehr hören kann. Und halte dabei Moys schimmernde Töpfe noch immer fest.

Ich gehe hinunter zum Sand, um zuerst die Töpfe und dann mich selbst ins Wasser zu stürzen. Die Strömung kommt herauf und leckt an meinen Füßen. Ich schleudere die Töpfe hinein und sehe zu, wie sie den Kamm des Wassers entlangtanzen und in der gezackten Linie verschwinden, die der Fluß in der Ferne bildet.

Zwei der Jungen vom Fluß packen und zerren mich unter den Armen weg vom Wasser. Durch den Regen erscheinen mir ihre Gesichter unscharf und weit entfernt. Sie halten mich am Boden fest, bis ich ruhig werde.

»Du wirst diese Leute nie wiedersehen«, sagt der eine, »es sei denn, du möchtest sterben.«

10

Als Sebastien in jener Nacht von den Hütten zurückkam, trug er ein frisches Hemd und hatte sich das Gras einigermaßen aus Gesicht und Bart gewaschen. Er setzte sich, lehnte den Rücken an die Wand und schaute zu, wie eine Eidechse über die Zimmerdecke huschte. Ich machte ihm Platz, damit er sich neben mich auf die Matte legen konnte.

»Señor Pico ist jetzt zu Hause«, sagte ich. »Du mußt beim Kommen und Gehen aufpassen.«

»Im Augenblick wünsche ich mir nichts mehr, als daß Señor Pico mich zu schlagen versucht«, sagte er in einem gereizten Ton, den ich nicht an ihm kannte. Vielleicht gingen die Ereignisse ihm jetzt doch nahe. Sein Freund war tot. Es hätte ihn treffen können. Er befand sich mit mir im Haus des Mannes, der daran schuld war. Wenn er wirklich wollte, konnte Sebastien hingehen und ihn umbringen.

»Señor Pico hat Gewehre«, warnte ich ihn, »und wir sind auf seinem Besitz.«

»Gehört die Luft, die wir atmen, auch ihm?« fragte er.

»Wie geht es Kongo?«

»Er ist verschwunden«, sagte er.

»Wo ist er hingegangen?«

»Nachdem wir die Leiche zu ihm gebracht hatten –«

»War sie übel zugerichtet?« fragte ich und bereute meine Worte, kaum daß ich sie ausgesprochen hatte.

»Er ist aus großer Höhe hinunter in die Schlucht gefallen«, sagte er.

»Was hat Kongo mit der Leiche gemacht?«

»Er hat sie ein paar Leuten gezeigt«, sagte er ruhig. »Dann halfen Yves und ich ihm, Joël hinunter zum Bach zu tragen. Wir wuschen ihn, säuberten ihn von dem Blut und brachten ihn zurück zu Kongos Hütte. Kongo sagte, er wolle mit dem Toten allein bleiben. Während ich dann hier wartete, bis ich in dein Zimmer konnte, hat er ihn mitgenommen.«

Es war schwer vorstellbar, daß Kongo Joël auf dem Rücken sehr weit schleppen konnte. Joël war viel größer und grobknochiger, er gehörte zu den Männern, die einen mit Zuckerrohr voll beladenen Ochsenkarren ziehen mußten, wenn die Ochsen zu erschöpft dazu waren.

»Man sagt, ein Sohn sei nie zu groß, um von seinem Vater getragen oder geschlagen zu werden«, sagte Sebastien und rieb sein geschwollenes Auge mit geballter Faust. »Wenn Kongo Joël allein weggetragen hat, dann liegt in dem Spruch mehr Wahrheit als ich dachte.«

»Vielleicht wollte Kongo alleine Abschied nehmen«, sagte ich und nahm seine Faust von seinem Auge.

»Die anderen haben draußen nach ihm gesucht«, sagte er. »Ich glaube, er hat Joëls Leiche weggetragen, weil er will, daß wir ihn in Ruhe lassen. Ich werde seinen Wunsch respektieren. Er kann zurückkommen, wann er will.«

Er fuhr mit seinen beiden Händen meinen Rücken hinauf und hinunter. So war es während des ganzen Jahres gewesen, in dem wir uns nun kannten. Um über etwas hinwegzukommen, hielt er am liebsten jemanden fest, der noch trauriger war als er.

»Du schwitzt«, sagte er und ließ seine Finger an meinem Rückgrat entlanggleiten.

»Ich hatte wieder den Traum von meinen Eltern im Fluß«, sagte ich.

»Ich möchte nicht, daß du noch einmal davon träumst«, sagte er.

»Ich sehe es immer genau so, wie es sich zugetragen hat.«

»Wir müssen das ändern und zwar gleich jetzt.« Er blies die

Lampe aus. Das Zimmer war stockdunkel. Ich kniff meine Augen zu und horchte auf seine Stimme.

»Ich möchte nicht, daß du wieder von dem Fluß träumst«, sagte er. »Versuch, etwas Schönes zu träumen. Denk nicht nur an das Ende, sondern auch an die Mitte und den Anfang, an die Dinge, die sie taten, als sie noch geatmet haben. Laß uns annehmen, der Fluß war ruhig an jenem Tag.«

»Und meine Eltern?«

»Starben viele Jahre später einen natürlichen Tod.«

»Und warum bin ich dann hierhergekommen?«

»Obwohl du noch ein Kind warst, als du weggingst, und ich ein erwachsener Mann, als ich hier anlangte, und unsere Familien einander nicht kannten, kamst du hierher, um mich zu treffen.«

Sein Rücken und seine Schultern wurden fest und steif, während er sich ein neues Leben für mich ausdachte.

»Ja«, sprach ich ihm nach. »Ich bin nur hergelaufen, um dich zu treffen.«

»Ich kann dir nicht viel geben«, sagte er, »aber ich sage dir, morgen beginnt meine letzte *zafra*. Nächstes Jahr arbeite ich nicht mehr auf den Zuckerrohrfeldern, vielleicht arbeite ich dann im Kaffee, im Reis, Tabak, Mais, auf einer Zwiebelfarm, sogar beim Yucca-Reiben, alles, nur kein Zuckerrohr. Freunde von mir schauen sich für mich um. Ich schwöre es dir, Amabelle, dies wird meine letzte Zuckerrohrernte sein, genau wie für Joël.«

Ich wußte, er pries Joël glücklich, daß er nicht mehr mit dem Zuckerrohr leben mußte, *travay tè pou zo*, auf dem Knochenacker.

»Als Yves und ich heute abend Joëls Leiche zu den Hütten trugen«, sagte er, »dachte ich daran, wie mein und Yves' Vater gestorben sind, sein Vater hat Brigaden organisiert, um in Haiti gegen die Yanki-Belagerung zu kämpfen, und mein Vater ist im Hurrikan umgekommen.«

Ich langte hinauf und preßte meine Hände auf seine Lippen. Wir hatten abgemacht, unsere traurigen Geschichten in frohe zu verwandeln, aber er mußte weiterreden.

»Manchmal, wenn die Leute auf den Feldern müde und wütend sind, sagen sie, wir seien ein Volk von Waisen«, sagte er. »Sie sagen, wir seien die verbrannte Kruste am Boden des Topfes. Sie sagen, manche Leute gehörten nirgendwohin und das seien wir. Ich sage, wir sind *vwayajè*, Wandersleute. Deshalb mußtest du so weit laufen, um mich zu treffen, weil wir Wandersleute sind.«

11

Ich liege krank im Bett mit einem Fieber, das meinen Körper schwerer macht als eine Stahltonne voll mit kochendem Teer. Ich spüre, wie ich dicker und dicker werde und zugleich immer flüssiger, genau wie die Sirups und Tees, die meine Mutter in mich hineinschüttet. Mein Vater sagt, in Wirklichkeit werde ich kleiner, ich schrumpfe bis auf meine Knochen, und es ist nur wenig Flüssigkeit in mir, die von dem Fieber noch nicht ausgetrocknet ist.

»Es ist eine Krankheit, die wir von jemand anderem zu ihr nach Hause gebracht haben«, stellt meine Mutter eines Tages fest, nachdem sie sich über mich gebeugt und ihren Mund mit gespitzten Lippen von einer Seite auf die andere verzogen hat, wie sie es immer tat, wenn sie in Gedanken war. »Ich nehme an, es war das junge Mädchen, das wir vor zwei Wochen behandelt haben, weißt du noch?«

Meine Mutter macht mir eine Puppe aus meinen liebsten Sachen: Rote Satinbänder sind als Haut aneinandergenäht, zwei Maiskolbenstücke bilden die Beine, ein getrockneter Mangokern ist der Rumpf, weiße Hühnerfedern das Fleisch darum, Kohlestückchen sind die Augen und kakaobraunes Stickgarn die Haare.

Manchmal möchte ich wieder ein kleines Mädchen sein und diese Puppe anfassen, denn wenn ich sie anfasse, fühle ich mich meiner Mutter näher, als wenn ihr Fleisch mein eigenes in dem

Waschzuber oder im Fluß berührt, oder wenn sie die Hand ausstreckt, um mir eine mit Aloe getränkte Kompresse auf die Stirn zu klatschen.

In den wenigen Augenblicken, in denen ich alleine bin, während ich mit meiner Puppe und meinem Fieber im Bett liege, stellt sie sich auf ihre Maiskolbenfüße, wirft ein paar Strähnen ihrer Garnhaare in die Luft und hüpft damit wie mit einem Seil. Sie singt meine liebsten Seilhüpflieder, spielt mit meinen oslès und sagt:

»Du wirst wieder gesund, ma belle Amabelle, ich weiß, daß es wahr ist.« Ihre Stimme ist sanft und melodisch, aber sie dröhnt, als spräche sie aus dem Innern einer sehr großen Flasche. »Ich bin sicher, du wirst hundert Jahre alt, nachdem du so jung dem Tod so nah gekommen bist.«

Während ich ihr beim Spielen zusehe, möchte ich der Puppe einen Namen geben, aber ich kann mich nur an meinen eigenen erinnern und auch bloß, weil sie mich selbst eben so genannt hat.

Als ich wieder gesund bin, wie die Puppe es versprochen hat, frage ich meine Mutter: »Welche Namen soll ich dieser Puppe geben, die im Zimmer herumgelaufen ist und für mich gespielt und auf mich aufgepaßt hat, während ich krank war?«

»So etwas wie diese Puppe gibt es nicht«, sagt meine Mutter. »Das Fieber hat eine Närrin aus dir gemacht.«

12

Der süße, flüchtige Duft des Zitronengrases am Morgen war mir schon immer der liebste. Während ich oben auf dem Hügel stand, sah ich, wie Luis unten vor seinem Haus mit einem Mehlsacklumpen Joëls Blut von einem der Automobile wusch, die Señor Pico gehörten. Sie hießen Packards, es war der gleiche Wagentyp, in dem sich auch der Generalissimo zu jener Zeit gerne fahren ließ.

Ich ging hinüber zu dem Bach hinter der benachbarten Zuckermühle, in dem die Arbeiter bei Tagesanbruch badeten, bevor sie zu den Feldern zogen. Es war der erste Tag einer neuen Zuckerrohrernte. Am Bach war es schon voll, er strömte über vor Männern und Frauen, die durch einen dünnen Saum von Bäumen getrennt waren.

Alle waren ungewöhnlich still, sogar wenn sie miteinander flüsterten. Anstelle des üblichen lauten Morgenschwatzes hörte man nur das Sirren der Kolibris und das Gurgeln des Wassers, das um all die Leiber herumwirbelte, die sich in seinem Bett drängten.

Ich winkte Mimi, Sebastiens jüngerer Schwester, zu. Sie tauchte ihr Gesicht ins Wasser und wieder heraus und machte mit dem Mund Luftblasen. Mimi war Sebastien in das Tal gefolgt, nachdem er sich vier Jahre zuvor hier niedergelassen hatte. Im Augenblick arbeitete sie als eines der Dienstmädchen bei Doña Eva, der verwitweten Mutter von Doktor Javier und Beatriz.

»Heute nachmittag gibt Doña Eva eine Messe und ein *sancocho*, um den Jahrestag ihrer Geburt zu feiern«, verkündete Mimi. Meine Füße glitten über die warmen Kieselsteine am Grund des Baches. Es war fast, als wäre nichts Besonderes passiert, als gäbe sie aus Mangel an anderen Nachrichten Einzelheiten aus dem Leben ihrer Herrin bekannt. »Die Doña wird fünfzig Jahre alt. Kommen deine Leute zu der Messe?«

Mimi nannte Señora Valencia und Señor Pico immer »*moun ou yo*«, meine Leute, als ob sie für mich arbeiteten. Während sie in dem Bach paddelte, hob sie feierlich die Arme über die Wasseroberfläche und pflückte mir ein kleines Blatt von der Nase. Am rechten Handgelenk trug sie, genau wie Sebastien, ein Armband aus Kaffeebohnen, die goldgelb angemalt und auf eine Schnur gezogen waren. Ihre Mutter hatte ihnen das Band zum Schutz und als Glücksbringer mitgegeben, als sie sie nach dem Tod ihres Vaters verließen.

Ich mußte daran denken, daß der fünfzigste Jahrestag von Doña Evas Geburt auf den ersten Tag nach Joëls Tod fiel und daß ich vielleicht nie die Gelegenheit haben würde, Joëls geschlossenen Augen adieu zu sagen. Leise sagte ich zu Mimi: »Glaubst du, daß wir beide so alt werden wie Doña Eva?«

»Ich möchte nicht so lange leben«, antwortete sie in ihrer gewohnt schroffen Art. »Ich möchte lieber jung sterben wie Joël.«

»Möchtest du wirklich so enden, in einer Schlucht?« flüsterte ich ihr zu, damit die anderen es nicht hörten.

»Ich möchte lieber vom Tod überrascht werden«, sagte sie laut. »Ich möchte nicht lange darauf warten, bis er mich gefunden hat.«

Mimi war mindestens vier Jahre jünger als ich und hatte, wenn man den plötzlichen Tod, den sie sich wünschte, nicht ernst nahm, noch mehr Jahre vor sich als ich. Es waren Frauen in dem Bach, die alt genug waren, um unsere Urgroßmütter zu sein. Vier von ihnen ganz in unserer Nähe halfen einigen verwaisten Mädchen, sich zu waschen. Einer der Ältesten fehlte ein Ohr, bei zwei anderen fehlten Finger. Bei einer Frau war der Backenknochen mittendurch gespalten, als eine Machete auf den Feldern danebengeschlagen hatte.

Die ältesten Frauen unter den Zuckerrohrschneiderinnen waren jetzt zu alt, zu schwach oder zu verkrüppelt, um in einem Großen Haus zu kochen und zu putzen, bei der Ernte zu helfen oder aber in ihre alte Heimat in Haiti zurückzukehren. Daher begannen sie jeden Morgen mit einem Bad im Bach und verbrachten den Rest des Tages damit, nach wilden Wurzeln zu graben oder ihren guten Nachbarn freundliche Dienste zu erweisen.

Mimis Gesicht wurde ernst und traurig, als sie die anderen Frauen beobachtete, besonders die junge Félice, die Hausmädchen bei Don Gilbert und Doña Sabine war, einem reichen Paar aus Haiti, das unter den wohlhabenden Familien im Tal wohnte. Félice hatte ein behaartes, tiefviolettes Muttermal über dem Mund, das wie ein Schnurrbart wirkte. Sie war recht hübsch, aber wenn man sie ansah, fiel einem nur das Muttermal auf.

Félice war eine Zeitlang mit Joël zusammengewesen. Kongo, Joëls Vater, hatte diese Verbindung nicht gutgeheißen, da er aus erster Hand einiges über Félices Familiengeschichte wußte. In einem Anfall verzweifelten Hungers während der ersten Zeit der Yanki-Belagerung hatte Félices Großvater eine alte Henne aus dem Hof von Kongos Mutter in Haiti gestohlen. Er könne es nicht ertragen, daß sein Sohn etwas mit einer Frau anfing, deren Familie einen Dieb unter den Vorfahren hatte, hatte Kongo gesagt. Es bestand immer die Gefahr, daß so etwas sich im Blut niederschlug. Er konnte mit seinem einzigen Erben kein Risiko eingehen.

Jetzt badete Kongo in der Mitte des Baches. Er rieb seinen Körper mit einer Handvoll nasser Petersilie ab, während am Himmel die Sonne über seinem Haar mit den Silberspitzen aufging.

Wir benutzten *pèsi, perejil*, Petersilie, seine feuchte Sommermorgenfrische, die krausen Zweige, die kratzig und rauh, zart und biegsam zugleich waren, geschmacklos und bitter, wenn man sie kaute, ein sanfter Wind in deinem Mund, wobei die Blätter anders schmeckten als der Stengel. Wir verwendeten sie als Gewürz in unserem Essen, als Tee, in unserem Bad, um unser Inneres wie unser Äußeres von alten Beschwerden und Schmerzen zu reinigen, um den Staub des alten Jahres abzuschütteln, wenn ein neues heraufzog, um die Haare eines neugeborenen Säuglings zum ersten Mal zu waschen, und um – zusammen mit gekochten Orangenblättern – die Überreste eines Leibes ein letztes Mal zu säubern.

Die übrigen Männer standen abseits, ließen Kongo mehr Raum als sonst. Mit langsamen Bewegungen schrubbte er seine breiten Schultern und krümmte sich, damit die Petersilie auch die Landkarte der Narben auf seinem muskulösen Rücken erreichte, und er starrte dabei unentwegt auf den Wasserspiegel, als könnte er dort mehr sehen als sein Bild.

Sebastien und sein Freund Yves standen ganz in seiner Nähe und hielten die anderen fern, die Kongo ihr Beileid bezeugen wollten.

»Ich frage mich die ganze Zeit, was Kongo mit Joëls Leiche gemacht hat«, murmelte mir Mimi leise ins Ohr.

Keiner würde sich Kongo entgegenstellen, was immer er auch mit der Leiche seines Sohnes getan hatte. Er genoß unter den Ältesten von uns den größten Respekt. Wir alle vertrauten ihm.

Kongo ließ die verbrauchte Petersilie in den Bach fallen und holte seine Machete aus dem Wasser. Sein Arbeitsgerät in die Sonne haltend, strich er über die Klinge, als wäre sie aus Fleisch. Kongo arbeitete nach wie vor auf dem Feld. Er hatte mehr als zwölf Ernten lang Seite an Seite mit seinem Sohn geschuftet. Bevor die Ernte richtig begann, in der toten Jahreszeit, hatten Kongo, Joël, Sebastien und sein Freund Yves zusammen Tabakfelder gesäubert; an Sonntagen fällten sie Bäume, um Holzkohle herzustellen, die sie dann verkauften.

»Wenn einer von unseren Leuten Kongos Sohn getötet hätte, müßte er jetzt mit dem Tod rechnen«, sagte Mimi. »Aber da es einer von denen war, können wir nichts tun. Armer Kongo, es zerfrißt ihn sicher innerlich. Ich sage, Auge um Auge, Zahn um Zahn.«

Noch ein paar Leute kamen zum Bach. Sie ließen ihre Kleider fallen und drängten sich in die freien Stellen im Wasser. Ohne jedes Zeremoniell war dieser Morgen ein stiller Abschied für Joël, eine schweigsame Totenwache bei Sonnenaufgang.

»Deine Leute haben Joël getötet, als sie nach Hause zu den Zwillingsbabys fuhren, nicht wahr?« fragte Mimi. »Das habe ich jedenfalls gehört.«

»Ja. So war es auch.«

»Beatriz denkt, sie wird die Patin von einem der Zwillinge.«

»Das haben der Señor und die Señora zu entscheiden.«

»Was Beatriz will, das bekommt sie oft auch.«

»Nennst du sie immer Beatriz?« fragte ich.

»Ich muß sie dir gegenüber doch nicht ›Señorita‹ nennen, oder?«

Ich dachte an Señora Valencia, die ich kannte, seit sie elf Jahre alt war. Ich hatte sie Señorita genannt, als sie sich vom Kind zur jungen Frau entwickelte. Seit sie im letzten Jahr geheiratet hatte, nannte ich sie Señora. Sie hingegen hatte mich immer nur Amabelle gerufen.

»Ich rede sie nicht mit ›Beatriz‹ an«, erläuterte Mimi. »Aber was wäre so schlimm daran, wenn wir sie bei ihrem Vornamen nennen würden?«

»Es wäre ein Zeichen von einem Mangel an Respekt«, sagte ich. »Du würdest ja auch eine dieser alten Frauen nie bei ihrem Vornamen rufen. Du nennst sie ›Man‹, obwohl sie nicht deine Mütter sind.«

Mimi zuckte zusammen und schaute auf ihr Armband aus Kaffeebohnen. Einen Augenblick lang schien es ihr weh zu tun, wenn sie die alten Frauen ansah, vielleicht suchte sie in ihrem finsteren Gesichtsausdruck nach dem Lächeln ihrer Mutter.

»Was spielt es für eine Rolle, ob Beatriz oder deine Herrin sich über uns ärgern?« sagte sie. »Wenn sie uns entlassen, haben wir wenigstens ein paar Tage Freiheit, bevor wir verhungern.«

»Da ist noch dein Bruder, er zählt auf dich«, sagte ich in der Absicht, den unnützen Streit zu beenden, da echter Kummer in der Luft lag. »Auch wenn er Schulden hat bis über beide Ohren, kann er immer mit einer Mahlzeit von dir rechnen.«

»Oder von dir«, beharrte sie.

»Aber du bist von seinem Blut«, sagte ich. »Wenn wir Streit haben, bekommt er nichts von mir.«

»Vielen Dank, daß du mich daran erinnerst, warum ich mit dem elenden Haus dieser Frau so eng verbunden bin«, sagte sie. »Wenn du und mein Bruder einen Hausstand gründen, werde ich vielleicht frei sein.«

Alle schauten auf Kongo, der aus dem Bach herausstieg. Auf einen alten Besenstiel gestützt, der ihm als Gehstock diente, entfernte er sich. Sebastien und sein Freund Yves, die mit Joël auf der Straße gegangen waren, als er getötet wurde, folgten Kongo, um ihn aufzufangen, falls der Besenstiel versagte. Yves hatte seinen Kopf geschoren, er glänzte ebenso hell im Sonnenlicht wie Kongos Machete. Mit Sebastien folgte er Kongo zurück zu den Baracken.

»Wann werden du und Sebastien zusammen in einem Haus leben?« fragte Mimi. »Falls mein Bruder zu schüchtern ist, um zu fragen, kann ich die Vermittlerin spielen.«

»Gestern nannte Juana mich eine Ungläubige, weil ich gewöhnlich nicht zu den Heiligen bete«, sagte ich. »Sie fragte mich, ob ich überhaupt an etwas glaube, und das einzige, was mir einfiel, war Sebastien.«

»Das muß ich Sebastien erzählen.« Mimi schlug mit den Handflächen aufs Wasser. Die anderen drehten sich um und starrten sie mißtrauisch an, weil sie ihnen an einem solchen Tag zu fröhlich schien. Da platschte sie noch heftiger ins Wasser, so daß es hochstiebte und sie abschirmte wie ein Vorhang aus Glas. Sie wirkte wie eine der nackten, aus Nabel und Mund Wasser sprühenden Statuen, die in einem Brunnen auf dem Hauptplatz in der Stadt standen.

»Kein Grund für traurige Gesichter«, sagte sie. »Joël geht es gut, da wo er ist. Er würde sich wünschen, daß wir uns für ihn freuen. Wir sollten ihm eine fröhliche Totenwache halten, damit sich sein Geist auf den Weg machen kann. Er würde sich wünschen, daß wir lachen und dankbar sind, daß er nicht mehr da ist.«

Félice stieg aus dem Bach und ging ins Gebüsch, um sich anzuziehen. Mimi war eine der letzten, die noch im Wasser waren.

»Mimi ist noch ein Kind«, sagte ich zu Félice und lief ihr nach. »Sie weiß nicht, was sie sagt.«

»So ist das wohl, wenn man alt wird«, sagte Félice mit ihrer gewohnt ungeduldigen Sprechweise, die ihre Worte manchmal ganz undeutlich machte. Sie bedeckte das behaarte Muttermal mit den Händen, während sie nach Worten suchte. »Als ich jung war, konnte ich niemand hassen. Jetzt ist das ganz anders.«

Sie ließ ihren Kopf auf meine Schulter fallen, drückte mir ihre Unterarme in die Rippen und lehnte sich an mich. Ihr Körper wirkte schwer und schlaff; ich hatte Angst, sie könnte ohnmächtig werden und hier vor meine Füße fallen.

»Nur Mut, meine Liebe«, sagte ich, während ich sie aufrecht zu halten versuchte.

»Er war noch zu jung«, sagte sie, »und Kongo will nicht einmal, daß die anderen entsprechend handeln.«

»Was sollten sie tun?«

»Auge um Auge, wie Mimi sagt.«

»Kein Auge um kein Auge«, sagte ich. »Wir können doch hier keinen Krieg anfangen.«

»Das wäre kein Krieg«, sagte sie, »es würde sie nur lehren, daß das Leben von einem von uns auch etwas wert ist.«

»Aber was würde das Joël noch nützen?«

»Für Joël ist alles zu spät«, sagte sie. »Für ihn kann man nichts mehr tun. Aber wir sollten etwas tun, damit sie sich nicht an anderen vergreifen.«

Sie riß sich von mir los, um auf ihren eigenen Beinen zu stehen.

»Das müssen wir Kongo überlassen«, sagte ich. »Es ist sein Sohn, der getötet wurde. Er weiß am besten, was zu tun ist.«

13

Jede Nacht spricht Sebastien im Schlaf.

»Weißt du, was ich gerne tun würde?« fragt er eines Nachts.

»Sag mir, was du gerne tun würdest.« Du fühlst dich überlegen, wenn du von einem Schlafenden Antwort verlangst, während du hellwach die Fragen stellst. In gewisser Weise ist es ein Wunder, wie geliebt zu werden oder einen Papagei – so ein kleines Tier – Worte wiederholen zu hören, die eben einem Menschen über die Lippen gekommen sind.

»Ich möchte gern einen Drachen fliegen lassen«, antwortet Sebastien im Schlaf auf meine Frage, was er gerne tun würde.

»Was für einen Drachen?«

»Ein helles Stück Papier über einem Rahmen aus Bambus, mit dem roten Satinband eines Mädchens als Schweif.«

»Soll ich dir mein rotes Satinband schenken?«

Er dreht sich um und vergräbt den Kopf im Kopfkissen.

Soll ich ihm mein rotes Satinband schenken?

Keine Antwort.

14

Zwischen dem Bach und der Mühle von Don Carlos lagen die Häuser der Haitianer, die Sebastien *non-vwayajè* nannte. Es ging ihnen besser als den Zuckerrohrschneidern, aber nicht so gut wie Don Gilbert und Doña Sabine und ihren Freunden, den reichen Haitianern.

Die seßhaften *non-vwayajè*-Haitianer lebten in Häusern aus Holz oder Zement. Sie hatten farbenfrohe Veranden, Blechdächer, große Gärten, Kaktushecken und zwischen den Kaktusstämmen rankten grüne Reben. Hinter den Häusern standen viele Obstbäume – besonders Mango- und Avocadobäume –, um Schatten und Nahrung zu spenden und zur Zierde. Diese Familien lebten schon seit einigen Generationen in Alegría: als Grundbesitzer, Bauern, Mechaniker, Maurer, Schneider, Schuster, es gab ein Lehrerehepaar und einen haitianischen Priester, Pater Romain. Einige hatten dominikanische Frauen geheiratet. Viele waren in Alegría geboren. Wir sahen in ihnen allen Leute, die ihr Schicksal selbst in der Hand hatten.

An jenem Morgen, während ich diese Leute grüßte, die bereits außerhalb der Zuckerrohrplantage lebten, dachte ich an Sebastiens Entschluß, sie nach der Ernte ebenfalls zu verlassen. Einige saßen in Lehnsesseln aus Zuckerrohr und nahmen ihr Frühstück mit Brot und Kaffee, Maisbrei und *mangú* zu sich, andere schritten wie Wächter ihren Besitz ab, bevor sie zu ihrem Tagwerk aufbrachen. Ich sah Unèl, einen kleinwüchsigen Maurer, und rief ihm einen Gruß zu. Mit einem breiten, zähnebleckenden Lächeln winkte er zurück. Unèl hatte einmal zusammen mit ein paar Freunden, die er seine Brigade nannte, die Arbeiterlatrinen in Señora Valencias Hof erneuert.

Einige Eltern begleiteten ihre Kinder zu der einklassigen Schule, die Pater Romain und ein dominikanischer Priester, Pater Vargas, gegründet hatten. Der flache Bau aus Schlackensteinen war schon überfüllt, und die Eltern, die ihre Kleinen herbrachten, beklagten sich wie jeden Morgen über die Beschränkungen für die Schulbildung ihrer Kinder.

»Ich habe meinen Sohn hier, in diesem Land, aus meinem Leib gepreßt«, sagte eine Frau in einer Mischung von lokalem Kreyòl und Spanisch, der verschlungenen Sprache der Leute, die beim Sprechen immer stotterten, da sie an dem schmalen Grat zwischen zwei Sprachen hängenblieben, die beide fast ihre Muttersprachen waren. »Meine Mutter hat mich auch hier aus ihrem Leib gepreßt. Weder ich noch mein Sohn, keiner von uns hat die andere Seite der Grenze je gesehen. Und doch wollen sie uns unsere Geburtspapiere nicht in die Hand geben, damit ein richtiger Lehrer in einer richtigen Schule meinem Sohn das Wissen in den Kopf eintrichtern kann.«

»Für die bleiben wir immer Ausländer, auch wenn die *granmèmès* von unseren *granmèmès* in diesem Land geboren sind«, antwortete ein Mann auf Kreyòl, das wir zumeist untereinander sprachen – anstelle von Spanisch. »So ist es leichter für sie, uns rauszuwerfen, wenn sie wollen.«

»Habt ihr die Gerüchte gehört?« fragte eine andere Frau, deren perfektes Kreyòl untermalt wurde von den kunstvollen Bewegungen ihrer langen Finger. »Sie sagen, alle die nicht in einer der Yanki-Zuckermühlen arbeiten, werden nach Haiti zurückgeschickt.«

»Wie können die Yanki-Zuckermühlen einen retten?« meinte die in der Dominikanischen Republik geborene Frau mit dem ebenfalls dort geborenen Sohn. »Ich, ich habe keine Papiere in der Hand, die angeben, wohin ich gehöre. Mein Sohn, der hier geboren wurde, hat auch keine Papiere in der Hand, die sagen, wo er hingehört. Von denen, die in den Zuckermühlen arbeiten, haben die Mühlenbesitzer die Papiere, das liegt ihnen wie eine Schlinge um den Hals. Papiere sind alles. Du hast keine Papiere in der Hand, und sie können mit dir machen, was sie wollen.«

Ich dachte an meine eigene Lage. Ich hatte keine Papiere, um nachzuweisen, daß ich entweder hierher oder nach Haiti gehörte, wo ich geboren war. Die Kinder, die gerade in die Schule gebracht wurden, schauten besorgt in die Gesichter ihrer Eltern, sie erschienen ihnen sicher nur wenige Zoll von dem hell indigofarbenen Himmel entfernt – so hatte ich jedenfalls in Erinnerung, wie die Gesichter der Eltern für Kinder aussehen. Ich fand es traurig, die *non-vwayajè*-Haitianer so reden zu hören, die doch in der Gegend verwurzelt schienen wie die Tamarindenbäume, die Paradiesvögel und das Zuckerrohr – es tat mir leid, daß sie sich ebenfalls ihres Platzes im Tal nicht sicher waren.

Inzwischen hatte sich der Maurer Unèl der Gruppe angeschlossen und er begann von Joël zu sprechen.

»Habt ihr gehört, daß sie einen unschuldigen Mann mit einem Automobil angegriffen und in die Schlucht geworfen haben?« fragte Unèl.

So war das nicht, wollte ich schon sagen. Aber warum sollte ich Señor Pico verteidigen?

Viele hatten von Joël gehört, aber so etwas war nichts Neues für sie. Sie hörten ständig davon, daß verärgerte Aufseher mit oder ohne Absicht auf *braceros* schossen oder davon, daß nach einem Streit um ein paar Pesos in der Zuckerpresse einem Zuckerrohrarbeiter eine Machete an den Hals geschleudert wurde. Solche Dinge passierten den Zuckerrohrarbeitern ständig, sie waren die Schutzlosesten von uns allen.

»Zuerst kommt einer wie Joël dran und dann einer wie wir«, sagte Unèl und zeigte sich nun mutiger als die anderen: »Außer, wir tun uns zusammen, um uns selbst zu schützen.«

Don Gilbert und Doña Sabine hatten entlang der Straße eine Umfassungsmauer errichtet, die sie in ihrer weitläufigen Villa ganz einschloß. Als wir auf ihr Tor zugingen, sah ich Félice auf einer der höhergelegenen Veranden zwischen den beiden geschwungenen Steintreppen an der Vorderfront von Doña Sabines Haus. Doña Sabine stand bei ihr und deutete auf uns.

Die Leute vor mir wandten sich alle nach Doña Sabine um. Ein Erwachsener nach dem anderen zeigte auf ihre oder seine Brust und fragte mit Handzeichen, von wem sie etwas wollte. Doña Sabine deutete weiter, bis Unèl schließlich merkte, daß sie ihn meinte.

Er löste sich aus der Gruppe und ging zu dem hohen schmiedeeisernen Tor vor Doña Sabines Haus. Ihre zehn dominikanischen Wachen standen um das Tor geschart, bereit, sie zu verteidigen, falls Unèl sich als gefährlich erwies. Sie winkte, sie könnten gehen und bedeutete Unèl, ihr und Félice zu folgen, am Gebüsch ihres Gartens entlang, wo die blühenden Sträucher in gestutzten Reihen standen und wie Schuljungen mit neuem Haarschnitt aussahen.

Félice schaute auf und sandte mir ein schnelles, schüchternes Lächeln, als ich am Tor vorbeikam, dann wandte sich ihr Blick wieder dem bernsteinfarbenen Mosaik auf dem Pfad zu, den sie mit Doña Sabine entlangging.

Doña Sabine war einst eine berühmte Tänzerin gewesen und hatte die ganze Welt bereist. Ihr Ehemann besaß eine Rumbrennerei, die schon seit fünf Generationen der Familie gehörte, zuerst auf haitianischem Gebiet, das dann durch den Landtausch der beiden Regierungen einige Jahre zuvor zu dominikanischem Gebiet geworden war. Doña Sabine war klein und dünner, als es vielleicht gut für sie war. Von hinten sah sie mädchenhafter aus als die meisten Mädchen, aber jeder ihrer Schritte war wie ein lange geübter Tanz. Ihre eleganten Füße steckten im Augenblick in großen Rindslederslippern, die vermutlich ihrem Mann gehörten. Ihre Hände waren an jedem Finger, außer an den Daumen, von einem Ring beschwert. Es sah aus, als trüge sie allen Schmuck, den sie besaß, da sie ihn lieber am Leib hatte als ihn einem Versteck anzuvertrauen.

Unèl folgte ihr und Félice in den überdachten Durchgang zum Haupthaus. Wahrscheinlich hatte sie Arbeit für ihn. Doña Sabines Ehemann, Señor Gilbert, stand in einem beigefarbenen Nachthemd draußen in der Sonne und rief einer großen Gruppe von Leuten, die im Garten verteilt waren, Befehle zu. Als er aufsah und Unèl entdeckte, warf seine Frau ihm eine Kußhand zu, die er mit einem Winken erwiderte.

Trotz ihres Lächelns und Küssens lag etwas Bedrückendes über dem Ort; es war, als würde eine weitere Yanki-Invasion bevorstehen. Ich hatte noch nie so viele Leute für Don Gilbert und Doña Sabine arbeiten sehen: eine Schar ängstlicher Gesichter lugte aus jedem Winkel ihres Gartens, die Leute sahen müde und krank aus, einige hatten Verbände um die Schultern oder trugen die Arme in Schlingen aus Stoffetzen.

Auf dem Rückweg zu Señora Valencias Haus schaute ich kurz in die Gemeindeschule, um Pater Romain zu besuchen. Pater Romain war jünger als die meisten Priester, die ich kannte. Er hatte seine Kutte an und rannte mit einem großen ringförmigen Drachen durch den Hof. Gerade war er dabei, seinen Schülern Unterricht über die Grundlagen von Licht und Farben, über den Boden und die Landschaft, über Erde und Himmel zu geben, und ihnen die genaue Windrichtung an dem Ort beizubringen, an dem sie standen.

»Das ist Amabelle«, sagte er und überließ den Drachen einem der älteren Jungen, »die aus dem gleichen Dorf auf der Welt kommt wie ich, Cap Haitien, der Stadt der großartigen Zitadelle von Henri I.«

Pater Romain betonte immer sehr, daß wir aus dem gleichen Ort stammten, genau wie Sebastien. Das taten die meisten Leute hier. Auf diese Weise waren wir durch eine andere Person mit unserem alten Leben verbunden. Zuweilen saßen wir ganze Abende mit solchen Menschen zusammen und hörten zu, wie sie ihr gesamtes Leben vor einem ausbreiteten, von dem Haus, in dem sie geboren waren, bis zu dem Hügel, auf dem sie begraben werden wollten. Es war ihre Art, nach Hause zurückzukehren, du warst dabei ihr Zeuge oder aber einer, der sie in die Gegenwart zurückbrachte, indem du entweder gähntest, fortgingst oder geschickt von deiner eigenen Geschichte anfingst. Auf diese Weise hinterließen die Leute ihre Eindrücke im Gedächtnis der anderen und wer dann als erster aufbrach und ins Heimatdorf kam, konnte, wenn schon nicht mit einem Brief, dann wenigstens mit einem geliebten Kleidungsstück seinen Angehörigen die Botschaft bringen, daß der Freund oder Verwandte noch unter den Lebenden weilte.

Priester waren da keine Ausnahme. Obwohl Pater Romain sehr an seinen Schülern hing, vermißte er doch seine jüngere Schwester und die anderen Verwandten jenseits der Grenze. In seinen Predigten für die haitianischen Gemeindemitglieder des Tals erinnerte er häufig an ihre Gemeinsamkeiten: die Sprache, das Essen, die Geschichte, den Karneval, Lieder, Märchen und Gebete. Er glaubte daran, daß das Gedächtnis, das Erinnern – auch wenn es manchmal schmerzhaft ist – einem Kraft geben kann.

Die Kinder scharten sich um ihn, zogen ihn an den Händen und baten ihn, den Unterricht im Drachensteigenlassen fortzusetzen. Er beschwichtigte sie, indem er ihnen nacheinander über den Kopf strich. Nachdem er allen noch einen Klaps gegeben hatte, streichelte er meine Hand, setzte seine Lehrerbrille ab, um mir direkt in die Augen zu blicken und sagte: »Ich werde gebraucht, Amabelle.«

»Gewiß, das sehe ich, Pater«, sagte ich.

»Ich habe es Kongo schon gesagt«, meinte er. »Bitte richte es auch Sebastien von mir aus. Ich bin traurig über Joëls Tod. Es passiert einfach zu oft, daß Leute durch Ungerechtigkeit unschuldig sterben. Sein Vater wird gute Worte von uns allen brauchen.«

»Danke, Pater«, sagte ich, denn ich fühlte, daß er mir das gegeben hatte, wofür ich hergekommen war, ein bißchen neue Hoffnung.

»Danke für deinen Besuch, Amabelle.«

Seine Schüler zerrten ihn weg, stritten aufs neue um die Drachenschnur.

Während ich zu Señora Valencias Haus hinaufstieg, sah ich Doktor Javiers Schwester Beatriz. Sie trug ein altes grünes Sommerkleid und wirbelte den dazu passenden Sonnenschirm über ihrem Kopf. Die Morgenbrise bauschte ihr den Rock hoch über die Knie, aber sie schien es nicht zu bemerken.

Beatriz ging in den Salon, wo Papi am Radio saß und auf Nachricht aus Spanien wartete. Er hatte sein Notizbuch auf dem Schoß und kritzelte ein paar Worte hinein, schaute auf, kritzelte, von lauten Hustenanfällen unterbrochen, erneut.

Beatriz küßte Papi auf die Wange, eine Zärtlichkeit, die sie nur alten Männern gewährte, die kein Interesse daran hatten, sie zu heiraten. Papi schaute weiter in sein Notizbuch und schrieb. Beatriz suchte sich das Korbsofa ihm gegenüber aus und setzte sich. Sie schwenkte ihren langen Zopf vom Rücken auf die Schulter. Sein Ende landete auf dem geschlossenen Sonnenschirm in ihrem Schoß. »Papi, du bist schon lange nicht mehr an unserem Haus vorbeispaziert.« Sie spielte mit dem Zopf, während sie sprach.

»Ich bin hiergeblieben für den Fall, daß Valencias Wehen einsetzen«, sagte Papi.

»Aber jetzt, wo die Babys da sind –«

»Komme ich wieder bei euch vorbei«, sagte er.

Juana eilte von der Küche her, um Beatriz zu begrüßen.

»Wie nett von Ihnen, uns so früh zu besuchen, Señorita Beatriz«, sagte sie.

»Danke«, antwortete Beatriz. Sie wirkte verärgert, weil Juana ihr Gespräch mit Papi gestört hatte.

»Die Señora hat nicht viel geschlafen, denn beide Kinder sind zu verschiedenen Zeiten aufgewacht«, verkündete Juana. »Diese Kinder scheinen schon jetzt ihr eigenes Temperament zu haben.«

»Hast du meinen Tee fertig?« Papi hustete, als würde er ertrinken.

»Das Teewasser ist heiß«, sagte Juana. »Er muß noch ziehen; den werden Sie bei diesem Husten brauchen.« Dann wandte sie sich wieder an Beatriz. »Möchten Sie einen Schluck von meinem guten, starken Kaffee, Señorita Beatriz, erst gestern haben mir meine Schwestern welchen aus meinem Heimatdorf hergeschickt.«

»Wie du möchtest, Juana«, sagte Beatriz.

»Komm, Amabelle.« Juana griff nach meiner Hand und zog mich nach hinten in die Küche, wo sie damit beschäftigt war, für jeden das Frühstück zu bereiten. Luis stand in einer Ecke und aß hastig, bevor er sein Tagwerk begann.

»Da, nimm.« Juana gab mir zwei gekochte Yuccas in einer großen Schüssel. »Damit du stark wirst. Der heutige Tag wird uns ein ständiges Kommen und Gehen bringen.«

Ich aß, während sie die Tassen und Untertassen auf einem Tablett für Papi und Beatriz aufreihte.

»Laß dir Zeit mit dem Essen, Amabelle«, kommandierte sie.

Luis wischte die Hände an seiner Hose ab, als er fertig war. Beim Hinausgehen kniff er Juana in den Hintern.

»Vergiß das Ziegenfleisch nicht, das du Doña Eva als Geschenk von Señor Pico bringen sollst«, erinnerte ihn Juana.

Als ich in den Salon zurückkam, war Beatriz mit Papi über das Radio gebeugt, an dessen großen Knöpfen er drehte, um einen Ton einzufangen. Das Radio blieb stumm. Er gab sich geschlagen und stellte es ab.

»Was schreibst du denn da?« fragte Beatriz, in Papis Notizbuch schielend.

»Ich versuche aufzuschreiben, was ich von meinem Leben noch weiß«, sagte Papi und klappte das Notizbuch zu. Er machte Platz, damit ich das Tablett vor ihm abstellen konnte, brach sich ein Stück vom Brot ab und steckte es in den Mund.

»Papi, darf ich sehen, was du geschrieben hast?« fragte Beatriz.

»Ich schreibe nur für meine Enkel«, erwiderte Papi. »Ich fühle mich wie ein Vogel, der über zwei Berge geflogen ist, ohne in das Tal dazwischen hinunterzuschauen. Ich weiß nicht, wieviel ich in einigen Jahren noch weiß oder schon vergessen habe. Sogar jetzt erinnere ich mich nicht mehr an viele Dinge, die gestern passiert sind.«

»Deine Enkel wurden gestern geboren. Das hast du doch bestimmt nicht vergessen, oder?« neckte ihn Beatriz, während sie ihre Tasse und Untertasse vom Tablett nahm. Der Duft von Juanas Kaffee erfüllte den gesamten Salon wie der Rauch eines Ginsterfeuers.

Ich stellte das Tablett auf einem Tischchen beim Radio ab und wollte zurück in die Küche gehen.

»Bleib, Amabelle«, sagte Papi. »Ich brauche dich vielleicht, damit du mir meinen Tee wieder aufwärmst.«

»Du hattest ein bewegtes Leben«, sagte Beatriz zu Papi.

»Was weißt du schon von meinem Leben?« Papi nippte an seinem Tee, während er auf die Antwort wartete.

»Ich weiß, was Valencia mir erzählt hat«, sagte sie.

»Valencia weiß nur, was ich ihr sagen wollte, und für ein Kind, das einen verehrt, kann ein Vorhügel wie ein Gebirge aussehen, wenn der Vater ihn beschreibt.«

»Du warst also etwa nicht gerne Offizier in der spanischen Armee?« fragte Beatriz.

»Das ist fast vierzig Jahre her«, sagte Papi. »Damals führte Spanien ebenfalls Krieg, einen ruhmreichen kleinen Krieg mit *Los Estados Unidos*, bei dem es um ein paar Kolonien ging. Ich floh vor den blutigen Schlachten hierher, den großen Schlachten von El Caney und San Juan Hill. Aber auch in Friedenszeiten hätte ich mein Land verlassen.«

»Gefällt es dir hier?« fragte Beatriz.

»Ich habe hier geheiratet. Ich habe meine Tochter hier aufwachsen sehen und jetzt meine Enkel –«

»Aber gefällt es dir hier ganz ehrlich?«

»Warum stellst du so viele Fragen?«

»Ich habe in *La Nación* gelesen, daß bei den Internationalen Brigaden in Spanien Frauen mitkämpfen«, sagte Beatriz und zwirbelte dabei ihren karamelfarbenen Zopf.

»Ist es das, wovon du nachts träumst, die Internationalen Brigaden?« Papi spitzte die Lippen und wiegte in offenkundiger Mißbilligung den Kopf hin und her.

»Genießt du das Leben hier?« fragte Beatriz noch mal wie ein bezahlter Inquisitor.

»Soll ich dir die Wahrheit sagen?« fragte er.

»Natürlich, nur die Wahrheit«, erwiderte Beatriz.

»Ob es mir gefällt, wie die Dinge jetzt hier geführt werden, alles vom Militär beherrscht? Ob mir die Anbetung der Uniformen gefällt, die Orden wie Sterne auf der Brust der Leute?

Ob mir das alles gefällt?« Er schaute zu Señora Valencias pompösem Porträt des Generalissimo hinauf.

»Gefällt es dir?« Beatriz ließ nicht locker.

»Nein«, sagte Papi. »Das gefällt mir nicht im geringsten.«

»Als du in der Armee warst, hast du da jemanden getötet?« fragte Beatriz.

»Das geht nur mich und mein Gewissen etwas an«, sagte er.

»Du hast es also getan?«

»Was nützt es dir, wenn du weißt, in was für üble Dinge ich verwickelt war oder nicht?«

Beatriz warf ihren langen Zopf zurück und traf dabei fast Papis Gesicht. Papi hatte einen weiteren Hustenanfall. Beatriz beeilte sich, ihm den Rücken zu klopfen.

»Du möchtest wissen, was ich für meine Enkel aufschreibe«, sagte Papi, nachdem er wieder Luft geholt hatte. »Ich habe mit meiner Geburt in der Hafenstadt Valencia angefangen. Mein Vater war dort Bäcker. Zu manchen Zeiten gaben wir allen in unserem Viertel das Brot umsonst. Ich war sein einziger Sohn, aber ich durfte nie essen, bevor nicht alle anderen etwas zu essen hatten. Er wurde neunzig Jahre alt, um dann in diesem höllischen Krieg getötet zu werden.«

Wie ich war Papi aus seinem Heimatland entwurzelt worden; er fühlte sich als das verwaiste Kind eines nun verwaisten Volkes. Vielleicht war das der Grund, warum er Fremden gegenüber manchmal freundlicher gesinnt schien, die nicht immer diesseits der Grenze zu Hause gewesen waren.

Señora Valencia stillte gerade ihren Sohn, als ich ihr das Frühstück brachte. Ihr Mann winkte mich heran, sobald er mich in der Tür sah.

»Señorita Beatriz ist zu Besuch gekommen«, sagte ich zu ihm, während ich das Tablett abstellte.

Ich hob die schmutzige Wäsche der Kinder in einer Ecke auf und brachte sie hinunter zu der Schüssel mit Regenwasser, die Juana draußen im Hof zum Waschen bereithielt.

Vom Hügel konnte ich einige Zuckerrohrarbeiter sehen, die zur Arbeit hinaus auf die Felder strebten. Kongo ging an der

Spitze der Gruppe, Sebastien dicht hinter ihm. Mimi und Félice waren mit ihnen unterwegs zum Markt, wo sie Vorräte einkaufen sollten. Ich winkte ihnen zu, aber es war Doktor Javier, der an ihrer Stelle zurückwinkte, während er den Hügel heraufstieg. Bevor er hineinging, kam er herüber zum Waschplatz.

»Hast du dir über meine Frage Gedanken gemacht?« Er sprach Kreyòl wie ein Haitianer, mit einem ganz leichten dominikanischen Tonfall. »Bald gehe ich für zwei Tage hinüber zu der Klinik«, sagte er. »Wenn du willst, kannst du mit mir und einigen anderen mitkommen. Es werden auch viele Kinder dabeisein, etwa zehn Waisen. Die Klinik ist eigentlich nur ein einfaches kleines Haus. Nachts schlafen auch ein paar Arbeiter dort. Du kannst zu Anfang dort wohnen. Du bekommst einen Lohn, wenn auch nicht viel. Die Mütter bezahlen mit Lebensmitteln. Manche machen dich zur Patin. Ich bin der Pate von sechsundzwanzig Kindern.«

Wegen Joëls Tod hatte ich mir nicht viel Zeit genommen, darüber nachzudenken, ob ich an einen Ort zurückkehren sollte, den ich seit Kindertagen nicht mehr gesehen hatte. Die Zuckerrohrarbeiter waren alle hinter der Biegung der Straße verschwunden. Sebastien würde bald auf dem Feld sein und, wie er hoffte, den ersten Tag seiner letzten Ernte beginnen. Er würde hart, zu hart arbeiten müssen, um ein paar Pesos zu sparen mit der Aussicht, sein Leben verändern zu können. Vielleicht hatte auch ich nur auf einen Ausweg gewartet, hatte aus dem Augenwinkel nach einem Zeichen gesucht, daß es Zeit wäre, ein anderes Leben anzufangen, ein Leben, das ganz mir gehörte. Vielleicht hatte ich gehofft, daß eine Stimme von der anderen Seite des Flusses mich rufen würde, daß jemand kommen würde, der sagte: »Ich bin herübergekommen, um dich zu holen.« Vielleicht war dies die Stimme, hatte dieser Jemand sich als Doktor verkleidet. Vielleicht sollte ich zugreifen. Aber nur, wenn Sebastien bereit war, mitzugehen.

»Javier, bist du da draußen?« rief Señor Pico Doktor Javier aus dem Salon.

»Ja, ich bin's«, erwiderte Doktor Javier.

»So komm doch herein.«

»Amabelle, ich brauche dich.« Juana winkte mir von der Küchentür. Ich tauchte meine Hände in sauberes Wasser und eilte zu ihr.

»Ich muß gehen und etwas für das Mittagessen einkaufen«, sagte sie. »Señor Pico will, daß man ihm Rum und Zigarren in den Salon bringt. Ich habe es schon gerichtet.«

Señor Pico und Doktor Javier saßen draußen auf der unteren Veranda, die Papis großen Orchideengarten überblickte, als ich ihnen den Rum und die Zigarren brachte. Der Garten war stets Papis besonderer Stolz gewesen, er zog dort achtundvierzig verschiedene Sorten Orchideen, darunter eine spezielle Züchtung mit breiten, gefiederten Blütenblättern, die glühten wie Weihnachtslaternen. Diese Sorte hatte Señora Valencia an dem Tag für die Vase neben ihrem Bett gepflückt, als ihr und des Señors Herzen einander gefunden hatten, wie sie immer sagte.

»Sie haben die erste Nacht als Vater hinter sich«, sagte Doktor Javier zu Señor Pico. »Ich sehe, Sie haben es überlebt.«

»Keiner hat geschlafen.« Señor Pico lachte, während er an einer langen Zigarre zog. Er reichte eine andere, noch nicht angezündete, dem Doktor. »Wird das immer so sein, daß keiner schläft?«

»Sie wachsen und werden ruhiger«, sagte der Doktor und biß das Ende seiner Zigarre ab.

15

Wenn meine Mutter kocht, dauert es den ganzen Tag. Sie geht zum Bach, um unsere Kleider zu waschen und besucht unsere Nachbarn, während der Topf auf den Steinen steht und sein Inhalt brodelt, als wollte er den Topf zum Sprechen bringen.

Ich bin immer neugierig, was darin kocht und ob es schon zu etwas Dickem, Eßbarem zerfallen ist. Getrocknete rote Bohnen brauchen am längsten, aber ich sehe gern zu, wie sie eine nach der anderen an die Oberfläche steigen und in der Hitze des Wassers ihre Haut abwerfen.

Ich brauche den halben Morgen, um den kochenden Topf zu erreichen. Ich fange beim kowosòl-*Baum im Hof an und bewege mich langsam auf das Feuer zu. Unterwegs mache ich halt, um Seilzuhüpfen, Klicker aneinanderstoßen zu lassen, zuzuschauen, wie ein paar vor sich hin murmelnde Marktfrauen unter ihren langen Röcken pinkeln, im Stehen, mitten auf der Straße, wenn sie denken, daß keiner es sieht.*

Endlich bin ich am Topf. Der Dampf steigt auf, der Deckel klappert gegen den Druck des Wassers. Ich strecke meinen Arm aus und hebe den Deckel seitlich an, sofort wird mein Unterarm verbrüht, und ich werde blind vom Dampf der roten Kidneybohnen.

Ich spüre, wie eine Hand sich auf meinen brennenden Unterarm legt und lasse den heißen Deckel in den Staub fallen.

Es ist mein Vater, er lacht.

»Bald mußt du jeden Tag an einem Topf sitzen«, sagt er, während er mein Gesicht wegdreht, um mir zu zeigen, daß ich nur blind bin, wenn ich direkt in den dampfenden Topf schaue. »Doch jetzt mußt du das noch nicht und sollst es auch nicht.«

16

Einige Zeit nachdem Joël gestorben und Kongo mit seiner Leiche verschwunden war, ging ich in den Orchideengarten, den Papi an seinem allerersten Tag in der Dominikanischen Republik zusammen mit dem Haus gekauft hatte, und zwar von Don Francisco, dem Mann von Doña Eva und Vater von Doktor Javier und Beatriz, möge er in Frieden ruhen. Ein Handschlag unter Ehrenmännern hatte genügt. Papi kümmerte sich gerade um die Orchideen in diesem Garten, er streichelte die Blüten und entfernte das Unkraut und die Steine aus dem Boden unter ihnen. Er trug sein abgetragenes, erdverkrustetes Hemd und seine Gartenhose, deren Taschen mit Samen vollgestopft waren. Juana hatte mir eine große Tasse mit Wasser gegeben, die ich ihm bringen sollte.

»Ich habe Wasser für Sie«, sagte ich, »damit Sie nicht so unter dieser Hitze leiden.«

»Das ist nett von dir«, sagte er und zog seinen alten Strohhut vom Kopf, um sein Gesicht damit zu fächeln. Er nahm die Tasse und trank.

»Ich habe endlich gehört, daß ein Mann umgekommen ist«, sagte er, als er das Wasser ausgetrunken hatte. »Don Carlos selbst hat mir gesagt, daß einer seiner Leute vor ein paar Tagen gestorben ist. Aber es arbeiten so viele für Don Carlos, er wußte nicht einmal den Namen.«

»Ich habe vier Bretter von Ihrem Holz einem Zuckerrohrschneider gegeben, der einen Sarg machen wollte«, sagte ich.

Er stellte die Tasse auf einem Stück blanker Erde ab. Vor sich hinstarrend bewegte er die Lippen in einem hastigen Selbstgespräch.

»Wir sind zwar nicht in die Schlucht hinuntergegangen«, sagte er, »aber wir sind ausgestiegen und haben den Hang nach ihm abgesucht. Es waren zwei Männer bei ihm gewesen, sie sprangen zur Seite; als wir nicht sahen, welchen wir angefahren hatten, dachten wir – hoffte ich –, daß er auch weggesprungen wäre.« Er drückte die geballte Faust auf seinen Hut, der jetzt am Boden lag. »Für wen war das Holz, das du genommen hast?«

»Es war für einen Mann, der von Señor Picos Automobil überfahren wurde«, sagte ich.

»Kennst du die Familie dieses Mannes?«

»Er hatte nur einen Vater.«

»Keine Geschwister?«

»Nur einen Vater und eine Frau, die sich ihm versprochen hatte.«

»Ist der Vater hier?«

»Er arbeitet auf den Feldern von Don Carlos.«

Papi ließ sich schwer auf die Erde fallen und legte den Kopf zwischen die Knie.

»Du weißt, Amabelle, ich habe keinen Sohn«, sagte er, ohne seinen Kopf zu heben. »Ich möchte, daß du mich für einen Besuch zum Vater des Toten bringst. Wirst du das tun?«

»Vorsichtshalber würde ich ihn erst fragen, um zu sehen, ob er Sie empfangen möchte.«

»Ich möchte gerne mit ihm sprechen.«

»Ich würde erst seine Erlaubnis erbitten, daß ich Sie zu ihm bringen kann.«

»Es war ein schrecklicher Unfall«, sagte er. »Bitte erzähl Valencia nichts davon, sie soll sich nicht mit solchen Dingen belasten, jetzt ist für sie die Zeit größter Gefahr.«

»Ich werde Kongo sagen, daß Sie ihn besuchen möchten«, sagte ich.

»Heißt er so, der Vater? Kongo?«

»Ich weiß, daß er noch einen anderen Namen hat, aber hier wird er von allen Kongo genannt. Ich glaube, nur sein Sohn kannte seinen richtigen Namen.«

Genau in diesem Moment begann die Zuckerrohrernte. Zuerst wurden die Feuer gelegt, um die Felder zu säubern, dabei wurden die Blätter des Rohrs abgesengt, damit es anschließend abgehauen werden konnte. Wolken von dickem weißem Rauch legten sich über den Himmel. Ein Geruch von brennender Erde und Melasse erfüllte die Luft, das trockene Gras und Unkraut knisterte und ließ Funken fliegen, die Geier zogen tiefe Kreise und hielten nach Ratten und Eidechsen Ausschau, die aus der Feuersbrunst flohen.

Señor Pico eilte heraus, um dem Feuer zuzuschauen. Juana war auf dem Markt, um Vorräte einzukaufen, es war kein Verwandtenbesuch im Haus, daher ging ich hinein, um nachzusehen, ob die Señora mit den Babys Hilfe brauchte, und auch um dem heranziehenden Rauch zu entkommen.

Señora Valencia saß in der Mitte ihres Bettes, die Kinder schliefen an ihrer Seite, die winzigen Rümpfe aufrecht.

»Schon wieder eine Ernte. Sie haben das Feuer gelegt.« Sie atmete ein, um den Geruch der brennenden Zuckerrohrwedel einzusaugen, es roch wie gerösteter Mais.

»Amabelle«, sagte sie, als ob ihre Gedanken ganz woanders wären. »Er glaubt, mein Pico, daß der Generalissimo bei einem seiner langen Abendspaziergänge in unser Haus marschieren, mein Porträt bewundern und ihm und unseren Kindern im Namen der ganzen Nation ein Geschenk machen wird.«

Rosalinda erwachte weinend aus ihrem Schlaf. Valencia rieb ihre Fingerspitzen an dem gehäkelten Söckchen über ihrer rechten Ferse, um sie zu beruhigen. Gleichzeitig lehnte sie sich hinüber, um das schlafende Gesicht ihres Sohnes genauer zu betrachten.

»Das Schreien seiner Schwester wird ihn aufwecken«, sagte sie.

Das Schreien seiner Schwester weckte Rafi nicht auf. In ihm war keine Regung, kein Lebenszeichen.

Señora Valencia nahm ihren Sohn hoch und hielt sein Gesicht

an ihre Brust. Der kleine Junge war ganz ruhig, seine winzigen Arme hingen schlaff herunter, sie spürten nichts von der Umarmung der Mutter.

Ich nahm Rosalinda hoch, damit Señora Valencia sie nicht erdrückte, während sie sich bei dem Versuch im Bett herumwarf, ihren Sohn wiederzubeleben. Rafis Backen waren eingesunken, seine Kiefer waren eingefallen, im Tod war sein Gesicht noch um einen Ton blasser.

»*Mijo*, mein Sohn, verlaß mich nicht!« schrie Señora Valencia dem Kind ins Gesicht. »Du darfst noch nicht gehen. Mami spricht mit dir. Du darfst noch nicht fortgehen, es ist zu früh!«

»Wir sollten Javier rufen lassen«, sagte Señor Pico, der herbeigeeilt war. Er schälte Señora Valencias Finger von ihrem Sohn. Wenn Rafi gelebt hätte, hätte er sicher geschrien, so tief hatte sie ihre Fingernägel in sein weiches Fleisch gegraben bei dem Versuch, ihn über den Schmerz ins Leben zurückzuholen. Señor Pico legte seine Lippen auf den winzigen Mund seines Sohnes und versuchte, ihm wieder Leben einzuhauchen, es gelang ihm auch, die winzige Brust zu weiten, aber dann wurde sie erneut flach und fiel in sich zusammen.

Juana nahm Rosalinda mit ins Zimmer ihres Großvaters. Bald kam der Doktor und bot Rafi auch etwas von seinem Atem an.

»Wir müssen Pater Vargas rufen«, sagte er schließlich.

Señora Valencia saß in der Mitte ihres Bettes, wo ihr Sohn und ihre Tochter noch kurz zuvor geschlafen hatten, und umklammerte ihren zitternden Leib mit beiden Armen. Ihr Mann preßte sein Gesicht seitlich an das ihre, und obwohl er ihr Zittern nicht stoppen konnte, gelang es seinem Haar, einige ihrer Tränen zu fangen und aufzusaugen. Señor Pico schien auch weinen zu wollen, schaute statt dessen aber nur auf die leeren Hände der Señora, die sie öffnete und schloß, als wäre ihnen etwas entrissen worden.

Señora Valencia sprang auf und durchwühlte einen ihrer Schränke nach etwas Passendem, mit dem sie die Leiche des kleinen Jungen bedecken konnte. Sie fand ein altes Kleidchen aus Seide und Spitze mit der dazugehörigen Haube, in dem sie als Kind getauft worden war. Señor Pico machte sich daran, seinen Sohn damit zu bekleiden, doch ohne ein Wort. Die Spitze war vergilbt und der Satin vom Alter verknittert, das Kleid viel zu groß für den kleinen Rafi.

Papi ging, um Pater Vargas zu holen, den dominikanischen Priester, der in der Kapelle bei der Schule die Messe las. Sie lag am Ende des Mandelwegs, einer Asphaltstraße, die von Mandelbäumen gesäumt war. Rosalinda lag wach in den Armen ihrer Mutter, während der Priester die letzten Worte für den kleinen Jungen sprach. »Rafael, aus der Trauer über den Tod ersteht die Freude über die Auferstehung. Wir entlassen dich in die Arme Gottes. Mögest du bei deinem Schöpfer ruhn in Ewigkeit.

»*Padre.*« Señora Valencia legte ihre zitternden Hände auf die Schulter des Priesters. »Bitte geben Sie meiner Tochter Ihren Segen, etwas, das ihr Leben beschützen wird.«

Pater Vargas zeichnete mit seinem Daumen ein Kreuzzeichen auf Rosalindas Stirn. Das Mädchen regte sich und öffnete den Mund zu einem weiten Gähnen, um den Segen des Priesters zu empfangen, während Juana ihren Rosenkranz durch ihre Finger gleiten ließ und Santa Agnès eine Anrufung zuraunte.

»Pater, können Sie morgen bei Sonnenaufgang zum Familiengrab kommen?« fragte Señora Valencia. »Mein Sohn wird neben meiner Mutter und meinem Bruder begraben, die beide während der Geburt starben.«

Der Priester legte seine Hand leicht auf die Schulter der Señora, als wollte er ihre mütterliche Bedrängnis mit der Kraft des Himmels beschwichtigen, die aus seinen Fingerspitzen hervorströmte.

»Bitte bereiten Sie ihn also für morgen vor«, sagte er.

Während der Rauch vom Zuckerrohrfeuer immer noch am Himmel über ihren Köpfen schwebte, gingen die Männer hinaus in den Garten, um Rafi aus dem Zedernholz, das Papi hinter dem Haus gestapelt hatte, einen Sarg zu zimmern. Señora Valencia sah vom Balkon aus zu, wie die gezackten Zähne einer

Säge sich in das Holz hinein und heraus fraßen, um ihrem Sohn das letzte Bett zu bereiten.

Nachdem der Sarg fertig war, war Señora Valencia entschlossen, selbst noch etwas für ihr verlorenes Kind zu tun. Sie wollte den Deckel mit roten Orchideen verzieren, bevor ihr Sohn hineingelegt werden konnte. Die Männer trugen den Sarg zum alten Nähzimmer von Rafis Großmutter, wo die Leiche hinter der träumerischen Gaze des heruntergelassenen Moskitonetzes auf dem Himmelbett mit den vier Pfosten aufgebahrt lag. Seine Hände waren über dem Herzen gefaltet und ein Kristallrosenkranz lag zwischen den winzigen Fingern. Seine Glasperlen breiteten sich auf dem Bettzeug aus wie gefrorene Tränen.

Señora Valencia nahm ihre Stifte, ihre Farben und ihre Pinsel aus dem Kasten und sagte: »Amabelle und Javier, bitte bleibt. Pico, bitte geh und sieh nach Rosalinda.«

Señor Pico wollte nicht gehen. Er schaute im Zimmer umher, von dem einfachen Sarg zur Zimmerdecke und hinüber zu dem vierpfostigen Bett, auf dem Rafi lag. Mit dem Handrücken wischte er sich dann Reste des Sargstaubs und ein paar hervorquellende Tränen aus den Augen. Bevor die Tränen jedoch herunterfielen, eilte er aus dem Raum und zog die Tür hinter sich zu.

Sobald ihr Mann fort war, fragte Señora Valencia: »Warum mußte mein Sohn sterben?« Mit geröteten, düsteren Augen schaute sie zu Doktor Javier auf. »Sie haben die Leiche untersucht, Javier. Ich möchte, daß Sie mir sagen, woran er starb.«

»Es scheint, ihm ging einfach die Luft aus.« Doktor Javier bedeckte sein Gesicht mit den Händen, offenbar war ihm bewußt, daß seine Erklärung recht schwach war. »Er hörte auf zu atmen. Ich dachte, Rosalinda wäre in Gefahr, aber ihm fehlte die Kraft.«

»Und Rosalinda?« Sie schloß für einen Moment die Augen und rieb sich mit den Fingerspitzen die Schläfen. »Ich weiß, Sie können mir nicht sagen, ob sie durchkommt oder stirbt«, sagte sie. »Bei meinem Sohn konnten Sie es auch nicht. Aber sagen Sie mir bitte, ist sie traurig? Können sie schon traurig sein, wenn sie noch so klein sind?«

»Falls sie traurig ist, wird das nicht lange dauern«, sagte er.

»Sie haben mir erzählt, Javier, die Kinder könnten mich in der ersten Woche nicht sehen. Sie sagten, sie könnten nur Hell und Dunkel unterscheiden. Hat er also nie mein Gesicht gesehen? Ich weiß, er hat mein Gesicht gesehen. Viele Male hat er zu mir aufgesehen und sogar gelächelt. Ist die Hoffnung übertrieben, daß er mein Gesicht erkannt und mich angelächelt hat?«

Ich sah ihm an, daß er bereute, ihr das erzählt zu haben. »Was ich Ihnen gesagt habe, gilt nicht für alle Kinder«, sagte er.

»Ich werde zu seiner Beerdigung gehen«, erklärte sie, während sie mit einem roten Stift eine riesige Orchidee auf den Sargdeckel zeichnete. Das Holz war noch feucht von der Lackierung; ihre Stifte rutschten an der Oberfläche ab.

»Sie sollten im Haus bleiben und Ihr Wochenbett einhalten«, sagte Doktor Javier. »Möchten Sie Ihre und die Gesundheit Ihrer Tochter auch noch aufs Spiel setzen?«

Sie zeichnete eine weitere große Orchidee. An den Stellen, wo der Lack noch nicht getrocknet war, schien die bleiche Farbe des Zedernholzes durch. »Javier, gehen Sie zu meinem Mann und sagen Sie ihm, daß meine Tochter nicht sterben wird. Er braucht Ihre Bestätigung.«

Ich blieb bei Señora Valencia, während sie den Orchideengarten ihres Vaters auf den Sarg ihres Sohnes malte. Auf die Seiten neben die Griffe malte sie vier kleine Kolibris. Ab und zu schaute sie auf, hinüber zu dem Moskitonetz, unter dem ihr Sohn lag, und setzte dann mit erneuter Hingabe ihre Arbeit fort.

»Amabelle, der heutige Tag erinnert mich daran, wie Papi und ich dich am Fluß fanden.« Sie wischte ihre farbverschmierten Hände an ihrem Hauskleid ab, so daß vorne rote Fingerabdrücke zurückblieben. »Erinnerst du dich an den Tag?«

Das tat ich.

»Nach dem Tod meiner Mutter war das Haus noch so voll von ihr: ihrer Stimme, ihren Kleidern«, sagte sie. »Papi und ich gingen Freunde in der Nähe von Dajabón besuchen. Papi war damals noch unternehmungslustiger. Er nahm mich mit auf die Vogeljagd und zeigte mir, wie man ein Gewehr abfeuert, als wäre ich der Sohn, der bei seiner Geburt Mami das Leben nahm. Ich sagte Papi, ich wolle den Massacre-Fluß sehen, wo die französischen Seeräuber in meinem Geschichtsbuch von den Spaniern getötet worden waren.

Wir gingen zum Fluß und da warst du, ein knochiges kleines Mädchen mit blutigen Knien. Du saßt auf einem großen Felsblock und schautest auf das Wasser, als wartetest du auf eine Erscheinung. Papi bezahlte einen der Jungen am Fluß dafür, daß er ihn übersetzte, während er dich fragte, wem du gehörtest. Und du zeigtest auf deine Brust und sagtest, dir selbst. Weißt du noch?«

Ich wußte es noch.

Magentarote Farbe tropfte auf den Boden, als sie an dem Sarg weitermalte. Wir hörten Stimmen, die vom Salon herüberkamen, weitere Gäste trafen in kleinen Gruppen ein.

Señor Pico trat ins Zimmer und näherte sich den geschnitzten Pfosten des alten Bettes.

»Wo ist Rosalinda?« fragte sie ihn.

»Javier untersucht sie noch einmal«, sagte er und kam näher, um die regenbogenfarbenen Malereien auf dem Sarg zu betrachten.

»Wir können ihn nicht in diesem Sarg in die Erde legen«, sagte er. »Wir müssen einen anderen machen.«

»Nein, er wird in diesem begraben«, sagte sie. »Er ist ein Kind. Der Sarg muß farbenfroh sein. Ich werde für das Begräbnis etwas darüberlegen, eines von Mamis Spitzentischtüchern, das sie nie benutzte. Ein schönes aus einer feinen französischen Valenciennes-Spitze.«

»Viele unserer Nachbarn sind gekommen«, sagte er und wandte den Blick vom Bett ab.

»Ich möchte nicht, daß sie ihn sehen«, sagte sie. »Ich möchte keine Totenwache für ihn. Keine Totenwache, Pico. Es wäre zu traurig für ein so kurzes Leben.«

»Keine Totenwache.« Er beugte sich hinunter und küßte seine Frau auf die Wange.

»Geh jetzt zu ihnen«, sagte sie.

Er schloß die Tür und ging hinaus, um die Nachbarn zu begrüßen.

»Glaubst du an das Paradies, Amabelle?« fragte sie mich.

Ich zuckte die Schultern. Ich war mir nicht sicher.

Der Sarg war nun mit einem Wirbel von Farben bedeckt, die eine ging in die andere über, wie ein Himmel voller verschlungener Regenbogen.

»Amabelle, ich habe mich so gefreut, als Papi sagte, ich dürfte dich mit zu uns nehmen«, sagte sie. »Nach dem Tod meiner Mutter wünschte ich mir so verzweifelt, daß eine Gleichaltrige mit bei uns leben würde.«

Der vermischte Geruch von Holzlack und verschiedenen Farben machte mich benommen und ich stellte mir vor, daß es ihr genauso ging. Ich nahm ihr die Pinsel aus der Hand und löste ihre Finger von dem Sarg. Irgendwie beneidete ich sie. Sie konnte immerhin ihre Hände auf das letzte Bett ihres Sohnes legen. Meine Eltern hatten keine Särge.

17

Ich bin in meinem Zimmer und höre auf die Musik in den Bäumen, wie die Flammenbaumschoten aneinanderschlagen und die Kolibris aus Angst zurückkreischen. Sie kennen das Geräusch schwingender Flammenbaumschoten genau, die Kolibris, aber es verändert sich ständig, wird dumpf oder scharf, je nach Stärke des Windes.

Ich schließe die Tür und sperre die leichte Nachtbrise aus, die meinen bloßen Körper kaum erreicht, ich bin nackt, weil Sebastien mich gelehrt hat, daß es wie ein Gebet ist, unbekleidet allein dazuliegen, so, wie man aus dem Mutterleib herausgekommen ist, aber vor allem, weil ich zu spüren hoffe, wie der Schweiß sich zwischen dem Zementboden und der Rinne in meinem Rücken sammelt, so daß, wenn ich aufstehe, dort eine Flut von Schweiß ist, die über meinen Hintern rollen wird, dann zurück auf meine Vorderseite und wieder hinunter zwischen meine Schenkel zu meinen Knien, Schienbeinen, Knöcheln und Zehen, so daß kein Tropfen Flüssigkeit mehr in mir übrig ist, die ich weinen könnte.

18

Doña Evas Geburtstagsfeier wurde zu einer Art Totenwache für Rafi. Alle Gäste, die die Messe für Doña Eva mitgefeiert hatten, kamen, um ihre *felicitacións* für das vorhandene und ihr stillschweigendes Beileid für das verstorbene Kind zum Ausdruck zu bringen. Entgegen ihrer früheren Weigerung, den Leichnam ihres Sohnes zu zeigen, erlaubte es Señora Valencia jedem, der darum bat, an dem Bett, in dem er lag, vorüberzuziehen, und sie war jetzt, wo er tot war, ebenso stolz auf ihn wie vorher, als er noch lebte. Während die Freunde und entfernten Verwandten durch die Moskitogaze hindurchspähten, vor Traurigkeit schnieften und sich bei einem kurzen Blick auf das bleiche runde Gesicht des Knaben bekreuzigten, saß Señora Valencia allein in ihrem Zimmer, ihre Tochter auf dem Arm, als wollte sie sie vor schlechten Gedanken und Omen beschützen. Ich sah eine Stille in ihren Augen, ähnlich wie auf dem Gesicht des toten Knaben, etwas wie den Schatten eines verlorenen Traums.

Im Salon trug Juana ihren Rosenkranz um den Hals geschlungen, während sie mit mir den Besuchern *cafecitos* servierte. Viele der Nachbarn hatten Rafi nicht lebend gesehen und beklagten untereinander den Verlust, der sich nun auf Señor Picos Gesicht abzeichnete.

Es war offensichtlich, wie gerne Señor Pico bei seinem Sohn gewesen wäre in den letzten Stunden, in denen er sein Gesicht betrachten, ihn in den Armen hätte halten können, bevor er ihn in den Sarg legen mußte.

Unter ihrem mit einer glänzend schwarzen Feder verzierten Glockenhut blieb Señora Sabines Blick an Señor Pico hängen, der zum Zimmer hinübersah, in dem sein Sohn lag. Immer wieder kreiste sein Blick durch den Raum, in dem er sich befand, ohne Interesse für das Gespräch. Wenn ihm jemand zulächelte oder ihn ansprach, riß er die Augen weit auf, zuweilen schloß er sie auch und bedeckte sie mit den Händen.

»Ihr seid beide so tapfer.« Doña Evas Stimme übertönte die anderen. Sie hatte eine starke Ähnlichkeit sowohl mit ihrer Tochter Beatriz als auch mit ihrem Sohn, Doktor Javier, nur war ihr Haar kleingekräuselt wie Sägemehl und überwiegend grau. Doña Eva kämpfte gegen die Naturkrause ihres Haars an, indem sie es in der Mitte scheitelte und ihre Zöpfe zu einem Knoten über jedem Ohr aufwickelte.

Señor Pico nahm Doña Evas Kompliment zu ihrer Tapferkeit mit einem anmutigen, aber müden Lächeln auf. Don Carlos, der Mühlenbesitzer, ein ziemlich magerer Mann, saß auf einem Korbbänkchen zwischen seiner Frau und Doña Eva. Don Carlos hatte eine Unmenge Adern, die sich unter der Oberfläche seiner durchsichtigen weißen Haut abzeichneten. Sebastien hatte gescherzt, wenn Don Carlos soviel Geld hätte, wie Adern allein auf seiner rechten Hand hervortraten, würde ihm die ganze Insel gehören.

Ich versuchte, nicht auf seine Hände zu sehen, als ich Don Carlos einen *cafecito* vorsetzte. Papi schlenderte zum Radio und schaltete es ein. Eine *merengue*, vom *Orquesta Presidente Trujillo*, erklang und ließ die Stimmen im Raum verstummen. Nach drei langen patriotischen Gesängen kündigte ein Sprecher Auszüge von alten Reden an, die der Generalissimo bei verschiedenen Anlässen gehalten hatte.

Señor Pico bedeutete allen, zu schweigen. Er ging hinüber zum Radio und stellte es lauter, als suche er bei der mächtigsten Stimme im Lande Trost für seinen persönlichen Verlust, einer Stimme, die trotz dieser Autorität immer noch schrill war wie der Schrei eines Vogels.

»Ihr seid unabhängig und ihr habt die Verantwortung, Gerechtigkeit zu üben«, kreischte der Generalissimo. An vielen Stellen unterbrach ihn ein surrendes Brummen, so daß einige Worte, manchmal sogar ganze Sätze, durch die Entfernung verlorengingen, welche die Sendung zu Papis Radio zurücklegen mußte.

»Die Überlieferung zeigt als fatale Tatsache«, fuhr der Generalissimo fort, »daß die Feinde des Friedens, die auch die Feinde der Arbeit und des Wohlstands sind, im Schutze der Flüsse einen Hinterhalt gefunden haben, in dem sie wirken können, wodurch sie die Nation in Angst und Schrecken halten und ihre Stabilität bedrohen.«

Die Nachbarn lauschten und nickten zustimmend mit dem Kopf, als die Stimme des Generalissimo anschwoll, ganz erfüllt von Überzeugung und Eifer.

»Die Befreier der Nation haben ihren Teil getan«, sprach der Generalissimo weiter, »und wir können von ihnen nicht mehr verlangen. Auch die heutigen Führer müssen ihren Part übernehmen.«

Doktor Javier stand auf, um zu gehen, er flüsterte seiner Mutter eine Entschuldigung ins Ohr. Beatriz' Augen wurden schmal, während ihr Mund viele der Worte des Generalissimo nachformte, offenbar hatte sie sie schon häufiger gehört.

Papi sank tiefer in seinen Stuhl und nickte ein. Señor Pico stand steif und aufrecht da, so als wollte er gleich über ein ganzes Schlachtfeld losrennen. Juana ließ ihren Rosenkranz durch ihre Finger gleiten, während Luis von draußen durch die Jalousien zuhörte.

»Meine besten Freunde sind Arbeiter!« rief der Generalissimo. »Ich habe mein Amt übernommen, um zu arbeiten, und ihr werdet mich jeden Moment im Kampf für die begründeten Wünsche meines Volkes finden.«

Die Nachbarn waren so freundlich, nach dem Ende der Radioübertragung nicht mehr allzulange zu bleiben. Sie gingen in kleinen Gruppen hinaus, bis nur noch Señora Valencia und ihr Mann übrig waren.

Juana wurde die Pflege Rosalindas übertragen, und der

Señor und die Señora saßen an diesem Abend die meiste Zeit in ihrem Zimmer. Während er sie festhielt, stöhnte sie ab und zu und versuchte, nicht allzu laut zu weinen. Er wußte nicht, jedenfalls nicht gut genug, wie er ihren Kummer lindern sollte; immer wieder rutschte er hin und her, während sie versuchte, möglichst bequem zu sitzen und ihren eigenen Platz beanspruchte, an dem sie in seinen Armen versinken konnte. Er schwieg. Während sie schluchzte, hatte er kein einziges Wort für sie. Vielleicht unterdrückte er die eigenen Tränen, aber sein Schweigen erschien mir viel mehr als ein Zeichen für das Scheitern dieser Ehe, der jähen Verbindung zweier Fremder, die sich nicht einmal mit der Zeit und zwei Kindern – eines auf dieser Welt, das andere im Jenseits – nähergekommen waren. Nach der kurzen Verlobungszeit und den noch kürzeren Besuchen nach der Heirat waren sie noch nicht miteinander vertraut. Die Señora kannte ihn nicht gut genug und er sie nicht. Er übte seine Rolle immer noch ein und sie die ihre, und wahrscheinlich hatte keiner von ihnen sich vorgestellt, daß diese Prüfung auf sie zukommen würde, die sie von einem jungvermählten Paar zu den Eltern eines toten Kindes machte.

Schließlich sagte sie: »Du solltest seine Kleider vergraben, bevor wir ihn beerdigen. Ich möchte gern, daß du etwas für mich tust.«

Auch wenn ihm dies seltsam vorkam, stellte er ihr keine Fragen. Er stand abrupt auf und streckte sich.

»Ich werde bald zur Grenze gehen müssen«, sagte er, »wegen dieser Operation, die ich schon erwähnte.«

Auch wenn ihr diese Entwicklung seltsam vorkam, sagte sie ebenfalls nichts dazu.

19

Den halben Morgen wanderst du, bis du sie endlich erreicht hast, die enge Höhle hinter dem Wasserfall, wo der Bach entspringt, in dem die Zuckerrohrarbeiter baden. Es ist eine Grotte mit nassem Moos, Korallen und Kalk, der wie Marmor aussieht. Zuerst hast du Angst, hinter den Wasserfall zu gehen, da das Wasser mit aller Macht auf deine Schultern herunterprasselt. Doch dann wagst du dich auf Zehenspitzen in die Höhle, bis du nur noch ihre lichte grüne Bemalung siehst – das dunkle Grün nasser Papayablätter. Du hörst keine Grillen, keine Kolibris, keine Tauben. Du hörst nur das Wasser, das von der Leiste heruntergleitet und in schaumig weißer Gischt in das Sprungbecken unten donnert.

Wenn es Nacht wird, merkst du es nicht in der schmalen, schlüpfrigen Höhle, weil, wie Sebastien sagt, der Wasserfall eine Erinnerung an die Sonne festhält. Im Innern der Höhle ist es daher immer ein bißchen hell, Tag und Nacht. Du, der du das Geheimnis der Höhle kennst, wirst eine Zeitlang ebenfalls in diesem Prisma gefangengehalten, dieser Besonderheit der Natur, die dir den Wunsch eingibt, dich selbst auf eine Weise zu feiern, die dir die Höhle, so hoffst du, zeigen wird, die dir die Höhlung in deinen Knochen oder der Atem in deinem Blut zeigen wird, auf eine Weise, die dein Körper besser kennt, wie du hoffst, als du selbst.

Sebastien und ich liebten uns dort zum ersten Mal, wir stan-

den in dieser Höhle, die so niedrig ist, daß du dich halb begraben fühlst, obwohl das Licht dir unweigerlich folgt und dich nie verläßt.

Ich habe mir diese Art von Licht immer auf dem Grab meiner Eltern gewünscht, und jetzt wünsche ich es auch für Joël und Rafael.

20

Nachdem ihr Mann Señora Valencia verlassen hatte, um die Kleider ihres Sohnes zu vergraben, wurde ihr Gesicht so fahl wie ein verblichener Mond. Sie überließ Juana ihre Tochter zum Liebkosen und legte das Kind dann zum Schlafen in die Wiege. Sie selbst schlüpfte in das Bett, in dem sie ihre beiden Kinder empfangen und geboren hatte. Juana saß an der Bettkante und streichelte die Hände der Señora, um sie zum Schlafen zu bringen. Ich stand bei den Balkontüren und beobachtete durch einen winzigen Spalt in den Jalousien, wie Señor Pico unter dem Flammenbaum ein Loch grub, um Rafis Babysachen zu vergraben. Doktor Javier hielt die Kerosinlampe, während der Señor einen weiteren Erdklumpen schaufelte und ihn über die Schulter warf. Ein Rinnsal mit lehmigem Schweiß floß von Señor Picos Stirn hinunter über seine Brust. Einige Jungen aus der Gegend sammelten sich um die beiden und boten ihre Hilfe an, vielleicht dachten sie, es würde noch ein Abendgebet für den Toten geben oder gar eine richtige Nachtwache. Der Señor lehnte ihr Angebot ab. Er wollte die Aufgabe selbst erfüllen, er ließ nicht einmal Luis graben, wie es zu erwarten gewesen wäre. Er hielt inne, um Luft zu schöpfen, zog dann, während er zu den Sternen hinaufschaute, die in dieser Nacht zu blinken und viel häufiger zu fallen schienen, sein Hemd und Unterhemd aus und legte sie auf einen der unteren Äste des Flammenbaums, dann grub er weiter.

»Ich möchte gerne zur Beerdigung meines Sohnes gehen«, sagte Señora Valencia zu Juana.

»Belasten Sie sich jetzt nicht damit«, sagte Juana. »Denken Sie an das Mädchen. Das andere Baby ist schon verloren.«

»Juana, bitte erzähl mir von Mami«, sagte Señora Valencia.

Juana schaute sich im Zimmer um, sah auf die alte spanische Uhr, die nicht mehr die Stunden schlug, aber nach so vielen Jahren immer noch die richtige Zeit anzeigte. Sie starrte auf den Schrank mit den geschnitzten Orchideen und Kolibris auf der Vorderseite, auf das Kruzifix, das über dem Bett hing, um das Haus vor Bösem zu bewahren.

»Es gibt zuviel zu erzählen«, sagte Juana, während sie der Señora übers Haar strich.

»Sag es mir«, bettelte die Señora.

»Sie war so schüchtern, als sie heiratete, Ihre Mami. Sie hatte fast Angst vor Ihrem Vater, er war ja ein paar Jahre älter. Aber das änderte sich sehr schnell, als sie sich mit den anderen jungen Frauen anfreundete, mit Doña Eva und Doña Sabine. Und als Sie geboren wurden, waren Ihr Vater und Ihre Mutter natürlich vollkommen glücklich. Ihr Vater war so unglücklich, als Ihre Mutter starb. Es war eine freudige Zeit gewesen, die Erwartung eines Bruders für Sie, aber Ihre Mutter hatte eine schwere Geburt. Es war eine Steißlage und sowohl Ihrer Mutter als auch Ihrem Bruder ging die Kraft aus.«

»Mehr über Mami«, sagte sie. »Erzähl mir noch mehr.«

»Ihre Mami war sehr gütig«, fuhr Juana fort. »Sie war immer geduldig mit mir und auch mit Luis. Sie behandelte uns nicht wie Dienstboten, sondern wie ihre Freunde. Sie war eine Herrin mit einem guten Herzen, Ihre Mami, und sie liebte Sie sehr.«

Draußen löschte die Nachtbrise die Kerosinlampe in Doktor Javiers Hand. Luis legte seine Hände schützend um ein langes Streichholz und zündete die Lampe wieder an.

Señor Pico ließ Rafis Babysachen, ein Leintuch und drei Kleidchen, in das Loch fallen. Ich hatte sie alle genäht, Rafi hatte sie nur einmal getragen.

»Ich habe davon geträumt, wie das Gesicht meines Sohnes aussehen würde«, sagte Señora Valencia, »zuerst mit einem, dann mit fünf, dann mit zehn, fünfzehn und zwanzig Jahren.«

»Ich habe mir immer ähnliche Gedanken über Sie gemacht, Señora«, sagte Juana. »Ich bin so froh, daß ich Sie in all diesen Jahren gesehen habe.«

»Manchmal kommt es mir so vor«, sagte Señora Valencia, »als würde ich nie eine richtige Frau werden, weil mir Mamis Gesicht fehlt.«

Señora Valencia schlief bereits, als ihr Mann den Raum betrat. Ich wollte in dieser Nacht nicht weggehen, aber ich wußte, Sebastien würde mich nicht besuchen, solange das tote Kind im Haus war. Ich mußte zu ihm gehen. Außerdem hatte Juana schon beschlossen, die Nacht am Fuß des vierpfostigen Himmelbetts zu verbringen, um Rafi Gesellschaft zu leisten.

Luis ging allein zurück zu seinem und Juanas Haus, obwohl er in dieser Nacht mehr als in jeder anderen seine Frau selbst zu brauchen schien. Papi blieb im Salon neben dem Radio und horchte auf Nachrichten vom Krieg in Spanien. Während Rafis Sarg gezimmert wurde, war eine weitere spanische Stadt gefallen.

Ich wanderte hinaus in die Nacht, an der Schlucht vorbei, in die Joël gestürzt war. Zitronengras und Bambusschößlinge säumten die Straße. Eine Brise fegte den Hang hinab, das Rascheln wurde lauter, wo sich die Grashalme in den Abgrund am Boden der Schlucht neigten.

Bei den Baracken von Don Carlos tobten Kinder um einen hölzernen Lebensmittelstand, der von einer dominikanischen Frau namens Mercedes und ihren beiden Söhnen geführt wurde: Reinaldo und Pedro. Mercedes war angeblich eine entfernte Verwandte von Don Carlos, eine Bauersfrau mit städtischem Benehmen.

Einige Zuckerrohrschneider standen vor Mercedes' Stand, kauften Schnaps und scherzten mit ihr und ihren Söhnen. Der ältere, Reinaldo, arbeitete tagsüber als Aufseher auf den Zuckerrohrfeldern, während sein Bruder Pedro drinnen die Zuckerpresse bediente. Mercedes – und folglich auch Don Carlos, zumindest dem Gerücht nach – hatten einige Verwandte aus den inneren *campos*, die in den Hütten lebten und als Zuckerrohrschneider auf den Feldern arbeiteten, aber Mercedes bekannte sich nie offen zu diesen Leuten. »Sie sind Bauern, die blind in dieses Zuckerrohr-Leben gefallen sind«, sagte sie jedem, der fragte. »Es gibt keinen Grund, warum sie wie Schweine leben sollten. Dies ist ihr Land.«

Die Kinder aus den Baracken hüpften dicht um die schwatzenden Männer an Mercedes' Stand herum, doch diese verscheuchten sie mit einem Klaps auf den Hintern, schickten sie weg von den Gesprächen der Erwachsenen und befahlen ihnen, zu ihren Müttern zu gehen, ob sie nun welche hatten oder nicht. Die Kinder rannten dann zum Spielen hinter die geblümten Vorhänge, die bei manchen als Tür dienten. Frauen kochten auf geschwärzten Steinen und Stöcken hinter ihrem Barackenraum oder gossen Tassen mit Wasser über nackte Säuglinge, um sie vor dem Abendessen zu waschen. Dazu sangen sie Arbeitslieder, aber ihre Stimmen waren so müde, daß ich den Text oder die Melodie kaum hören konnte. Einige Männer schlummerten auf ihrer Türschwelle. Sie schreckten jedesmal auf, wenn jemand vorbeikam. Ich drängte mich zwischen einem jungen Liebespaar hindurch, das eine behagliche dunkle Ecke suchte, da der gewohnte Tintenkirschen-Baum von einer kleinen Gruppe Männer besetzt war, die sich über ein Dominospiel stritten. Das Spiel wurde ab und zu unterbrochen, damit die Spieler einen Fehler oder einen Verlust anfechten konnten. Sebastiens Freund Yves, der mit Sebastien und Joël zusammen war, als Joël getötet wurde, war unter den Spielern. Yves rasierte seinen Kopf, um die Rohrzecken von seiner Kopfhaut fernzuhalten. Sein Adamsapfel war so groß wie ein richtiger Apfel, seine Beine zu kurz für seinen schlaksigen Körper.

Ich winkte einen Jungen heran, der auf dem Boden zu ihren Füßen mit Kieselsteinen spielte. Er war ein hübsches Kind mit einem langen, schon fast männlichen Gesicht. Während er vor mir stand, trat er zappelig von einem Fuß auf den anderen. Ich gab ihm die Ziegenknöchelchen, die Luis an dem Abend, an dem Señor Pico nach Hause gekommen war, für mich abgeschnitten hatte. Er lächelte, während er sich bei mir bedankte, zog an dem aufgeribbelten Saum seiner kurzen Hose, dann rannte er weg, um den anderen Kindern zu zeigen, was er bekommen hatte.

Félice saß auf der Türschwelle vor Kongos Barackenraum, ihre Finger zitterten, während sie an dem Muttermal unter ihrer Nase zupfte.

»Ist Kongo da?« fragte ich.

Sie nickte.

»Warum gehst du nicht hinein und setzt dich zu ihm?«

»Er will mich nicht empfangen«, sagte sie.

Ich spähte durch das Stück Palmrinde, das Kongo als Tür diente. Der Raum war halbdunkel, nur von einer Öllampe zu Kongos Füßen beschienen. Zwei alte Matten lagen einander auf dem Boden gegenüber, in der Mitte stand ein Stapel Kalebassenhälften und irdene Krüge. Kongo saß auf seiner Matte und knetete eine kostbare Kugel Mehlteig durch die Zwischenräume seiner Finger hin und her. Er fluchte auf das Mehl, nichts nähme je die Form an, die man wolle.

Félice bedeutete mir, ich solle zu Kongo hineingehen. »Ich weiß, dich wird er empfangen«, sagte sie.

»Alter Kongo?« rief ich vom Eingang. »Hier ist Amabelle, ich komme dich besuchen.«

Kongo schob den Fetzen Palmrinde zur Seite und ließ mich herein. Ich ging zu der Matte, auf der sein Sohn Joël früher geschlafen hatte. Eine saubere dunkle Hose und ein leuchtendgelbes Hemd waren darauf ausgebreitet, als hätte Joël sie da hingelegt, um sie später in aller Eile mitzunehmen. Ich beugte mich hinunter, um das Gesicht des alten Mannes besser sehen zu können.

»Zu dunkel?« fragte er.

»Ein wenig«, sagte ich.

»*M'renmen* Dunkelheit«, sagte er. »Im Zuckerland ist die Baracke zum Schlafen da, nicht zum Leben. Das Leben ist nur die Arbeit, die Felder. Dunkelheit bedeutet Ruhe.«

»Dunkelheit ist gut«, sagte ich, bloß um zuzustimmen.

»Ist sie noch da?« Er meinte Félice. »Ich habe gesagt, sie soll weggehen, ja, aber sie will nicht gehen. Sie kann nicht die ganze Nacht dableiben. Ich will nicht, daß sie bleibt.«

Félice bewegte und räusperte sich, wie um Kongo daran zu erinnern, daß sie zuhörte.

»Du bist die Frau, die mit Sebastien zusammen ist?« fragte er. »Amabelle, ja?«

»Ja.«

»Als er getötet wurde, mein Sohn, besorgte Sebastien die Kleider, die du neben dir siehst, um ihn darin zu begraben. Brachte mir auch einen Stapel Holz, dieser Sebastien, um einen Sarg für meinen Sohn zu zimmern. Sebastien ist wie mein eigen Blut.«

»Mein Beileid«, sagte ich. »Ich bin traurig über den Tod von Joël.«

Er klatschte den Teig auf den Boden und klopfte ihn mit den Fingerknöcheln.

»Ich soll dich um einen Gefallen bitten«, sagte ich. »Don Ignacio, der Älteste in dem Haus, wo ich arbeite, möchte herkommen, um dich zu besuchen.«

Er ließ den Teig los und konzentrierte sich darauf, das Mehl unter seinen Fingernägeln herauszupulen. Dann langte er in seine Tasche nach dem Schnupftabak und nahm eine Prise.

»Das ist ein seltsamer Gefallen, Amabelle«, sagte er. »Was wollen sie von mir, diese Leute?«

»Don Ignacio möchte mit dir über Joëls Unfall sprechen.«

»Ich weiß nicht, ob es ein Unfall war, Amabelle. Er war keiner, der so leicht stirbt, mein Sohn.« Er wandte das Gesicht hinauf zur Decke, damit der Tabak ihm nicht von der Nase zum Kinn hinunterlief. Draußen räusperte sich Félice wieder, diesmal hörte es sich an, als würde sie weinen.

»Der Älteste, Papi, möchte für Joëls Begräbnis bezahlen«, sagte ich.

»Kein Begräbnis für Joël«, sagte er. »Ich wollte ihn in unserem eigenen Land begraben, da, wo er geboren wurde, ich brach auf, aber er war zu schwer, ich konnte ihn nicht so weit tragen. Ich habe ihn begraben, wo er starb, in der Schlucht. Er liegt in einem Feld Zitronengras, mein Sohn.« Er senkte den

Kopf, so daß das Tabakgemisch ihm auf die Brust fiel. »Er war eines von den Kindern, die wie das Unkraut in den Feldern wachsen, mein Sohn. Brauchte nichts oder niemanden, aber er liebte seinen Vater. Es war nicht feierlich, wie ich ihn begrub, ich weiß. Keine Kleider, kein Sarg, nichts zwischen ihm und dem trockenen Boden. Ich wollte ihn so der Erde zurückgeben, wie seine Mutter ihn mir am ersten Tag seines Lebens geschenkt hatte.«

Ich hörte, wie die Kinder draußen Stäbchen zogen, um zu entscheiden, wer als erster mit den Ziegenknochen spielen durfte. Von Félice hörte ich nichts mehr.

»Bei allem, was er getan hat, mein Sohn«, sagte Kongo gerade, »bei all den Gelegenheiten, an denen ich ihn gesehen habe, werde ich nie vergessen, wie er aussah, als er geboren wurde. Er war so klein, so nackt, so unschuldig.«

Er nahm den Teig wieder auf und zerdrückte ihn zwischen seinen Fingern.

»Du solltest nicht zuviel Zeit mit mir altem Mann verbringen«, sagte er. »Ich möchte dich nicht hinauswerfen, aber *kite'm*. Geh jetzt zu Sebastien.«

»Was soll ich Don Ignacio sagen?« fragte ich.

»Sag ihm, ich bin ein Mann«, sagte er. »Er war auch ein Mann, mein Sohn.«

Sebastien saß in einer Ecke seines Zimmers und rieb eine Aloemedizin über einige Brandblasen an seinen Waden.

»Der Körper vergißt, wie gefährlich ein Zuckerrohrfeuer sein kann«, sagte er und gab mir die Salbe.

Sebastien hatte eine Reihe Furunkel über den Hüften und dem Bauch. Während ich die Medizin darüberrieb, hatte ich nicht das Gefühl, ihn zu berühren. Es war mehr, als berührte ich den Dunst des Zorns, der von ihm ausging, die Tränen der Trauer, die er nicht weinen wollte, das *move san*, das böse Blut, das Joëls Tod in ihm aufgewühlt hatte.

»Diese Ernte gibt es wieder neue Zecken auf den Feldern.« Er stöhnte, als er sich umdrehte, damit ich ihm die Salbe auf den Rücken auftrug.

Papis Zedernbretter waren an der Rückwand aufgereiht, sie leuchteten trotz des schwachen Lichts. Papis Krappglasur hatte die Maserung so gefüllt, daß die Oberfläche sowohl für Schatten als auch für Licht empfänglich wurde. Vom Boden aus konnte man die Unregelmäßigkeiten in der Lackierung sehen, die unterschiedlichen Schattierungen, Stellen, an denen der Farbton anders war, weil Papi zu lange gewartet hatte, bevor er eine neue Schicht auftrug, oder wo er zufällig zurückgefahren war, gegen den Strich.

»Señor Picos Sohn ist heute gestorben«, sagte ich.

»Das habe ich gehört«, sagte Sebastien, seine Stimme stieg mit einem Lächeln an, als wäre das überhaupt nicht traurig.

»Du solltest dich über so etwas nicht freuen«, ermahnte ich ihn. »Er war nur ein Kind.«

»Ich freue mich nicht«, sagte er. »Und wenn schon –«

»Das wäre nicht richtig«, sagte ich. »Wir hätten auch nicht gewollt, daß sie sich freuen, als Joël starb.«

Schweigen war seine stärkste Waffe, wenn er zornig war. Einige Zeit sagte er nichts.

»Was bedeuten dir diese Leute?« fragte er und drückte einige der Pusteln so lange, bis Blut und Eiter herausquollen. »Denkst du, sie sind deine Familie?«

»Die Señora und ihre Familie sind für mich so etwas wie die einzigen Verwandten«, sagte ich.

»Und ich?« fragte er.

»Du auch«, sagte ich und setzte an zu erklären, daß er zuerst kam.

»Das werden wir sehen«, sagte er.

Ich mußte daran denken, was Mimi am Tag nach Joëls Tod am Bach angedeutet hatte. Auge um Auge, hatte sie gesagt. Mußte man nur diesen Wunsch haben, damit er wahr wurde?

»Was hast du mit Papis Holz vor?« fragte ich.

»Was habe ich mit welchem Holz vor?« fragte er.

»Mit diesem Holz«, sagte ich und zeigte hinter ihn. »Das Holz, das ich dir für Joëls Sarg gegeben habe.«

»Kongo hat es nicht verwendet«, sagte er. »Vielleicht behalte ich es, bis wieder jemand stirbt.«

Er setzte sich auf, lehnte sich an die graue Betonwand und schaute durch die narbigen Finger vor seinem Gesicht zur Tür. Von draußen war Yves' lautes Gähnen zu hören, er wartete auf den geeigneten Moment, um hereinzukommen und sich hinzulegen.

Sebastien stand auf, zog sich an und begleitete mich durch die Nacht zurück. Wir sprachen nicht miteinander, während wir zu Señora Valencias Haus gingen. Wir kamen auch an der Schlucht vorbei, wo Joël begraben lag. Eine frische Brise fegte durch den Bambus, und das Zitronengras auf beiden Seiten der Straße hörte sich an wie ein Chor von Flöten und Pfeifen.

Félice war vor uns am Rand der Straße, sie machte einen Schritt vor und wieder zurück über die steile Kante der Schlucht. Die Haltung, mit der sie sich zum Abgrund hinunterneigte, erinnerte mich daran, wie ich am Ufer des Flusses stand, am Tag, als meine Eltern ertranken.

Sebastien und ich begleiteten Félice bis zum Tor von Doña Sabines Haus. Sie ging mit uns, ich hatte den Eindruck, sie war froh, daß jemand sie gefunden hatte.

Am nächsten Morgen vor Sonnenaufgang, als alle noch schliefen, beobachteten Juana und ich von der Tür des alten Nähzimmers aus, wie Señor Pico den Sarg seines Sohnes mit einem Stapel sauberer Leintücher aus dem Schrank seiner Frau auslegte und ihn dann hineinbettete. Der Señor trug sein feierlichstes Khaki, die Mütze saß perfekt zwischen seinen muschelförmigen Ohren. Als er aufblickte, schien er überrascht, Juana und mich dort stehen zu sehen.

»Sie haben überhaupt nicht geschlafen, Señor«, mahnte ihn Juana.

»Du solltest die Señora jetzt wecken«, sagte er.

Señora Valencia stand auf, um ein zerbrechliches Gespinst aus Spitze über den bunt bemalten Sarg ihres Sohnes zu legen. Papi und eine der Verwandten der Señora mütterlicherseits hielten dazu das eine Ende des spitzenbesetzten Tuchs aus dem Familienerbe, um ihr dabei zu helfen, den Stoff so klein zusammenzufalten, daß er den Sarg bedeckte, ohne über den Boden zu schleifen.

Señora Valencia beugte sich nieder, um den Sarg durch das Sonnenblumenmuster der Spitze hindurch zu küssen und ging zurück in ihr Zimmer. Ihre Tochter schlief in ihrer Wiege. Sie hob sie auf und nahm sie mit in ihr Bett.

Señor Pico und Papi trugen gemeinsam den Sarg hinaus.

Als der Sarg im ersten Automobil verstaut war, kam Señor Pico noch einmal zum Bett, wo seine Frau mit der Tochter vor sich an der Brust saß. Er zog die Mütze ab und klemmte sie zwischen die rechte Achselhöhle und den Ellenbogen. Mit den Lippen streifte er die Stirn seiner Frau, mied dabei aber die winzige Hand seiner Tochter, welche sie unwillkürlich ihrem Vater entgegenstreckte, als erkannte sie sein Gesicht oder als wollte sie sich gegen die Miene der Abneigung wehren, die jedesmal, wenn sein Blick sie traf, eisiger wurde. Diese Geste schien ihre Art des Ausgleichs dafür zu sein, daß sie anstelle ihres Bruders überlebt hatte, als wollte sie sagen, daß sie ebenfalls an der Beerdigung teilnehmen und dem Abstieg ihres Bruders in das Nichts zusehen wollte, das sie einmal mit ihm geteilt hatte.

»Hab keine Angst, alles wird ohne Schwierigkeiten verlaufen«, versicherte Señor Pico seiner Frau, als ginge es schon wieder um eine militärische Operation.

Señora Valencia sah zu, wie ihr Mann den Raum verließ. Als sein Packard losfuhr, hielt sie sich die Ohren zu, um das Geräusch nicht hören zu müssen. Dann hob sie das Gesicht ihrer Tochter an ihr Kinn und schloß die Augen, um den Atem des Kindes an ihrer Wange zu spüren.

Nachdem Juana Rosalindas Pflege übernommen hatte, widersetzte Señora Valencia sich ihren Befehlen, im Bett zu bleiben und zu ruhen; sie nahm in einem Schaukelstuhl auf der Veranda vor ihrem Zimmer Platz. Die Sonne war eben über dem Tal aufgegangen, der Tau hing noch in den geschwungenen Blütenblättern von Papis schönsten roten Laternenorchideen. Mit zwei Handvoll weißen Inselnelken – sie hatte sie ausgewählt und ich hatte sie ihr aus dem Garten geholt – und einer Kerze, die sie aufgespart hatte, um sie einmal nach der Messe in der Kirche anzuzünden, errichtete Señora Valencia auf dem Balkon einen Altar für ihren Sohn.

Wir beobachteten Pater Romain, der am Haus vorübereilte, als müßte er irgendwo die letzte Ölung spenden. Bald danach zogen meine Freunde auf ihrem Weg zu den Feldern vorbei. Wie üblich führte Kongo die Gruppe an, Sebastien und Yves gingen gleich dahinter.

Señora Valencia lehnte sich weit über das Geländer, als wollte sie die Orchideen unten besser sehen.

»Amabelle, kennst du ein paar von den Zuckerrohrleuten?«

»Ja, Señora.«

»Geh und bitte sie – die da unten vorbeigehen – hereinzukommen und *un cafecito* mit uns zu trinken.«

»Alle?«

»Alle, die kommen möchten.«

Außer Atem erreichte ich den Mandelweg. Ein paar reife Mandeln waren heruntergefallen. Die Schalen waren aufgesprungen und lagen halb in der Erde vergraben. Aus den geöffneten Früchten floß ein rötlicher Saft, so daß es aussah, als blute der Boden.

»Wer ist hinter dir her?« fragte Sebastien.

»Die Hausherrin bittet euch alle, auf *un cafecito* zu ihr zu kommen«, sagte ich.

»Deine Herrin?« fragte er.

»Señora Valencia.«

Kongo beschattete seine Augen mit der Hand und schaute zum Haus hinauf.

»Das ist kein Ort, wo wir hingehen wollen«, rief Sebastien in Kongos Ohrmuschel.

Die Nachricht von Señora Valencias Einladung ging in der Gruppe von Mund zu Mund. Sie zuckten die Schultern, hoben die Augenbrauen, setzten ihre Rupfensäcke und Sonnenhüte ab, um das Haus besser zu sehen. Sie fingen Diskussionen an und beendeten sie im gleichen Atemzug. Was wollte sie eigentlich von ihnen? Vielleicht würden sie alle vergiftet werden. Viele hatten davon gehört, daß Haitianer in der Nacht getötet worden waren, weil sie bei *perejil da*s »r« nicht rollen und das »j« nicht tief in der Kehle als jota aussprechen konnten, wenn sie Petersilie verlangten. Gerüchte hätten immer einen Grund, sagte einer.

Eine Frau begann, Geschichten zu erzählen, die sie gehört hatte. In der Woche zuvor sei ein Küchenmädchen, das dreißig Jahre im Haus eines Hauptmanns gearbeitet hatte, von ihm am Eßtisch niedergestochen worden. Zwei Brüder seien vom Zuckerrohrfeld verschleppt und von Aufsehern mit Macheten umgebracht worden – einer, der dort war, hätte angeblich den Vorfall mit eigenen Augen gesehen. Es hieß, der Generalissimo habe zusammen mit einer Grenzkommission Befehl gegeben, alle Haitianer zu töten. Arme dominikanische Bauern seien aufgefordert worden, Haitianer zu fangen und den Soldaten zu bringen. Warum also nicht auch die Reichen?

»Nenn mir noch mal den Namen deiner Herrin«, sagte Kongo.

»Señora Valencia«, sagte ich. »Ihr Sohn wird heute morgen beerdigt, vielleicht ist sie nicht ganz bei sich.« Ich tippte mir an die Schläfen, um Ungereimtheiten im Denken der Señora zu erklären.

Kongo grub seinen Besenstiel in die rote Erde und strebte dem Haus zu. Die meisten Zuckerrohrarbeiter setzten den Weg zu den Feldern fort, doch einige – mindestens zwanzig – waren neugierig genug, uns auf den Hügel hinauf zu folgen.

Sie scharten sich auf der Veranda, im Garten, überall, wo sie eine Gelegenheit fanden, sich anzulehnen oder hinzusetzen.

Señora Valencia war drinnen bei Rosalinda, während Juana und ich ihre Anweisungen ausführten. Wir gossen Kaffee in ihr bestes europäisches Teeservice mit dem Orchideenmuster und gaben die ersten Tassen an Kongo, der sie den jüngsten in der Gruppe weiterreichte. Unter den Kindern war der Junge, dem ich am Abend zuvor die Ziegenknochen gegeben hatte. Ich schenkte ihm eine Tasse voll ein und ging dann weiter zu den anderen. Juana hatte den Kaffee sorgfältig eingeteilt und darauf geachtet, wieviel noch da war, damit jeder, der wollte, wenigstens einen Schluck abbekam.

»Uns wird der Taglohn abgezogen, wenn wir nicht bald gehen«, sagte Sebastien. Er wollte an dem Fest der Señora nicht teilnehmen.

Als Juana die letzten Tassen von dem Kaffee ausgab, den

ihre Schwestern ihr geschickt hatten, löste Kongo sich von den anderen und marschierte mutig in den Salon, wo die Señora mit ihrer Tochter saß. Kongo lehnte sich vor, um Rosalindas bronzefarbenes Gesicht zu betrachten; er streckte seine Hand aus, als wollte er es berühren. Señora Valencia hielt seine abgearbeiteten alten Finger auf. Kongo ergriff Señora Valencias ausgestreckte Hand und küßte die Spitzen ihrer Fingernägel; Señora Valencias Gesicht wurde rot, als wäre es das erste Mal, daß sie von einem Fremden so intim berührt wurde.

»Mein Herz ist betrübt über den Tod Ihres anderen Kindes«, sagte Kongo in seinem besten Spanisch. Er gab ihre Hand frei, damit sie ihre Tochter besser halten konnte. »Als er starb, mein Sohn, versank der Boden unter meinen Füßen um einige Klafter. Ich fragte mich: Wie kann er so jung sterben? Haben ihn die Sterne in einer Laune zu mir geschickt? Um mich zu lehren, daß ein Leben so endlos sein kann wie hundert Jahre oder so kurz wie ein paar Atemzüge? Freuen Sie sich an dem, das Ihnen geblieben ist. Alles vergeht so schnell. In der Zeit, die es braucht, um einmal Atem zu holen.«

Señora Valencia sah Kongo nach, wie er hinausging. Mein Blick folgte ihm, wie er langsam den Hügel hinunterstieg. Er legte seine Hand auf Sebastiens Schulter, als müsse er die Kraft für jeden weiteren Schritt von ihm erbitten.

Nachdem alle fort waren, ging Señora Valencia zurück in ihr Bett, lag schweigsam da und betrachtete ihre Tochter, die neben ihr schlief. Vielleicht bereute sie, sich selbst der feuchten Morgenluft und ihre Tochter Kräften von außen ausgesetzt zu haben, die Kongo und die anderen möglicherweise hereingebracht hatten, aber der Tod ihres Sohnes hatte sie unvorsichtig und überstürzt handeln lassen.

Als ihr Mann zurückkehrte, erzählte sie ihm, bevor er irgend etwas von der Beerdigung erzählen konnte, was sie für die Zuckerrohrarbeiter getan hatte.

Er schimpfte nicht mit ihr, aber nachdem er herausgefunden hatte, daß sie ihr importiertes Teeservice mit dem Orchideenmuster dazu benutzt hatte, nahm er das Service mit hinaus in den Hof und zerschlug die Tassen und Untertassen, indem er sie eine nach der anderen gegen die Zementwände der Hauslatrinen schmetterte.

21

An Weihnachten sind die Hügel unterhalb der Zitadelle voller Laternen. Eltern und Kinder sind gemeinsam beschäftigt, ihren Herzenswünschen in dünnem Papier Gestalt zu geben, um ihre Gesichter damit anzuleuchten. Ein fanal, *eine Laterne, ist wie ein Drachen, sagt mein Vater, ein Drachen, der leuchtet, aber nicht fliegt.*

Mein Vater machte mir immer Laternen in Form von Monumenten, für die er mehr Zeit brauchte als für die anderen, eine Laterne von La Place Toussaint Louverture *mit einer Kerze, die drinnen brannte, oder eine, die den mit einer großen Feder geschmückten Hut von General Toussaint darstellte, die Kathedrale von Cap Haitien, wo eine Lage Papier dazu benutzt wurde, die nächste zu färben, damit es aussah wie Glasmalerei, und natürlich die Zitadelle, die zwölf Monate heimlicher Arbeit erforderte.*

Ich sage zu meinem Vater: Mach mir eine Laterne mit deinem Gesicht, damit ich sie das ganze Jahr tragen kann.

Er lacht, erfüllt von väterlichem Stolz. Das wäre zu eitel, sagt er, mehr Zeit für sein Abbild zu brauchen, als Gott.

22

Rosalindas Taufe fand erst statt, nachdem Señora Valencias Wochenbett offiziell beendet war. Am Tag der Taufe waren die Bänke in der Kapelle gefüllt mit einer wartenden Herde von Müttern, Vätern, Patinnen, Tanten und Onkeln. Sie brachten ihre Kinder für eine Gruppentaufe zu Pater Vargas. Viele der Kinder waren schon sechs oder sieben Jahre alt und wurden nun umgetauft, damit der Generalissimo jetzt ihr offizieller, wenn auch abwesender Pate werden konnte.

Señor Pico bahnte einen Weg durch die Menge, die bis vor die Tür herausquoll, als seine Frau ihre Tochter zur ersten Bank trug, die für die besser gestellten Familien reserviert war.

Señora Valencia trug ein blaß cremefarbenes Kleid mit einer Mantilla, die von der gleichen Valenciennes-Spitze gesäumt war wie das Tischtuch, das mit ihrem Sohn begraben worden war. Papi ging hinter ihr, dann folgten Doktor Javier und Beatriz.

Ich sah von fern zu, wie Pater Vargas Weihwasser über Rosalindas Kopf goß und sie damit in die Heilige Katholische Kirche aufnahm.

Nach der Taufe trat ich meinen Platz einem fast ausgewachsenen Jungen ab, dessen Name zu Ehren des Generalissimo in Rafael geändert werden sollte. Vor der Kapelle warteten Bauern aus dem Tal, bis sie am Altar an der Reihe waren. Ein paar vergnügte Kleinkinder jagten ein Ziegenjunges um die

Kirche. Ihre Mütter riefen Drohungen, die nicht beachtet wurden. Für den Rest ihres Lebens ohne Essen ins Bett. Keine Süßigkeiten. Keine Liebe, nie mehr. Mit dem Staub wie ein fliegender Teppich an ihren Füßen, waren die Kinder bereit, alles aufs Spiel zu setzen, was ihnen erst später genommen werden konnte.

Als Señora Valencia aus der Kapelle kam, hielt sie mir Rosalinda zu einem Taufkuß hin.

»Amabelle, als du sie zuletzt gesehen hast, war sie ein Mohr«, sagt sie. »Jetzt bringe ich dir eine Christin.«

Ich beugte mich über sie und streifte Rosalindas Wange mit meinen Lippen. Ihre Stirn war an der Stelle noch naß, wo der Priester sie mit dem Weihwasser überschüttet hatte. Señor Pico riß am Arm seiner Frau und zerrte sie mit sich, so daß die Señora das Kind beinahe fallen ließ. Rosalinda war durch die jähe Bewegung erschrocken und begann zu schreien, als ihre Eltern sich für die kurze Fahrt zum Haus in das Automobil zwängten.

Juana kochte ein riesiges Taufmahl. Wir verbrachten den Nachmittag damit, die Nachbarn zu bedienen, die ins Haus kamen, und andere, die Bauern aus dem Tal, die sich vor Neugier und Hunger draußen versammelten.

Die Feier wurde gedämpft durch die Erinnerung an Rafi, dessen Schatten seine Schwester zweifellos das ganze Leben verfolgen würde.

In der Nacht nach der Tauffeier suchte Kongo mich auf. Er trug das gelbe Hemd und die schwarze Hose, die Sebastien ihm gegeben hatte, damit er sie seinem Sohn zur Beerdigung anzog; die Sachen paßten ihm, als wären sie für seinen Körper zugeschnitten und genäht worden.

»Ich suche Amabelle«, sagte er durch eine Ritze in der Tür. Er stand da draußen in der Nacht, fuhr mit den Händen am Verandageländer entlang und hörte dem Quaken der Laubfrösche zu.

»Bitte komm herein«, sagte ich.

Er sah auf den Stapel Zedernholz, den Papi bei den Latrinen aufbewahrte. »Laß mich einen Moment hier stehen«, sagte er. »Hier ist soviel Holz. Ich bin überall im Land auf Zuckergebiet gewesen, und es gibt nie genug Holz für uns. Ich habe gesehen, wie Leute ihre Türen aus den Angeln gehoben haben, um ihren Toten Särge zu zimmern.«

Er reichte mir die Pappmaché-Form eines männlichen Gesichts durch die Tür.

»Ich bringe dieses Geschenk für dein Haus«, sagte er. »Ich hoffe, du nimmst es an.«

Ich nahm die Maske. Das Gesicht hatte viel von seinen Zügen, nur einige Jahrzehnte früher. Die Stirn war breit und gewölbt, die hohen Backenknochen ragten weit über die eingefallenen Wangen. Die Lippen waren halb geöffnet, zwischen einem Grinsen und einem Schrei; es war die Totenmaske seines Sohnes.

Ich wies ihm die Matte zu, auf der ich mich gerade schlafen legen wollte. Er setzte sich. Er nahm meine Schneckenmuschel, blies hinein und entlockte ihr eine schneidige, lebhafte Melodie, einen Karnevalsrhythmus.

»Hungrig?« fragte ich ihn.

Er gähnte, um zu zeigen, daß er hungrig war, ohne es aussprechen zu müssen. Ich hatte ein wenig Reis von dem Taufmahl für Sebastien aufbewahrt. Ich holte es aus drei Lagen *plantain*-Bananenblättern und setzte es ihm mit einem Holzlöffel vor.

»Zu Hause verdiente ich meinen Unterhalt mit Karnevalsmasken«, sagte er zwischen dem Löffeln. »Ich war der einzige Maskenmacher in meiner Stadt. Alles was ich brauchte, war ein wenig Mehl und Papier, dann konnte ich solche Masken machen. Hatte eine Frau, dreißig Jahre lebte sie mit mir zusammen, die Mutter meines Sohnes. Sie liebte Masken, ja. Je mehr ich machte, desto mehr schien sie mich zu lieben.«

Ich gab ihm eine kleine Kalebasse mit Wasser. Er legte den Kopf zurück und trank, bis sie leer war.

»In meinem Alter leistet mir mein Gedächtnis manchmal keine guten Dienste mehr«, sagte er. »Kann sein, daß ich dich kannte, als du klein warst. Kann sein, daß du eines von den

Kindern warst, die wegrannten und sich versteckten, wenn meine Frau und ich mit unseren Masken zur Eröffnung des Karnevalsumzugs die Straße herunterkamen. Kann sein, daß du die eingefettete Stange in meinem Hof hinaufgeklettert bist, um dir das Geld an der Spitze zu holen. Zu Karneval machte ich immer ein großes Fest für die Kinder. Natürlich erinnert man sich nicht an alle.«

»Wie ist dein richtiger Name?« fragte ich. »Dein Name, bevor du hierher kamst?« Ich wollte es plötzlich wissen. Ich hoffte, daß er ihn mir zusammen mit seinen Erinnerungen anvertrauen würde.

»Manche Dinge sind zu unnütz, um sie sich zu merken«, sagte er, »wie wenn man in einer Öllampe Blut verbrennt.« Sein Atem ging lauter, als gewöhne sich sein Magen daran, voll zu sein.

»Nachdem meine Frau gestorben war, hörte ich auf mit den Masken und wurde Zimmermann. Aber ich war nur gut im Maskenmachen, ja. Aber ohne meine Frau konnte ich mich nicht dazu überwinden, Masken zu machen. Ich verkaufte mein ganzes Land. Mein Geld gab ich aus für Dinge, die ich zum Vergessen brauchte, wie ich meinte: hauptsächlich Schnaps, Feuerwasser, und die Gesellschaft fröhlicher Leute. Ich konnte nie allein sein, wenn ich traurig war. Bevor du einmal mit dem Fuß tippst, hatte ich nichts mehr. Joël und ich waren gewohnt, zusammen zu arbeiten. Er und ich, wir wären beide Bettler geworden, wenn wir nicht hergekommen wären. Aber ich bin nicht nur hier, um dein Essen zu essen und dir Geschichten zu erzählen. Ich komme, weil Sebastien mich schickt.«

»Ist Sebastien etwas passiert?« fragte ich. Wegen der Taufe hatte ich den ganzen Tag keine Zeit gehabt, nach Sebastien zu schauen.

»Sebastien geht es gut, ja«, sagte er. »Nach dem, was an der Schlucht passiert ist, hat er beschlossen, keine Zeit mehr zu verlieren. Er hat mich hergeschickt, um dich zu fragen, ob du dich ihm versprechen und für ihn allein bewahren würdest. Wenn ein junger Mann es mit einer jungen Frau ernst meint, dann verlangt es der alte Brauch, daß seine Eltern seine Absichten gegenüber ihren Eltern ausdrücken. Da sowohl deine als auch seine Eltern nicht mehr sind, bin ich mit seinem Antrag zu dir gekommen.«

Ich schaute auf die Maske in meiner Hand hinunter. Ich mußte an die Nacht denken, in der Joël getötet wurde; wie ich für einen Augenblick geglaubt hatte, daß es Sebastien wäre, der von Señor Picos Automobil überfahren worden war. Der alte Mann schaute mich und dann die Maske an.

»Habe immer gehofft, daß mein Sohn so eine Frau findet wie dich«, sagte er, »eine gute Frau.«

»Joël hatte eine gute Frau«, sagte ich.

»Du meinst die mit dem dunklen Mal unter der Nase. Ich wollte sie nicht für ihn.«

»Sie wollte deinen Sohn«, sagte ich. »Sie wünschte sich deinen Segen. Sie tut es noch.«

»Segen? Wofür? Mein Sohn ist jetzt nur noch eine Erinnerung, wenn überhaupt. Die mit dem großen Mal unter der Nase, sie ist jung, und die Jungen bleiben nicht jung, indem sie auf die Vergangenheit starren. Bald wird sie einen anderen Mann finden und mein Sohn wird ihr aus dem Sinn kommen.«

»Sie ist noch immer sehr durcheinander«, sagte ich.

»Ich hoffe, Sebastien erlaubt, daß du die Maske behältst«, sagte er.

»Bist du sicher, daß du dieses Gesicht nicht selbst möchtest?« fragte ich.

»Ich habe viele davon gemacht«, sagte er, »für alle, die meinen Sohn im Gedächtnis bewahren werden, wenn ich nicht mehr bin. Wenn ich könnte, würde ich mir alle um den Hals binden, ja, wie manche Männer Amulette tragen. Diese schenke ich dir, weil du einen sicheren Platz hast, um sie aufzubewahren.«

»Ich bin glücklich, sie zu haben«, sagte ich, »obwohl ›glücklich‹ nicht das richtige Wort ist.«

»Ich bin froh, sie dir zu geben«, sagte er, »obwohl ›froh‹ auch nicht das richtige Wort ist.«

»Danke, daß du mir etwas anvertraust, das für dich so kostbar ist«, sagte ich.

»Mein Sohn war kostbar für mich«, sagte er. »Dies ist nur ein trauriges Erinnerungsstück an ihn.«

Als er aufstand, um zu gehen, strich ich ihm den Kragen glatt und nahm ein Klümpchen Reis weg, das am obersten Knopf seines Hemdes hing.

»Jetzt siehst du gut aus«, sagte ich.

»Sebastien hat mir erlaubt, die Kleider zu behalten«, sagte er. »Ich habe ein paar Abnäher hineingenäht und sie kürzer gemacht.«

»Ich bin glücklich, daß du es warst, der mir den Antrag von Sebastien gebracht hat«, sagte ich.

»Ich habe nicht oft die Chance, solche Dinge zu übernehmen«, sagte er. »Ich hatte noch an etwas anderes gedacht, als ich heute abend herkam.«

»Sag es mir bitte.«

»Der Älteste von deinem Haus, Don Ignacio, er hat nicht noch einmal gefragt, ob er mich besuchen kann, ja?«

Durch Rafis Tod schien Papi ihn und Joël vergessen zu haben.

»Das wundert mich nicht«, sagte er, »daß mein Sohn schon aus seinen Gedanken verschwunden ist.«

Nachdem Kongo weg war, eilte ich hinaus, um Sebastien zu besuchen. Ich ging nicht an der Schlucht entlang, sondern unten auf dem Fußweg am Bach, wo es in der Nacht viel kühler war.

Es war dunkel, aber ich kannte den Weg gut genug, ich hätte ihn im Schlaf finden können. Ich rannte am Bach entlang und horchte auf die Laubfrösche und das Zirpen der Zikaden von ferne.

Ich war schon eine Weile unterwegs, als ich hörte, wie Äste auseinandergebogen wurden und hinter mir Fußstapfen platschend in den Schlammlöchern landeten. Zunächst hörte ich die Schritte nur schwach, doch langsam wurden sie lauter und dichter. Sie kamen näher, gingen genau im Gleichschritt.

Ich sprang aus dem Weg, versuchte leise in den Bach zu schlüpfen, landete aber mit einem Klatschen auf meinem Hintern.

Vom Wasser aus erschien die Nacht heller. Ich langte hinunter in das Bachbett und spürte einen Stein, mit dem ich mich verteidigen konnte. Als ich zum Pfad zurückschaute, sah ich dort niemand. Vielleicht hatte ich mir in meiner Angst die Geräusche nur vorgestellt.

»Du da im Wasser«, rief mir eine männliche Stimme hinter einem Baum im Schatten zu. Der Mann sprach Kreyòl.

Ich suchte Halt am Grund des Baches, griff zu und bekam endlich einen Stein zu fassen. Drei Männer standen auf dem Damm, jeder hatte eine Machete in der Hand, ihre Klingen spiegelten die Helligkeit des Wassers wider.

»Um diese Zeit soll man schlafen, nicht schwimmen«, sagte derselbe Mann.

Ich konnte jetzt die Gesichter sehen. Es waren Maurer, die die nahe gelegenen Häuser an der Straße bewohnten, die zum Bach führte. Ich kam aus dem Wasser heraus, zitternd, während die Nachtluft meine Haut trocknete. Einer von den Männern war Unèl, der einmal die Latrinen in Señora Valencias Hof erneuert hatte. Unèl gab mir eine Decke, die er zusammengerollt an einem Strick auf seinem Rücken trug.

»Wohin gehst du zu dieser späten Stunde, Amabelle?« fragte er.

»Zu Sebastien«, sagte ich.

»Hast du denn noch nicht gehört, was sie sagen?« fragte er.

»Was sagen sie?«

»Es heißt, daß Leute getötet werden.«

»Das ist nur Gerede, es fing an, als Joël umkam«, sagte ich.

»Sebastien sollte besser zu dir kommen, wenn er dich nachts treffen will«, sagte er.

Ich ging zurück zu dem Pfad, der am Bach entlangführte. Unèl eilte voraus, während die anderen hinter mir blieben.

»Es ist nicht vernünftig, in diesen Tagen allein herumzulaufen«, schimpfte Unèl.

»Danke für deinen Rat«, sagte ich.

»Wir möchten unsere Leute beschützen«, sagte Unèl. »Nachdem Joël getötet wurde, haben wir die Nachtwächter-Brigade gebildet. Wenn sie kommen, sind wir auf sie vorbereitet.«

»Ich gehe zurück«, sagte ein anderer Mann hinter mir. »Ich warte nicht, bis das Gerede in Blutvergießen übergeht, ich will zurück nach Haiti. Und nicht auf den Automobilstraßen, wo all die Soldaten sind, sondern über die Berge. Diesen Samstag gehe ich. Ich bin bereit, alles zurückzulassen. Danke, Alegría. Wir hatten hier eine Zeit voller Freude, aber jetzt muß ich dir Lebewohl sagen.«

»Ich bleibe hier und kämpfe«, sagte Unèl. »Ich arbeite hart; ich habe ein Recht, hier zu sein. Die Brigade bleibt und kämpft. Mit unserem Kampf helfen wir auch den anderen.«

»All das, nur weil Joël getötet wurde?« fragte ich Unèl.

Die Kälte in meiner Stimme muß ihn überrascht haben, denn er brach ab, schaute mich an und blieb einen Schritt hinter seinen Gefährten zurück, die vorausgegangen waren. Mir war Joëls Tod nicht gleichgültig geworden, aber ich verstand nicht, warum Unèl und die anderen ihn als Vorboten zu ihrem und meinem Tod ansahen. Hatte Señor Pico Joël absichtlich überfahren, um diese Seite von Haitianern zu säubern?

»Ich frage dich nochmals. Hast du nicht gehört, was sie sagen?« fragte Unèl.

»Ich habe zuviel Gerede gehört«, sagte ich.

Als wir die Baracken erreichten, gab ich Unèl die Decke zurück. Er rollte sie ein, schnürte sie mit dem kurzen Strick zusammen und warf sie sich über die Schulter.

»Wegen ihr werde ich eine nasse Decke haben, wenn mir heute nacht kalt ist und ich mich einwickeln möchte«, sagte Unèl zu Sebastien, als sie sich zur Begrüßung die Hand gaben. »Ich will die Gelegenheit nutzen, die anderen zu warnen«, sagte Unèl. »Die Zeiten haben sich geändert. Wir müssen alle auf uns aufpassen.«

Unèl und seine Leute gingen von einer Baracke zur anderen und ermahnten jeden, er solle vorsichtig sein und nachts nicht alleine hinausgehen. Er warb unter den Zuckerrohrarbeitern ein paar weitere Wächter an, einige versprachen, in der folgenden Nacht mit ihm durch das Tal zu ziehen. Andere scherzten, nur eine Frau könnte sie aus dem Bett holen, um die ganze Nacht durch das Tal zu laufen, nachdem sie schon den ganzen Tag in den Zuckerrohrfeldern auf den Beinen waren.

Ich eilte in Sebastiens Zimmer, meine Kleider waren triefnaß. Sebastien und Yves sahen beide so aus, als wollten sie gerade die Lampe löschen und einschlafen.

»Ich dachte, Kongo wäre noch bei dir«, sagte Sebastien.

Yves stand auf, strich sich über den rasierten Kopf und ging nach draußen. Ich zog mich aus, behielt meinen Slip aber an. Sebastien ging hinaus, um mein Tageskleid zum Trocknen aufzuhängen. Als er zurückkehrte, legten wir uns auf seine Matte. Er legte eine Decke aus einem alten Reissack über uns. Ich spürte seine Brandblasen und wie der *sábila*-Umschlag an seinem Bein hinunterglitt, als er Yves ins Zimmer zurückrief.

»Hast du das Gerede gehört?« fragte ich Sebastien.

»Unèl spricht von einem Befehl des Generalissimo.«

»Ja, dieses Gerede meine ich.«

»Ich weiß nicht, was ich davon halten soll«, sagte Sebastien. »Ich höre es dauernd, aber ich weiß nicht, wieviel daran wahr ist.«

»Kurz bevor du kamst, haben wir von dir gesprochen«, sagte Yves, während er sich wieder auf seine eigene Matte auf der anderen Seite gleiten ließ. »Haben dir nicht die Ohren geklingelt?«

»Was habt ihr gesagt?« fragte ich.

»Yves meint, ich soll das Holz verkaufen«, sagte Sebastien.

»Papis Holz?«

»Wir können es verkaufen«, sagte Yves, er drehte den Hals und wandte uns seinen großen Adamsapfel zu. »Ich kenne jemanden, der nach gutem, abgelagertem Holz sucht, um Tische und Stühle zu machen.«

»Ich möchte dieses Holz nicht bei mir haben«, sagte Sebastien. Obwohl er nicht über die Gerüchte sprach, merkte ich, daß er allmählich ebenso beunruhigt war wie die anderen, ja sogar höchst besorgt. »Da wir es nicht zu dem Zweck gebraucht haben, zu dem wir es geholt haben, möchte ich das Holz dem Eigentümer zurückgeben.«

»Zurückgeben kommt nicht in Frage.« Yves riß einige Sisalfasern aus dem Rand seiner Strohmatte.

»Dann ist es jetzt dein Holz«, sagte Sebastien. »Ich schenke es dir. Du kannst damit anfangen, was du willst.«

Yves rollte seinen Körper zu einer Kugel und wandte uns den Rücken zu. »Zurückgeben kommt nicht in Frage«, wiederholte er, seine Stimme versank bereits im Schlaf.

»Du hast Kongo mit einem Antrag zu mir geschickt«, flüsterte ich Sebastien zu.

»Viele andere Männer hätten sich schon längst mit dir verlobt«, sagte er.

»Sollen wir zu Pater Romain gehen und uns segnen lassen?« fragte ich, da ich immer ungeduldiger wurde, auf althergebrachte Weise mit Sebastien verbunden zu werden. »Ich weiß, du magst Priester und Rituale nicht, aber Pater Romain ist unser Freund.«

Ein Stück Kochlöffel hielt die Holzluke offen, die Sebastien als Fenster diente. Das Holz quietschte, als würde es gleich herunterfallen. Sebastien stand auf und machte es fest, so daß die Nachtluft hereinströmen und den Raum kühlen konnte.

»Wir werden bis zum Ende dieser Ernte wohl nicht im selben Haus zusammenleben, du und ich«, sagte er. »Ich möchte dich nicht hierher bringen, und ich möchte mich nicht mit dir in dein Zimmer zwängen oben auf dem Hügel und mit diesen Leuten zusammenleben. Kannst du bitte auf mich warten?«

»Ich kann warten«, rief Yves im Schlaf.

»Worauf kannst du warten?« fragte ihn Sebastien lachend.

Wir gingen hinüber zu Yves' Matte. Seine Augen waren weit geöffnet, er starrte auf die Wand, seine Pupillen waren von einem trüben Glanz überzogen, als hätte er die Flußblindheit.

Sebastien winkte mit den Fingern vor seinen Augen hin und her. Yves zwinkerte nicht.

»Frag ihn, wie es ihm geht«, sagte Sebastien.

»Wie steht es mit dir, Yves?« fragte ich.

»Wer fragt?« sagte Yves im Schlaf.

»Ich kenne ihn, seit wir beide noch kurze Hosen anhatten«, sagte Sebastien, als wir zu seiner Matte zurückgingen. »Ich habe viele Jahre mit ihm in diesem Raum zusammengelebt. Aber nie hat er im Schlaf geredet, noch dazu mit offenen Augen. Das fing erst nach Joëls Unfall an.«

Yves und Sebastien murmelten beide die ganze Nacht im Schlaf, als reisten sie zusammen durch den gleichen Traum.

»Papa, stirb nicht auf diesem Teller mit Essen«, sagte Yves gegen Morgengrauen. Er rollte auf den Rücken, seine Augen waren auf die schmutzige Zimmerdecke gerichtet. Seine Stimme war deutlich, aber weit weg, als sage er zum hundertsten Mal eine Schulaufgabe her, die er in- und auswendig kannte: »Papa, stirb nicht auf diesem Teller mit Essen. Bitte, laß mich ihn wegnehmen.«

Sebastien drehte sich auf die Seite und brabbelte in seinen eigenen Alpträumen.

»Redet er noch?« fragte er mich, als er aufwachte.

»Von seinem Vater, der auf einem Teller mit Essen stirbt«, sagte ich.

»Seine Mutter erzählte gern, daß sein Vater auf einem Teller mit Essen starb«, erwiderte Sebastien mit müder Stimme. »Sein Vater wurde von den Yankis in ein Wasser-und-Brot-Gefängnis gesteckt und nach dreißig Tagen wieder entlassen. Seine Mutter kochte ihm als erstes all das gute Essen, von dem er im Gefängnis geträumt hatte. Der Vater ißt, bis er vornüberfällt, das Gesicht im Essen, und ist tot.«

Ein Hahnenschrei weckte Yves endlich. Er sprang auf und griff nach seiner Arbeitskleidung, da er unter den ersten am Bach sein wollte.

»Hast du letzte Nacht schlecht geträumt?« fragte ich Yves.

»Warum willst du das wissen?« fragte er, sein Adamsapfel hüpfte dabei auf und ab, als wollte er aus seinem Mund herausspringen. »Möchtest du meine Träume beim Glücksspiel an Mercedes' Stand benutzen?«

»Wir konnten nicht schlafen«, sagte Sebastien. »Du hast die ganze Nacht geschwatzt wie ein verrückter Papagei.«

Nachdem die meisten Arbeiter zum Bach aufgebrochen waren, gingen Sebastien und ich hinüber zu einer Kochhütte aus Ruten und Lehm neben einem Holzzaun, wo die Baracken an eine offene, nicht asphaltierte Straße grenzten. Er rieb zwei Steine an einem trockenen Pinienzweig und zündete ein Feuer für unseren Kaffee an.

Wir setzten uns unter den Mesquitstrauch, der sich über die Hütte neigte, ich beobachtete, wie er den Kaffee nur mit einer Seite des Mundes trank und mußte unwillkürlich grinsen.

Für manche bedeutet Leidenschaft die Übergabe eines Rings bei einer Zeremonie in der Kirche oder das Aufziehen von gemeinsamen Kindern. Für mich war Leidenschaft einfach ein Lächeln, das sich mir aufdrängte, indem es an meinen Mundwinkeln zog. Und langsam, während er mich zwischen den Schlucken Kaffee anblickte, erwiderte er das Lächeln und sah genauso aus wie ich: verlegen, angerührt und fast beschämt, für den Blick des Begehrens verantwortlich zu sein, der sich immer in einem tiefen Erröten an der Seite seines Gesichts ankündigte. Seine Augen suchten alles um ihn herum ab, die glühenden Kohlen und die Asche unter dem Kaffeetopf, die Kieselsteine, die den Boden aufwarfen, um sich einzupassen, die Flecken mit erdbraunem Gras, das starb, weil es zu oft mit Füßen getreten wurde. Als die Morgenbrise seinen zerrissenen und blättergefleckten Kragen anhob, drückte er ihn mit seinen zuckerrohrverkratzten Fingern wieder nach unten. Seine Augen untersuchten alle bekannten Einzelheiten an seinen Fingern, sie hielten nur für einen Moment inne, als unsere Pupillen sich trafen und mit dem einfachen Anflug eines Lächelns all das mitzuteilen versuchten, was wir nicht sagen konnten, wegen des verfluchten Zuckerrohrs, der Ernte, vor der uns graute, und der Zukunft, die wir fürchten mußten.

23

Ich träume von der Zuckerfrau. Schon wieder.

Wie immer trägt sie ein langes, dreilagiges Volantkleid, das sich bauscht wie ein Ballon. Über dem Gesicht hat sie einen glänzenden silbernen Maulkorb und an ihrem Hals ein eisernes Band, von dem ein zugeschnapptes Schloß herunterhängt.

Die Zuckerfrau faßt ihren Rock und hüpft in meinem Zimmer auf und ab. Sie scheint einen kalanda *zu tanzen, mit sehr schnellen Drehungen, sie umarmt die Luft und tut, als küßte sie jemanden, der viel größer ist als sie. Während sie sich trippelnd dreht, klingeln die Ketten an ihren Fesseln eine scheppernde Melodie. Sie springt zum Geklirr ihrer Ketten, das wie ihre Bewegungen lauter und lauter wird.*

»Ist darunter dein Gesicht?« frage ich. Die Stimme, die aus meinem Mund kommt, überrascht mich; es ist die Stimme des verwaisten Kindes am Bach, des Kindes, das von nun an nur noch zu fremden Gesichtern sprechen würde.

»Siehst du mich?« fragt sie und lacht ein metallisches Lachen, das hinter der Maske dröhnt.

»Warum hast du das vor deinem Gesicht?« frage ich.

»Das?« Sie klopft mit dem Finger an den Maulkorb. »Bekam ich vor langer Zeit, ja, damit ich das Zuckerrohr nicht esse.«

Im Traum stelle ich mir vor, daß Sebastien sie immer hierherbringt, daß sie die heimliche Gestalt einer eifersüchtigen Frau ist oder das Gespenst einer toten Liebe.

»Warum bist du hier?« frage ich.

»Sagte ich schon«, sagt sie. »Ich bin die Zuckerfrau. Du, meine Ewigkeit.«

Ich wache auf und hämmere auf den Arm, den Sebastien über meine Brüste gelegt hat, um ihn zu wecken.

Wenn ich im Schlaf murmele, dann entweder über meine Eltern oder die Zuckerfrau.

»Was war es diesmal für ein Traum?« fragt er. Manchmal ist er ungeduldig mit meinen Schatten.

24

Die hohen Zementmauern um Doña Sabines Haus waren übersät von Wachleuten mit tiefbraunen Bauerngesichtern. Manche sahen zu alt aus, andere zu jung, um die alten rostigen Gewehre zu tragen, die schwer über ihren Schultern hingen und deren Gurte Spuren im Fleisch auf ihrem Rücken hinterließen.

Als ich vorbeikam, schaute ich hinauf zu den hohen Balkontüren, wo eine kleine Gruppe Männer und Frauen hinter dünnen Vorhängen kauerten, um die Vorübergehenden auf der Straße zu beobachten.

In der Nähe von Señora Valencias Haus stand Luis auf der Straße, sein Kopf ging hin und her, folgte jeder Bewegung, jedem Ochsenkarren oder jedem Bauern auf einem Esel auf dem Weg zum Markt, jedem Kind das zur Gemeindeschule ging, jedem Zuckerrohrschneider, der zu den Feldern strebte.

»Der *patrón* fährt heute weg«, sagte er lächelnd. »Sie holen ihn bald ab.«

Der *patrón* war schon viel länger geblieben als erwartet. Seine dringende Operation, so hatte er seiner Frau erklärt, war bis jetzt verschoben worden. Da wir alle so daran gewöhnt waren, unsere Señora für uns zu haben, war es uns lieber, wenn er fort war. Ich hatte den Verdacht, daß er jetzt genug davon hatte zuzusehen, wie seine Tochter jeden Tag kräftiger und fröhlicher wurde, während er an den männlichen Erben denken mußte, den er verloren hatte.

»Wie lange wird er wegbleiben?« fragte ich.

Luis wußte es nicht.

Ein brennendes Stück Metall sauste an meinem Gesicht vorbei, als ich den Hügel hinaufstieg. Ich sprang zur Seite und duckte mich. Señora Valencia und ihr Mann standen unter dem Flammenbaum, jeder ein Gewehr mit abgeschnittenem Lauf in der Hand und zielten auf die Kalebassenbäume vor meinem Zimmer.

Die Luft war erfüllt von einer Schwade pfeffrigen Rauchs, ein bißchen davon blieb hinten in meinem Hals stecken. Ich schloß meine Augen, um das fiebrige Stechen in den Pupillen zu bekämpfen.

»Amabelle!« rief Señora Valencia aus, ihre Stimme war vor Schreck ganz heiser. Sie trug ein weites Hauskleid und mußte sich Halt suchend gegen den Flammenbaum lehnen. Señor Pico hatte seine komplette Uniform angelegt, außer seiner Mütze, sie lag am anderen Ende der Bank, auf der sich seine Frau zwischen den Schüssen ausruhte.

Ich winkte, um zu zeigen, daß ich noch lebte, dann rannte ich in die Küche, wo Juana verärgert Ausschau hielt.

»Ich dachte schon, du hättest den letzten in den Hals gekriegt.« Sie reichte mir eine Tasse mit Wasser.

»Welchem Heiligen muß ich danken, daß er mich gerettet hat?«

»Allen miteinander«, sagte sie.

Señora Valencia sah vom Schießen etwas erschöpft aus, aber sie riß sich zusammen und feuerte erneut. Sie schaute zum Haus herüber, schien besorgt, daß das Gewehrgeknall ihre Tochter aufwecken könnte.

»Er sollte sie nicht dazu zwingen«, sagte Juana, »nicht so bald, nachdem sie geboren hat.«

»Die Señora ist stark. Sie ist eine gute Schützin«, sagte ich, nachdem das Wasser in meinem Magen angekommen war.

Ich erinnerte mich, wie Papi, da ihm ein Sohn fehlte, die Señora, als sie noch ein kleines Mädchen war, trotz seiner betrüblichen Erinnerungen an den Krieg zum Jagen mit richtigen Gewehren mitgenommen hatte. Mit Papi hatte sie nach Vögeln gejagt. Was würde bei ihrem Ehemann die Zielscheibe sein?

Señor Pico führte die Hände seiner Frau an der Sicherung des Gewehrs entlang. »Denk dran, ziel nicht zu hoch, sonst schießt du über den Kopf«, sagte er.

Er legte ihre Hände für einen weiteren Schuß hintereinander. Sie schüttelte ihn ab, lehnte sich nach vorn, näherte ihre Augen der Oberseite des Laufs und zog am Hahn. Eine Kalebasse brach vom Baum gegenüber ab und fiel zu Boden, dabei riß sie einige kleinere auf dem Weg nach unten mit.

Señora Valencia ließ ihr Gewehr an die Seite sinken und sagte: »*No más.*«

Mit einem Handtuch über der Schulter brachte Juana eine große Schale Wasser hinaus. Die Señora wusch ihre Hände und trocknete sie an dem Stück Handtuch ab, das über Juanas Bauch fiel.

»Du mußt wissen, wie du dich selbst schützen kannst«, sagte Señor Pico, als sie zum Haus zurückgingen. Er hielt seine Frau am Arm, als schritten sie noch einmal zum Hochzeitsmarsch.

»Papi und Luis werden hier sein, um auf Rosalinda und mich aufzupassen«, sagte sie.

»Sie können nicht ständig bei dir sein«, sagte er.

»Wir haben noch nie solche Befürchtungen gehabt«, sagte sie.

»Die Zeiten haben sich geändert«, belehrte er sie.

Luis kam in den Salon, um anzukündigen, daß ein Lastwagen voller Guardiamiliz angekommen sei.

Juana rannte hinaus und kam mit Rosalinda zurück, die im Arm einer entfernten Kusine Señora Valencias lag; sie war aus Higüey gekommen, um das Baby zu besuchen, und hieß Lidia.

Lidia hatte ein schmales Gesicht mit traurigen Schlitzaugen und schulterlanges schwarzes Haar, das vor und zurück schwang, während sie Rosalindas Hintern tätschelte.

Lidia trat vor und hielt Rosalinda ihrem Vater zu einer Umarmung hin. Señor Pico mied das Kind und streifte statt dessen Lidias Gesicht mit den Lippen, bevor er zur Tür hinauseilte.

Als er den Hügel zu einem der Lastwagen mit offener Ladefläche hinabstieg, salutierten ihm die Männer von der Guardia und klatschten Beifall. Er winkte seiner Frau ein letztes Mal zu, dann sprang er hinauf auf den Beifahrersitz.

»Es sieht fast so aus, als wären wir im Krieg«, sagte Señora Valencia, während sie zuschaute, wie der aus drei Lastwagen bestehende Militärkonvoi ihres Mannes wegfuhr. Sie hielt es für angebracht, darüber hinwegzusehen, daß er sie und ihre Tochter kaum beachtet hatte, wie sie es mit allen anderen Dingen tat, die ihr an ihm nicht gefielen.

»Bei deinem Mann geht es immer um große Feldzüge.« Papi steuerte mit der Señora wieder auf den Salon zu. »Männer wie er haben Namen auf Erinnerungstafeln, an Straßen und Brücken. Städte und Dörfer werden nach ihnen benannt. Ich habe mich damals in diesem Tal niedergelassen, eben weil ich solchen Machenschaften entgehen wollte, den Armeen und Offizieren –«

»Und deine Tochter verliebte sich in den ersten Soldaten, der durch deinen Garten kam –«

»Liebe läßt sich nicht immer erklären«, sagte Papi. Seine Stimme war erfüllt vom Wunsch zu verstehen. »Ich habe das schon früher erlebt. Dein Mann glaubt, daß er alles, was er tut, für sein Land tut. Zumindest muß er sich das selbst immer einreden.«

»Er ist ein guter Mann, Papi«, sagte die Señora.

»Wenn du das sagst, muß ich es glauben«, erwiderte Papi. »Ich gehe jetzt ein wenig spazieren.«

»Nimm Luis mit«, sagte Señora Valencia.

»Nein, nein«, sagte Papi. »Das erledige ich allein.«

25

Die Staubstürme im Tal machen mir Freude. Der Staub steigt in Wirbeln vom Boden und fegt die Straße entlang. Wie ein Leintuch, das sich von der Wäscheleine losgerissen hat, wirft er seinen eigenen Schatten, zusammen mit den Vögeln, die über ihm kreisen, um die Menschen auszumachen, die sich, den Kopf an die Brust gedrückt, zusammenkauern.

In Staubstürmen stelle ich mir immer vor, es gingen Leute vor mir her, Leute, die ich nicht sehen kann, aber deren Gestalten, so hoffe ich, deutlich werden, wenn die Luft wieder klar ist.

Ich sehe meine Mutter und meinen Vater und mich selbst. Ich gehe mit ihnen, ein Kind, das zum Gehen noch eine Hand braucht, das aufsehen muß, um zu reden und um in die Gesichter zu sehen. Nachdem der Sturm vorbei ist, stehe ich da, die Hände in die Luft gereckt, in reglosem Gebet, als würden unsichtbare Riesen mich führen, mein Gesicht ist auf die Bäume gerichtet, die mit einem Schleier aus weißem Lehm bedeckt sind.

26

Doktor Javier kam später am Nachmittag vorbei, um Rosalinda zu untersuchen. Juana war gerade in der Küche, und Luis fegte draußen den Hof.

Der Doktor sah müde aus, mit hängenden Schultern betrat er das Haus.

»Bitte hör mich an«, flüsterte er in Kreyòl. »Du mußt dieses Haus sofort verlassen. Ich habe gerade von einigen Freunden an der Grenze gehört, daß auf Befehl des Generalissimo Soldaten und Zivilisten die Haitianer töten. Vielleicht in ein paar Stunden werden sie unser Tal erreicht haben.«

Es konnte nicht wahr sein. Gerüchte, dachte ich. Gerüchte gab es immer, Gerüchte von Krieg, von Landstreitigkeiten, davon, daß eine Seite der Insel plane, die andere zu überfallen. Das waren Größenphantasien der Präsidenten, die die ganze Insel für sich haben wollten. Es konnte aber doch Leute wie mich nicht betreffen oder Leute wie Yves, Sebastien und Kongo, die auf den Zuckerrohrfeldern hart arbeiteten. Sie gaben dem Land ihre Arbeit. Die Dominikaner brauchten den Zucker für ihre *cafecitos* und ihre *dulces de leche*. Sie brauchten das Geld vom Zuckerrohr.

»Ist Pico da?« fragte der Doktor.

»Er ist zur Grenze gefahren«, sagte ich.

»Oh, zur Grenze«, sagte er, als wäre dies der letzte Beweis, daß er mit seiner Geschichte recht hatte. Er versuchte, mir diese Wahrheit durch die Schweißperlen in seinem Gesicht, durch seine zusammengezogenen Augenbrauen glaubhaft zu machen, durch seine eiligen Gesten, mit denen er mich drängte, ihm zu vertrauen, wenn ich wollte, ihm zu glauben, wenn ich konnte. Er mußte außer mir noch viele andere Leute benachrichtigen.

»Wirst du mitkommen?« fragte er.

Ich hätte gern weitere Warnungen gehabt. Ich hätte gern genau gewußt, was ich glauben konnte und was nicht. Alles war so seltsam. Was, wenn der Doktor ebenfalls Teil der tödlichen Verschwörung war?

»Ich kann meinen Mann und seine Schwester nicht zurücklassen«, sagte ich.

»Eine große Gruppe geht heute nacht mit mir nach drüben«, sagte er. »Wir haben zwei Lastwagen. Ich finde auch für sie einen Platz. Wir treffen uns vor der Kapelle. Ich habe es schon mit Pater Romain und Pater Vargas abgemacht. Sie feiern eine Abendmesse für Santa Teresa. Bald ist ihr Fest. Es soll so aussehen, als gingen alle zur Messe.«

Ich wußte nichts von dieser Santa Teresa. Vielleicht würde ich dort in der Kirche mehr über die Heiligen erfahren, zu denen Juana betete, zu denen dieses ganze Tal zu beten schien. Señora Valencia erschien in dem langen Flur, der zu ihrem Zimmer führte.

»Warum flüsterst du, Javier?« fragte die Señora.

»Ich wußte nicht, ob deine Tochter schläft«, sagte der Doktor. »Ich wollte sie nicht wecken.«

»Meine Tochter hat einen tiefen Schlaf«, sagte die Señora stolz. Dann wandte sie sich zu mir, ihre Finger in ihren Haaren vergraben, sie kratzte sich die Kopfhaut. Sie fragte: »Amabelle, ist Papi zurück?«

Helfen Sie mir, Señora, wollte ich sagen, aber was hätte sie tun können? Wieviel wußte sie? Würde sie tapfer genug sein, sich zwischen mich und ihren Mann zu stellen, wenn es nötig war?

»Es macht mich unruhig, daß Papi seinen Spaziergang so lange ausdehnt«, sagte sie, bevor sie den Doktor in den Raum geleitete, wo Rosalinda schlief.

Ich versuchte, einen Plan zu machen. Bleib ruhig, sagte ich zu mir. Ich mußte mit Bedacht handeln.

Nur für den Fall, daß der Doktor recht hatte, ging ich in mein Zimmer, nähte einen meiner Röcke am Bund zusammen, machte daraus einen Sack und warf ein paar Sachen hinein: Kongos Maske von Joëls Gesicht, Sebastiens unfertiges Hemd von dem Tag, an dem die Kinder der Señora geboren wurden, und Kleider zum Wechseln. Wenn der Doktor sich irrte, konnte ich immer noch zurückkommen. Es konnte nicht schaden, vorbereitet zu sein.

Ich stieg den Hügel hinunter und versteckte das Bündel in einer engen Lücke zwischen den Bananenbäumen im üppigen Hain hinter dem Haus von Juana und Luis, dann ging ich zurück zum Haupthaus.

Señora Valencia war mit dem Doktor im Salon.

»Ist Papi immer noch nicht zurück?« fragte sie.

»Nein, Señora.«

»Bitte sag Luis, er soll nach ihm suchen gehen.«

Er wolle zuerst zur Kapelle gehen, sagte Luis, wo Papi manchmal betete. Dann wolle er zum Friedhof gehen, wo Papi möglicherweise die Gräber seiner Frau, seines Sohns und seines Enkels besuchte. Es sei nicht nötig, sich wegen Papis Wanderungen Sorgen zu machen, aber wenn die Señora wollte, daß er ginge und nach ihm suche, würde er das tun.

Ich folgte Luis hinaus, als wollte ich ihm bei der Suche helfen, ging aber statt dessen zu Sebastien. Er war gerade von den Feldern zurückgekommen. Sein ganzer Körper war schweißgetränkt, als würde ein Fieber ihn zum Schwitzen bringen. Er lehnte sich an die Wand, um ein wenig die kühle Luft draußen zu spüren. Papis Zedernbretter standen immer noch im Raum.

Ich blieb eine Weile neben Sebastien sitzen, ohne ein Wort zu sagen. Ich bemerkte, daß er zu müde war, um zuzuhören, und wollte nicht sprechen, bevor er dazu bereit war. Außerdem hatte ich schon keine Lust mehr, ihm mitzuteilen, was ich ihm sagen mußte.

»Ich habe drei Plätze für dich, Mimi und mich selbst auf

einem Lastwagen, der heute nacht über die Grenze fährt«, sagte ich schließlich.

»Ich habe von der Messe des Doktors gehört«, sagte er, »Santa Teresa, die kleine Blume.«

»Der Doktor hat mir eine Stelle in einer Klinik angeboten, die gleiche Arbeit wie sie früher meine Eltern getan haben«, sagte ich. »Ich glaube, es ist das beste, wir gehen mit ihm. Wenn er sich irrt, können wir zurückkommen.«

»Du hast nie geglaubt, daß diese Leute dir etwas antun könnten«, sagte er mit einer finsteren Miene, die so haßerfüllt war, als würde er zu jemand anderem sprechen und nicht zu mir. »Sogar nachdem sie Joël getötet hatten, dachtest du, daß sie dir nichts antun könnten.« Seine Hände waren zu Fäusten geballt, wie immer, wenn er seine Wut bändigen wollte. Ich nahm seine Fäuste, öffnete sie, um die Handflächen anzusehen, aus denen die Lebenslinien durch das Zuckerrohrschneiden gelöscht waren. Vielleicht hatte ich diesen Leuten zu lange vertraut. Ich hatte in Träumen gelebt, die nicht weichen wollten, in den Erinnerungen eines verwaisten Kindes. Wenn die Gegenwart wirklich schrecklich war, hatte ich sie offenbar nicht sehen wollen.

»Bitte vergib mir, Sebastien«, sagte ich, »weil ich zuviel geglaubt habe.«

Er lockerte seine Fäuste, um meine Hände zu umschließen. Meine Brust zog sich in einer Angst zusammen, die ich erst einmal erlebt hatte, am Tag, als meine Eltern ertranken: ein verzweifeltes Gefühl, wie wenn ein Windstoß hinter dir eine Tür zuschlägt und dich einsperrt.

»Laß uns mit Kongo reden«, sagte Sebastien. »Er hatte heute auf dem Feld Besuch, den Ältesten aus deinem Haus.«

»Papi?«

»Er gab den Aufsehern etwas Geld, damit sie Kongo mit ihm gehen ließen, und Kongo sagte ja.«

Wir gingen zu Kongos Zimmer, er saß dort mit Yves. Die beiden hatten einen Haufen Mandeln zwischen sich und waren dabei, sie mit einem Hammer zu öffnen. Kongo sah so ausgeruht aus, als wäre er den ganzen Tag nicht auf den Feldern gewesen. Auf seinem Schoß waren Weidenruten zu Bündeln zusammengelegt, um einen Korb zu flechten.

Sebastien und ich setzten uns in den Kreis um die Weiden und Mandeln, als wären sie verehrungswürdige Gegenstände.

»Don Ignacio, Señora Valencias Vater, hat dich aufgesucht?« fragte ich Kongo. »Weißt du, wo er jetzt ist?«

»Er sagte, er wolle noch eine Weile spazierengehen, bevor er nach Hause zurückkehrt.«

»Was wollte er von dir?« fragte Sebastien.

»Er wollte draußen im Wald mit mir reden, von Mann zu Mann, über meinen Sohn«, erwiderte Kongo.

»Er war deinen Atem nicht wert«, sagte Yves; sein Adamsapfel stieg und fiel noch schneller, wenn er zornig war. »Nur ihn zu töten, würde die Sache ausgleichen.«

»Die Sache ist nie ausgeglichen«, sagte Kongo. »Wenn es so wäre, wären sein und mein Leben gleich.«

»Was hat er gesagt?« fragte Yves.

»Er fragte mich nach dem Namen meines Sohnes«, sagte Kongo. »Wollte ein Kreuz machen und den Namen meines Sohnes daraufschreiben, ja. Er wollte das Kreuz auf das Grab meines Sohnes stellen. Ich sagte ihm, keine Kreuze mehr auf dem Rücken meines Jungen.«

»Du hättest ihn töten und im Wald vergraben sollen«, sagte Yves.

»Er erzählte mir, er hätte Leute in einem Krieg getötet, als er ein junger Mann war«, sagte Kongo. »Er wußte nicht mehr, wieviele er getötet hatte, aber es kommt ihm so vor, als ob jeder von ihnen *kòt a kòt* mit ihm gehe und sein Glück zerstöre. Als seine Frau in der Nacht starb, in der sein einziger Sohn geboren werden sollte, als mein Sohn in der Nacht getötet wurde, in der seine Enkel das Licht der Welt erblickten, hatte er jedesmal das Gefühl, das war das Werk der Leute, die er im Krieg getötet hatte. Leute, die immer noch Seite an Seite mit ihm gehen. Er meinte, auch der Tod seines Enkels sei ein Beweis.«

»Will er, daß du deine eigene Trauer trägst und seine dazu?« fragte Yves.

Kongo streckte seine Hand aus und klopfte Yves beruhigend auf die Schulter.

»Ich will nichts mehr von ihm.« Kongo nahm eine Handvoll Mandeln und klopfte mit den Fäusten darauf, damit sie ihre Nüsse freigaben.

»Unglück läßt uns klein aussehen«, sagte er, »aber wir sind Männer. Wir sprachen wie Männer. Ich sagte ihm, was mich betrübte, und er sagte mir, was ihn betrübte. Ich habe das Gefühl, vielleicht habe ich ihn eine Spur verstanden und er mich.«

»Ihre Freundlichkeit ist nur Maskerade.« Yves stand auf und schritt vor der Matte auf und ab, auf der Joël einst geschlafen hatte. »Heute nacht verkaufe ich das Holz in unserem Zimmer.«

»Heute nacht fährt ein Lastwagen«, sagte Sebastien, »Amabelle, Mimi und ich haben vor, mitzufahren.«

»Ganz egal, ich bleibe hier«, sagte Yves und strich mit den Fingern über seinen rasierten Kopf. »Ich verkaufe das Holz und bleibe hier. Viele sagen, die Gerüchte sind nur dazu da, um uns zu vertreiben.«

»Vielleicht stimmt das«, sagte Sebastien, »aber ich möchte nicht wie ein Hund im Käfig sitzen, wenn sie doch wahr sind.«

»Was wirst du tun?« Yves wandte sich zu dem alten Mann um.

»Ich bin jetzt seit fünfzehn Jahren hier«, sagte Kongo. »Ich bin zu alt für diese Art Reisen.« Er langte in einen seiner Töpfe und holte eine Faust voll Maismehl heraus. Er streute das Mehl aus und zeichnete ein großes V auf den Boden, dessen Seiten weit auseinanderstrebten, wie Arme, die zu einem unsichtbaren Himmel ausgestreckt sind.

»Dies hat mein Großvater immer gemacht, bevor ich zu einer Reise aufbrach«, erklärte er. »›Ich mache dieses Zeichen für dich‹, sagte er dann, ›weil wir eins sind, das auf zwei Wegen auseinanderstrebt.‹ Euer Weg ist der Pfad über Fluß und Gebirge und auf eurer Reise werdet ihr Schutz brauchen.«

Sebastien und Yves schienen traurig und zufrieden zugleich, als wäre ihr toter Vater zurückgekommen, um ihnen seinen

Segen zu geben. Als Kongo fertig war, rieb er die Hände aneinander, um das Maismehl abzuschütteln. Er schaute auf und zwinkerte uns zu. »Wie ein Saint Christophe«, sagte er.

Yves stand auf und verließ Kongos Zimmer. Als ich kurz darauf nach draußen schaute, sah ich, wie er mit zwei von Papis Zedernbrettern auf dem Rücken im Dunkeln auf die Straße zustrebte.

»Warte mit dem Verkaufen bis morgen!« rief Sebastien ihm nach.

»Morgen bist du vielleicht nicht mehr hier!« schrie Yves zurück. »Wenn wir beide zu Hause sind, machen wir zusammen ein Sonntagsessen, du und ich, aber wir dürfen nicht zu viel essen, damit es uns nicht umbringt.«

Ich beugte mich nach unten und küßte Kongo zum Abschied auf die Stirn. Seine Augen blieben auf die Maismehlzeichnung am Boden gerichtet.

Im Weggehen mußte ich unwillkürlich daran denken, daß wenn ich fort war, ich es nicht erfahren würde, wenn Kongo starb.

Draußen nahm Sebastien mein Gesicht in die Hände und küßte mich auf den Mund.

»Ich habe die Ernte und das ganze Zuckerrohr satt«, sagte er. »Vielleicht wird es Zeit, meine Mutter zu besuchen. Sie hat nicht gedacht, daß ich so lange fortbleiben würde. Ich gehe Mimi holen, und wir treffen uns an der Kapelle.«

Als ich Señora Valencias Haus erreichte, erfuhr ich, daß Papi noch immer nicht zurück war. Luis war weiterhin unterwegs, um ihn zu suchen. Nachdem Juana das Abendessen gekocht hatte, schloß sie sich der Suche an. Lidia blieb drinnen mit Rosalinda, während Señora Valencia draußen auf der vorderen Galerie saß und die Straße beobachtete.

Um sie aus der Abendschwüle ins Haus zu locken, hätte ich ihr gerne gesagt, was Kongo mir erzählt hatte: daß es ihrem Vater gutging, zumindest noch am Nachmittag – aber ich scheute mich, etwas weiterzugeben, was Papi vielleicht geheimhalten wollte. Außerdem wollte ich nicht reden und dann zufällig mehr über meine eigenen Pläne verraten, ihr Haus zu verlassen, höchstwahrscheinlich für immer. Wo würde so eine Unterhaltung beginnen und wo würde sie enden? So wie es sich jetzt verhielt, war es eine Angelegenheit zwischen unseren beiden Ländern, zwischen zwei verschiedenen Völkern, die sich ein winzig kleines Stück Land zu teilen versuchten. Vielleicht war das der Grund, warum ich die Gerüchte nie an mich herankommen ließ. Wenn sie wahr waren, konnte ich nichts an der Situation ändern oder beeinflussen.

Es war mir klar, falls es dazu käme, daß ich wegging, würde ich der Señora nicht Lebewohl sagen. Aber sobald ich über der Grenze wäre, würde ich ihr über Doktor Javier eine Nachricht schicken.

Während die Señora auf die Rückkehr ihres Vaters wartete, kam Beatriz vom Haus ihrer Mutter den Hügel herauf. Sie setzte sich neben Señora Valencia in einen der Schaukelstühle auf der vorderen Galerie. Die Señora stand auf und ging zu dem Eckpfeiler, von wo man die Hauptstraße überblickte.

»Wo ist dein Bruder?« fragte sie Beatriz. »Vielleicht ist mein Vater bei ihm.«

»Javier ist zu Hause und packt, um zur Grenze zu fahren«, sagte Beatriz. »Dein Vater ist nicht bei ihm.«

»Ich würde gerne wissen, was Javier an der Grenze will«, sagte Señora Valencia. »Vielleicht ist es das gleiche, was meinen Mann ständig dorthin zieht.«

»Pico und mein Bruder sind nicht die einzigen, die zur Grenze fahren. Mimi verläßt uns«, hörte ich Beatriz sagen. »Ihr Bruder hat sie mitgenommen.«

Ich ging nach draußen und fragte, ob sie ein kühlendes Getränk wollten. Es sollte meine letzte Gefälligkeit gegenüber Señora Valencia sein. Sie bat um ein Glas kühles Wasser.

»Amabelle, weißt du, daß Mimi uns verläßt?« fragte mich Beatriz.

Ich täuschte einen Schreck vor, so gut ich konnte. »*¡Qué lástima!*« Wie schade!

»Mein Vater ist noch nie für so lange Zeit verschwunden«, sagte Señora Valencia, als ich ihr das Wasser brachte.

»Du hast Angst um deinen Vater, weil du nur an die schlechten Möglichkeiten denkst«, sagte Beatriz in ihrer üblichen Art, die nichts ernst zu nehmen schien. »Vielleicht hat er eine Geliebte.«

»Warum sollte er es verbergen, wenn er mit einer Frau befreundet ist?« Señora Valencia glitt wieder in ihren Schaukelstuhl. »Meine Mutter ist schon so lange tot.«

»Vielleicht ist an seiner Geliebten etwas ungehörig. Vielleicht ist sie zu jung oder schon verheiratet.«

»Das paßt nicht zu Papi«, sagte Señora Valencia.

»*Dies diem docet*«, gab Beatriz mit ihrem Latein an.

»Was sagst du?« fragte Señora Valencia. »Was heißt das?«

»Ein Mann lernt nie aus«, übersetzte Beatriz.

Señora Valencia bat um ein weiteres Glas Wasser. Als ich es brachte, trank sie es wieder in einem Zug leer.

»Vielleicht ist mein Vater verhaftet worden.« Mit den Augen kämmte sie den Besitz nach unbekannten Gesichtern ab, während sie mir das Glas zurückgab. »Vielleicht hat er etwas zu den Falschen gesagt.«

»Daran wollen wir jetzt nicht denken«, sagte Beatriz. Ihre Stimme war ruhig genug, daß sie die Señora beschwichtigte. »Laß uns an fröhlichere Dinge denken, während wir auf deinen Vater warten. Sag mir, was willst du nach dem Porträt von *El Jefe* drinnen als nächstes malen?«

Die Señora brauchte eine Weile, um gedanklich von ihrem Vater auf Malerei umzuschalten.

»Hast du schon ein neues Sujet im Kopf?« beharrte Beatriz.

»Mein Sohn. Ich würde gerne meinen Sohn malen«, sagte Señora Valencia. »Und du?« fragte sie und gab dem Gespräch eine neue Wendung. »Was ist mit dir? Ich höre, zur Zeit verjagst du die jungen Männer wie die Fliegen von deinem Braten.«

»Nachdem du mir Pico weggenommen hast«, erwiderte Beatriz lachend, »habe ich nie mehr einen Mann wie ihn gefunden. Jetzt warte ich darauf, daß der Richtige kommt. Vielleicht spricht er mich auf Latein an, und ich werde die Dinge, die er sagt, nicht ganz verstehen. Das habe ich einmal geträumt, daß der Mann, der mir bestimmt ist, mich auf Latein ansprach.«

»Hast du ernsthaft das Gefühl, ich hätte dir Pico weggenommen?« fragte die Señora.

»Es gibt eine Seite an Pico, die ich nie mochte«, bekannte Beatriz. »Er hat immer davon geträumt, daß er eines Tages Präsident dieses Landes würde, und mir scheint, er würde noch mehr dafür tun als Berge versetzen.«

»Er ist ein guter Mann«, verteidigte Señora Valencia wie üblich ihren Mann.

»Viele gute Männer begehen zur Zeit schreckliche Taten«, sagte Beatriz.

»Du willst also einen Priester heiraten, der dich auf Latein anspricht?« fragte Señora Valencia und gab damit dem Gespräch wieder seine ursprüngliche Richtung.

»Eine Señorita, die Latein spricht, sagt meine Mutter, wird nie einen Mann finden«, fügte Beatriz hinzu. »Meine Mutter war noch jünger als ich jetzt, als sie heiratete. Schau sie an, sie ist trotzdem allein, am Ende eine junge Witwe.«

»Du hast also Angst davor, noch einsamer zu sein als du jetzt bist?« fragte die Señora.

»Es ist nicht, daß ich Angst hätte«, sagte Beatriz. »Ich möchte gerne reisen, weg von hier, weit weg.«

»Wohin würdest du fahren, in die Hauptstadt?«

»Ich weiß nicht. Vielleicht noch weiter. In Alegría träumen die jungen Mädchen nur davon, auf Haushaltsschulen nach Ciudad Trujillo zu gehen. Anderswo, zum Beispiel in Spanien, haben sie vielleicht größeren Ehrgeiz.«

»Ich glaube nicht, daß ich je von hier fortgehen werde«, sagte Señora Valencia. »Hier liegen meine Mutter, mein Sohn begraben. Wahrscheinlich wird auch mein Vater hier einmal begraben. Ich werde nie von hier fortgehen.«

»Bald werden Leute in Orte wie Alegría kommen, nur um sich auszuruhen, weil es auf dem Land so friedlich ist«, sagte Beatriz.

»Ich glaube, sie werden wegen des Wohlstands kommen, den das Zuckerrohr verleiht.« Señora Valencia schob ihren Schaukelstuhl nach vorn und umschlang den Eckpfeiler mit ihren Armen. »Seit ich ein Kind war, haben sich die Zuckerrohrfelder ausgedehnt. Die Mühlen sind größer geworden, und mehr Zuckerrohrschneider bleiben nach der Ernte hier. Das ist unsere Zukunft.«

Es blieb noch Zeit, bevor die Messe begann. Ich hörte das Rumpeln von Automobilen und rannte hinaus auf die Spitze des Hügels. Ein Lastwagen näherte sich. Señora Valencia und Beatriz standen auf und liefen den Hang zur Straße hinunter. Beatriz hielt die Hauslampe hoch, um ihren Weg zu beleuchten.

Als sie die Straße erreicht hatten, war der Lastwagen schon vorbeigerast und verschwunden. Die beiden zwängten sich in den engen Raum zwischen den Entwässerungsgräben und Juanas und Luis' Eingangstür, als eine weitere Gruppe von Militärlastern ohne Halt an ihnen vorbeiraste.

Der sonnengeröstete Staub brauchte eine Weile, um sich zu legen. Jetzt war die Straße leer, bis auf ein paar herumstreunende Ziegen, die sich gerade wieder aufrappelten.

Der Staub war nicht gut für Señora Valencia, dachte ich. Sie atmete schwer und schnell, als würde ihr ein Kissen voller Steine aufs Gesicht gedrückt. Beatriz eilte in Juanas Haus und kam mit einem Krug Wasser zurück. Sie goß etwas Wasser in ihre hohle Hand und benetzte damit das Gesicht der Señora.

Beatriz und ich griffen ihr auf jeder Seite unter die Arme und trugen sie zurück auf die Spitze des Hügels, als weitere Militärlaster vorbeirasten, alle in Richtung Grenze. Die schnell vorüberfahrenden Lastwagen ängstigten mich, aber noch beängstigender waren die Blutflecken von der Größe eines Kopfes, die ich nun auf der Rückseite des Kleides der Señora entdeckte, die Flecken wurden sogar noch größer, während wir sie in ihr Schlafzimmer trugen. Trotz alledem sagte ich mir, ich wollte nur zusehen, daß die Señora zu Bett gebracht wurde, und dann zur Kirche eilen.

»Amabelle, bitte bleib bei mir.« Señora Valencia streckte die Hand aus und packte mich an den Handgelenken, als sie ins Bett gelegt wurde. Sie hielt mich fast mit der gleichen Kraft fest wie während ihrer Wehen.

»Amabelle weiß, wie sie für mich sorgen muß«, sagte sie zu Beatriz. »Ich habe mir nicht genug Zeit zum Ausruhen genommen nach den Geburten, nicht wahr, Amabelle?«

»*Por favor*, Señora, lassen Sie mich gehen, damit ich eine Arznei für Sie holen kann«, sagte ich.

Meine Handgelenke schmerzten, als sie mich losließ. Ihr Blick folgte mir, als ich aus der Tür ging. Vielleicht wußte sie, daß ich nicht zurückkommen würde.

Ich ging hinunter in die Küche, denn ich hatte vor, über die Gärten hinten hinaus zu verschwinden. Lidia war dabei, Tee für ihre Kusine in eine Tasse zu füllen, als Papi mit Juana das Haus betrat.

Er schleifte ein Kreuz aus frisch gesägtem Zedernholz über den roten Lehmboden der Küche. In das Kreuz war in kleinen, unregelmäßigen Buchstaben *Señor Joël Raymond Lorier* eingeritzt.

»Amabelle, bring der Señora den Tee«, sagte Lidia, »während ich ihr eine Kompresse mache.«

»Ist Valencia etwas passiert?« fragte Papi erschrocken.

»Sie hat an der Straße zuviel Staub abbekommen«, erklärte ich. Ich brauchte ihm nichts von der Blutung zu sagen. Sie würde das selbst tun, wenn sie wollte.

»Warum war sie an der Straße?« fragte Papi.

»Sie hat nach dir gesucht«, sagte Lidia.

Ich gab Papi den Tee, er sollte ihn seiner Tochter bringen, da er ohnehin in ihr Zimmer gehen wollte.

»Wo hast du Papi gefunden?« fragte ich Juana.

»Auf der Straße, mit einem Kreuz auf dem Rücken«, sagte sie.

Von draußen war wieder das Dröhnen von Motoren zu hören, vermischt mit Schreien und lauten Stimmen. Eine der Stimmen gehörte Señor Pico.

Wir alle – Juana, ich, Papi, dann Beatriz, die aus dem Zimmer der Señora kam – gingen hinaus, um zu sehen, was geschah. Zwei Militärlaster hatten angehalten und standen kreuz und quer mitten auf der Straße. Ihre Scheinwerfer beleuchteten hell einen langen Zug, der von Juanas und Luis' Haus bis hinunter zum Tor von Doña Sabine verlief.

Die Soldaten bildeten eine Mauer gegen eine Linie mit Männern aus Unèls Brigade. Unèl und seine Freunde hatten ihre Macheten in der Hand. Señor Pico stand auf der vorderen Stoßstange des ersten Lastwagens und beobachtete den Zusammenstoß.

Einige Zuckerrohrarbeiter waren schon auf die Ladefläche des anderen Lasters geladen worden und wurden von einem kleinen Trupp junger Soldaten bewacht. Die Arbeiter auf den Lastern drängten sich eng zusammen und suchten aneinander Halt. Ich erkannte einige Gesichter von Leuten wieder, die in benachbarten Städten arbeiteten, Frauen und Männer, die ich ein- oder zweimal gesehen hatte, wenn sie zu Freunden fuhren, um Weihnachten zu feiern, den Haitianischen Unabhängigkeitstag am ersten oder auch den Nationalen Tag der Unabhängigkeitshelden am zweiten Tag des Jahres.

Beatriz, Juana und ich gingen hinüber zum Flammenbaum, wo wir die Straße besser überblicken konnten. Ich spürte Juanas nervösen Atem in meinem Nacken. Sie murmelte Ave Marias und Fürbitten zu Heiligen, deren Namen ich sie noch nie hatte anrufen hören.

»Kniet nieder oder setzt euch!« schrie Señor Pico Unèls Brigade an. »Runter mit den Macheten! Wir stecken euch in die Laster und bringen euch zur Grenze.«

Weitere Soldaten sprangen von Señor Picos Lastwagen und stellten sich in die Reihe davor. Luis kam von den Latrinen herüber zum Flammenbaum.

Wir stiegen noch ein Stück weiter nach unten zur Straße und blieben über einem Steilstück am Fuß des Hanges stehen. Jetzt waren wir direkt hinter dem Laster, auf dem Señor Pico stand. Er hatte uns den Rücken zugekehrt und konnte uns nicht sehen.

»Kniet nieder oder setzt euch«, wiederholte Señor Pico. »Runter mit den Macheten. Wir stecken euch in die Laster und bringen euch zur Grenze.«

Unèl bedeutete seinen Leuten, stehenzubleiben. Keiner von ihnen kniete hin oder setzte sich. Statt dessen rückten sie langsam gegen den Lastwagen vor, auf dem Señor Pico stand und Befehle brüllte.

»Nicht knien!« schrie Unèl.

»Was ihr in den Zuckerrohrfeldern macht, ist schlimmer als knien!« scholl es von Señor Pico zurück. »Ihr arbeitet wie die Tiere, ihr wißt nicht mal, was stehen heißt. Runter mit den Macheten. Hier gibt es kein Zuckerrohr für euch zum Schneiden.«

Die Männer nannten Señor Picos Mutter die schlimmste Hure, die je in eine Hurenfamilie geboren wurde; und seine Großmutter und Patin wären genauso verdammte und abscheuliche Schlampen. Der Tag, an dem er geboren war, wurde verflucht. Viele der Leute aus Unèls Nachtwächterbrigade wünschten ihm einen schmerzhaften, qualvollen und schaurigen Tod, verhießen ihm, daß er eines Tages an seinen Worten ersticken müßte, sie zerkauen, herauskotzen und wieder zerkauen würde.

Die Soldaten lachten über die Flüche. An den Lichtpunkten, die überall auf den Hügeln aufleuchteten, konnte ich erkennen, daß die Nachbarn aus ihren Häusern kamen und etwas zu hören oder zu sehen versuchten.

Señor Pico schaute auf Unèls Männer hinunter, während er überlegte, was er tun sollte. Die Mutter von Doktor Javier und Beatriz, Doña Eva, rannte durch die Menge und drängelte sich auf dem Weg zu Señor Picos Laster an den Soldaten vorbei.

»Kann ich mit Ihnen sprechen, Señor?« kreischte sie zu Señor Pico hinauf.

Er beugte sich zu ihr nieder und sagte: »Doña Eva, haben Sie Geduld, bitte.«

»Ich muß jetzt mit Ihnen sprechen«, sagte sie. »Es geht um meinen Sohn. Es geht um Javier.«

»Doña Eva, warten Sie bitte im Haus.«

Beatriz winkte von ihrem Platz aus ihre Mutter herauf.

»Dein Bruder ist verhaftet worden«, sagte Doña Eva zu Beatriz, als sie uns erreicht hatte. Sie war außer Atem und zitterte am ganzen Leib, auch im Gesicht. »Javier wurde an der Kapelle verhaftet, zusammen mit Pater Romain und Pater Vargas. Jemand rannte zu mir, um es mir zu sagen, aber als ich hinkam, hatten die Soldaten sie schon weggebracht. Ich möchte mit Pico sprechen. Vielleicht erinnert er sich an alles, was sein Freund Javier für ihn getan hat, und hilft uns.«

Wenn Doktor Javier festgenommen war, was war dann mit Sebastien, Mimi und all den anderen, die mit ihm weggehen wollten?

»Ich verstehe das nicht«, murmelte Juana. »Im Angesicht all unserer Heiligen wird unser Land von Verrückten übernommen.«

Doña Eva nahm einen dünnen geblümten Schal um ihre Schultern und zog ihn fester über der Brust zusammen. Beatriz führte sie den Hügel hinauf zum Haus. Señor Pico drehte sich um und sah sie hinaufsteigen. Er sah Juana, Luis und mich am Fuß des Hügels sitzen.

»Wir nehmen euch jetzt mit zur Grenze«, sagte er, indem er sich wieder den Männern auf der Straße zuwandte.

Die Gruppe sang: »*¡Nunca!*« Niemals!

Unèl klatschte in die Hände, um die anderen zu ermutigen.

Señor Pico gab den Männern, die die Straße versperrten, ein Zeichen. Der Lastwagen mit den Leuten von Don Carlos' Mühle bewegte sich langsam vorwärts. Ein Mann rannte auf ihn zu und fiel ihm in den Weg. Das Vorderrad rollte über seine Knie, sein Gesicht verzerrte sich mit jeder kleinen Drehung, die den Lastwagen auf seine Beine hinauf- und hinabführte.

Zwei andere Leute aus Unèls Gruppe eilten ihm zu Hilfe, sprangen aber weg, als der Laster auf sie zukam. Der verletzte Mann fiel auf den Rücken, rollte dann zur Seite, sein Gesicht starr vor Schreck. Er versuchte, seine Beine wegzuziehen, bevor das Hinterrad sie überrollte.

Ich rannte auf ihn zu, stieß dabei mit einigen meiner Landsleute zusammen, die nun zu fliehen versuchten. Der Lastwagen hielt, bevor die Hinterräder den Überfahrenen erreichten. Eine Gruppe von Soldaten kam gelaufen, ergriff ihn und warf ihn auf die Ladefläche.

Vom Laster zum Boden war nur ein kurzer Abstand. Der Mann mit dem zerquetschten Bein versuchte zu springen. Er fiel auf seine ausgestreckten Hände und kroch in Richtung des Gebüschs entlang der Straße, bis das hohe Gras ihn umschloß.

Die Soldaten schienen Befehl zu haben, ihre Gewehre nicht zu benutzen; sonst hätten sie auf die Flüchtenden schießen können. Statt dessen ergriffen sie die, die vor ihnen standen. Zwei oder drei umzingelten eine Person, packten den Unglücklichen an Armen und Beinen und warfen ihn auf die Ladefläche des Lasters.

Ich hörte Señor Pico meinen Namen rufen. »Amabelle, weg von der Straße!« brüllte er, als wäre meine Anwesenheit ein Zeichen der Mißachtung für ihn und sein Haus.

Ich duckte und kauerte mich, um an den Khakiuniformen vorbeizukommen. Die Soldaten schlugen mit Peitschen, Ästen und Stöcken auf die Fliehenden. Einer ihrer Ochsenziemer traf meinen Rücken; ich spürte das stechende Brennen an meiner Taille, als ich mich kopfüber in den dichten Bananenhain hinter dem Haus von Juana und Luis stürzte.

Ich ergriff mein verstecktes Bündel und spähte durch die Bananenblätter hinaus. Juana und Luis waren nicht mehr da, wo ich sie zurückgelassen hatte.

Ich ging bis an den Rand des Hains, so nahe wie möglich an die Straße, ohne gesehen zu werden. Unèl war unter den letzten drei Männern, die noch kämpften. Die anderen waren entweder auf den Lastwagen, wo die Soldaten ihre Gewehre auf sie richteten, oder sie waren geflohen.

Unèl wirbelte seine Machete gegen einen der jungen Soldaten und brachte ihm am Gesicht einen Schnitt bei. Als ein kleiner Trupp ihn zu packen versuchte, wand und duckte sich Unèl zwischen den Soldaten durch und schrie die ganze Zeit, daß er nie auf den Knien gelebt hätte. Alle Soldaten waren nun hinter ihm her, außer Señor Pico, er stand auf dem Laster und schaute zu.

Unèl wurde in einem Kreis gefangen. Drei der Soldaten packten seinen rechten Arm. Andere packten den linken und zwangen seine Arme auf dem Rücken über seinem Hintern zusammen. Einer der ängstlicheren Soldaten stach Unèls Arm mit der Spitze seines Bajonetts und fügte ihm vom Ellbogen bis zum Handgelenk eine klaffende Wunde zu. Señor Pico sprang vom Laster und beobachtete, wie Unèl mit einem Viehstrick gefesselt und auf die Ladefläche gehoben wurde. Unèl machte ruckartige Bewegungen, um sich aus dem Griff der Soldaten zu befreien. Zusammen mit den beiden übrigen Männern wurde er auf die Ladefläche des Fahrzeugs geworfen. Die Klappe wurde hochgezogen und schloß sie mit all den anderen ein.

Señor Pico sammelte einige seiner Männer, und nach einem kurzen Überblicken der Straße marschierte er mit einem Dutzend Rekruten den Hügel hinauf zu seinem Haus, während die anderen mit den Gefangenen wegfuhren. Für ihn schien das ganz normale Arbeit zu sein. Er hatte sie erledigt und ging nun zu etwas anderem über.

Sobald er verschwunden war, kehrte ich um und folgte dem Bach hinauf bis zur Mühle von Don Carlos. Vielleicht war Sebastien noch nicht zur Kirche aufgebrochen. Vielleicht war er noch immer mit Mimi bei der Mühle und wartete.

Als ich die Baracken erreichte, standen zwei Soldaten an Mercedes' Stand und tranken. Ich blieb außerhalb ihrer Sichtweite, während sie bei Mercedes und ihren Söhnen damit prahlten, was an der Kirche passiert war. Ihre Freunde hätten zwei Verräter – Pater Romain und Pater Vargas – und viele Bauern verhaftet, und die Priester hätten gebettelt, zu den gleichen *Fortalezas* gebracht zu werden wie die Bauern, die vor ihrer Kirche festgenommen worden waren.

»Ihr wißt, wie sehr ich den Generalissimo bewundere«, sagte Mercedes, ihre Stimme zitterte, da sie etwas zuviel von ihrem eigenen Feuerwasser getrunken hatte. »Dennoch, ich sage, wir fordern die Strafe heraus, wenn wir Priester in ihrer eigenen Kirche verhaften.«

»Du hättest es selbst sehen sollen«, setzte einer der Soldaten dagegen. »Die Priester haben geweint wie junge Witwen.«

Die Kirche war leer, nur ein hölzerner Christus schaute von seinem unbequemen Platz am Kreuz auf die stillen Bänke hinunter. Ich ging an jeder sauberen, unberührten Sitzreihe vorbei, in der Hoffnung, jemanden zu finden, der dort im Dunkeln kauerte, eine andere Stimme, die mir mehr davon erzählen würde, was sich dort zugetragen hatte. Soweit ich sehen konnte, war alles wie gewöhnlich, nichts war verrückt oder umgeworfen worden. Es war, als hätte nie einer die Kirche betreten; die Messe hatte also nicht begonnen, die Leute hatten sich nicht hier versammelt.

Auf dem Friedhof hörte ich nur die Echos der Nacht – Zikaden, Laubfrösche und quietschende Fledermäuse. Das Gatter um die Schule war zugekettet. Es brannte kein Licht im Haus hinter dem Gatter, in dem Pater Romain und Pater Vargas und einige der verwaisten Schulkinder wohnten.

Ich wandte mich von der Kirche ab, mied aber die Hauptstraße und folgte einem Gewirr aus Schwertfarnen, Tintenkirschen und Papaya-Bäumen zu einem Graben, der eine Anlage mit dem jungfräulichen Zuckerrohr von Don Carlos umgab.

Dort wartete ich eine Weile in der Hoffnung, die Soldaten würden fort sein, wenn ich die Mühle erreichte. Als ich endlich das Zuckerrohrfeld betrat, war es darin stockdunkel, so dunkel wie es wohl in einem Sarg unter dem Boden ist, mit sechs Fuß Erde auf deinem Gesicht.

Es war eine Dunkelheit, in der keinerlei Erinnerung an das Licht übrig war, als würde der helle Mond darüber niemals wagen, sich den zusammengedrängten Lagen von Zuckerrohrblättern zu nähern, die übereinanderlagen wie die Ziegel eines Hauses.

Das Geräusch von Grillen und Heuschrecken dröhnte unter dem Dach des Zuckerrohrs; ich machte winzige Schritte und hielt mein Bündel eng an die Brust gedrückt. Ich wollte beim Vorwärtsgehen das Zuckerrohr nicht zu sehr erschüttern, für den Fall, daß die Soldaten am anderen Ende warteten. Ich wollte auch mit meinen Schritten keine Tiere aufstören, die in der aufgeweichten Lehmschicht nisteten und an den Zuckerrohrwurzeln nagten: Kaninchen, Ratten oder Gartenschlangen, denen Sebastien und die anderen bei der Arbeit oft genug begegnet waren.

Eine sengende, faulige Hitze stieg vom Boden auf; der Morast unter dem Zuckerrohr sank mit jedem meiner Schritte ein. Ich spürte, wie mir die kurzen Zuckerrohrtriebe in die Beine schnitten und bedeckte mein Gesicht mit den Händen, um die längeren von meinen Augen abzuhalten. Eine Ameisenkolonne marschierte meine Schenkel hinauf. Je mehr ich auf sie einschlug, desto mehr krochen sie mir den Rücken hoch.

Als ich mich den Baracken näherte, sah ich einen schwachen Lichtschein. Der Stand von Mercedes war nun geschlossen und die Soldaten waren fort. Lampen brannten in den Schlafräumen der Zuckerrohrschneider, aber keiner war draußen. Ich streifte die Ameisen von meinem Rücken, während ich auf Kongos Tür zuging.

»Kongo, hier ist Amabelle, ich möchte dich sprechen«, flüsterte ich.

Einige spähten mit Lampen aus den Baracken heraus, als ich Kongos Raum betrat. Meine Beine bluteten, eine ganze Reihe rostfarbener Ameisen hing an meinem Arm. Kongo hob die Lampe, hielt die Flamme nah an meine Haut und streifte die Ameisen ab. Ich spürte eine Blutspur zwischen meinen Augenbrauen herunterrinnen.

»Haben sie dich auch verhaftet?« fragte er und wischte mir mit seinem Taschentuch das Blut aus dem Gesicht.

»Ich bin durchs Zuckerrohr gelaufen«, sagte ich.

Er deutete auf Joëls Matte und bat mich, Platz zu nehmen.

»Sebastien ist mit Mimi zur Kapelle gegangen«, sagte er. »Sie wollten dich dort treffen. Andere haben mir erzählt, daß Militärlaster gekommen sind und sie mitgenommen haben.«

»Ist das wahr?« Ich war nicht so schnell bereit, es zu glauben.

Er hob einen der Töpfe in der Mitte des Raums an und holte eine Zitrone heraus. Er schnitt sie durch und preßte beide Hälften auf meinen Nasenrücken. »Damit du nicht noch mehr Blut verlierst.« Er gab mir den Rest der Zitrone für meine zerschnittenen Beine. Zähneknirschend rieb ich sie darüber.

»Und wo, heißt es, werden sie hingefahren?« fragte ich.

»Wenn sie sie nicht gleich töten, bringen sie sie in das Grenzgefängnis bei Dajabón.« Er sprach mit unbeteiligter Stimme, als bedeute der Tod nichts mehr für ihn. »Früher brachten sie uns ins Gefängnis bei Dajabón, dann zur Grenzbrücke und ließen uns laufen. Ich weiß nicht, ob sie sie diesmal freilassen werden. Sebastiens Freund Yves ist im Haus von Doña Sabine. Sie haben ihn nicht erwischt. Er kam und erzählte mir von Sebastien und seiner Schwester. Er wollte, daß ich mit ihm zum Haus von Doña Sabine komme. Ich sagte ihm, ich bleibe hier, und wenn es sein muß, sterbe ich hier.«

Ein paar Ameisen krabbelten immer noch auf meiner Kopfhaut, versteckten sich in meinen kurzen Haarzöpfen. Ich kratzte wütend und versuchte sie so zu verjagen. Es war Blut unter meinen Fingernägeln, als ich sie aus den Haaren zog.

»Dann gehe ich also nach Dajabón«, sagte ich.

»Bist du sicher, daß du nicht hierbleiben willst?« fragte er. »Hier bei der Mühle sind wir besser geschützt.«

»Ich möchte zur Grenze gehen«, sagte ich.

»Weißt du, wie du dort hinkommst?«

»Ich habe gehört, es gibt Straßen durch die Berge.«

»Du gehst am Bach hinauf in die Berge. Dort gibt es Grotten und Höhlen, wo du nachts schlafen kannst. So kam ich zu Anfang immer wieder hierher zurück. Wenn du aus den Bergen hinunterkommst, weißt du, wo du dann den Fluß überqueren mußt? Sehr seicht an manchen Stellen, dieser Fluß. Zu dieser Jahreszeit ist er in der Nähe der Brücke am seichtesten.«

»Ich werde es mir merken«, sagte ich.

»In den Bergen sind vielleicht Soldaten«, fügte er hinzu. »Ich habe von einem Mann hier in den Baracken gehört, daß sie die haitianischen Häuser in den Bergdörfern niederbrennen.«

»Bevor ich gehe, muß ich mit Yves sprechen«, sagte ich.

Er schaute hinunter auf mein Bündel und sah den Umriß von der Totenmaske seines Sohnes darin. »Geh nicht wieder durch das Zuckerrohr. Ich zeige dir einen anderen Weg.«

Wir gingen auf Zehenspitzen hinaus und um die Ecke zu Sebastiens Yamsbeet. Dort blieb ich einen kurzen Moment stehen und erinnerte mich, welch große Freude es Sebastien bereitete, für sich selbst Pflanzen zu ziehen, nachdem er den ganzen Tag für andere auf den Zuckerrohrfeldern gearbeitet hatte. Ich kroch unter einem Holzzaun hindurch, dahinter war ein schmaler Pfad, der zu einem Seitentor von Doña Sabines Haus führte. Kongo nahm die verborgene Spur zurück zur Mühle, ohne noch etwas zu sagen.

Ich wartete, bis ich glaubte, daß er die Mühle wieder erreicht hätte, dann ging ich zum vorderen Tor von Doña Sabines Haus. Ich mußte mit einem Stein daranhämmern, damit mein Klopfen gehört wurde. Ich hatte Angst, der Lärm würde von Soldaten irgendwo weiter oben an der Straße gehört werden, aber mir blieb keine Wahl.

Félice spähte durch das Gitter am Eingang, dann stieß sie die Metalltür auf und zog mich hinein. Am Tor waren keine Wachen mehr.

»Dein Gesicht?« fragte sie, das Muttermal hob und senkte sich bei jeder Bewegung ihrer Lippen.

»Ein Kratzer.« Ich hob meine Hand, um den Nasenrücken zu befühlen.

»Wo sind die Wachen, die vorher hier waren?« fragte ich.

»Don Gilbert und Doña Sabine haben sie fortgeschickt«, sagte sie. »Sie hatten Angst, die Wachen würden die Seite wechseln und sich gegen sie wenden. Doña Sabine hat die Leute, die sie beschützt haben, und ihre jungen Verwandten gestern zurückgeschickt, nach Haiti.«

Félice deutete auf die Treppe vor dem Haupthaus, wo Trauben von Männern und Frauen ihre Hälse reckten, um zu erspähen, was am Tor vor sich ging. Ein Paar – eine ältere Frau und ein junger Mann, die wie Verwandte aussahen – näherte sich dem Eingang.

»Auf der Straße muß es schrecklich zugegangen sein. Wir konnten den Krach hören, der von dort kam«, sagte Félice. »Bist du dabei verletzt worden?«

»Sie haben Unèl und viele seiner Leute mitgenommen«, sagte ich.

»Einer tot?«

»Unèl war übel zugerichtet.«

»Einige von den Leuten auf der Treppe sind eben von der Straße gekommen«, sagte sie. »Vielleicht sollte ich hier stehenbleiben und warten, ob noch mehr hereinwollen. Sie dürfen nicht so laut klopfen, damit die Soldaten sie nicht hören.«

Die alte Frau und der junge Mann spähten über Félices Schulter hinweg in die Dunkelheit. Die Frau hatte überall Flecken von Blättern und Lehm. Ihr Kleid war an der Seite und im Rücken zerrissen. Die Kleider des jungen Mannes rochen nach Zwiebeln und Knoblauch; seine Hände waren schwielig, die Finger krumm wie manchmal bei alten Männern.

»Vielleicht sind die Soldaten nicht weit«, schloß Félice, »aber Don Gilbert und Doña Sabine sind hier. Ihr Geld und ihre Stellung könnten uns schützen.«

»Wir wollten in den Zuckerrohrfeldern schlafen«, sagte die alte Frau. »Viele Leute werden heute nacht in den Schluchten schlafen.«

»Ich habe gehört, Sebastien ist bei der Kirche verhaftet worden«, sagte Félice. »Und Mimi auch.«

»Sie haben den Doktor und all die Leute weggebracht, die mit ihm über die Grenze wollten«, sagte die alte Frau. »Die Priester haben sie allein in einem anderen Automobil mitgenommen. Die Priester baten die Soldaten, sie sollten sie bei den Leuten lassen. Aber die Soldaten lehnten es ab. Einer der Priester weinte.«

Wir suchten im Garten nach Yves. Er lag schlafend vor einer Zeile von Dienstbotenzimmern. Die letzten beiden Bretter von Papis Holz lehnten neben ihm an der Wand.

Yves sprang auf die Füße, sobald ich meine Hand auf seine Schulter legte. Er rieb die Handrücken gegen seine Augen und schaute um sich, als ob er nicht wüßte, wo er war.

»Ich habe das halbe Holz verkauft«, sagte er.

»Yves, hast du *gesehen*, wie sie Sebastien und Mimi mitgenommen haben?« fragte ich.

»Ich habe gesehen, wie sie viele mitgenommen haben«, sagte er und senkte den Kopf.

Doña Sabine rief nach Félice. Sie und Don Gilbert thronten auf einer der Terrassen in zwei Lehnsesseln, nur eine Sturmlampe zwischen sich. Félice ging über den Hof und stieg die Steintreppe zu ihnen hinauf.

»Wer ist gekommen?« Doña Sabines Stimme schallte über die Gärten.

»Eine Freundin«, sagte Félice.

»Wer ist die Freundin?« wollte Doña Sabine wissen. »Wir müssen vorsichtig sein.«

»Gib acht, wen du hereinläßt«, wiederholte Don Gilbert die Mahnung seiner Frau. »Wir gehen jetzt schlafen.«

Auf dem Weg zu ihrem Bett lehnte sich Doña Sabine über die Veranda und überblickte ihren Besitz. Es lag Resignation in ihrer Stimme, als sie meinte: »Wir werden nicht alle retten können.«

Es war nicht einmal sicher, ob sie sich selbst retten konnten.

Nachdem die Doña und ihr Mann hineingegangen waren, sagte ich zu Yves: »Ich muß nach Dajabón. Es gibt eine Chance, daß ich Sebastien und Mimi dort finde. Ich muß sofort aufbrechen.«

Ich bemerkte, daß Yves keine große Hoffnung hatte, aber er war bereit, mitzukommen. Als Félice zurückkehrte, sagten wir ihr, daß wir fort wollten.

»Pack ein paar Sachen«, sagte Yves zu ihr, »und komm mit uns.«

»Ich kann nicht fort«, sagte Félice. »Ich habe Angst. Das ist es wohl, was Altwerden bedeutet. Als ich jung war, hatte ich nie Angst. Jetzt habe ich dauernd Angst.«

»Yves und ich werden doch bei dir sein«, sagte ich.

»Ich möchte nicht im Gehen sterben«, sagte sie.

»Pack deine Sachen und komm«, beharrte Yves. »Keiner stirbt im Gehen.«

»Ich habe mich schon entschieden«, sagte sie. »Ich bleibe hier. Auf diese Weise kann ich mich auch um Joëls Vater kümmern.«

Ich schnürte mein Paket auf und gab Félice Kongos Maske von Joëls Gesicht. Sie hielt die Maske an ihre Brust und streichelte die Papierlippen mit den Fingern.

»Er ist gut getroffen«, sagte sie.

Yves nahm Félice die Maske weg, schaute sie an und gab sie ihr eilig zurück.

»Dieses Holz sollte der Sarg für einen Mann werden«, sagte er und zeigte auf die Bretter von Papis Zedernholz, die an der Wand lehnten. »Da du hierbleibst, gebe ich dir die Bretter im Tausch für eine gute Machete.«

Félice ging in einen der Arbeitsräume und kam mit einer Machete für Yves und einem langen Fleischmesser für mich zurück. Die Machete hatte eine hellbraune Kalbslederscheide und eine Schlinge, um sie über der Schulter zu tragen. Ich wickelte das scharfe Messer in mein Ersatzkleid und steckte es in mein Bündel.

Félice begleitete uns zum Tor und ließ uns hinaus.

»Vielleicht sehe ich euch beide eines Tages wieder«, sagte sie durch das Gitter.

Wir folgten einem Pfad den Bach hinauf. Yves riß einen Zweig ab und schlug sich damit beim Gehen gegen das Bein.

Wir wanderten zumeist Seite an Seite. Wenn die Spur zu eng wurde, ließ er mich vorangehen.

Während die Nacht sich hinzog, hingen wir unseren eigenen Gedanken, unseren eigenen Visionen darüber nach, was vor uns lag.

27

Die Nacht entschwand in eine holzkohlegraue Dämmerung. Wir mußten über einen Bach, Yves bückte sich, nahm eine Handvoll Wasser und spülte sich damit den Mund aus. Ich tauchte meinen Kopf in die Strömung und schreckte mich mit der sprudeligen Kühle des Gewässers wach.

»Wann werden wir an der Grenze sein?« fragte ich.

»Heute abend«, sagte er und langte auf seinen Rücken, um sich zu vergewissern, daß die Machete noch da war.

Er richtete sich auf und wanderte weiter. Das von meinem Haar herunterrinnende Wasser durchnäßte meine Bluse, so daß der dünne Baumwollstoff des grauen Hauskleids mir an der Haut klebte.

An einer Kreuzung spaltete sich unsere Spur in zwei Pfade: einer führte ins Tal zurück, der andere hinauf in die Berge. Wir hörten das Rattern eines Ochsenkarrens, der sich den Hang herunterquälte, und kauerten uns hinter eine Croton-Hecke, bis er vorbei war.

Der Karren war mit einer Plane zugedeckt, die aus braunen Zuckersäcken zusammengenäht war. Zwei fette Ochsen schnaubten, während sie ihre Last vorwärtszerrten. Dabei spritzte das Wasser, das sich in den Speckfalten entlang ihren dicken Bäuchen gesammelt hatte. Ihre Hörner waren mit Stricken und einem Stück Holz zusammengebunden, das ihre rollenden Augen zum Teil verdeckte.

Neben ihnen gingen zwei Männer, ihre Hemden waren ordentlich in die Hosen gesteckt, doch diese waren bis zu den Knien aufgekrempelt und entblößten ihre nassen, lehmbedeckten Füße. Neben den Peitschen hatten sie auch Gewehre.

Der Karren hielt plötzlich an, da die Räder in einer Rinne steckengeblieben waren, wo der Abstieg auf die Straße aus dem Tal traf. Einer der Männer nahm eine Peitsche und ließ sie auf der Straße knallen. Er fluchte dabei auf die Ochsen, sie seien so dick und so langsam. Die Ochsen mühten sich ab, stemmten ihre Vorderbeine in die Luft, konnten den Karren aber nicht aus dem Graben ziehen.

Ein Mädchen fiel hinten vom Karren herab, es war siebzehn oder achtzehn Jahre alt. Ich hob meinen Kopf, um sie besser zu sehen. Yves drückte meine Schulter nach unten, aber ich sah sie immer noch. Sie trug ein gelb-oranges Kleid und um ihren Kopf war ein violettes Madrastuch geschlungen. Eine Machete hatte sie an der Schläfe und an beiden Schultern verletzt.

Als sie am Boden aufkam, klaffte ihr Gesicht auseinander, ihr rechter Backenknochen schimmerte hell, als das Fleisch sich von ihm löste. Sie rollte auf den Rücken und schaute für einen Moment in den Himmel. Dann kugelte ihr Körper an der Croton-Hecke vorbei den Hang hinunter. Der Lehm vom Berg blieb an ihrem Kleid, ihren Armen, ihrem Gesicht hängen, so daß ihr gesamter Körper dick überkrustet wurde.

Die Männer bemerkten nicht, daß sie vom Karren heruntergefallen war. Sie hoben ihre Peitschen noch einmal drohend, aber die Ochsen konnten ihn nicht von der Stelle rühren. Schließlich schlenderten sie zum hinteren Teil des Karrens.

»Die Plane war lose«, sagte einer und stopfte die Zuckersackdecke wieder um die Ladung fest.

Die lose Plane bewegte sich. Ein Stöhnen war zu hören, es kam aus dem Karren. Einer der Männer hob einen faustgroßen Stein auf und schlug damit auf den Kopf – aber es konnte auch ein Ellbogen sein –, der den Sack anhob. Danach regte sich nichts mehr. Der Mann warf den Stein fort. Sie schoben und stießen den Karren aus dem Graben, dann übernahmen wieder die Ochsen und zogen ihn weiter die Wiese hinunter, in Richtung Tal.

Das Krähen der Hähne schallte von den Bergen. Die Leiche des Mädchens war außer Sichtweite gerollt. Vielleicht war sie in eine der Schluchten gestürzt und ins Wasser geglitten.

Noch mit vom Schreck betäubter Stimme sagte Yves: »Wenigstens haben wir die Nacht überlebt.«

Die *casitas* im ersten Bergdorf waren Häuser auf Stelzen mit nur einem Raum, aus Palmblättern und mit Strohdächern. An der höchsten Stelle der Straße verkauften Händler in einer Zeile wackeliger Stände Lebensmittel. Hinter ihnen sah man das Tal, das zu der Zwergengröße geschrumpft war, die den Dingen durch große Höhe oder Entfernung zugemutet wird.

Yves gab einen von seinen zwei Pesos für ein paar Zwergbananen, Kokospflaumen und kleine Mangos aus, er steckte alles in seine Hosentaschen. Er bot mir etwas an, aber ich hatte keinen Appetit.

Während er aß, zog eine Prozession vorüber. Vorne gingen drei Frauen, die eine Statue von *La Virgen* in einem reich geschnitzten Kasten trugen, der mit einem weißen Spitzentuch bedeckt war. Die Frauen sangen gedämpft und ließen Rosenkränze durch ihre Finger gleiten. Während sie ihre Liste von Wünschen und Fürbitten wisperten, sahen manche von ihnen aus, als wären sie in Trance.

Zwischen verzweifelten Frauen schwingt eine Saite, so daß ich, noch bevor ihr Flüstern mein Ohr streifte, wußte, was jede von ihnen sich wünschte. Sie beteten Novenen für Liebhaber, die fortgegangen waren, für Söhne und Töchter, die heiraten sollten, für Kinder, die krank waren, für die sichere Rückkehr derer, die zur Hauptstadt gefahren waren und sie zurückgelassen hatten.

Eine der Frauen – die letzte in der Reihe – zog mit der einen Hand einen Packesel hinter sich her und hielt in der anderen ein Porträt des Generalissimo. Sie betete dafür, daß er gesund und glücklich durchs Leben käme. »Laß ihn uns weiterhin führen, mit einer starken Hand und einem noch stärkeren Herzen«, flehte sie.

Wir ließen das Dorf hinter uns und bogen in eine mit Kies bedeckte, den Berg hinabführende Straße. Lange Zeit wanderten wir schweigend dahin. Die Sonne sengte herab, doch wir hatten keine Hüte oder Sonnenschirme, um uns zu schützen.

Ich knotete den Saum meines Kleides zusammen und schob ihn hinauf über meine Knie. Yves schaute aus den Augenwinkeln, tat, als sähe er nicht, wie der Stoff über die zerfetzte Haut an der Rückseite meiner Beine rieb.

Als es uns vorkam wie Mittag, blieben wir an dem Berghang, um uns auszuruhen. Ich riß das wilde Gras und den Löwenzahn, der zwischen den Steinen wuchs, in Büscheln aus. Ich erinnerte mich daran, daß mein Vater ihn *pisannwit* genannt hatte. Während er den leichten Flaum des Löwenzahns in den Wind blies, sagte er, daß Kinder damit vom Ins-Bett-Pissen geheilt würden.

Ein Zug Regenvögel flog mit lautem Schreien vorüber. Zwischen ihnen waren Schwalben mit gegabelten Schwänzen und Mauersegler, dahinter ein Schwarm gelber Waldsänger, die ihre Flügelspitzen kaum bewegten, während sie im Aufwind über den Bergen segelten.

Yves lehnte sich an einen Felsbrocken und schloß die Augen. Ich saß ein paar Fuß entfernt und schaute hinunter auf das Land unter uns, das Netz von Gewässern, Tabak- und Zuckerrohrfeldern und die winzigen Häuser, die auf den Vorhügeln gestaffelt lagen.

Drei Frauen und zwei Männer schleppten sich einen schmalen Pfad hoch auf uns zu. Sie sahen aus wie die abgekämpften Mitglieder einer großen Familie, außer zwei Frauen, die kürbisrote Haarrollen hatten. Die beiden konnten Dominicanas sein – oder eine Mischung aus Dominikanerinnen und Haitianerinnen –, in manchen Fällen war das schwer zu unterscheiden.

Der Mann an der Spitze bemerkte mich. Mit neuer Erwartung eilte die Gruppe den Hügel herauf. Jeder trug ein kleines

Bündel, außer einem kleingewachsenen Mann hinten, der hinkte. Er hatte sein Hemd ausgezogen und um den Kopf geknotet, um sich vor der Sonne zu schützen. Der noch junge Mann hatte ungleiche Arme, einer war breit mit strotzenden Muskeln, der andere dünn und welk, die Haut hing um die Knochen.

»Jetzt bin ich der Sonne noch näher«, sagte der Mann an der Spitze der Gruppe, als er uns erreichte. Er hatte eine tiefe, wohlklingende Stimme, wie der *sanbas*, der singend Geschichten erzählte.

»Es gibt keinen Schatten«, klagte die Frau hinter ihm. Sie fächelte ihr Gesicht mit dem großen, schmetterlingsförmigen Kragen ihres Kleides. Sie hatte eine ebenso musikalische Stimme wie der Mann, so daß ich dachte, sie wären Bruder und Schwester, aber ich irrte. Sie war seine Frau und er ihr Mann.

Ihre Reden schreckten Yves aus dem Schlaf. Ich fragte den Mann mit der *sanba*-Stimme: »Wo kommt ihr und die anderen her?«

Er und seine Frau, Odette, kamen von einer großen Zuckermühle auf der anderen Seite der Insel, einer von den großen Zuckermühlen, die Nordamerikanern, Yankis, gehörten.

»Wir haben gehört, in den großen Mühlen ist es sicher«, sagte ich. »Warum seid ihr nicht dort geblieben?«

»Sie können sagen, was sie wollen«, antwortete Odette und schaute mich vorwurfsvoll an, als wollte sie mich wegen meiner Unwissenheit tadeln. Sie drehte sich im Kreis und atmete in eine vorüberziehende Brise aus. Nur sie und ihr Mann mit der *sanba*-Stimme namens Wilner seien aus derselben Mühle. Den anderen seien sie unterwegs begegnet, genau wie sie uns nun träfen, erklärte Odette.

Die zwei Frauen mit den kürbisroten Haaren und der Mann mit den ungleichen Armen kauerten sich hin, um sich auszuruhen. Sie teilten ihre Essensrationen untereinander auf, die in Bananenblätter eingewickelt waren, und tranken aus alten Krügen und einem abgewetzten Weinschlauch.

»Hast du Glück?« fragte Wilner Yves.

Yves lachte lauthals. »Warum willst du das wissen?« fragte er.

»Ich möchte gern wissen, was für ein Glück ein Mann hat, bevor ich mich mit ihm auf die Reise begebe«, erwiderte Wilner. Ich ging auf den Mann mit den ungleichen Armen zu. Zum Teil zog mich Neugierde zu ihm hin, zum Teil bemitleidete ich ihn auch wegen seiner Krankheit. Ich wollte, daß er sie mir erklärte. War es Tuberkulose oder eine Erkrankung des Fleischs? Kam es davon, daß er das Zuckerrohr nur mit dem einen Arm geschnitten und den anderen vernachlässigt hatte? War er so geboren worden?

Der junge Mann schien seine Mißbildung zu vergessen, wenn keiner sie zu lange anschaute. Er richtete sich auf und streckte seine Brust heraus, damit seine Arme gleich aussähen.

Yves und Wilner diskutierten darüber, welche Straße man nehmen mußte, um die Grenze schneller zu erreichen. Wilner war mindestens schon einmal durch die Berge gekommen, aber er konnte sich jetzt nicht mehr genau an den Weg erinnern. Odette wußte noch, daß es ein paar Siedlungen hoch oben gab, die wir aber besser meiden sollten. Sie waren sich jedoch nicht einig, wie lange die Reise noch dauern würde.

»Wir werden vor Sonnenuntergang heute abend an der Grenze sein«, sagte Yves.

»Du schätzt falsch ein, mein Freund«, rief der Mann mit den ungleichen Armen, »wie lange Menschen brauchen, um ein Gebirge zu überqueren! Zwei Tage«, beharrte er, »und außerdem wollen wir nicht bei Nacht an die Grenze kommen.«

Die Frauen mit den kürbisroten Haaren hörten zu, auch noch als sie ihre winzigen Rationen Essen und Getränke untereinander aufteilten.

»Dann sollten wir keine Zeit verlieren«, Yves begann weiterzugehen. »Wenn wir nur nachts anhalten und uns ausruhen, ist die Reise kürzer.«

»*M'se* Tibon«, sagte der Mann mit den ungleichen Armen und hielt mir seine ausgemergelte Hand entgegen.

»Wie lange wanderst du schon, Tibon?« fragte ich ihn.

»Fünf Tage zu Fuß«, sagte er.

»Hast du gesehen, wie andere verhaftet wurden?« fragte ich.

»Ich komme gerade zurück zur Mühle, in der ich arbeite«, sagte er, »ich war weggegangen, um Holzkohle zu kaufen. Da nehmen mich zwei Soldaten und packen mich auf einen Laster voll mit Leuten. Die Leute, die sich dagegen wehren, auf den Laster zu kommen, peitschen sie mit Bajonetten, bis sie nachgeben. Als wir alle auf dem Laster sind, manche von uns halb tot, wir wissen nicht, welches Blut von wem ist, fahren sie uns hinaus zu einer hohen Klippe über der rauhen See in La Romana. Sie lassen uns in Sechserreihen am Rand der Klippe aufstellen und dann heißt es entweder springen oder gegen eine Mauer von Soldaten kämpfen, die ihre Bajonette auf dich richten, und gegen einige Zivilisten, die mit Macheten in einem Kreis warten. Sie zeigen den Zivilisten, wo sie die Macheten am besten ansetzen, damit sie unsere Köpfe besser von unseren Rümpfen abhauen können.« Tibon zeichnete mit seiner knochigen Hand die Bewegung einer Machete nach, die sein Schlüsselbein trifft. »Sie lassen uns in Sechserreihen am Rand der Klippe aufstellen«, sagte er. »Dann kommen sie zurück zum Laster, um noch mehr Leute zu holen. Sie lassen sechs über die Klippe springen, dann noch mal sechs, dann noch mal sechs, dann noch mal sechs.«

Ich wußte nicht, wie viele Sechsergruppen er aufzählte. Ich verschloß einen Moment meine Ohren vor ihm und versuchte, mir Sebastiens Stimme vorzustellen, die mir sagte, daß er lebte. Ich wußte, das würde seine große Sorge sein: daß ich nicht wußte, was mit ihm geschehen war, und daß ich vielleicht glaubte, es sei meine Schuld, daß er verschwunden war. Aber er war nicht verschwunden; ich wollte mich davon überzeugen, indem ich mir seine Stimme und sein Gesicht bei vielen vergangenen Gelegenheiten in Erinnerung rief: In der Nacht, als er zu mir kam, um mir zu sagen, daß Joël tot war; andere Nächte, wenn er so bedrückt und müde war, und dabei so froh, daß ich in sein Zimmer gekommen war, um ihn zu besuchen. Nächte, wenn der schwere Geruch des Zuckerrohrs ihn störte, da er ihn ständig verfolgte, in seinem Zimmer, in seinen Kleidern, im Wind, sogar in seinen Haaren. Am Morgen, wenn er aufwachte und das Geräusch des Zuckerrohrs, das geschnitten wurde, ihn mißmutig machte, weil es ihn an das Brechen trockener Hühnerknochen erinnerte.

Tibon fuhr fort, eine weitere Sechsergruppe zu nennen und dann noch eine.

»Zuletzt kommen sie, um mich zu holen«, sagte er.

Die anderen verrenkten ihre Hälse nach ihm. Sie hörten aufmerksam zu, als könnten sie nicht anders. Yves schien als einziger nicht interessiert zu sein. Er ging rasch weiter, die Augen nach vorn auf die Straße gerichtet.

»Als ich von der Klippe herunterspringe«, fuhr Tibon fort, »sage ich mir, ich darf keine Angst haben. Ich sage mir, Tibon, heute werden die Vögel und du eins. Es heißt, wenn ein Vogel auf beiden Füßen steht und nicht fliegt, dann ist das Faulheit. Tibon, sage ich mir, heute bist du ein Vogel.«

Er hob seine Arme und breitete sie aus, wie der seltene große Schmetterling, der ab und zu an uns vorbeischwebte und seine neuen Flügel an den feindlichen Strömungen der Bergluft ausprobierte.

»Es ist ein langer Weg von der Klippe bis ins Meer«, sagte er. »Ich falle und falle, vorbei an Felsen, auf denen viele der anderen liegenbleiben. Dann bin ich dran, ich falle ins Wasser. Ich merke, daß ich ins Wasser falle, denn es ist so kalt und scharf, das Wasser, mehr wie eine riesige Machete als wie Wasser. Ich habe viele Schnitte an meinem Leib, wo das Wasser mich aufgeschlitzt hat, einige Risse am Knöchel, so daß ich jetzt hinke.«

Er schob das Hosenbein hoch, um mir seine Schnitte am Knöchel zu zeigen, viele waren grindig und tief, mit braunrotem Staub bedeckt von all den Straßen, die er durchwandert hatte.

»Jetzt bin ich im Wasser«, sagte er, »aber wie ich zum Strand schaue, stehen dort Bauern mit ihren Macheten und warten darauf, daß wir aus dem Wasser kommen, manche waten sogar hinein, um nach der Stelle im Nacken zu suchen, wo man am besten mit der Machete hinschlägt, um Köpfe abzuhauen. Ich schwimme hinaus zu einer Meereshöhle. Ich halte mich an einem Felsen fest und kämpfe gegen das Wasser bis es Nacht wird, dann mache ich mich mit einem Gefährten, der auch überlebt hat, auf die Wanderung. Mein Gefährte findet Wandern noch härter als die Felsen, auf die wir beinah gefallen wären, und geht zurück zur Mühle. Aber ich sage heute und bis zu meinem letzten Atemzug, wenn ich sterbe, sterbe ich auf meinen Füßen.«

Die Frau mit den kürbisroten Haaren neben mir weinte. Ihr Leib war zusammengesackt, ihr Gesicht an ihre Brust gesunken; ihre Backen schwollen an, als versuchte sie, nicht zu erbrechen. Dennoch waren ihre Tränen still, fast höflich. Sie schneuzte sich mit einem Männertaschentuch, auf dem an allen vier Ecken das Wort *Ilè* eingestickt war.

Die andere Frau mit den kürbisroten Haaren rückte an sie heran und legte den Arm um sie.

Als die Tröstende sah, daß ich sie anstarrte, zeigte sie auf Yves und fragte auf Spanisch: »Ist er dein Mann?«

»Nein«, antwortete ich.

»Ich dachte, er wäre dein Mann«, sagte Tibon, »wie er dich anschaut, als könnten seine Augen dich beschützen.«

»Ich bin einem anderen versprochen«, sagte ich.

»Wo ist der Mann, dem du versprochen bist? Haben sie ihn mitgenommen?« fragte mich wieder die Frau, die die Weinende tröstete.

»So wurde es mir berichtet«, sagte ich.

»Ich bin Dolores. Das ist meine kleine Schwester Doloritas«, sagte sie nach einer kleinen Weile. »Unsere Mutter litt schwer, als wir beide geboren wurden, deshalb gab sie uns diese ernsten Namen.«

Doloritas schluckte einen Klumpen in ihrer Kehle herunter, nahm das Taschentuch von ihrem Gesicht und fragte: »Wie ist dein Name?«

»Mein Name ist Amabelle«, sagte ich.

»Ah, Amabelle, wie der Geschmack kühlen Wassers in einer Dürre«, sagte Tibon.

»Wie lange hat eure Reise gedauert?« fragte die ältere Schwester auf Spanisch. Die beiden Schwestern schienen überhaupt kein Kreyòl zu sprechen.

»Nur einen Tag«, sagte ich.

»Die Schwestern sind schon drei Tage bei uns«, sagte Tibon.

Doloritas verdeckte ihr Gesicht wieder mit dem Tuch.

»Weine nicht soviel, Doloritas«, sagte Tibon. »Spar dir einige Tränen für die Freude auf, wenn wir deinen Mann wiederfinden.«

Doloritas nahm das Taschentuch von ihrem Gesicht, um das zu überdenken. Wenn Tibon, ein Krüppel, überlebt hatte, warum dann nicht ihr Mann?

»Wir sind Dominicanas«, erklärte Dolores.

»Sie haben ihn mitgenommen«, fügte Doloritas hinzu. »Sie sind in der Nacht gekommen und haben ihn aus unserem Bett geholt.«

»Wir müssen noch eure Sprache lernen«, sagte Dolores.

»Wir sind sechs Monate zusammen, ich und mein Mann«, sagte Doloritas. »Ich sagte zu ihm, ich lerne Kreyòl, falls wir einmal seine Familie in Haiti besuchen.«

»Ich kann gar kein Kreyòl«, sagte Dolores. »Doloritas war außer sich, als sie ihn mitnahmen. Sie wollte zur Grenze gehen, um nach ihm zu suchen. In ihrem Zustand konnte ich sie nicht allein gehen lassen.«

»Wie ist sein Name?« fragte ich, ich schaute Doloritas direkt in die roten Augen. »Dein Mann, wie ist sein Name?«

»Wir nannten ihn Ilè«, sagte sie und hielt mir ihr nasses Taschentuch hin, damit ich die Stickerei mit seinem Namen sah. »Ilè ist ein Spitzname für Ilestbien. Er sagte mir, das heißt, ›ihm geht's gut‹.«

Wir gingen den ganzen Nachmittag ohne Rast. Die Sonne neckte uns, indem sie zuweilen hinter einer dicken Wolke Zuflucht suchte, oft auch für längere Zeit.

Die Bergluft wurde kühler, als die Dämmerung herankam. Die Müdigkeit hielt unser Bedürfnis nach Unterhaltung in Grenzen. Außerdem bewirkte die Geschichte jedes einzelnen nur, daß sie dir den eigenen Kummer näherbrachte.

Ab und zu brach Tibons Stimme das Schweigen.

»Alle sagen, der Generalissimo ist jetzt an der Grenze. Vielleicht ist er dort und wartet darauf, uns zu begrüßen.« Er sprach schnell und ließ eine Pause für eine Antwort, eine Zustimmung oder einen Widerspruch.

Yves wandte sich nach mir um, ich ging neben den beiden dominikanischen Frauen, und Tibon humpelte hinter uns her. Sein Gesicht zeigte die verächtliche Miene des Enttäuschten, als ob er es nicht glauben konnte, daß ich ihn so früh auf unserer Reise wegen neuer Gesellschaft verlassen hatte.

»Es sind so viele von uns hier, weil unser eigenes Land – unsere Regierung – uns im Stich gelassen hat«, fing Tibon wieder an, aber keiner antwortete. »Die armen Leute werden verkauft, um in den Zuckerrohrfeldern zu arbeiten, damit unser eigenes Land sie los ist.«

Die Sonne sank, die Täler tief unter uns entschwanden in einem Nichts. Die Nacht brachte ein gespenstisches Echo, jedesmal, wenn Tibon sprach, war es, als sagten mehrere Leute gleichzeitig dasselbe.

»Die Armut ist der Untergang der armen Leute«, fuhr Tibon fort. »Der arme Mann, wer er auch ist, wird immer von seinen Nachbarn verachtet. Wenn du zu lange im Haus eines Nachbarn bleibst, ist es nur natürlich, daß er deiner überdrüssig wird und dich haßt.«

28

Wir fanden eine Stelle, wo sich die Straße zu einer breiten ebenen Fläche erweiterte, und als es hieß, wir würden die Nacht hier verbringen, wählte jeder einfach den Platz, an dem er stand. Aus den Bündeln wurden ein paar Decken ausgebreitet, und wir alle hatten eine Decke zwischen unserem Leib und dem kalten Boden und eine, um ihn zuzudecken.

Wilner wies uns an, kein Feuer anzuzünden, da es uns in der Ferne verraten könnte. Nicht einmal eine Pfeife, die Tibon dringend zu rauchen wünschte, war erlaubt.

Über uns war ein voller Mond, aber ich achtete vor allem auf die Sterne. Noch nie hatte ich so viele so nah gesehen. Immer mal wieder stürzte einer den Himmel hinunter und prallte irgendwo hinter den Bergen auf, entschwand aus einer Explosion von Feuerbällen in ein verstummendes Dunkel.

Yves kam auf mich zu und bot mir zwei der Bananen an, die er frühmorgens unterwegs gekauft hatte. Er gab mir auch eine Handvoll Kokosnußstücke, die ich ihn nicht hatte kaufen sehen. Ich aß zuerst die Kokosnuß und dann eine Banane. Die andere steckte ich in mein Bündel, um sie für später aufzuheben.

»Wenn ich einschlafe, weck mich bitte«, flüsterte Yves. »Paß auf, daß ich im Schlaf nicht rede.«

»Wir sollten nicht alle gleichzeitig schlafen«, sagte Wilner, während er an seinen engen Platz neben Odette kroch. »Einige sollten wach bleiben, um die Schläfer notfalls zu wecken.«

Die drei Männer sprachen sich ab, wer wann die Wache übernehmen sollte. Yves war den letzten Teil der Nacht bis zum nächsten Morgen an der Reihe.

Wir alle wechselten uns mit dem Wachen und Schlafen ab. Jedesmal, wenn die dominikanischen Schwestern aufwachten, mußten sie einander mit Gemurmel, heimlichen Seufzern und stummen Zwiegesprächen daran erinnern, wo sie waren.

Ich selbst driftete ein paarmal in den Schlaf, aber immer wenn ich wach wurde, war es so dunkel, daß ich geglaubt hätte, ich schliefe noch, wäre da nicht der kalte Boden und der Kies gewesen, der mir in die Seite stach.

Einmal glaubte ich beim Erwachen, die Erde würde beben. Staubwolken und Kieselsteine rieselten auf uns nieder. Ich krallte meine Finger in den Boden. Nachdem mir aber klarwurde, daß dies eine feige Art zu sterben war, schüttelte ich die Schicht Staub von mir ab und stand auf.

Alle erhoben sich und schauten sich um, um herauszufinden, was los war. Dann hörte das Beben der Berge ebenso plötzlich auf, wie es begonnen hatte.

Danach war die Nacht ruhig. Die Glühwürmchen verschwanden aus der Luft. Sogar die Fledermäuse mußten verstummt sein.

»Das ist nur der Berg, er begibt sich zur Ruhe«, sagte Wilner. Seine Stimme brach das Schweigen.

»Er soll sich bloß nicht auf meinen Kopf legen«, sagte Tibon. Odette lachte, und ich war beruhigt.

Wir blieben noch eine Zeitlang auf und warteten, ob der Berg sich wieder regte. Die Sterne hörten auf zu fallen und verschwanden langsam vom Himmel. Dann gingen wir zurück zu unseren Plätzen und, vielleicht weil unsere Körper es brauchten, die meisten von uns schliefen gleich ein.

Yves schlief als einziger nicht. Gegen Tagesanbruch sah ich ihn am Abhang sitzen, den Körper zur Straße vor uns gewandt. Er vertrieb sich die Zeit mit einem Spiel, bei dem er einen Stock in einem Erdhaufen vergrub und dann die Erde so lange wegscharrte, bis der Stock in einem kleinen Häufchen aufrecht stand. Fiel der Stock um, hatte er verloren, und das Spiel begann von neuem.

Hinter ihm stieg über einem der kleinen Dörfer, an denen wir vorbeigekommen waren, eine Rauchsäule von der Farbe dunkler Holzkohle auf. Yves war schon so an den Anblick gewöhnt, daß er weiterspielte und nur gelegentlich aufsah, um zu prüfen, in welche Richtung der Rauch zog, bis er hoch genug gestiegen war, um sich allmählich in der Luft aufzulösen.

Ich versuchte, beim Aufstehen niemanden zu wecken, aber meine Bewegungen zogen weitere nach sich. Wilners Frau Odette wurde wach, dann Wilner, darauf die dominikanischen Schwestern und schließlich Tibon. Als ich Yves erreichte, waren alle wach und beobachteten, wie das Feuer sich durch ein Dorf einige Stufen unter uns fraß.

Der Gestank, der zu uns heraufzog, war unverkennbar. Es war der Geruch kochenden Blutes, der Geruch von Fleisch, das bis auf die Knochen schmolz, ein Scheiterhaufen mit Leichen, wie der Generalissimo sie an der Plaza Colombina angeordnet hatte, damit sich nach dem letzten großen Hurrikan unter den Lebenden keine Seuchen ausbreiteten.

Yves warf sich die Machete über den Rücken. Er zog am Stock, mit dem er gespielt hatte, ohne auf die Splitter zu achten, die in seinen Fingerspitzen steckenblieben. Odette hielt sich ihre Nase zu. Wilner umfing ihren ganzen Körper und wiegte sie in seinen Armen vor und zurück. Ich spürte, wie Tibon schauderte und bemerkte, daß ich seine knochige Hand hielt.

Tibon beugte sich zu meinem linken Ohr und flüsterte: »Mit zehn habe ich fast einen dominikanischen Jungen umgebracht. Ich sehe ihn eines Tages die Straße vor der Mühle entlangkommen und beschließe, ihn zu schlagen, bis er sagt, daß er, obwohl er in einem Großen Haus wohnt und ich in den Baracken, nicht besser ist als ich.«

Ich zog meine Hand aus Tibons langen, schmalen Fingern. Seine Stimme wurde lauter, als er weitersprach: »Ich packe den Jungen am Nacken. Ich schlage ihn, bis ich müde bin, dann beißt er mir in den Handrücken und rennt weg. Ich habe immer noch die Narbe, wo er mich gebissen hat. Möchtest du sie sehen?«

Er versuchte, mir die Narbe auf seinem normalgroßen Unterarm zu zeigen, aber keiner schaute hin.

»Er erzählt seiner Familie nie, daß ich es bin, der ihn jeden Tag verprügelt. Ich warne ihn: ›Wenn du es verrätst, schlage ich dich noch mehr.‹ Aber er will nicht sagen, was ich von ihm verlange, daß wir nämlich gleich sind, er und ich, Fleisch wie Fleisch, Blut wie Blut.«

»Die Berge sind für uns jetzt gefährlich«, unterbrach Wilner Tibon. »Ich bin dafür, wir nehmen den Pfad dort hinunter und kürzen so bald wie möglich durch den Wald ab, bis wir zu einer Stelle kommen, wo wir über den Fluß auf die andere Seite gelangen können.«

»Wir können uns im Wald verirren«, sagte Yves, »hundertmal den gleichen Weg gehen und es nicht merken.«

»*Du* kannst dich dort verirren«, sagte Wilner. »Ich nicht. Ich habe zwei gute Augen.«

Wilner wandte sich an die beiden dominikanischen Schwestern, die immer noch den Rauch beobachteten, und sprach sie auf Spanisch an: »Ihr werdet nicht mit uns weiterwandern«, sagte er.

»Wir können sie hier nicht alleine zurücklassen«, protestierte Tibon.

»Sie sind nicht gut für uns«, sagte Wilner, als wären die beiden Schwestern schon nicht mehr da. »Ich möchte ihretwegen nicht wie *lechón* gebraten werden. Dies ist ihr Land. Sie sollen selbst zur Grenze finden. Sie können in jedes Dorf in diesen Bergen gehen, und die Leute werden sie willkommen heißen.«

»Was ist, wenn sie uns verraten?« fragte Odette. »Was ist, wenn sie uns ihre Leute nachschicken?«

»Sie werden uns nicht verraten«, sagte Tibon. »Das spüre ich.«

»Wir werden euch euren Weg wählen lassen und werden unseren selbst wählen«, sagte Doloritas mit lauter Stimme. »Wir werden weiter Richtung Dajabón gehen, und ich werde Ilestbien finden.«

In meiner Erinnerung war Dajabón eine unbedeutende Stadt, ich hatte sie nicht mehr gesehen, seit ich ein Kind war. Ich stellte sie mir jetzt vor, voll mit Leuten wie uns, die ihre Liebsten suchten und Lebende für Tote hielten.

Als wir uns von den Schwestern trennten, wollte ich doch noch dafür sprechen, daß wir sie mit uns gehen ließen, aber die Feuer unten waren eine zu überzeugende Demonstration der Gefahr. Außerdem erwarteten die Schwestern in Dajabón keine so großen Schwierigkeiten wie wir. Wenn sie aufgefordert wurden, »*perejíl*« zu sagen, war das ein leichtes für sie. In unseren Mündern würden ihre Namen nach Kreyòl klingen oder ganz auf Kreyòl ausgesprochen werden, genau wie der Name von Doloritas' Mann jedesmal ins Spanische glitt, wenn sie ihn erwähnte. Wenn wir in Dajabón die Schwestern in der Öffentlichkeit anredeten, könnte jemand es hören und in diesem Moment beschließen, daß wir sterben mußten.

Ich blieb zurück und bot den Schwestern meine letzte Banane an. Sie lehnten ab, indem sie meine Hand wegschoben. Als Yves mir Zeichen gab, ich solle mich beeilen, war ich überrascht, daß ich so schnell nachgeben und sie zurücklassen konnte. Doch das Wichtigste, so sagte ich mir, war jetzt, Mimi und Sebastien zu finden.

Wir gingen den Bergpfad hinab, weg von den Feuern. Die Sonne war nun ganz aufgegangen. Hinunter in den Wald zu gehen, schien eine vernünftige Idee zu sein. Dort gab es viel mehr Bäume, die uns verdeckten, mehr Verstecke und möglicherweise ein oder zwei Wasserläufe, aus denen wir trinken konnten.

Es war später Vormittag, und irgend etwas sagte mir, daß es Samstag war. Ich mußte daran denken, wie ich die Samstage früher verbracht hatte, wenn ich mit Señora Valencia im Haus saß und Babysachen nähte, mich mit Juana zwischen Marktständen hindurchdrängte, Papi in seinem Blumengarten half, Sebastien in der Mühle besuchte – sogar nach langen Tagen, wenn er außerhalb der Zuckerrohrfelder zusätzliche Arbeit leistete, für ein paar Pesos mehr, um seine Schulden abzuzahlen. Es war so lange mein Leben gewesen, doch jetzt war es Vergangenheit. Jetzt mußten wir alle unsere Zukunft suchen.

Ich wußte genau, was ich tun würde, wenn ich erst einmal die Grenze überquert hatte. Ich würde die Pesos in Gourdes umtauschen und versuchen, mir ein kleines Haus an der Straße zur Zitadelle zu mieten, wo ich als Kind gelebt hatte. Ich fragte mich, wer jetzt wohl in unserem Haus wohnte und ob ich es immer noch als meine Erbschaft beanspruchen konnte. Ich hatte zwar keine Papiere, die ich vorzeigen konnte, aber es mußte ja wohl irgendwo festgehalten sein, daß das Land einmal meinem Vater und meiner Mutter gehört hatte, und – auch wenn ich lange Zeit nicht dort gewesen war – immer noch mein Geburtsrecht war.

Nachdem wir die Schwestern verlassen hatten, wurde Tibon ebenso schweigsam wie alle anderen. Wir stiegen an einem steilen Stück des Bergs hinunter, was von jedem von uns viel Konzentration verlangte, besonders aber von ihm, der hinkte und einen verletzten Knöchel hatte. Es war sehr steil und man konnte leicht fehltreten und den Hang zu einem schroffen, mit Kapok-Bäumen bestandenen Abgrund hinunterstraucheln. Ihre Zweige reichten so hoch wie die Hügel und ihre Wurzeln schauten aus dem Boden heraus wie die Gedärme eines aufgeplatzten Tiers.

Mitten am Nachmittag erreichten wir den Fuß des Berges. Am Eingang des Waldes lag eine kleine verlassene Siedlung mit strohgedeckten Hütten und Holzhäusern, und um sie herum waren Tabakblätter an langen Lianen aufgefädelt und dann in Strängen dicht hintereinandergehängt.

Tibon hinkte zu der ersten von fünf Türöffnungen, die eine kleine Zeile bildeten.

»Keiner da«, rief er, als er zur nächsten weiterging. Wilner und Odette eilten ihm voraus. Sie stellten fest, daß auch in den übrigen vier Häusern niemand war.

»Vielleicht sind die Bewohner draußen, um noch mehr Tabak zu pflanzen«, rief Wilner. »Vielleicht sind sie auch fortgegangen, um ihn zu verkaufen.«

Wilner sprang in die Hütten hinein und heraus, trennte sich von seiner Frau und ging dann wieder zu ihr. Er entdeckte Maisbündel und einen Brunnen mit einem Eimer, der an einem Strick hing. Odette fand ein paar hölzerne Schüsseln und verteilte ein wenig Wasser an uns.

»Wenn du durstig bist«, sagte Odette, »egal wieviel Wasser du hinterher trinkst, keiner schmeckt so gut wie der erste Schluck.«

»Ich frage mich, warum nicht mehr Leute den Weg über die Berge genommen haben, wie wir«, meinte Wilner, bevor er sein Wasser trank.

»Der Berg ist groß«, sagte Tibon.

»Vielleicht wegen des Feuers«, warf Odette ein.

»Es könnten ja auch einige vor dem Feuer hinübergegangen sein«, entgegnete Wilner.

»Vielleicht sind keine Leute mehr übrig«, sagte Odette. Sie spritzte sich den Rest des Wassers ins Gesicht, wusch ihre Achselhöhlen und die Stelle zwischen ihren Brüsten. Wilner ging in den Hütten ein und aus, um zu sehen, welche anderen Schätze er noch finden konnte.

Er kam mit einem Stapel Grundstückspapieren angerannt. »Schaut, das war unter einer der Matratzen«, sagte er. »Sie sind Händler, haitianische Händler, eine große Familie.«

»Sie waren nicht arm.« Tibon löste das Hemd von seinem Kopf und zog es an. Er fischte eine Holzpfeife aus seiner Hosentasche und stopfte sie mit dem Stück von einem Tabakblatt, das zum Rauchen noch zu feucht aussah. Während er an der nicht angezündeten Pfeife sog, stöhnte er bei jedem seiner rauchlosen Züge. Zum ersten Mal, seit wir die Schwestern verlassen hatten, schienen seine Schuldgefühle zu weichen.

In diesem Moment waren wir alle sicher, daß wir großes Glück hatten. Wenn diese Leute zurückkämen, würden sie uns einladen, die Nacht bei ihnen zu verbringen und ihre Gegenwart würde uns beschützen. Jeder von uns hat das wohl geglaubt, außer Yves.

Yves stand allein, fernab von den anderen. Er hatte sich an

den größten Baum im Hof gelehnt und hielt eine staubige braune Sandale in der Hand, die er aus dem Schmutz geholt hatte. Immer wieder schaute er nach oben, als suche er ein Stück Himmel in den winzigen Zwischenräumen, welche die Zweige des Kapokbaums offenließen.

Ich ging auf ihn zu, wollte etwas Geistreiches sagen, etwa, welch ein Wunder es war, daß wir vor kurzem erst auf diese Kapokbäume hinuntergeschaut hatten und nun unter ihren Zweigen standen.

Er schaute wieder hinauf, unwillkürlich, wie es schien. Ich folgte seiner Kopfbewegung. Zuerst konnte ich nicht erkennen, was es mit diesen riesigen Gestalten auf sich hatte, die keine Schatten auf die Erde warfen. Sie hingen an Ochsenziemern herab: Füße, Beine, Arme, zehn Paar Beine, soweit ich zählen konnte. Ihre geschwollenen Gesichter verhinderten, daß sie durch die Schlingen rutschten. Drei Männer. Fünf Frauen. Und zwei kleine Jungen.

Eine braune Ledersandale hing, kurz vor dem Fallen, noch an einem der Füße, dem Fuß eines Mannes. Yves hatte die andere Sandale in der Hand.

Ich schlug mir in den Nacken, wo ein Insekt – oder ein ganzer Schwarm – mich gestochen hatte. Unter dem Schmerz meines eigenen Schlags zuckte ich zusammen. Yves ließ die Sandale zu Boden fallen.

»Wir müssen weg von hier«, sagte er und ging zu den Hütten zurück. »Wenn wir jetzt aufbrechen, sind wir in Dajabón, wenn es dunkel wird.«

Es dauerte eine Weile, bis alle wieder beisammen waren.

»Warum sollen wir nicht über Nacht hierbleiben?« fragte Tibon, als wir ihn fanden. Seine Pfeife war nun richtig angezündet und steckte in seinem Mund.

»Was ist, wenn diese Leute vertrieben wurden?« sagte Yves. »Die sie weggejagt haben, kommen sicher heute nacht zurück, um den vielen Tabak zu holen. Und möglicherweise kommen auch die Leute hier vorbei, die oben in den Dörfern das Feuer gelegt haben.«

Nun stimmten alle überein, daß wir aufbrechen mußten.

»Ich kenne Leute in Dajabón, die uns vielleicht aufnehmen«, sagte Yves, als wir in den Wald eindrangen.

»Wir auch«, sagte Odette.

29

Als wir Dajabón erreichten, war es beinahe dunkel; dennoch war die ganze Stadt hell erleuchtet wie ein Karnevalsumzug. Während wir zum Großen Platz gingen, kamen wir an Galerien voll mit Leuten vorbei, einige tanzten, andere tranken und spielten Domino, und ihre Bekannten sahen ihnen über die Schulter zu. Schnüre mit bunten Papierfransen hingen vor den Häusern, Gemälde mit dem Gesicht des Generalissimo schmückten die Seitenwände.

Auf einer breiten neuen Asphaltstraße drängten sich Menschenmassen, die zum Großen Platz gegenüber der Kathedrale strebten. Musikgruppen entstanden mit Kindern, die auf Emaille- und Zinnbecher hämmerten, Frauen, die mit Gabeln gegen Kokosreiben schrammelten, und Männern, die auf Trommeln schlugen.

Vor uns war eine Schar Schulmädchen und -jungen in blau-rot-weißen Uniformen, sie trugen Fahnen mit dem Namen des Generalissimo.

»Viva Trujillo!« wiederholten sie den Gesang der Menge.

Ich schaute an meinen Kleidern hinunter, sie waren lehmverkrustet und zerknittert. Yves, Tibon, Wilner, Odette und ich, wir sahen alle gleich aus. Unsere Bündel, die wir sorgsam an uns gepreßt hielten, verrieten uns als Leute, die sich eilig zur Flucht entschlossen hatten. Wir versuchten, uns unter die anderen zu mischen, um den Eindruck zu erwecken, wir seien verwirrte Besucher aus den *campos* im Landesinneren und nicht verschreckte Entlaufene.

Ich folgte Yves, während er sich durch die dichte Menge wand und gab mir Mühe, ihn nicht aus den Augen zu verlieren. Tibon ging hinter mir, ab und zu legte er mir seine knochige Hand auf die Schulter, wenn er stehenbleiben und eine Gruppe Leute vorbeilassen mußte.

Bei einem dieser Halte beugte Tibon sich vor und sagte mir, daß Wilner und Odette uns verlassen hätten. Sie waren jemanden suchen gegangen, der uns gegen Bezahlung sicher auf die andere Seite des Flusses bringen konnte. Sie wollten, daß wir am großen Brunnen in der Mitte des Platzes auf sie warteten.

Ich drängelte mich zu Yves, um es ihm auszurichten.

»Wir werden zu warten versuchen«, sagte er, den Blick weiterhin nach unten gerichtet, während wir uns durch die winzigen Zwischenräume im Strom der Leiber schlängelten.

Die Kathedrale war vom Turm bis hinunter zum Haupteingang mit Lichtern bedeckt. Damen in engtaillierten Abendkleidern mit gekreuzten Trägern hüpften in ihren schleifengeschmückten Schuhen fröhlich vom Automobil zum Hauptportal der Kirche und ließen dabei ihre Begleiter ein paar Schritte zurück. Ich fragte mich unwillkürlich, ob Señor Pico wohl da war. Militärlaster standen vorne aufgereiht, andere waren über die gesamte Plaza verteilt. Die Soldaten musterten die Menge auf der Suche nach Störenfrieden.

Aus zahlreichen Gesprächsfetzen schloß ich, daß der Generalissimo in der Kirche war. Vorher hatte er eine Ansprache an die Menge gehalten und noch einmal versichert, daß das Problem der Dominikanischen Republik mit den Haitianern bald gelöst sein würde.

Aus den Stimmen, die das berichteten, klang Schadenfreude. Einige glaubten, der Generalissimo würde einen Krieg mit Haiti anfangen, um uns alle zur Rückkehr zu zwingen. Ich hörte auch ein paar besorgte Stimmen in Kreyòl flüstern, Leute, die vielleicht gern mit uns gegangen wären, aber wohl fürchteten, daß eine Ansammlung in größeren Gruppen für alle gefährlich wäre.

Einige der Dominikaner in unserer Nähe warfen uns Blicke zu, die eher mitleidig als verächtlich waren. Andere zeigten uns ihren Kindern und lachten. Sie machten Scherze, wir würden Babys, Katzen und Hunde essen.

Die Menge ergoß sich nun auf den Großen Platz gegenüber der Kathedrale. Die Leute warteten begierig darauf, daß der Generalissimo aus der Kirche herauskäme. Fast als wäre seine Gegenwart ein religiöses Ereignis, das ihr restliches Leben womöglich völlig verändern würde.

La Orquesta Presidente Trujillo spielte vor dem Brunnen, wo wir auf Wilner und Odette warten sollten.

Yves nahm meine Hand und zog mich vom Rand der Menge weg. Ich wandte mich zu Tibon, um zu sehen, ob er uns folgte.

Wir strebten auf einen dunklen Winkel hinter einem Akazienhain zu, der mit leuchtend roten Paradiesvögeln geschmückt war. Eine Gruppe von fünf jungen Männern unter einem roten Jasminbaum ein paar Schritte weiter beobachtete uns; sie hatten tiefgerötete Gesichter, als wären sie, wie wir, den ganzen Tag in der Sonne gelaufen.

»Es ist das beste, wir gehen jetzt gleich zur Grenze«, sagte Yves und beobachtete, wie sie uns beobachteten. »Ich weiß nicht, ob wir uns auf meine Freunde verlassen können. Ich weiß nicht einmal, ob sie noch da sind.«

Tibon war einverstanden, aber er wollte Wilner und Odette noch ein wenig Zeit geben, uns zu finden.

»Wir sollten sofort aufbrechen«, sagte Yves zwischen den Zähnen, ohne die Lippen zu bewegen. »Wir sollten gehen, solange die Soldaten und die Menge noch abgelenkt sind.«

Die jungen Leute lösten sich von dem Jasminbaum und steuerten auf uns zu. Sie hielten sich Petersiliensträuße über die Köpfe und riefen: »*Perejil, perejil.*«

Einige der Leute auf den Bänken liefen voll Angst davon, als die Gruppe sich uns näherte. Die Soldaten waren zu weit entfernt, doch ich glaubte ohnehin nicht, daß sie uns verteidigen würden.

Die jungen Männer umzingelten und schirmten uns gegen

den Großteil der Menge ab, der treu die Kirchentür bewachte, bis der Generalissimo herauskäme. Als sie uns umringt hatten, holte Yves seine Machete heraus und hielt sie sich wie eine Schärpe aus Metall vor die Brust. Zwei der Männer stürzten sich auf ihn und entwanden ihm die Machete. Die anderen drei rissen Tibon das Hemd vom Leib und stießen mit einem Besenstiel auf den knöchernen Arm. Tibon versuchte auszuweichen, aber die jungen Männer schubsten ihn nach vorn, auf den Stiel zu.

Ich wandte mich zu einer freien Stelle links von mir und trat dabei einem von den jungen Männern auf den Fuß. Er blies seine Backen auf und spuckte. Ich langte an mein Gesicht und berührte die Spucke, wie sie hinunterlief. Sie war grün von Petersilienstücken.

Tibon rammte mit seiner muskulösen Schulter einen der Jugendlichen, die ihn mit dem Besenstiel an die Brust stießen. Eigentlich war er noch ein Kind, vielleicht vierzehn Jahre alt, er stocherte nach Tibon, als säße er an einem Teich und neckte die kleinen Fische, die um seine Beine kreisten. Durch Tibons Angriff verlor der Junge das Gleichgewicht; als er strauchelte und sich auf den Beinen zu halten versuchte, fiel ihm der Besen aus der Hand. Tibon umklammerte seinen Hals mit seinem gesunden Arm und preßte zu. Er grub seine Zähne in den gebogenen Knochen hinter dem Ohr des Jungen, unterdrückte aber dessen Schrei noch in der Kehle, indem er ihm seinen knöchernen Unterarm gegen die Lippen hielt. Zwei Gefährten des Jungen trommelten mit den Fäusten auf Tibons Rücken, doch Tibon drückte ihm den Hals nur noch fester zu. Der Junge begann zu keuchen, Blut floß aus seiner Nase, an Tibons Arm hinunter. Das übrige Gesicht wurde fahl, der Junge rang nach Luft.

Yves versuchte, Tibon wegzuzerren. Aber Tibon wollte nicht loslassen. Der Junge mußte nun um jeden Atemzug kämpfen, sein Hals wurde schlaff, sein Leib zitterte.

Einer der anderen Jungen ergriff Yves' Machete – Félices Machete, die Machete von Doña Sabine und Don Gilbert – und versenkte sie in Tibons Rücken.

Tibon schien durch das Eindringen des kalten Metalls in seinen Rücken überrascht. Es war, als erwachte er aus einem Traum. Er ließ den Jungen los und langte nach hinten, um nach der Wunde zu tasten. Der Junge fiel hustend zu Boden und rollte außer Reichweite.

Tibon warf die Hände noch einmal nach vorn und griff ins Leere. Die anderen traten Tibon mit dem Knie in die Rippen und sahen zu, wie er zu Boden ging. Tibon drehte sich mit geschlossenen Augen auf die Seite. Der Junge, dem er allmählich die Kehle zugedrückt hatte, stand langsam wieder auf. Als er auf den Beinen war, trat er Tibon in die Brust.

Jetzt umringten die anderen Yves und mich. *La Orquesta Presidente Trujillo* stimmte die beliebte Hymne »Compadre Pedro Juan« an. Die Menge klatschte Beifall, als sie sah, wie einer der jüngsten Musikanten sein Akkordeon beim Spielen über den Kopf hielt.

Ich wühlte in meinem Paket nach dem Messer. Das Bündel fiel mir aus der Hand und jemand griff danach. Ich sah, wie andere Hände es packten und es über den Köpfen in der Menge verschwand.

Yves und ich wurden von einer Matratze aus Händen hochgehoben und neben den liegenden Tibon getragen. Zwei Soldaten schauten lachend zu. Die jungen Halbstarken schwenkten Petersilienzweige vor unseren Gesichtern.

»Sagt uns, was das ist«, sagte einer. »*Que diga perejil.*«

In diesem Moment dachte ich, wenn ich wollte, könnte ich das Wort richtig, ruhig und langsam aussprechen. Ich hatte ja häufig nach »Perejil?« gefragt, bei den alten dominikanischen Frauen und ihren treu helfenden Enkelinnen, in Gärten entlang der Straße oder auf den Märkten, wenn auch das Rollen des *r* und das richtige Sprechen des *jota* zusammen für meine Zunge manchmal zuviel war. Es war eines von den Dingen, wenn du nachts damit aufgeschreckt wurdest, dann konntest du es nicht, aber wenn ich alle meine Sinne ruhig beisammen hatte, konnte ich es sagen. Doch ich hatte keine Gelegenheit dazu. Yves und ich wurden auf unsere Knie gedrückt. Unsere Kiefer wurden gewaltsam aufgerissen, dann wurde uns die Petersilie in den Mund gestopft. Mit tränenden Augen kaute und schluckte ich so schnell ich konnte, aber es war lange nicht so schnell, wie sie weitere Hände voll in meinen Mund steckten.

Yves kaute mit aller Kraft in seinen vollen Backen.

Wenigstens schlagen sie uns nicht, dachte ich.

Ich versuchte, nicht weiter auf die Stimmen zu hören, die den jungen Männern befahlen, sie sollten uns noch mehr füttern. Ich sagte mir, die Petersilie zu essen würde mir das Leben retten.

Yves fiel vornüber, keuchte und hustete. Sein Gesicht lag in einer Pfütze mit grünem Erbrochenem. Er regte sich nicht. Jemand schüttete einen Eimer voll Wasser über seinen Hinterkopf. Weitere Leute wurden neben uns aufgereiht, ihnen sollte ebenfalls Petersilie in die Kehle gestopft werden.

Während ich hustete und die zerkaute Petersilie auf den Boden spuckte, fühlte ich, wie ein Fuß mich in den Rücken trat. Jemand warf einen faustgroßen Stein, der meine Lippe und linke Wange verletzte. Mein Gesicht schlug auf dem Boden auf. Ein zweiter Stein traf Yves. Er hob die Hand und wischte seine Stirn ab, um die Petersilie von seinen Augen fernzuhalten.

Die Gesichter in der Menge waberten in meinem Blickfeld. Ein scharfer Schlag gegen meine Seite ließ mir fast den Atem stocken. Der Schmerz war wie von einem Messer oder einer Eishacke, aber als ich meine Hand hinführte, fühlte ich kein Blut. Ich rollte mich zu einer Kugel zusammen, um den schlimmsten Tritten der Horde zu entgehen. Ich schrie, ich glaubte, ich müßte sterben. Meine Schreie hielten sie ein wenig auf. Aber nach einer Weile schwand mir die Kraft, noch einen Laut von mir zu geben. Meine Ohren klingelten; ich versuchte, meinen Kopf mit den Armen zu bedecken. Mein ganzer Körper wurde gefühllos; ich spürte den Aufprall der Schläge, aber nicht mehr den Schmerz. Mein Mund füllte sich mit Blut. Ich versuchte, die scharfe, bittere Petersilie, die in meiner Kehle gurgelte, hinunterzuschlucken. Zum Teil hatten sie die Petersilie gepfeffert, bevor sie sie uns gaben. Vielleicht war auch Gift darin. Was nützte es, sich zu wehren?

Ich glaubte, ein Signalhorn zu hören, einen Kanonenschuß, dann nochmal ein Horn. *La Orquesta Presidente Trujillo* hörte auf zu spielen.

Die Luft erzitterte von einem Salut mit einundzwanzig Schüssen. Leute applaudierten und trampelten mit den Füßen, während sie die dominikanische Nationalhymne sangen, die mit »*Quisqueyanos valientes*« begann. Vielleicht war auch Señor Pico da, irgendwo, und schaute zu, horchte, gab Ratschläge, nahm teil. Ich hörte Sirenen und Beifall und das Stampfen von Füßen über meinem Kopf, gelegentlich landeten sie auf meinen Händen und Schultern.

Der Generalissimo kam aus der Kirche heraus. Sirenen. Stimmen. Das Brummen von Militärlastern, zum Ausgleich eine weitere Salve mit einundzwanzig Schüssen. Beifall brandete auf, als der Wagen des Generalissimo mit einem Konvoi von Soldaten losbrauste, *La Orquesta* hinterdrein.

Ich versuchte viele Male, aufzustehen, wurde aber von Leuten wieder nach unten gestoßen, die rannten, um einen Blick auf seinen Hinterkopf zu erhaschen oder einen letzten Staubklumpen aufzufangen, der von seinem Automobil aufgewirbelt wurde.

Schließlich ging der Großteil der Menge davon, und nur einige Nachzügler blieben zurück, die sich selbst verfluchten, daß sie nichts vom Generalissimo erhascht hatten, nicht einmal einen Blick von ihm, sei es auch nur aus dem Augenwinkel.

»Steht jetzt auf.« Ein Paar war über uns. »Steht auf.«

Yves war schon auf den Knien und versuchte, auf die Füße zu kommen. Er rappelte sich auf, indem er sich am Rand des Brunnens abstützte. Tibons Gesicht war in den Boden gepreßt, sein Rücken mit Fußabdrücken übersät.

Eine Hand hob mich hoch, eine weiche Schulter wurde mir als Stütze geboten.

»Der Fluß ist nicht sehr weit«, flüsterte mir eine Frauenstimme ins Ohr.

»Der Fluß ist nicht sehr weit«, wiederholte ein Mann.

Ich erkannte die Stimmen und versuchte sofort zu sprechen, zu fragen: »Odette, Wilner, seid ihr es wirklich?

Meine Stimme war nur ein langes Grunzen.

»Spar deine Kraft«, sagte Odette.

»Wir haben auf dich und Wilner gewartet, Odette«, versuchte ich zu sagen, gab aber nur ein weiteres Stöhnen von mir.

»Beruhige dich«, sagte Odette. »Während die Leute ihrem Generalissimo nachrennen, gehen wir zu einem Haus, das Wilner kennt. Morgen gehen wir zum Fluß. Er ist nicht sehr weit, der Fluß.«

»Werden sie uns wieder verprügeln, Odette?« versuchte ich zu fragen.

Sie dachte, ich wollte etwas über Yves und Tibon wissen.

»Nur Yves wird mit uns kommen«, sagte sie.

Tibons Leiche blieb mit dem Gesicht nach oben neben dem Brunnen auf dem Großen Platz zurück. Yves und ich wurden eine dunkle Gasse zwischen zwei niedrigen Häusern hinuntergeschleppt. Bei Odettes nervösen Bewegungen hatte ich das Gefühl, wieder von allen Seiten angegriffen zu werden. Als ich vor Schmerz ächzte, dachte sie, ich würde nach Tibon fragen.

»Wir lassen die Toten zurück«, sagte sie. »Tibon ist tot.«

»Wir sollten ihn nicht zurücklassen«, versuchte ich zu sagen. »Wer wird ihn begraben? Außerdem war er es, der auf dich und Wilner warten wollte, Odette.«

Sie hielt an und schaute mir ins Gesicht. Diesmal, so glaubte ich, verstand sie, was ich sagen wollte.

»Wir können ihn nicht mitnehmen«, sagte sie. »Er ist tot. Laß deine Lippe jetzt ein wenig ausruhen. Sie ist fast wie eine Melone, deine Lippe.«

»Aber wie können wir sicher sein, daß er tot ist, Odette?« fragte ich.

»Oh *wi*, deine Lippen sind dick wie Melonen«, erwiderte sie, »und du verlierst nur noch mehr Blut, wenn du sie weiter so aneinanderstößt.«

Sie zerrten uns in einen winzigen Raum hinter einem Haus auf der anderen Seite des Platzes. Der Raum war fast leer, nur ein paar Zementsäcke waren gegen die Rückwand gestapelt.

Wilner ging umher, als suchte er etwas in der Dunkelheit.

Er gab es auf, ging hinaus und kam mit einer Tasse voll Salzwasser zurück, die Odette mir an die Lippen hielt. Das Salz brannte in meinem Mund. Ich spuckte es vorne auf das, was von meinem Kleid übrig war.

»Wir werden heute hier übernachten«, sagte Wilner, er hörte sich an wie das Echo seiner eigenen Stimme. »Morgen gehen wir zum Fluß.«

Yves saß da, den Rücken in einen der Zementstapel gedrückt, sein Hemd war blutgetränkt. Er schaute zu, wie Odette eine rauhe, kratzende Decke über mich ausbreitete, während ich von einem Fieber zitterte, das langsam aus den Höhlungen meiner Knochen stieg. Meine abgesplitterten und angebrochenen Zähne schlugen ständig auf den Brei offenen Fleischs in meinem Mund. Der ganze Schmerz vom Beginn der Schlägerei kam zu mir zurück. Ich befühlte meine geschwollenen Kiefer. Odette nahm mir die Hände aus dem Gesicht. Wilner schritt auf und ab und sprach gedämpft mit sich selbst. Die Hand, die er mir auf die Stirn legte, als er stehenblieb, roch nach Petersilie. Odettes Kleider rochen nach Petersilie. Ich schloß meine Augen und trat in ein Dunkel von Petersilie.

»Du solltest dich hinsetzen«, sagte Odette zu Wilner, als er wieder hin- und herzugehen begann. »Alberto hat gesagt, sie werden heute nacht hier nach niemanden suchen.«

»Ich werde morgen einen guten Platz zum Überqueren finden müssen«, sagte Wilner, »wo wir die Soldaten auf der Brücke meiden können.«

»Seid ihr sicher, daß ihr dem trauen könnt, der euch diesen Platz angeboten hat?« fragte Yves Wilner und Odette. Ihm fiel das Sprechen ebenfalls sehr schwer, seine geschwollene Zunge ragte über seine aufgequollenen Lippen heraus. »Woher wißt ihr, daß er keine Soldaten herbringt?«

»Ich habe ihn dafür bezahlt«, antwortete Wilner.

»Trotzdem!« beharrte Yves.

»Wir haben nie ein Leben der Sicherheiten geführt«, sagte Odette.

»Sagt mir, warum fangen unsere Leute wegen dieser Sache

keinen Krieg an?« Yves schien die Frage auch sich selbst zu stellen. »Warum will unser Präsident nicht kämpfen?«

Wilner wußte darauf in diesem Augenblick keine Antwort, aber er gab zu verstehen, daß er sie mit ein wenig Zeit noch finden würde.

Yves, Wilner und Odette hörten auf zu reden und lauschten in die Nacht. Ich konnte immer noch hören, wie die Leute schrien und lachten, wie die Guardia die Betrunkenen nach Hause schickte. Schritte kamen durch die engen Durchgänge zwischen den Häusern. Wir warteten darauf, daß die Schritte lauter würden und dann schnell wieder schwächer, wie viele andere zuvor.

Da war ein Klopfen an der Tür, mit der Faust.

»Hier ist Alberto«, flüsterte eine Stimme durch einen Spalt, der einen winzigen Kegel Mondlicht in den Raum ließ. »Die Guardia kommt hier entlang.«

Wilner stolperte bis zur Tür und öffnete sie. Der Mann vor der Schwelle hatte eine Kerosinlampe, er hielt sie in den Raum hinein. Mit einem Schlag war er voller Licht, als wäre plötzlich ein sonniger Tag angebrochen. Wilner dankte dem Mann mit der Lampe und wünschte ihm gute Nacht. Das Licht verschwand aus dem Eingang, als der Mann wegrannte.

Ich konnte hören, wie sich die Soldaten in der Ferne unterhielten und Frauen kreischend lachten, wenn sie stehenblieben, um sie zu necken. Ich hörte die lauten Küsse, die ihnen die Frauen zurückschickten.

Wilner sprang nach draußen und hielt Odette die Tür auf. Yves hinkte hinter ihr hinaus und reichte mir seine Hand, um mich über die Schwelle zu führen. Draußen klammerte ich mich an Odettes Schulter, als wäre sie ein Gehstock.

Die Stimmen der Soldaten gingen im Brummen von Lastwagen auf dem Großen Platz unter. Wilner führte uns im Kreis um eine Zeile halbfertiger Zementhäuser herum eine enge Gasse hinab. Ich hörte, wie die Soldaten an Häuser weiter drüben, am Großen Platz, hämmerten. Wir eilten zu einem Fußballfeld, das von einer Schlackensteinmauer umgeben war. Wilner drehte sich dauernd um nach dem freien Gelände hinter uns, um sicherzugehen, daß niemand uns folgte.

In einer Lichtung lagen Kühe, sie schliefen. Einige rappelten sich hastig auf, als wir an ihnen vorbeihumpelten. Die vereinzelten Bäume und Büsche der Savanne gingen in einen Hain mit hohen Kokospalmen über, sie knisterten in einer Brise, die ich nicht spürte. Vielleicht war mein ganzer Leib schon jenseits des Gefühls, jenseits des Gesundwerdens.

»Ich glaube, wir haben sie abgehängt«, verkündete Wilner.

Ich wollte mich nicht umdrehen. Die Palmen boten nun genügend Schutz. Selbst wenn sie kamen, konnten wir uns weit genug zerstreuen, um ihre Suche zu erschweren. Sie würden uns nicht alle erwischen.

»Wo soll ich Sebastien und Mimi finden? Wo nur?« murmelte ich langsam, damit sie es alle verstanden.

»Weiß sie, daß der andere tot ist?« fragte Wilner.

»Sie weiß es«, antwortete Odette für mich. »Weißt du es, Schätzchen? Du weißt, daß Tibon gestorben ist, nicht wahr? Wir können die Toten nicht immer mitnehmen auf so langen Reisen.«

Ich versuchte zu erklären. Ich wollte zu der *Fortaleza*, wo sie Mimi und Sebastien möglicherweise gefangenhielten. Meine Worte verschwammen unverständlich ineinander. Sie hörten mir nicht mehr zu, vielleicht dachten sie, daß all meine Versuche, einen Satz zu bilden, eine Klage darüber waren, daß wir Tibon zurückließen.

Als wir aus dem Palmenhain herauskamen, fanden wir einen baumüberwölbten Weg, der zum Fluß hinunterführte. Aus der Ferne sah das Wasser tief und schwarz, das Ufer viel steiler aus, als ich es in Erinnerung hatte. Kinnhohes Gras umgab die Stelle, die Wilner für unsere Überquerung auswählte. Die Brücke lag weit vor uns, der Bogen ihrer eisernen Träger war mit Nachtlichtern übersät. Die Lampen bewegten sich vom einen Ende der Brücke zum anderen, so daß die Wächter aus der Ferne wie Glühwürmchen aussahen.

Wir warteten eine Weile, ob einige der Grenzposten vorbeikommen würden. Doch waren keine zu sehen, nur die Wächter auf der Brücke.

»Wir können vielleicht jetzt hinüber«, sagte Wilner.

Da, ein platschendes Geräusch, etwas war von der Brücke gefallen.

»Sie werfen Leichen ins Wasser«, flüsterte Odette.

»Hör nicht hin«, antwortete Wilner. »Wir müssen uns nur um die patrouillierenden Grenzposten kümmern. Ich gehe zuletzt.« Der Sumpf ging plötzlich in den Rand des Wassers über. Als Odette und ich zusammen hineinglitten, stieg uns das Wasser bis zur Brust. Odette drehte sich zum Ufer um, nach Yves, der sich hineintastete, und nach Wilner, der immer noch die Brücke beobachtete.

Ein starker Geruch nach nassem Gras und Dung wehte durch die Strömung, als wir weiter hineinwateten. Ich suchte nach Halt im Sand, etwas, um meine Füße zu verkeilen. Das Wasser war so tief, als ob man in der Luft zu gehen versuchte. Als wir in der Strömung fast ganz versunken waren, riß ich mich von Odettes Hand los. Ich hörte sie schniefen, vielleicht aus Angst oder Schreck. Aber ich hatte nur einen Gedanken: Wenn ich ertrank, wollte ich allein ertrinken und für kein anderes Leben verantwortlich sein.

Ein leeres schwarzes Kleid trieb an uns vorüber, von der Luft aufgebläht segelte es auf dem Wasser. Ihm folgten ein Klumpen Äste und drei leere Sisalrucksäcke. Ein Mann kam vorbei, mit dem Gesicht nach unten. Ich schwamm auf ihn zu und drehte sein Gesicht zur Seite.

Sebastien?

Nein.

Ich drehte das Gesicht wieder nach unten, ich wünschte, ich wüßte ein rituelles Gebet, das ich jetzt für den Toten sprechen konnte.

Das Wasser nahm Odette flußab mit. Sie paddelte und schwamm nicht, sie ließ sich einfach von der Strömung tragen; ihr Kopf tauchte ab und zu unter, wenn er wieder oben war, öffnete sie ihren Mund weit, um nach Luft zu schnappen.

Ich schwamm hinter ihr her, umfing ihre Taille mit einer Hand und ruderte mit der anderen hinüber. Als sie das Gesicht über die Strömung hob, sah sie erschrocken aus, unterdrückte aber ihr Husten, als ihr das Wasser aus dem Mund floß.

Hinter uns am Ufer rief jemand nach Wilner: »*¡He! ¡He!*«

Wir hörten sofort auf zu paddeln und ließen uns vom Strom abtreiben.

Ich langte nach Odettes Mund und schloß ihn mit beiden Händen, als der Schuß hallte. Wilner hatte nicht einmal Zeit zu antworten.

In der zähen Stille nach dem Schuß rief der Soldat seinen Kameraden zu, sie sollten sich nicht aufregen, er, Segundo, hätte geschossen und es ginge ihm, Segundo, gut. Odette biß mir in die Handfläche, ihr Ober- und Unterkiefer hinterließ tiefe Wunden in meinem Fleisch.

Ich machte es so, wie wenn man einen halbtoten Vogel zu betäuben versucht, der noch mit den Flügeln schlägt, oder ein kopfloses Hühnchen, das voller Mut noch einen Feldweg hinunterrennt. Ich hielt eine Hand auf ihren Mund, die andere auf ihre Nase und drückte, zu ihrem eigenen Wohl, zu unser aller Wohl, mit aller Kraft zu. Sie wehrte sich nicht, sondern überließ ihren Leib dem Wasser und dem Mangel an Luft.

Der Soldat, der Wilner erschossen hatte, ging weiter stromauf. Wenn er gewollt hätte, hätte er uns wohl sehen können, aber vielleicht war der Fluß zwar günstig zum Wegschaffen der Leichen, aber nicht zum Schießen.

Ich bedeckte Odettes Leib mit meinem eigenen und umfing sie mit den Armen, während Yves und ich weiter Richtung Ufer schwammen.

Yves landete als erster auf einer Sandbank an der anderen Seite des Flusses. Er kam auf dem Bauch kriechend zurück und zog Odette aus meiner Umklammerung. Ich hielt mich an einem Felsblock fest und schwang mich aus dem Strom.

Wir legten Odette mit dem Gesicht nach unten. Obwohl sie immer noch atmete, erwachte sie nicht aus der Ohnmacht. Es war, als hätte sie entschieden. Sie würde uns auf der Reise nicht weiter begleiten.

Ich hatte nur gewollt, daß sie still war, ihren Teil dazu beitrug, daß wir weiterleben konnten.

Yves starrte auf Odette hinunter, als läge unsere Zukunft in ihren Augen, die sie nicht öffnen wollte. Sie hatte uns an der Plaza gerettet, daher wollte er sie jetzt auch retten.

Er hob sie auf und trug sie hinauf zu den flachen Stellen, die undeutlich im Dunkeln lagen. Wir folgten einem ins Hinterland führenden Pfad, kamen zu einer Gruppe Papageienbäume, deren flaumige Blätter aussahen wie weiche Hände, die eine höhere Macht zu uns herabreichte. Sie gaben uns Mut, noch einmal zu rasten und uns auszuruhen.

Als wir mit Odette unter einem Himmel von Bäumen mitten auf einem grasbewachsenen Feld saßen, spuckte sie ihre Brust vom Wasser leer, das sie im Fluß geschluckt hatte. Mit ihrem letzten Hauch murmelte sie auf Kreyòl »*pèsi*«, nicht ruhig und langsam, als würde sie in einem Garten entlang der Straße oder auf dem Markt darum bitten, nicht fragend, als wollte sie vom Himmel die tiefere Bedeutung sinnloser Gewalt wissen, sie war in keiner Weise bemüht, »*perejil*« zu sagen und damit um ihr Leben zu betteln. *Que diga amor*? Liebe? Haß? Rede mir von Dingen, welche die Welt wirklich noch lernen muß, was bedeutet der Schrei eines Vogels, was denkt ein Kind heimlich im Mutterbauch, wie ist die Zeit bemessen im Rhythmus der Atmung von jedem Mann, jeder Frau, wie sehen die Farben im Innern des Monds wirklich aus, wo liegen in kleinen Dingen die großen Wunder, die tiefen Geheimnisse? Ausgerechnet Petersilie? Vielleicht, weil sie so gebräuchlich war, so gewöhnlich, so im Übermaß vorhanden, daß jeder einen Zweig haben konnte, wenn er wollte? Wir brauchten Petersilie für unser Essen, unseren Tee, unser Bad, um uns innerlich und äußerlich zu reinigen. Vielleicht versuchte der Generalissimo in einem größeren Maßstab das gleiche für sein Land zu tun.

Was der Generalissimo vorhatte, war sicher so dunkel wie der Tod, aber hätte er Odettes »*pèsi*« gehört, wäre er wohl verblüfft gewesen, nicht Tränen und Flehen, wie er erwartet hatte, kein Kreischen in unbändiger Angst, sondern eine Provokation, eine Herausforderung, eine Dreistigkeit. Zum Teufel mit deiner Welt, deinem Gras, deinem Wind, deinem Wasser, deiner Luft, deinen Worten. Du fragst nach *perejil*, na gut, dann sollst du's haben.

30

Sie fanden uns am nächsten Morgen, bei Tagesanbruch, ein Priester und ein junger Doktor durchstreiften die Savannen auf der Suche nach Überlebenden. Yves hatte Odettes Leiche im Dunkeln ein Stück vom Ufer weggetragen, weit genug, daß wir die Brücke und den Fluß nicht mehr sahen.

Der Priester rief nach Helfern, und plötzlich waren wir umringt von Männern und Frauen, die einen waren verletzt, die anderen schon auf dem Wege der Besserung, sie fragten uns, woher wir kämen, ob wir den und jenen aus diesem *campo* oder jener Mühle gesehen hätten.

Einer nahm Yves Odette ab, ohne uns viel zu fragen. Sie sah klein und gefügig aus, ganz leicht im Arm des Fremden.

Wir folgten dem, der sie trug, zu einem anderen Feld, das mit großen Zelten übersät war. Yves hinkte voran, seine Augen auf Odette geheftet.

»Wie war ihr Name?« fragte der müde aussehende Priester mit dem offenen Notizbuch in der Hand. Er wischte sich den Mund mit einem Taschentuch, es war das Weißeste, was ich seit den Spitzen über der Statue von *La Virgen* unterwegs in den Bergen gesehen hatte.

Yves sagte: »Odette, aber wir wissen ihren Nachnamen nicht.«

»Verwandte?« fragte der Priester.

»Wir wissen nicht, wo sie leben.«

Der Mann ging mit Odette auf den Armen die Straße entlang, wo die Leichen hingeschleppt und aufgereiht worden waren. Einige Priester und ein Bischof in vollem Ornat gaben jedem Toten die Sterbesakramente. Wir fragten nicht, wo Odette begraben werden sollte, denn wir wußten, sie würde wahrscheinlich das Grab mit allen anderen hier teilen müssen. Außerdem war der Priester bereits zum nächsten übergegangen.

Ich warf einen letzten Blick auf Odettes Gesicht. Es lag eine Stille über ihm, um die ich sie fast beneidete. Sie sah nicht aus wie jemand, den der Tod überrascht hatte; ihr Leib war leicht in ihn hinübergeglitten: ihre Hände waren offen, ihre Knie gebeugt, ihr Gesicht war entspannt.

Ich muß mehrere Stunden vor ihrer Leiche gestanden haben. Wo ich auch hingehe, ich werde immer vor ihrer Leiche stehen.

Kein Abschied könnte genügen.

Alles, was ich gewollt hatte, war, daß sie still sein sollte.

Yves nahm mich bei der Hand und zog mich weg von der Leiche in eines der größeren Klinikzelte, wo die Menschen auf Bänken zusammengedrängt saßen und in Scharen auf Decken am Boden lagen. Zwei Nonnen hinter einem kleinen Tisch begrüßten uns.

»Ihr seht nicht so schlimm aus wie andere«, sagte eine Nonne mit einem männlichen *Chocolat-au-lait*-Gesicht und einem breiten Kinn zu mir auf Kreyòl. Zwei Ärzte arbeiteten zwischen Trennwänden aus Holz im Innern der Zelte. Yves und ich wurden zu vielen anderen auf eine Schulbank gesetzt und aufgefordert zu warten, bis wir an der Reihe wären.

Wir versuchten, nicht die Leute um uns herum anzusehen, vor allem jene, die völlig nackt waren, als gäben sie einem die Erlaubnis, tief in ihr Inneres zu starren.

Während wir warteten, versuchten viele die Aufmerksamkeit der Nonnen auf ihre Wunden zu lenken.

»Schwester, ein bißchen kühles Wasser, bitte.«

»Schwester, vergiß mich nicht.«

»Schwester, ich fühl mich so schlecht.«

»Schwester, ist er da, mein Sohn? Sind sie da, meine Tochter, mein Mann, meine Frau, meine Mutter, mein Vater?«

Ihre Rufe übertönten das Stöhnen der anderen, die wie ich nicht fähig waren, ihre Wünsche zu äußern.

Es muß einige Stunden gedauert haben, bis die Nonne mit dem breiten Kinn mich endlich holte.

»Du siehst nicht so schlimm aus wie andere. Du siehst sogar recht gut aus«, wiederholte sie.

Yves blieb, ich wurde an einer Schlange von Menschen mit so starken Verbrennungen vorbeigeführt, daß ein Großteil ihrer Haut zerstört war, an Männern und Frauen, die zu seltsamen Stellungen verkohlt waren, ihre Arme und Beine waren in der Luft erstarrt, wie Baumstämme, die schon lange von ihren Ästen getrennt sind.

Hinter der Holzwand behandelte ein Doktor viele Leute, die auf aneinandergestellten Tischen lagen. Neben mir war eine Frau, deren Bein an einem dünnen Rest des rechten Knies herabbaumelte. Die Frau schlug immer wieder mit dem Kopf auf und murmelte dabei etwas vor sich hin, bat, das ganze Bein zu retten, flehte den Doktor an, sie nicht zum Krüppel zu machen, ihr zu ermöglichen, genauso ins Jenseits einzugehen, wie sie in diese Welt gekommen war.

Ein anderer Doktor kam mit einer kleinen Säge herein. Die Frau hielt ihre Augen auf die Stangen und Schnüre gerichtet, die den Rahmen des Zeltes bildeten, und auf die winzigen Segeltuchfenster mit dem Moskitonetz davor über ihrem Kopf.

Ich sah die Augen meines Doktors über den Rand seiner verschmutzten Maske spähen. Alles, was er tat, hatte etwas Dringliches. Er blickte verstohlen nach der Frau neben mir, während er mein zerfetztes Kleid aufriß. Eine Hand wandte mein Gesicht von der Operation der Frau ab, die andere hob mein Bein an, während er meinen Bauch nach Schnitten untersuchte. Seine Augen wurden nur einen Moment starr, als das Bein der Frau abgetrennt wurde, als sie sich im Schock wand und dem anderen Doktor die Arbeit schwermachte, als das Blut aus dem, was von ihrem Oberschenkel übrig war, herausschoß, ein Tropfen landete auf meinen Augenlidern, als der andere Doktor von ihr abließ und verkündete: »Sie wird nicht durchkommen«, als ich meine Augen vor ihrem Blut verschloß und dachte, ich sähe zum letzten Mal jemanden sterben. Denn ich war sicher, als der Doktor sagte: »Sie wird nicht durchkommen«, meinte er damit auch mich.

Als ich zu mir kam, war ich in einem großen Raum mit Holzwänden und mit einem Blechdach, das wie ein schmutziger Spiegel aussah. Die Mittagshitze brannte durch die Decke, als wollte sie uns alle anzünden. Die Leute fächelten sich Luft zu, gegen die Hitze, aber auch, um die Fliegen und Ameisen von ihren Wunden fernzuhalten.

Ich lag auf einer dünnen Decke neben einem abgesplitterten Pfosten, der die Hauptlast der Zimmerdecke trug. Über mir waren zwei Läden; zwischen ihnen strömte eine Brise von draußen herein.

Meine Knie waren verbunden, mein Kopf auch. Das Hauskleid war verschwunden. Ich trug nicht mehr das Kleid, in dem ich gekommen war, sondern einen Kittel aus verwaschenem Kattun, der für eine viel größere und breitere Frau genäht worden war als ich es bin.

Um mich abzulenken, steckte ich immer wieder meine Hände in die leeren Taschen und zog sie gleich wieder heraus. Ein Hauch von feuchten Pinien strich an meiner Nase vorbei. Ich hörte das Stöhnen eines Mannes, der einen Schrei unterdrückte, sah Odettes sterbendes Gesicht und driftete zurück in den Schlaf.

Im Schlaf sehe ich meine Mutter sich erheben wie der Muttergeist der Flüsse, über dem Strom, der sie ertränkt hat.

Sie trägt ein Kleid aus Glas, aus der gehärteten Klarheit des Flusses, das Kleid fließt wie aufgewirbelter Staub hinter ihr her, wie sie auf mich zurennt und mich in ihre rauchleichten Arme schließt. Ihr Gesicht sieht aus wie mein Gesicht jetzt, es ist tatsächlich genau dasselbe lange, Drei-Schattierungen-der-Nacht-Gesicht, und sie lächelt ein Beide-Reihen-der-Zähne zeigendes Lächeln.

»Ich habe mein Lächeln aufgespart für wenn du es brauchst«, sagt sie mit einer fröhlichen Stimme, an die ich mich nicht erinnere, denn sie hat immer so kurz und barsch gesprochen. »Ich wollte nicht, daß du glaubst, Liebe sei nicht selten, denn sie ist es; daß du glaubst, sie fließt dir von überall her zu, oder du könntest sie von jedem erwarten, ohne dafür zu bezahlen.«

»Und was war in der Zeit, als ich dem Tode nah war und die Puppe kam?« frage ich sie. »Warum hast du mich damals nicht geliebt?«

»Damals warst du nie wirklich dem Tode nah, meine liebe Närrin«, sagt sie. »Du warst durcheinander im Kopf, genau wie jetzt. Dein Herz jagte und dein Blut kochte, genau wie jetzt. Deshalb fühltest du dich dem Tode nah, aber du warst es nicht. Es war nie so schlimm, wie du damals dachtest. Das war gar nicht möglich. Ich hätte es nämlich nicht zugelassen.«

»Ich werde niemals eine richtige Frau sein«, sage ich, »weil mir dein Gesicht fehlt.«

»Deine Mutter war nie so weit von dir entfernt, wie du dachtest«, sagt sie. »Du warst wie mein Schatten. Flohst immer, wenn ich auf dich zukam und folgtest mir nur, wenn ich dich verließ. Du wirst wieder gesund, ma belle *Amabelle. Ich weiß, es ist wahr. Wie konntest du je an meiner Liebe zweifeln? Du, meine Ewigkeit.«*

Ich wußte nicht, wie lange ich geschlafen hatte. Aber als ich diesmal aufwachte, gingen die Nonnen durchs Zimmer und verteilten Teller mit Maisbrei und Schwarzbohnensoße und einem Stück Avocado. Ich lehnte kopfschüttelnd ab, aber sie stellten dennoch den Teller neben mich.

Beim Essen versammelten sich die Leute in Gruppen und redeten. Der Reihe nach tauschten sie rasch ihre Geschichten aus, die Hast in ihren Stimmen ließ manchmal die Worte undeutlich werden, denn ihre Begierde, zu erzählen, war noch größer als ihr Bedürfnis, gehört zu werden. Man merkte es am Eifer ihrer Bemerkungen, an den Unflätigkeiten, die sie riefen, wenn sie sich nicht schnell genug an etwas erinnern konnten, wenn ein Stammeln einem anderen Gelegenheit bot, seine Erzählung einzuwerfen, ohne daß der Stammler die seine beendet hatte.

»Es war Montag, die letzten beiden Tage im September«, fing ein Mann an, als gäbe er einen Bericht an den Friedensrichter. »Ich ging frühmorgens auf die Felder. Als ich am Mittag zurückkam, war die Guardia in meinem Haus. Ich hatte Gerede, Gerüchte gehört über all das, was nachts passierte. Ich sah mich vor und hielt mich nicht zu lange draußen auf. Aber jetzt war Tag. Die Soldaten kamen, holten sich ein paar Hühnchen aus meinem Hof und behaupteten, ich sei ein Dieb. Ich sage dir, so mancher Mann ist fälschlich als Dieb verhaftet worden.«

Ein neues Gewirr von Stimmen stritt um das Recht, als nächster zu sprechen, als hätten sich ihre Besitzer auf die Zunge gebissen, solange der Mann geredet hatte.

»Nur wenige Schritte vor mir«, rief eine Frau, »hatten sie sie mit Stricken festgebunden und Don José, der mich mein ganzes Leben gekannt hat, ging mit der Machete auf sie los, zuerst auf meinen ältesten Sohn, dann auf meinen Vater, dann auf meine Schwester.«

Meine Haut kribbelte, als wäre mein Blut in einem Topf zum Kochen gebracht und dann wieder in mich hineingegossen worden. Vielleicht schmolz auch das Blechdach und strömte herunter auf mich in einem hellen silbernen Regen.

Ein Mann, der eine Kugel in den Bauch bekommen hatte, erzählte, wie er einen halben Tag rannte, ohne zu merken, daß er verletzt war. Er dachte, eine Kugel, vor allem von einem Gewehr wie dem *Krag*, würde einen schlimmer verwunden. Er hatte Glück gehabt, daß man aus großer Entfernung auf ihn geschossen hatte, sagte er. Zuerst fühlte es sich an wie ein Insektenstich, von einer Biene, nicht einmal so schlimm wie ein Wespenstich, der für manche Menschen tödlich sein kann.

Ein anderer Mann sprach davon, wie er sich hinter einem Baum versteckt hatte, als eine Gruppe von Soldaten eine Farm mit Pferden stürmte. Sie waren so wütend, weil sie keine Haitianer fanden, daß sie alle Pferde erschossen.

»Ich war dabei, in Santiago«, rief eine Stimme von der anderen Seite des Raums, »als sie siebenhundert Seelen in einem Hof hinter zwei Regierungsgebäuden eingesperrt haben. Sie befahlen ihnen, sich mit dem Gesicht nach unten auf die rote Erde zu legen und schossen sie mit Gewehren in den Hinterkopf.«

In der Glut der Hitze schien die Decke sich mitten durchzuspalten, die Stücke stiegen mit Silberflügeln in den Himmel, nur war darüber kein Himmel, sondern da, wo eine Sonne hätte stehen müssen, etwas Dunkles am Tag.

»Ich war dabei«, wiederholte eine junge Frau mit drei Ringen am Hals, die Stricke ihr hineingebrannt hatten, »als sie über zweihundert zwangen, vom Pier in Monte Cristi zu springen.«

Ich spürte meinen Atem jagen, als würde alles in meinem Inneren brennen, obwohl mein Körper still lag. Vielleicht hatte ich Fieber, wie in meiner Kindheit, doch wenn ich wirklich Fieber hätte, würde mein Handrücken die eigene Hitze von der auf meiner Stirn unterscheiden können?

Der Mann, der als nächster sprach, war von einer Machete an der Schulter getroffen und als tot zurückgelassen worden. Als er am Morgen erwachte, fand er sich in einer Grube von lauter Leichen umgeben wieder.

»Ich fühlte mich wie meine Frau in der ersten Nacht, die wir zusammen verbrachten«, sagte er. »Sie erwachte mitten in der Nacht und begann zu schreien. Ich sagte zu ihr: ›Bin ich so häßlich, daß du in der ersten Nacht mit mir so laut schreien mußt?‹ Sie schaute mich starr an und sagte, es sei die erste Nacht, die sie nicht im Bett ihrer Mutter verbrachte und sie hätte völlig vergessen, wo sie war.«

Die Leute wurden ungeduldig mit ihm. Er brauchte zu lang, um zum Kern seiner Geschichte zu kommen.

»Als ich an jenem Morgen in dem Loch mit all den toten Gesichtern um mich herum und all den Geiern über mir erwachte, dachte ich an meine Frau«, sagte er.

»Oh, die Geier«, fielen alle ein. Sie konnten nie genug kriegen, diese Geier, die den Taghimmel wie eine Mitternachtswolke verdunkelten. Wenn du nicht schnell genug liefst, zielten sie auf deine Augen, die Geier. Es war, als könnten sie den Geruch des Todes an dir riechen, diese Geier.

»Es waren nicht immer nur die Geier«, fügte einer hinzu, »auch die ›guten Vögel‹ wurden zu Menschenfressern: die Schwalben, die Waldsänger, sogar die winzigen Kolibris, sie alle waren gierig auf Fleisch.«

»Als ich unter den Toten erwachte, begann ich zu schreien«, fuhr der Mann aus der Leichengrube fort. »Und dann dachte ich an meine Frau und unsere erste Nacht und mußte trotz all der Leichen lächeln.«

Die Leute um ihn herum lächelten ebenfalls, wegen der Schönheit dieses unschuldigen Moments, wenn eine junge Frau zum ersten Mal im Bett ihres neuen Mannes erwacht und vergessen hat, wie sie dorthin gekommen ist. Hatte es je eine Zeit gegeben, wo so etwas, wie in einem fremden Bett aufzuwachen, jemanden erschrecken konnte?

»Wo ist deine Frau jetzt?« fragte einer.

Der Mann klatschte in die Hände und zuckte die Schultern, um auszudrücken, daß er es nicht wußte.

»Es wäre zu schwer, mich zu töten«, prahlte der nächste Sprecher. »Ich bin wie einer der Bäume, deren Wurzeln an den Grund der Erde reichen. Sie können mir die Äste abschneiden, aber sie werden den Baum nie fällen. Die Wurzeln sind zu stark, und es sind zu viele.«

»Wer hat das gesagt?« fragte einer. »War das nicht General Toussaint Louverture?«

»Ein kluger Mann«, sagte jemand. »In jenen Zeiten hatte man Respekt vor uns. Als Dessalines, Toussaint, Henri, als diese Männer auf der Erde wandelten, waren wir eine starke Nation. Diese Männer begannen Kriege, um unser Blut zu verteidigen. Doch zu alledem sagt unser sogenannter Präsident gar nichts, unser Papa Vincent – unser Dichter –, er sagt gar nichts zu dem, was den Kindern von Dessalines, den Kindern von Toussaint, den Kindern von Henri angetan wird; er ruft nichts über den Fluß, der rot von unserem Blut ist.«

Eine Frau sang, sie rief die alten toten Väter unserer Unabhängigkeit an. Papa Dessalines, wo hast du uns zurückgelassen? Papa Toussaint, was soll aus uns werden? Papa Henri, hast du uns vergessen?

»Freiheit ist etwas Vorübergehendes«, sagte ein Mann. »Es kann immer einer kommen und sie einem wegnehmen.«

Sie debattierten weiter, warum es besser war, durch die bewaldeten Täler zu wandern als über die Bergstraßen. Sie fragten sich, was mit ihren verschwundenen Verwandten geschehen war. Einige waren in großen Gruppen gewandert und hatten die Sterbenden zurücklassen müssen. Sie blickten zurück und ordneten die Erlebnisse – sie überdachten sie, in der Rückschau. Was hätten sie anders machen können? Was war aus unserem nationalen Wahlspruch *»L'union fait la force«* geworden? Wo war unsere Einheit? Wo war unsere Kraft? Und wie sollten wir uns nicht dafür hassen, daß wir die anderen zurückgelassen hatten?

Gleichzeitig träumten sie von dem ersten Essen, das ihre Mütter und Schwestern, die sie viele Jahre nicht gesehen hatten, ihnen kochen würden. Sie legten Schritt für Schritt fest, wie ihre ersten Dominospiele und Hahnenkämpfe mit ihren Vätern und *compadres* verlaufen sollten, die ersten Umarmungen ihrer Geliebten und ihrer Kinder.

»Das alles zeigt dir, daß das Fleisch ist wie alles andere«, sagte der Mann, der mit den Leichen in der Grube gelegen hatte. »Es ist nicht anders, das Fleisch, als Früchte oder alles, was fault. Es ist kein Zauber, nichts Heiliges. Es kann schrumpfen, brennen und kann wie Bernstein im Feuer schmelzen. Es ist nichts. Wir sind nichts.«

Die Frau mit den Ringen um den Hals fragte, ob sie mein Essen haben könnte. Ich nickte und fiel zurück in Schlaf.

Als ich wieder aufwachte, klopfte die Nonne mit dem breiten Kinn an die juckenden Verbände um meinen Kopf.

»Weißt du, wie lange es her ist?« fragte sie.

Ich schüttelte den Kopf.

»Drei Tage«, sagte sie. »Du hast drei Tage und drei Nächte geschlafen. Du hast nicht so schlimm ausgesehen wie manche andere, aber du hattest solches Fieber, daß ich fürchtete, du würdest sterben.«

Ich versuchte, meine Lippen zu öffnen, um ihr zu zeigen, daß ich noch lange nicht tot war, daß ich nicht sterben wollte; Odette und Wilner waren schon für mich gestorben.

»Weißt du, wo du jetzt hingehen kannst?« fragte sie.

Ich schüttelte den Kopf.

»Kannst du sprechen?« fragte sie.

Nein.

Sie bedeutete mir, ich solle den Mund öffnen. Ich spürte, wie mein Gesicht sich spaltete, als ich es tat.

»Was ist mit dem Mann, der in den schlimmsten Zeiten deines Fiebers gekommen ist, dich gewaschen und deine Kleider gewechselt hat?«

»Wer?« Ich zog fragend meine Augenbrauen hoch.

»Es muß jemand sein, den du kennst.«

Ich spürte, wie die dicken Adern in meinem Hals sich hoben und die Luft in meiner Kehle große Blasen schlug. *Sein Name ist Sebastien Onius.*

»Er sagte, sein Name sei Yves«, fiel ihr ein.

Yves kam mich besuchen, es muß ein paar Tage später gewesen sein. Ich wollte ihm danken, daß er mich während meines Fiebers gepflegt hatte. Aber wie?

Er sah jetzt besser aus, es waren nur noch seltsam geformte Gazeschnipsel an verschiedene Stellen auf seinem Kopf verteilt. Seine Haare waren in Büscheln um die Gaze herum gewachsen. Er sah, wie ich auf die Büschel schaute und sagte: »Ich kann mir nicht einmal den Kopf rasieren.«

Ich wollte ihm sagen, daß er gut aussah. Er brauchte sich den Kopf nicht rasieren zu lassen. Er schien gesund zu werden.

»Ich schlafe draußen beim Mond«, sagte er. »Es ist gut, außer wenn's regnet.«

Gut. Gut. Ich nickte.

»Ich habe überall, wo ich konnte, nach Sebastien und Mimi gesucht.« An seiner plötzlich viel ernsteren Miene bemerkte ich, daß ich ihm zu hoffnungsvoll dreinsah. »Die Priester und der Bischof versuchen die Leute auszufragen und ihre Namen aufzuschreiben. Ich habe sie nach Sebastien und Mimi gefragt.«

Und was weiter? Ich hob fragend meine Schultern. »Nichts«, sagte er. »Gar nichts. Vielleicht haben sie einen anderen Grenzübergang genommen. Vielleicht geht es ihnen so gut, daß sie gleich nach Hause zu ihrer Mutter zurückkehren konnten.«

Gegen meinen Willen fühlte ich, wie ich wieder in den Schlaf zurückglitt. Entweder weinen oder schlafen. Das war alles, wozu mein Körper noch fähig schien.

Seine Besuche waren wie ein Gespräch, das sich viele Tage hinzog. An einige erinnerte ich mich, an andere nicht.

»Ich gehe morgen zurück zu meinem Land«, sagte er, als er einmal wiederkam. Das Haar um seine Verbände, die jetzt noch kleiner waren, war etwas länger gewachsen. »Sag mir mit einem Nicken, ob du gerne mitkommen möchtest.«

Ich versuchte, ja zu sagen, ich würde mitgehen. Ich würde mit ihm gehen, wo auch immer sein Zuhause war, würde alles zu vergessen versuchen, was auf der Reise geschehen war, und auf die Rückkehr von Mimi und Sebastien warten.

»Gut«, sagte er. »Wir lassen dich heute nacht schlafen, und ich hole dich morgen ab.«

Es regnete die ganze Nacht und die meisten Leute, die draußen schliefen, hasteten herein. Die Läden über mir wurden geöffnet, so daß es ständig in den Raum hereintröpfelte. Jemand wachte endlich auf, um sie zu schließen, aber da war ich schon durchnäßt.

Yves kam zu mir und saß im Dunkeln, den Rücken an einen Holzbalken in der Nähe gelehnt.

»Ich bringe dich zu Sebastiens Haus«, sagte er, »dort kannst du mit ihm und Mimi und seiner Mutter sitzen und über all das reden wie über einen bösen Traum.«

»Wie lange sind wir jetzt schon hier?« Mein Hals fühlte sich an, als müßte er durch die Anstrengung des Sprechens zerreißen.

»Sechs Tage«, sagte er.

»Was habe ich getan, als ich Fieber hatte?« fragte ich.

»Geschlafen und gewacht, immer wieder«, sagte er. »Aber meistens geschlafen.«

»Und du hast mich gepflegt?«

Er nickte.

»Bei dem vielen Regen wird der Fluß über die Ufer treten«, sagte ich. »Und wenn Mimi und Sebastien herüberwollen, ist das nicht gut.«

»Sie sagen, das Töten hätte aufgehört«, sagte er.

»Ich habe oft einen Traum«, sagte ich, »von meinen Eltern im Fluß, im Regen.«

»Sebastien hat mir mehr als einmal davon erzählt«, sagte er.

Jemand rief vom anderen Ende des Raums. Es war der Mann, der in der Leichengrube aufgewacht war. Er sagte, er hätte seine Frau vom Fluß rufen hören und er wollte hingehen, um sie zu retten.

Während Yves und ein paar andere Männer ihn festhielten, erwachten die Nonnen aus ihrem Schlaf und zwangen ihn, ein paar Löffel von einem Sirup hinunterzuschlucken. Zusammen mit seinem Kummer bewirkte er, daß der Mann am Daumen lutschte und seinen Leib für den Rest der Nacht wiegte wie ein Säugling.

Am nächsten Morgen ging Yves mit den Priestern, den Ärzten und den anderen, deren Aufgabe es war, am Flußufer Leichen aufzusammeln. Die Arbeit dauerte den ganzen Morgen, obwohl auch die Nonnen uns gesagt hatten, daß das Töten aufgehört hätte und kaum noch Leichen begraben werden müßten.

Der Raum war nun völlig überfüllt, da jeder vor dem Schlamm draußen Zuflucht suchte.

Während ich auf Yves wartete, suchte ich in dem Blechdach über mir nach meinem Gesicht. Da alle mit dem Gesicht nach oben und so eng aneinandergedrängt lagen, konnte ich nicht unterscheiden, welches Gesicht meines war.

Der Mann aus der Leichengrube lag den ganzen Morgen auf seiner Matte und murmelte den Namen seiner Frau. *Nou-*

noune, Nounoune. Neben ihm lag ein verletzter Dominikaner, der ihn nur auf Spanisch trösten konnte.

»*Calmate, hombre*«, sagte der Dominikaner leise. Er war schwarz wie die Nonne, die kam, um seine Wunden neu zu verbinden. Man hatte ihn für einen von uns gehalten, und ihm deshalb einen Hieb mit der Machete über den Nacken verpaßt.

Es seien viele wie er in dem Raum, wurde mir gesagt.

31

Der Himmel hatte graue Schlieren – ein Grau wie das Innere eines geschmorten Fisches – als Yves und ich die Klinik endlich eines Nachmittags auf einem *camión* verließen. In diesem Teil des Landes boten die indigofarbenen Berge, die Kakteenbäume, die großen Silberreiher und Flamingos den Augen ein wunderbares Schauspiel, bei ihrem Anblick fühlten die Leute sich verpflichtet, ihre verletzten Leiber zu verdrehen, um hinauszuschauen und vor Dankbarkeit zu schaudern, daß sie überlebt hatten und ihr Heimatland wiedersehen durften.

Yves und ich saßen in eine Ecke am hinteren Teil einer vollbesetzten Reihe gedrückt; ich wußte, mein Knie stach ihm in die Seite, aber ich hatte keinen Platz, es anderswohin zu richten. Yves hatte Sebastien und Mimi an jenem Morgen nicht gefunden, und das bedauerte er sehr. Er war daher schweigsam, betrachtete mit gesenktem Blick seine unruhigen Finger und schnitt Grimassen, aber klagte nicht, wenn mein Knie ihm bei einem plötzlichen Halt in die Seite stieß. Vielleicht dachte er, ich haßte ihn und würde ihn nun dafür quälen, daß er da war und nicht Sebastien; vielleicht dachte er, er verdiente eine Strafe, weil er nicht sein Freund war.

Cap war immer noch eine alte neue Stadt, als wir dorthin zurückkamen, eine Stadt, die viele Male zur eigenen Rettung ganz heruntergebrannt war. Diese Sagen kannten alle Kinder, denn die Beweisstücke waren manchmal auf ihrem Land vergraben: eine Goldmünze, eine silberne Untertasse, die der Boden ausspuckte, wenn es regnete, wie die Knochen von Leichen, die ohne Särge in den seichten Boden gelegt worden waren. Alle träumten davon, eine *ja* zu finden, eine Kiste voller Gold, die ein französischer Plantagenbesitzer zusammen mit Sklaven vergraben hatte, die eigens dafür getötet worden waren, daß ihre Seelen den Schatz bewachten.

Den französischen Generalen, die in Flotten zurückgekehrt waren, um diese Schätze und die Seelen ihrer Sklaven zu beanspruchen, hatte Henri I gesagt: »Ich werde das Cap nicht aufgeben, bis es in Asche liegt. Auch auf seiner Asche werde ich noch kämpfen.« Dann hatte er das Zeichen zur Brandschatzung gegeben, indem er sein eigenes Haus zuerst anzündete.

Die Häuser, die jetzt um die *Place Toussaint Louverture* herumstanden – unter der Statue von Toussaint, an der uns der *camión* absetzte –, die Häuser vom Cap waren jetzt weniger prächtig, höchstens zweistöckig, mit hölzernen Geländern, Doppeltüren und einer Galerie obendrauf. Nicht wie die alten riesigen Plantagen, die für Jahrhunderte gebaut worden waren.

Sobald wir den *camión* verlassen hatten, strebte Yves von den anderen fort. Ich folgte ihm, schaute dabei suchend hinauf zum Himmel.

Die riesige Zitadelle, der Hort Henris I, neigte sich, von sonnenerfüllten Wolken umkränzt, über die Stadt. Ich fragte mich, ob Yves solche Dinge bemerkte. Oder ob er überhaupt wahrnahm, was in den Läden auslag, während wir uns in den sauber gepflasterten Straßen vorwagten, zwischen kleinen Gruppen von Männern und Frauen, die an den Schuh- und Textilgeschäften in der *Rue du Quai* entlangschlenderten. Ich blieb weit hinter ihm zurück, das Gesicht zum Himmel gewandt, und versuchte, den pochenden Schmerz in meinen Knien nicht zu beachten. Die kleinen Knochen in meinen nackten Füßen rieben sich aneinander wund. Jede Bewegung erforderte eine Pause, ich mußte nachdenken, was ich gerade tat, wo meine Beine hingingen, und wo sie eigentlich hingehen sollten.

Einige der Händler und Kaufleute und ihre Angestellten grummelten, als wir uns unter sie mischten. Sie erkannten uns, ohne uns zu kennen. Wir waren *diese* Leute, die Halbtoten, die vom anderen Ufer des Flusses entkommen waren.

Ich schleppte meine Füße weiter, fühlte ab und zu, wie andere Leute darauftraten, Leute, deren Augen nur einen Lidschlag von meinen entfernt waren, deren Hände und Finger sich frei auf mich zu bewegten, deren Münder mir: *Podyab*, armer Teufel, ins Ohr sagten.

»Komm, komm«, rief mich Yves, als wir am vergitterten Portal des ehemaligen Hotel New York vorübergingen und dann an einen Gehweg gelangten, wo gerade ein Phonograph und eine Nähmaschine aus einem Laden in *La Rue A* vorgeführt wurden. Yves schien einen Ort zu suchen, wo er hineingehen konnte, lief dabei aber im Kreis, als hätte er sich verirrt und bemerkte es nicht einmal.

In *La Rue B* blieb er mitten auf einem Touristenmarkt stehen und kratzte den Grind auf seinem unrasierten Kopf, während er auf mich wartete. Als ich ihn erreicht hatte, sagte er, ich solle mich am Pfosten einer Apotheke festhalten und warten, er rannte hinein und kaufte ein Päckchen *La Nationale*-Zigaretten. Als wir zur Kathedrale kamen, hatte er schon fast das ganze Päckchen geraucht.

Vor der Kathedrale kam eine Frau so nahe an mich heran, daß ich den Kautabak in ihrem Atem roch, den Schweiß, der auf ihrer Stirn getrocknet und dann wieder geströmt war, und die bitteren, dickschaligen Orangen, die in dem Korb aufgetürmt lagen, der wie von selbst auf ihrem Kopf stand. Ohne hinzuschauen, reichte sie hinauf, holte eine Orange aus dem Korb und gab sie mir.

»Du mußt diese Orange an einem offenen Feuer wärmen«, sagte sie. »Laß sie anbrennen, bis die Schale schwarz wird.«

»Ich danke dir«, sagte ich.

»Ich bin noch nicht zu Ende«, sagte sie. »Wenn die Schale ganz schwarz wird, weißt du, daß es fertig ist. Dann schneidest du sie auf, solange der Saft noch heiß ist, legst das Innere auf dein Fleisch, danach nimmst du ein warmes Bad und wäschst das Orangenfleisch ab. Alle deine Schnitte werden heilen. Deine Knochenschmerzen werden aufhören.«

Ich hielt die Orange ganz fest, um sie nicht zu verlieren. Die Frau ging hinter mir, verschenkte dann eine andere Orange mit den gleichen Anweisungen an jemand anderen.

Yves hielt nun mit mir Schritt. Als wir einen Kiesweg hinabstiegen, der von dem Geschäftsviertel wegführte, erkannten ihn einige Leute. Ein Mann mit einem Stapel bestickter Touristenhemden auf dem Arm folgte uns und verkündete den Leuten, die in den kleinen überfüllten Kalksteinhäusern entlang dem Kiesweg wohnten: »Es ist Man Rapadous Sohn, Yves. Er ist von drüben zurückgekehrt.«

Der Mann streckte seine Hand aus dem Haufen Hemden, die er trug, und gab Yves einen fröhlichen Handschlag.

»Sie haben dich nicht erwischt, was«, sagte er. »Dich konnten sie nicht kriegen. Genau wie die Yankis mich nicht gekriegt haben.«

Der Mann mit den Touristenhemden erzählte endlos von Dingen, die während Yves' Abwesenheit geschehen waren, wie die Yankis vor drei Jahren in ihr Land zurückgekehrt waren, wie gut es Yves' Mutter ging, wenn sie auch immer schweren Herzens war aus Angst um ihn.

Das Haus sah wie viele andere aus, war aus nicht zusammenpassenden Stücken von Holzbalken und rostigem Blech gebaut. Yves rannte auf eine niedrige Stufe zu, die zur Eingangstür seiner Mutter führte. Eine breite Frau stand auf der Schwelle und mühte sich, die Arme in die kurzen Ärmel einer regenbogengestreiften Bluse zu stecken. Ihre Finger verfingen sich im Stoff, und sie riß wütend daran, um sich zu befreien. Ihre Brust war nackt, die Haut der Brüste hatte die Farbe von Melasse. Sie wollte gerade ohne die Bluse auf die Straße treten, als Yves vor sie hinsprang. Er führte ihre geballten Fäuste durch die Ärmel und knöpfte ihr ruhig die Bluse zu. Sie schaute ihn an und wiegte sich die ganze Zeit, während sie seinen Namen sagte. Als er fertig war, packte sie seinen Kopf und drückte ihn an ihren Hals, dann weinte sie in den Grind auf seiner Kopfhaut.

Die Frau sah mich nicht, ich stand am Rand einer wachsenden Menge neugieriger Zuschauer. Ich drehte die Orange in meiner Hand und versuchte, sie vor Anspannung nicht zu sehr zu drücken.

»Man Rapadou, du bist so glücklich, deinen Sohn zu sehen, nicht?« sagte der Mann mit dem Stapel Touristenhemden auf dem Arm.

Yves kam herüber, nahm meine Hand und holte mich aus der Menge heraus.

»Du hast eine Frau? Ist das deine Frau?« fragte seine Mutter.

»Sei nicht so vorschnell, Man Rapadou«, sagte Yves.

Die Mutter öffnete ihre Arme und forderte mich mit einem Nicken auf, näher zu kommen. Ich war mir nicht sicher, wie ich reagieren sollte, deshalb blieb ich neben Yves stehen und tat, als hätte ich nicht verstanden, was sie gesagt hatte. Sie ergriff meine Hand und zog mich in ihre Arme. Die Versammlung der Beobachter lachte. Die Mutter forderte sie mit einer Drehung des Kopfes auf, zu gehen.

»Ihr Name ist Amabelle«, sagte Yves. Als ich hörte, wie er es aussprach und wie die Mutter es wiederholte, fühlte ich mich willkommen.

»Geht doch hinein«, sagte die Mutter, indem sie den Zuschauern zum Abschied zuwinkte. Sie hatte nur einen Schuh am Fuß. Den anderen hatte sie in der Eile, hinauszugehen und ihren Sohn zu begrüßen, im Haus gelassen.

Wir befanden uns im vorderen Raum. Der hintere führte zu einem Hof, der von vielen Familien geteilt wurde. Er erinnerte mich an die Baracken bei der Mühle von Don Carlos.

Yves ging hinaus und begrüßte die Verwandten, die um den Hof herum wohnten. Sie brachten einen Stuhl für ihn, auf dem er unter einem Baum mitten im Hof sitzen sollte, einem großen, schimmernd grünen *Baum der Reisenden* mit seinen Palmblättern, die sich spreizten wie die Finger einer Hand.

Die Mutter schenkte uns eine Tasse heißen gesalzenen Kaffee ein. Das Innere meines Mundes brannte, als ich daran nippte, ich kämpfte aber dagegen an, ihn auszuspucken, denn das

Salzige spülte den schlechten Geschmack von Petersilie und Blut weg, der mir seit der Prügelei auf der Plaza auf der Zunge lag.

Yves' Verwandte, die um den Hof herum wohnten, legten zusammen und kochten ein großes Essen für ihn. Sie brieten und garten all seine Lieblingsgerichte: Ziegenfleisch mit Auberginen, Kresse in Stockfischsauce, Maisbrei und schwarze Bohnen.

Yves aß alles, was ihm vorgesetzt wurde. Hier und da unterbrach seine Mutter das Mahl, um eine Geschichte zu erzählen, darüber, wieviel er als Junge gegessen hatte, nicht nur richtiges Essen und Süßigkeiten, sondern auch feuchte Erde von den Wurzeln der Bohnenpflanzen, die er an seinem Zahnfleisch rieb, bis es blutete. Yves hielt inne, um auf die Geschichten seiner Mutter zu lauschen, als hörte er sie ebenfalls zum ersten Mal. Die Mutter erzählte ihre Geschichten, das bemerkte ich jetzt, damit er nicht so schnell aß, um ihn dazu zu bringen, daß er seinen Mund und seinen Magen ausruhte.

»Denk an einen Mann, der ins Gefängnis kam.« Die Mutter stand in einer Ecke und strich über ihren dicken Bauch. »Nach dreißig Tagen mit nichts als Wasser und Brot ließen sie ihn frei, und er schleppte sich nach Hause. Als erstes kochte ich ihm all die nahrhaften Gerichte, von denen er im Gefängnis geträumt hatte. Er aß, bis er mitten im Essen vornüber auf den Teller fiel. Er starb beim Essen«, erzählte sie den Verwandten mit einem langen tiefen Lachen. »Bitte, bringt meinen Sohn nicht um. Ein Mann kann vor Hunger sterben, aber ein Mann kann auch über einem Teller mit Essen sterben.«

Yves legte den Löffel weg und schob den Teller von sich. Seine Mutter kicherte, obwohl keiner mitlachte. Sie schien die einzige zu sein, die vor Traurigkeit lachen konnte, einer Traurigkeit, die ihr Lachen noch dröhnender und lauter machte, wie wenn ein Schrei vom Grund eines Brunnens hallt.

Die Mutter strich sich mit ihren langen dicken Fingern über das haarige Kinn, immer noch lachend. Sie erinnerte mich an die alten Frauen in der Zuckermühle, die mit den gespaltenen Wangen, bei denen das Fleisch geheilt war, weil es irgendwann heilen mußte, aber nie zur alten Form zusammengewachsen war.

Ich erinnerte mich daran, was mein Vater immer sagte, wenn er mit einem Rucksack voller Flaschen mit Blättern und warmem Rum zu einer Geburt oder einem Todesfall davoneilte und überlegte, wie er das Ereignis fördern oder verhindern konnte. »Unglück faßt dich nicht zart an. Es hinterläßt immer seine Daumenabdrücke an dir; manchmal können andere sie sehen, manchmal weißt nur du selber davon.«

Die Mutter sah aus, als hätte auch sie einen Packen Unglück zu tragen gehabt. Das einzige, was davon nicht berührt war, war ein Mund voller perfekter weißer Zähne, die gebogen waren wie die Rundungen einer Emailletasse, keiner davon war echt.

Mein eigener Mund war immer noch zu verletzt für feste Speisen. Ein Teller mit gebratenem Ziegenfleisch auf meinem Schoß blieb unberührt. Yves' Mutter kam zu mir herüber und fragte: »Etwas Suppe für dich? Sie wird nicht zu heiß und nicht zu dick sein.«

Sie nahm mir den vollen Teller ab und kam mit einem Schüsselchen Kürbissuppe zurück. Während die anderen zusahen, fütterte sie mir die Suppe mit einem winzigen Löffel, als wäre ich ein krankes, bettlägeriges Kind.

32

An jenem Abend ließ die Mutter sechs Kusinen aus dem zweiten Zimmer ausziehen, so daß Yves sein altes Bett mit mir teilen konnte. Es bestand aus vier Pfosten, die an den Boden gemörtelt waren, und einer hölzernen Palette, auf der eine mit alten Lumpen gefüllte Matratze lag.

Der Raum, in dem Yves' Mutter schlief, war nur durch einen klirrenden Perlenvorhang von unserem getrennt. Als sie zu Bett ging, folgte Yves ihr dorthin nach. Ich saß allein auf dem neuen Bett und spielte mit meiner bitteren Orange, während ich den Geräuschen von draußen lauschte. Ich konnte alles hören, was die Leute, die um den Hof wohnten, taten und sagten, ihre Liebkosungen und Streitereien, ihren Tratsch und das Schreien ihrer schlaflosen Kinder.

»Wer ist diese Frau?« fragte die Mutter Yves. »Wo sind ihre Leute? Sind sie hier oder sind sie alle bei dem Gemetzel drüben umgekommen?«

Yves sagte nichts. Ich ging hinaus in den Hof, fand das Kochfeuer und eine Schüssel Wasser und badete mich mit der bitteren Orange, wie die Frau vor der Kathedrale mich angewiesen hatte. Ich konnte einige der Kinder vom Hof kichern hören, als sie durch die Löcher in ihren Türen nach mir spähten. Trotz ihrer Neugier wußte ich, daß mein Körper kein verführerischer Anblick mehr sein konnte, und daß ich nie mehr wirklich jung und schön sein würde, wenn ich es je gewesen war. Jetzt war mein Fleisch nur noch eine Landkarte von Narben und Prellungen, ein beschädigtes Vermächtnis.

Yves war immer noch bei seiner Mutter, als ich zum Bett zurückkam. In ihrem Gespräch ging es nun um Dinge, die mir nichts sagten, um alte Freunde, die inzwischen gestorben oder in andere Teile des Landes gezogen waren, um das Land seines Vaters, das nicht mehr bestellt worden war, seit Yves es verlassen hatte.

Jedesmal, wenn ich die Augen schloß, sah ich den Fluß und stellte mir vor, wie Sebastien und Mimi in der gleichen Weise ertranken wie meine Eltern und Odette. Um diese Gedanken zu vertreiben, rief ich mir die Zitadelle von Henri I in Erinnerung, wie ich sie am Nachmittag wiedergesehen hatte, so nah am Himmel und so weit entfernt vom Fluß. Indem ich mir wie in meiner Kindheit vorstellte, in ihrem Innern, ihrem Schutz zu sein, schlief ich ein.

Am nächsten Morgen stolperte ich aus dem Bett, voll Scham, so gut und lange geschlafen zu haben. Die Mutter saß draußen unter dem *Baum der Reisenden* und goß dampfend heißes Wasser über die gemahlenen Bohnen in ihrem Kaffeesäckchen.

»Wo ist Yves?« fragte ich. Ich wußte nicht einmal, ob er in der Nacht gekommen war und mit mir in einem Bett gelegen hatte.

»Er ist auf dem Land seines Vaters«, sagte die Mutter. »Er kommt heute morgen aus dem Bett und sagt, er möchte hingehen und auf den Feldern seines Vaters ein paar Bohnen pflanzen.«

Ich wußte nicht, was Yves ihr von mir erzählt hatte. Sie stand auf, kam auf mich zu, schloß mein Gesicht in ihre feuchten Hände und gab mir einen Kuß auf die Stirn.

»Nenn mich Man Rapadou«, sagte sie. »Ich kenne deine Geschichte.«

Welche Geschichte von mir kannte sie? Welche hatte sie gehört?

»Alles, was du vor dem Gemetzel gekannt hast, ist verloren«, sagte sie. Vielleicht wollte sie mich dazu ermuntern, Yves zu umarmen und Sebastien im Stich zu lassen, auch meine Erinnerungen an ihn, die Bilder von ihm, die mir unablässig durch den Kopf gingen, wie kurz erhaschte Blicke aus immer demselben Traum.

Yves blieb auf dem Feld, bis es dunkel wurde. Als er nach Hause kam, waren seine Hände lehmverkrustet und er roch, als wäre die Erde über ihm von innen nach außen gekehrt worden.

»Ich habe ein Feld grüne Bohnen gepflanzt«, verkündete er seiner Mutter.

»Ich habe es dir gesagt. Es ist nicht die Jahreszeit dafür«, sagte sie.

»Wir werden sehen«, sagte er.

»Wann gehst du Man Denise besuchen?« fragte seine Mutter.

Er antwortete nicht.

»Der Respekt verlangt, daß du hingehst und sie besuchst, denn du und ihr Sohn, ihr seid zusammen von hier weggegangen«, sagte sie.

Yves lief hinaus in den Hof, um sich zu waschen. Ich ging zurück zu unserem Zimmer und legte mich aufs Bett, in der Hoffnung, einzuschlafen, bevor er zurückkehrte.

Als er hereinkam und meinen Namen nannte, antwortete ich nicht. Er legte sich hin und rollte sich auf seiner Seite der Matratze zusammen. In jener Nacht sprach er nicht im Schlaf. Auch in keiner der folgenden Nächte.

Als Yves am nächsten Tag auf den Feldern war und seine Mutter eine Freundin besuchte, fragte ich bei seinen Verwandten, wo Man Denise, die Mutter von Sebastien und Mimi, wohnte. Ich versprach einem Jungen eine Minzpraline, wenn er mich hinführte.

Das Haus war nicht sehr weit von Yves' Haus entfernt, aber in einem weniger dicht besiedelten Gebiet mit größeren Wohnhäusern und mehr Bäumen.

Ich ging vor dem Besitz hin und her. Es regte sich nichts darin, außer einem Mädchen, das mit Wasserkrügen auf dem Kopf aus dem Hof heraus- und wieder hineineilte.

»Die Frau, die hier lebt, kommt nicht nach draußen«, sagte mir der Junge. »Möchtest du hineingehen und mit ihr sprechen?«

»Nein«, sagte ich. Was konnte es nutzen? Sie hatte mich nicht gekannt, als ihre Kinder noch ihr allein, sicher in ihrem Haus, gehörten.

Kurz darauf fühlte mein Leib sich allmählich besser, obwohl ich ein dauerndes Klingeln im Ohr hatte und ein Knie nicht gebeugt halten konnte. Dennoch ging ich jeden Tag zu Man Denises Haus, um zu sehen, ob irgend etwas sich veränderte. Jedesmal, wenn in den Straßen mehr Lärm war als sonst, immer wenn Leute in einer Gruppe zusammenstanden, eilte ich hinaus, um nachzusehen, ob dies die Heimkehr war, die Man Denise aus dem Haus locken würde. Es kamen ständig neue Leute an, die von drüben zurückkehrten und sich wieder in ihrem oder unserem Viertel niederließen.

Wenn ich an Sebastiens Rückkunft dachte, wünschte ich mir, daß mein Haar wieder wuchs – es wollte nicht wachsen –, daß es in meinem Ohr nicht mehr klingeln sollte, daß ich meine Knie ohne Schmerzen beugen konnte, daß meine Wangen wieder richtig verheilten, damit ich beim Lächeln nicht aussah wie ein Maultier beim Fressen.

Nachts, wenn ich neben Yves lag, bekam ich immer größere Angst, daß Sebastien mich nicht wiedererkennen würde, falls er mich je wiedersah.

33

Yves verbrachte den ganzen Tag bei den Pflanzen auf den Feldern seines Vaters, danach saß er am späten Nachmittag mit Nachbarn und Verwandten beim Feierabendgespräch.

Ich sah ihn nie, hörte nur, wie er sich nachts auszog und ins Bett schlüpfte, wenn er endlich nach Hause kam.

Einige Wochen nachdem er mit dem Pflanzen begonnen hatte, wartete ich, bis er auf seine Seite der Matratze geklettert war, dann fragte ich ihn: »Ist bei dir etwas aus der Erde gekommen?«

Seit wir zurückgekehrt waren, hatten wir nicht über unsere Lage gesprochen, nicht einmal darüber, wie wir sie so ändern konnten, daß wir uns in der Nacht beide wohler fühlten.

»Nur Gras kann so schnell wachsen«, sagte er. »Und nicht einmal jede Sorte Gras.«

Aus seiner verächtlichen Stimme schloß ich, daß er kein Glück hatte mit den Pflanzen oder es vielleicht selbst dachte.

»Ich möchte gern einmal mit dir auf die Felder gehen«, sagte ich.

»Warum?« fragte er.

»Ich möchte das Land deines Vaters sehen.«

»Es ist nicht anders als anderes Land«, sagte er.

Ich konnte hören, wie er sich plötzlich im Bett aufsetzte, als müßte er verteidigen, was er gerade gesagt hatte. Ich langte im Dunkeln nach seinen Armen und drückte sie nach unten, um ihm zu zeigen, daß ich wirklich ruhig und dankbar sein wollte und daß ich ihn unterstützte, um aus unserer Bürde das Beste zu machen.

»Ich habe gehört, es gibt Staatsbeauftragte, Friedensrichter, die Leute anhören, die das Gemetzel überlebt haben und ihre Geschichten aufschreiben«, sagte er. »Der Generalissimo hat nicht zugegeben, daß er das Morden befohlen hat, aber er ist bereit, den Betroffenen Geld zu zahlen.«

»Warum?« Ich glaubte nicht, daß er eine Antwort darauf wußte, aber ich wünschte es mir.

»Um Unmut aus der Welt zu schaffen«, sagte er, als ginge ihn das Morden nichts mehr an.

»Und die Toten?«

»Ihre Familien bekommen Geld«, sagte er.

Ich wußte, was er dachte, daß Man Denise vielleicht hingehen würde, für den Fall, daß Mimi und Sebastien schon tot wären.

Ich stieg aus dem Bett und kauerte mich in eine Ecke des Raums, so weit wie möglich von ihm entfernt. Ich war dankbar, daß es dunkel war, daß keiner des anderen Gesicht sehen konnte.

»Ich möchte selbst mit diesem Friedensrichter sprechen«, sagte ich.

»Ich weiß nicht, ob sie dir das Geld geben«, sagte er. »Die Behörden könnten versuchen, alles für sich zu behalten. Sie verlangen Papiere. Sie verlangen, daß du Beweise bringst.« Aber er wußte, daß ich nicht auf Geld hoffte, sondern auf Informationen.

Am nächsten Morgen gingen wir zu dem Friedensrichter hin. Er amtierte in einem gelben Polizeigebäude, das wie aus einem einzigen massiven Felsblock gehauen schien. Draußen standen mehr als tausend Leute, die auf Einlaß warteten. Eine Reihe bewaffneter Soldaten der *Police Nationale* war zwischen ihnen und dem schmalen Eingang zum Gebäude postiert.

Im Laufe des Vormittags wurde die Gruppe der Wartenden immer größer, dermaßen, daß, wenn ich mich auf die Fußspitzen stellte und zurückschaute, ich nicht einmal sehen konnte, wo die Straße endete und die Gesichter anfingen.

Yves hatte den ganzen Morgen kein Wort gesagt. Gelegentlich wagte er sich fort, um Wasser zu holen oder zu helfen, wenn einer der alten Menschen nach Hause gebracht werden mußte, da er in der Hitze ohnmächtig geworden war.

Am Nachmittag kamen Essensverkäufer, und die Leute tauschten ihre Geschichten aus, als müßten sie für die wirkliche Anhörung beim Regierungsbeauftragten proben. Der Mann neben mir war siebzig Kilometer gelaufen, um den Andrang in seiner Stadt zu meiden. Eine andere Frau kam von noch weiter her. Andere planten, nach Port-au-Prince zu gehen, wo bisher noch weniger Überlebende hingelangt waren.

In der Weise, wie die Leute vorgelassen wurden, herrschte eine gewisse Ordnung. Die am meisten verstümmelten Opfer, deren Wunden immer noch nicht verheilt waren, durften sofort bei ihrer Ankunft hinein. Schwangere Frauen kamen schnell an die Reihe, ebenso jene, die etwas Geld hatten, um die Soldaten zu bestechen.

Um mir die Zeit zu vertreiben, dachte ich mir viele Möglichkeiten aus, meine Geschichte abzukürzen. Vielleicht würden Yves und ich zusammen hineingehen und aus unseren beiden eine einzige Geschichte machen. Auf diese Weise würden wir einem anderen die Chance geben, schneller angehört zu werden.

Bei Sonnenuntergang kam der Friedensrichter zum Eingang. Er war schlicht gekleidet, trug ein hellgrünes Freizeithemd und Hosen, aus deren Seitentasche eine kleine Uhr an einer Goldkette heraushing. In einer Hand hatte er ein großes ledergebundenes Notizbuch, in der anderen einen blanken schwarzen Koffer. Bei seinem Erscheinen ging ein Raunen durch die Menge. Die Soldaten hoben ihre Gewehre, damit Ruhe einkehrte und er sprechen konnte.

»Ich kann heute nicht weitermachen«, sagte er.

»*Non*«, murrte die Menge.

»Wenn ich sage, einer mehr, dann wird jeder von euch der eine sein wollen«, sagte er.

»*Non*«, widersprach die Menge.

»Ich komme morgen wieder«, sagte er.

»Hör morgen schneller zu«, riet ihm einer.

Die Soldaten umringten den Friedensrichter, als er wieder hineinging, dann sahen wir sein Automobil aus dem geschützten Hof hinter der Wache davonbrausen.

Die Leute liefen ihm nach, gaben die Verfolgung aber schnell auf, denn viele von ihnen konnten wegen einer Verletzung oder aus Erschöpfung, da sie den ganzen Tag in der Sonne verbracht hatten, nicht weit laufen.

Die letzte, die von ihm angehört worden war, war eine Frau von dreißig oder fünfunddreißig Jahren. Sie war ganz weiß gekleidet – als sei sie auf dem Weg zu einer religiösen Zeremonie – und hatte einen sonnengebleichten Strohhut mit einem grünen Band unter ihrem Kinn festgebunden.

»Was haben sie da drinnen für dich getan?« rief Yves ihr laut zu. Andere aus der Menge fielen ein: »Haben sie dir Geld gegeben?«

Sie nahm den Hut ab und betrachtete die Gesichter, die zu ihr aufschauten.

»Nein, er hat mir kein Geld gegeben«, sagte sie und sah Zustimmung heischend zu den Soldaten hinüber. »Habt ihr das Buch gesehen, das er bei sich hatte?« Sie schaute wieder auf die Wachen, wandte dann ihr Gesicht der Menge zu: »Er schreibt deinen Namen in das Buch und sagt dann, er wird deine Geschichte zu Präsident Sténio Vincent bringen, damit du dein Geld bekommst.« Sie ließ ihren Blick auf der Menge ruhen und achtete nicht mehr auf die Zustimmung der Soldaten. »Dann läßt er dich erzählen und läßt dich weinen und fragt, ob du Papiere hast, die beweisen, daß all diese Leute umgekommen sind.«

Die Soldaten von der *Police Nationale*, in der gleichen Khakiuniform wie die Dominikanischen Soldaten – eine Erbschaft noch aus der Zeit ihrer Ausbildung, als die Yankis die gesamte Insel besetzt hatten –, traten von hinten an die Frau heran und forderten sie auf, vom Eingang wegzugehen. Die Menge zischte zum Protest. Zwei der Soldaten nahmen sie unter den

Armen und trugen sie die Stufen der Wache hinunter. Sie versuchte, sich ihren Händen zu entwinden. Schließlich zog einer aus der Menge sie um ihrer eigenen Sicherheit willen von ihnen weg.

»Wenn ihr Schwierigkeiten macht«, verkündete der Sergeant – der Kommandant der Wache –, »dürft ihr morgen nicht wiederkommen.«

Die Menge löste sich langsam auf, sie fragte sich wohl, ob es überhaupt Sinn hatte, am nächsten Tag wiederzukommen.

Yves und ich gingen die nächsten fünfzehn Tage hin. Neue Gesichter kamen und gingen. Einige blieben weg. Andere verließen nie ihren Platz vor der Polizeiwache, nicht einmal wenn es regnete.

Der Friedensrichter kam jeden Tag, außer sonntags.

Am sechzehnten Tag warteten wir ohne Hoffnung am Ende der Menge, als wir sie kommen sahen.

Ich wußte sofort, wer sie war, als Yves seinen Platz verließ und auf sie zurannte.

»Man Denise, du bist gekommen«, sagte er.

»Ich bin gekommen, ja«, sagte sie mit der gleichen scharfen, schroffen Stimme wie ihre Tochter Mimi. »Ich möchte hier stehen wie ihr alle.«

Sie sah zu jung aus, um die Mutter von Sebastien und Mimi zu sein. Sie war schlank und langbeinig, ihr Gesicht hatte die Farbe von feuchter Terrakotta. Sie trug ein langes braunes Kleid, das über den Boden schleifte, wenn sie ging. Mit einer Neigung ihres langen Halses grüßte sie all jene, die sie kannte, für die anderen hatte sie nur ein Kopfnicken. Sie schaute mich an, sah mich aber nicht. Als sie in der Reihe stand, beobachtete sie statt dessen die Soldaten. Ihre Augen verfolgten, wie sie die Gewehre von einer Schulter auf die andere legten; wie sie sich ganz nebenbei zueinander lehnten, um miteinander über belanglose Dinge zu reden. Sie strich sich immer wieder über die Seite, langte mit den Händen in ihre Taschen und wieder heraus, als suchte sie nach etwas zu Kleinem, als daß sie es hätte in der Hand halten können.

Bei Sonnenuntergang kam der Friedensrichter nicht heraus,

um zur Menge zu sprechen. Statt dessen erschien der Sergeant und verkündete, daß keine weiteren Zeugenaussagen aufgenommen würden. Das ganze Geld sei bereits verteilt. Der Friedensrichter sei schon abgereist, als keiner geschaut hatte, da er wußte, wir würden zornig werden, wenn wir seine Abfahrt bemerkten.

Die Leute brauchten eine Weile, um zu begreifen, was das bedeutete. Ihre Enttäuschung wuchs, als die Nachricht von Mund zu Mund ging und vom einen zum nächsten neu gedeutet wurde. Es gab Murren und Protestschreie, Krampf- und Ohnmachtsanfälle, als die Steine zu fliegen begannen.

Die Leute vorn in der Menge stürmten auf den Eingang zu. Da die Soldaten von Yanki-Truppen ausgebildet waren, die mit aufrührerischen Bewegungen Erfahrung hatten, schossen sie mehrere Ladungen Kugeln in die Luft.

Einige der Soldaten wurden geschnappt und von Hand zu Hand gereicht, während die Schüsse fielen, aber die Menge wollte eigentlich nichts von ihnen. Die Leute stürmten die Wache auf der Suche nach jemandem, der ihren Namen in ein Buch schrieb und ihre Geschichte zu Präsident Vincent brachte. Sie wollten, daß das Gesicht eines Zivilisten bestätigte, daß, was sie gesehen und durchgestanden hatten, wirklich passiert war. Als sie drinnen keinen fanden, befreiten sie die zehn männlichen Gefangenen, die in den inneren Räumen festgehalten wurden, und nahmen aus dem Gebäude einige Gegenstände mit, welche die Soldaten zurückgelassen hatten: sieben Stühle, sechs Menagekoffer, zwei Wasserkrüge, drei Taschentücher, vierzehn eingerollte Rindslederpeitschen, siebzehn neunschwänzige Katzen, zwei Satz Schlüssel für die Gefängniszellen und ein riesiges offizielles Foto von Président Vincent.

Er war wirklich ein hochmütig aussehender Mann, der Präsident Sténio Vincent, mit seiner Brille, die sehr nah vor den Augen saß. Ein Paar schöne große Ohren umrahmten sein Mondgesicht, ein winziger Tupfen von einem Schnurrbart saß über nachdenklich verkniffenen Lippen, den Lippen eines Dichters, wie es hieß. Auf dem Foto trug er den Hemdkragen eines Gentleman mit einer Fliege, deren Enden die glänzende

Medaille des Großkreuzes vom Juan-Pablo-Duarte-Verdienstorden berührten, welches der Generalissimo ihm als Symbol der ewigen Freundschaft zwischen unseren beiden Völkern verliehen hatte. Das Abbild des Großkreuzes loderte zuerst auf, nachdem das Kerosin gebracht worden war und das Foto und anschließend die Polizeiwache angezündet wurden, aber es brannten nur die Türen und die dünne Farbauflage, die Zementwände der Wache wurden nicht einmal angesengt.

Wir duckten uns unter Steinen und Fackeln hindurch und kämpften uns aus der Menge heraus. Yves brachte Man Denise nach Hause. Die Nachbarn, die von dem Handgemenge gehört hatten, kamen, um sie zu trösten. Bald war ihr Haus voll mit Freunden, Mädchen, die rannten, um Botengänge für sie zu erledigen, und einigen fahrenden Händlern, die dafür bezahlten, ihre unbewohnten Räume als Unterkunft auf ihren langen Reisen zu benutzen.

Die Händler legten Matten und Decken in die beiden kahlen Räume, die wohl einmal Mimi und Sebastien gehört hatten. Man Denise hatte alle ihre Sachen in ihr eigenes Zimmer bringen lassen, damit es weniger leer war und auch, damit sie die Händler nicht mitnahmen, wie eines der Botenmädchen erklärte.

Man Denises Zimmer befand sich im hinteren Teil des Hauses, es enthielt einen Ring alter, einzementierter Öltonnen, die mit ihren eigenen Sachen sowie dem Eigentum von Mimi und Sebastien gefüllt waren.

Die Händler halfen ihr dabei, den Kleiderberg auf ihrem Bett zu besteigen. Sie wollten, daß sie ihr braunes Kleid aus- und ihr Nachthemd anzog, aber sie lehnte es ab.

»Vergebt mir«, sagte sie, sie meinte den Kleiderberg und die Unordnung der Öltonnen in ihrem Zimmer. »Was war das für ein harter Tag.«

Die Nachbarn boten ihr viele Tassen Tee an. Sie setzte sich auf, um an jeder einmal zu nippen, dann vergrub sie ihren Kopf im Kissen.

»Laßt mich allein«, sagte sie, »bitte.«

Sie gingen hinaus, aber wir konnten sie alle vom überfüllten Raum gegenüber sehen, denn ihr Zimmer hatte keine Tür.

Yves ging in dieser Nacht in das Haus seiner Mutter, und ich blieb bei Man Denise. Nachdem sie eingeschlafen war, kroch ich zurück und legte mich an den Fuß ihres Bettes. Ich hörte ihren Atem pfeifen, wie bei jemanden, der sich selbst im Schlaf bemüht, die anderen nicht zu stören.

Als sie mitten in der Nacht aufwachte, um auf ihren blauemaillierten Nachttopf zu gehen, stolperte sie und fiel beinah auf mich. Ich schob den Topf näher an sie heran und sie setzte sich darauf, ohne zu fragen, was ich da wollte.

Am Morgen ging ich vor Sonnenaufgang hinaus und setzte mich zu den Händlerinnen, die sich Kaffee brauten, bevor sie zur nächsten Station ihrer Reise aufbrachen.

Während sie ihren Kaffee tranken, stellten sie laut Überlegungen darüber an, ob Mimi und Sebastien für immer im Land der Toten – wie sie es nannten – verschwunden waren oder ob sich die Dinge vielleicht normalisiert hätten. Vielleicht war jeder zu seiner alltäglichen Arbeit zurückgekehrt, hofften sie.

Während sie redeten, hörte ich Man Denise nach Wasser rufen. Ich eilte vor einem der Mädchen, die sich um sie kümmerten, hinein, nahm den irdenen Krug, der an der Wand lehnte und reichte ihr eine Tasse Wasser. Als ich sie ihr an die Lippen hielt, war sie noch nicht richtig wach. Nachdem sie ein paar Schlucke getrunken hatte, schob sie meine Hand weg.

Das Zimmer war durch das Morgenlicht ein wenig heller geworden. Sie kniff die Augen zusammen, als versuche sie, mich wiederzuerkennen.

»Welche von den Mädchen bist du?« fragte sie.

»Amabelle«, sagte ich.

»Wenn du gekommen bist, um für die Nacht zu bezahlen, leg das Geld auf eine der Tonnen«, sagte sie.

»Ich bin nicht gekommen, um zu bezahlen«, sagte ich.

»Warum dann?« fragte sie.

Ich stellte den irdenen Krug und die Tasse wieder an die Wand.

»Ich habe drüben Mimi und Sebastien gekannt«, sagte ich.

Sie setzte sich auf, langte nach meinen Ohren und rollte meine Wangen zwischen ihren Fingern, als gehörte mein Gesicht ihr.

»Du hast meine Micheline und meinen Sebastien gekannt«, sagte sie. »Meine Mimi und Sebastien, du hast sie gekannt?«

»Ja«, sagte ich.

Ihr Gesicht verzog sich zu einem schmerzlichen Lächeln. Sie ließ mich los und klatschte in die Hände. »Ich wollte nicht, daß meine Kinder gehen und für immer dort bleiben«, sagte sie. »Ihr Vater kam im Hurrikan um; Sebastien hatte einen Käfig voller Tauben, die ebenfalls im Hurrikan starben, und er war so traurig. Nach dem Hurrikan haben uns die Yankis dieses Haus weggenommen; sie wollten aus diesem Haus eine Straße machen. Wir haben es erst wieder zurückbekommen, nachdem sie weg waren. Da wir kein Haus hatten, ging mein Sohn zuerst hinüber, und ich, da ich schwach auf der Lunge war, sollte bei meinem Bruder in Port-au-Prince leben. Ich hatte kein Geld, daher folgte meine Tochter Sebastien nach, und sie schickten mir beide etwas Geld. Ich kam aus Port-au-Prince zurück, als das Land uns zurückgegeben wurde, aber meine Kinder, sie wußten vielleicht nicht, daß die Yankis gegangen waren, sie wußten vielleicht nicht, daß das Haus wieder uns gehörte.«

Sie fingerte in der Tasche ihres Kleids herum und holte drei gelb angemalte Kaffeebohnen heraus, die gleichen wie an den Armbändern von Mimi und Sebastien.

Ich tippte sie mit den Fingerspitzen an und schaute zu, wie sie in der Handfläche aneinanderstießen.

»Das sind meine«, sagte sie und schloß ihre Hand um sie, »von meinem eigenen Armband, das vor langer Zeit schon gerissen ist. Ich habe jedem meiner Kinder ein Armband gemacht und eines für mich, aber als ich Angst um die Kinder hatte, zog ich zu fest daran und der Faden ist gerissen. Das sind die letzten Perlen, die ich von meinem Armband habe.«

Ich wollte, daß sie mich die Perlen noch einmal anfassen ließ. Dann langte sie in die Tasche ihres Kleides und legte sie zurück.

»Setz dich einen Moment«, sagte sie.

Ich kam näher und setzte mich auf den Rand ihres Bettes.
»Du kanntest also meine Micheline?« fragte sie.
»Ja, wirklich.«
»Für ein junges Mädchen war sie immer zu wild«, sie lächelte. »Ihr Vater gab ihr den Namen Micheline. Hat sie dir das je erzählt?«
»Nein«, sagte ich. »Das hat sie nie erzählt.«
»Aber über Sebastien wußtest du mehr? Du kanntest ihn gut.«
»Sehr gut«, sagte ich.
Sie lächelte wissend, Sebastiens Lächeln, dabei blies sie ihre Backen auf, die dann seitlich an den Lippen einfielen.
»Ich selbst nannte ihn Sebastien«, sagte sie, »nach dem Heiligen. Kennst du die Geschichte vom heiligen Sebastian, der nicht einmal starb, sondern zweimal?«
»Nein, die kenne ich nicht.«
»Beim ersten Mal schossen Soldaten Pfeile auf ihn und ließen ihn liegen, weil sie ihn für tot hielten. Eine Witwe fand ihn und sah, daß er lebte. Die Witwe trug ihn zu ihrem Haus und pflegte seine Wunden. Als er geheilt war, ging Sebastian zu den Soldaten zurück, um ihnen zu zeigen, welches Wunder der Liebe sein Leben war; diesmal schlugen ihn die Soldaten mit Stöcken, bis er wirklich tot war.«
Sie hielt ihren Kopf zwischen den Händen, als wäre er ein fremder Gegenstand, eine Last, die ihr zu schwer wurde. Im Zurücklehnen stopfte sie das Kissen hinter ihren Kopf.
»Ich gab ihm den Namen Sebastien«, sagte sie, »weil ich wußte, daß es klug sein konnte, wenn ein Mann zwei Leben hatte. Der erste Tod kommt schnell genug, dann ist es gut, einen zweiten in Reserve zu haben.«
Ich beugte mich vor und steckte ihr das Kissen richtig hinter den Kopf. Ich preßte meine Handfläche auf ihre Stirn, während sie zu mir aufsah, direkt in meine Augen. Ich wußte, sie vertraute auf etwas in mir, obwohl sie selbst vielleicht nicht ahnte, was es war.
»Vor einigen Tagen hat mich ein junger Mann hier besucht.« Sie langte herauf und drückte fest auf meine Hand, die auf

ihrer Stirn lag. »Er kam hier bei mir vorbei auf seinem Weg nach Port-au-Prince. Er sagte, er habe gesehen, wie meine Kinder getötet wurden, in einem Hof, drüben zwischen zwei Regierungsgebäuden, in einem Ort, den er Santiago nannte. Er sagte, er habe gesehen, wie sie meine Kinder mit einer Gruppe zusammentrieben, sie mit dem Gesicht nach unten auf den Boden legen ließen und sie dann mit Gewehren erschossen.«

Ich spürte, wie meine Finger an ihrer Stirn festklebten, als sie noch fester auf meine Hand drückte. Ihr Leib zitterte, aber sie weinte nicht.

»Wenn du an meiner Stelle wärst, würdest du das glauben?« fragte sie.

»Nein, das würde ich nicht glauben«, sagte ich. Aber in meinem Herzen dachte ich unaufhörlich, wie sollte ich nicht daran glauben? Wäre Sebastien nicht bereits zu Hause, wenn er noch lebte?

»Du hast meine Micheline gekannt. Du hast meinen Sebastien gekannt. Du selbst, glaubst du daran?« beharrte sie.

»Nein, ich selbst glaube nicht daran«, sagte ich.

Aber ich glaubte es. Ich glaubte es, nach allem, was ich in Dajabón gesehen hatte, was ich über La Romana gehört hatte, was die Leute an jenem Tag in der Klinik über die Ereignisse von Santiago erzählt hatten.

»Laß mich bitte allein«, sagte sie und ließ meine Hand los.

»Ich würde gerne bleiben«, sagte ich.

»Laß mich.«

Im Hinausgehen hielt sie mich in der Tür zurück und fragte:

»Hast du an meinen Kindern je die Armbänder gesehen, die ich ihnen gemacht habe?«

»Sie haben sie immer getragen«, sagte ich.

»Das haben die Leute auch gesagt, die mir die Nachricht brachten. Es war nicht nur ein Reisender, sondern viele. Sie sagen, meine Kindern sind mit meinen Armbändern gestorben.«

Sie schob ihre Hand in ihre Tasche und preßte die Perlen an ihren Oberschenkel.

»Die jung sterben, werden betrogen«, sagte sie. »Nicht um das Leben, denn das Leben ist eine Strafe, die Jungen werden betrogen, weil sie nicht wissen, daß er kommt, der Tod. Sie haben keine Zeit, näher zu kommen, nach Hause zurückzukehren. Wenn du weißt, daß du sterben mußt, versuchst du, den Gebeinen deiner eigenen Leute nahe zu sein. Doch wenn du jung bist, denkst du nicht einmal daran, daß du Knochen hast, sogar wenn du sie brichst, glaubst du nicht, daß du sie hast. Aber wenn du alt bist, erinnern sie dich daran, daß sie da sind. Sie fangen an, in deinem Leib zu Staub zu werden, auch wenn du hierhin und dorthin gehst, von einem Ort zum anderen. Dann sehnst du dich danach, den Gebeinen deiner eigenen Leute nahe zu sein. Meine Kinder haben nie so gefühlt. Sie mußten dem Tod ins Gesicht sehen, bevor sie überhaupt wußten, was er ist. Genau wie du, nicht wahr?«

Ich nickte. Vor allem weil ich wußte, daß sie das von mir erwartete.

»Ich wünschte, daß keine Leute mehr herkommen, um mir zu sagen, sie hätten meine Kinder sterben sehen«, sagte sie. »Ich wünschte, ich hätte noch Hoffnung, daß sie irgendwo leben, selbst wenn sie nie mehr zurückkommen, um mich zu besuchen.«

»Vielleicht haben die, die dir die Nachricht brachten, sich ja geirrt.«

»Es sind immer Fremde, die Leute, die kommen«, sagte sie. »Sie kennen mich nicht. Bevor sie starben, allein oder zusammen, haben ihnen mein Sohn und meine Tochter aufgetragen, hierherzukommen und mir über ihr Schicksal zu berichten.«

Sie fuhr mit den Händen in ihre Taschen und preßte sie auf die Perlen.

»Laß mich jetzt allein«, sagte sie. »Ich möchte mir meine Kinder im Traum vorstellen.«

Ich wandelte wie ein Geist durch das erwachende Leben am Cap, jedesmal, wenn ich Leute mit Mißbildungen sah – ob es eine gebrochene Nase war oder ein verkrüppeltes Bein –, fragte ich mich, waren sie dabeigewesen?

Ich ging die Straße von Man Denises Haus hinunter zum Kai, wo Schiffe mit dröhnenden Sirenen in den Hafen einliefen, während andere gegen die Kaimauern schlingernd entladen wurden. Die Säcke mit Reis, Bohnen und Zucker wurden an die Kaufleute verteilt, eine Reihe junger Männer mit nacktem Oberkörper warteten mit Schubkarren daneben, um die Stapel für sie wegzuschaffen. Diese Männer, die mehr Zucker als ihr eigenes Körpergewicht auf dem Kopf trugen, brüllten in einem rauhen Chor der Wut, um sich den Weg durch die Straßen zu bahnen.

34

Als ich in Yves' Haus zurückkam, war er schon zu den Feldern aufgebrochen. Ich setzte mich in den Hof, legte meine Arme um den *Baum der Reisenden* und versuchte, nicht immer mit dem Kopf dagegen zu stoßen.

Man Rapadou kam in ihrem Nachthemd heraus auf den Hof, sie lächelte. Sie holte einen niedrigen Stuhl aus ihrem Zimmer und setzte sich neben mich.

»Du brauchst den Friedensrichter nicht«, sagte sie. »Du brauchst keinen Beichtvater. Ich, Man Rapadou, kenne deine Geschichte.« Sie drückte ihr Gesicht an meine Wange und flüsterte so, daß es die anderen im Hof nicht hören konnten: »Ich habe meinen Sohn gefragt, warum keine Liebe ist zwischen dir und ihm, und er hat mir von Sebastien erzählt.«

Ich beobachtete, wie ihr makelloses Lächeln sich auf ihrem Gesicht ausbreitete – es hätte viel trauriger sein müssen, als es war –, dabei streichelte ich den *Baum der Reisenden*, da ich nicht wußte, was ich sonst mit meinen Händen anfangen sollte. Ich reichte hinauf und berührte die gekräuselten gelbgrünen Palmwedelzweige; die dünnen Stiele hatten sich ineinander verwoben wie das Innere eines riesigen Weidenkorbs. Ich wollte weinen, aber ich konnte nicht. Ich wollte schreien, aber ich fühlte mich schon schwach, wenn ich nur den Willen dazu aufgebracht hatte.

»Als mein Sohn von hier wegging, pflanzte ich diesen *Baum*

der Reisenden, schau nur, wie groß er jetzt ist«, sagte Man Rapadou. »Yves hat mir erzählt, daß du Kleider nähen und bei Geburten helfen kannst. Da ich keine Kinder mehr bekommen werde, könntest du mir vielleicht ein Kleid nähen.«

Aus Freundlichkeit ließ Man Rapadou mich den Rest des Tages drinnen verbringen, im Bett ihres Sohnes, allein. Sie rief mich nicht zum Essen, auch nicht als die Hauptmahlzeit mitten am Nachmittag fertig war. Statt dessen flüsterte sie vor der Tür, sie würde mir einen Teller aufheben, den ich essen konnte, wenn mein Magen sich wirklich bereit dazu fände.

Während ich im Bett lag, meine Arme und Beine um mich geschlungen, hatte ich Schmerzen an Stellen, die ich weder benennen noch berühren konnte. Ich konnte nicht hinnehmen, daß ich Sebastien nie wiedersehen würde, obwohl ich wußte, daß es möglich war. Ebensowenig wie ich meine Mutter und meinen Vater je wiedersehen würde, egal wie oft ich sie rief, sowohl mit meiner eigenen lauten Stimme, als auch mit der schüchternen innen in meinem Kopf. Was meine Eltern betraf, so wurde ihr Bild, je älter ich wurde, in mir immer schwächer, bis ich nur noch die letzten paar Augenblicke sehen konnte, die wir zusammen am Fluß verbracht hatten. Das übrige schwamm ineinander wie die Zutaten in einem zu lange gekochten Eintopf: Tagträume und Alpträume, Wünsche, Phantasien. Würde es mit Sebastien auch so weit kommen?

Ich gab vor, zu schlafen, als Yves in jener Nacht ins Bett kam, aber im Unterschied zu sonst überzeugte ihn meine starre Haltung diesmal nicht.

»Meine Bohnen sind gekeimt«, verkündete er. »Sieht aus, als würde ich ernten können.«

Ich wollte mich nicht bewegen. Vielleicht wußte er noch nicht von Mimi und Sebastien, und ich war mir nicht sicher, wie ich es ihm beibringen sollte.

»Ich habe gehört«, sagte er, »daß die Priester in der Kathedrale Zeugen zu dem Morden anhören und die Berichte niederschreiben.« Das war sein Geschenk an mich, wie die Erde ihm ein Geschenk gemacht hatte, indem sie seine Bohnensamen in einer anderen Form hatte wachsen lassen.

»Sie versprechen dir kein Geld.« Seine Stimme schwankte zwischen laut und leise, als glaubte er jetzt doch, daß ich wirklich schlief. »Sie sammeln die Geschichten für die Leute von der Zeitung und vom Radio. Der Generalissimo hat Wege gefunden, die hiesigen Geschichten zu kaufen und zu verkaufen. Sogar diese Gegend hat sich von seinem Geld bestechen lassen.«

Ich drehte mich auf den Rücken, öffnete die Augen und suchte nach den silbrigen Spuren rostenden Blechs an der Decke.

»Wirst du selbst zu diesen Priestern gehen?« fragte ich.

»Ich weiß, was passieren wird«, sagte er. »Du erzählst deine Geschichte und dann wird sie so weitergegeben, wie sie es wollen, sie wird in Worten geschrieben, die du nicht verstehst, in einer Sprache, die die ihre ist und nicht die deine.«

»Wirst du hingehen?«

»Ich bin schon dort gewesen, und sie haben in ihren Büchern nachgesehen. Die Namen stehen nicht drin. Für mich kommen jetzt gute Tage auf den Feldern. Das heißt, wir werden bald Geld haben. Du kannst Stoff und Faden kaufen, für die Leute nähen und selbst Geld verdienen.«

In dem Moment erschien mir die Zukunft viel erschreckender als die Vergangenheit. Vielleicht konnte die Arbeit auf seinem Land, bei dem aus harten trockenen Samen und Erde Bohnen sprossen, ihn glauben machen, daß er vergessen hatte. Aber ich konnte nicht darauf vertrauen, daß Zeit oder Geld mich vergessen lassen würden.

Manchmal hielt ich mir die Leute in der Klinik an der Grenze vor Augen, besonders den Mann von Nounoune, der in der Leichengrube erwacht war, und die Frau mit dem großen Appetit und den Spuren von Stricken am Hals. Ich stellte mir vor, wie sie ihr Leben weiterführten, ihre Gärten bewirtschafteten, ihre Tiere an den Bach trieben, auf der Straße zur Seite sprangen, wenn schnellfahrende Laster kamen, ihre Kinder zum abendlichen Waschen hereinriefen und mit den Menschen schliefen, die sie wiedergefunden hatten.

Ich wünschte mir, ich könnte sie aus meiner Vision herausholen, in mein Leben bringen, um ihnen zu sagen, wie froh ich war, daß sie fähig waren, auf die Zukunft zuzugehen, aber vor allem, um sie zu fragen, woher es käme, daß sie so stark waren, was ihr Geheimnis war, wie sie ihr Leben, wenn auch nur für kurze Momente, von der Vergangenheit reinwaschen konnten.

»Wie konntest du weiter die Pflanzen versorgen, obwohl nichts wachsen wollte?« fragte ich Yves.

Ich hörte ihn laut atmen, mit der Zunge gegen den Gaumen schnalzen, um den richtigen Satz für seine Antwort zu finden. »Leere Häuser und leere Felder machen mich traurig«, sagte er. »Sie sind beide zu still, wie in der toten Jahreszeit.«

Er rutschte nach unten auf die Matratze, als hätte die Tatsache, daß wir miteinander geredet hatten, ihm das Gefühl gegeben, daß er jetzt mehr dazu berechtigt war.

Nach langem Schweigen fügte er hinzu: »In der Nacht, als Joël von dem Automobil angefahren wurde, wäre beinah ich gestorben.«

»Ich glaube, Sebastien hat das auch gedacht«, sagte ich.

»Nein, nein«, sagte er. »Joël, Sebastien und ich, wir gingen zusammen die Straße entlang. Joël war in der Mitte, Sebastien und ich waren beide neben ihm. Ich war an der Seite zur Straße hin. Wir sahen die Lichter und hörten das Automobil alle im gleichen Moment. Als wir uns umdrehten, hatte ich es schon fast im Nacken. Joël stieß mich zur Seite, daher blieb ihm keine Zeit, selbst wegzuspringen. Er wurde erfaßt und in die Schlucht geschleudert.«

Ich horchte auf Anzeichen, daß Man Rapadou nebenan in tiefem Schlaf lag, auf ihr lautes Schnaufen und gelegentliches Umdrehen im Bett.

»Dann hielt das Automobil und die Leute stiegen aus«, sagte er. »Ich konnte Sebastien nicht sehen. Ich wußte nicht, wo er war. Ich glaubte, er sei ebenfalls angefahren worden. Ich rannte weg, um mich hinter einem Baum im Dunkeln zu verstecken. Der alte Mann wollte bleiben und nach uns suchen, aber der andere, der Schwiegersohn, hatte große Eile.«

Ich wollte ihm sagen, daß er recht gehabt hatte, wegzurennen, daß es sogar tapfer war, daß es vielleicht einfach der Tag war, an dem Joël sterben mußte, daß Joël bei dem Gemetzel vielleicht ein noch schrecklicherer Tod erwartet hätte. Ich wollte die vielen Dinge sagen, die nie den trösten, der sie hört, sondern nur den, der sie sagt.

»Es hätte mich auch bei der Kirche treffen können, zusammen mit Mimi und Sebastien, wenn ich nicht weggegangen wäre, um das Holz zu verkaufen.« Er sprach weiter. »Ja, ich sah, wie sie Mimi und Sebastien und all die anderen auf einen Laster luden. Ich sah alles von der Straße aus. Sie ließen sie in Sechserreihen antreten, dann zwangen sie sie, hinaufzuklettern. Die Priester baten, bei den Leuten bleiben zu dürfen, aber sie wurden getrennt weggebracht, dann nahmen sie den Doktor und die Leute mit. Wenn er ein Haitianer sein wollte, sagten sie zu Doktor Javier, dann würde er wie ein Haitianer behandelt. Ich sah, wie Mimi hinaufkletterte, als sie an der Reihe war. Sebastien stand hinter ihr. Ihre Knie gaben nach, als sie kletterte und sie fiel beinah hinunter. Der Doktor bot ihr seine Hand und Sebastien unterstützte sie von hinten. Ich sah das alles von der Straße, wo ich mich versteckt hatte. Ich wollte für sie tun, was Joël für mich getan hatte, aber ich tat es nicht. Ich konnte nicht. Auch im Fluß, bei Wilner, konnte ich es nicht. Mir kam der Gedanke, daß ich wieder über den Fluß schwimmen und seine Leiche holen sollte, damit sie auf dieser Seite begraben wird. All die Soldaten. All die Gewehre. Ich konnte nicht. Ich bin nicht fähig gewesen, für einen anderen zu tun, was Joël für mich getan hatte. Ich werde es nie können. Nein. Nie. Denn je häufiger ich Leute sterben sehe, desto mehr will ich mein eigenes Leben behalten.«

Ich reichte hinüber und legte meine Hand auf sein schweißnasses, zitterndes Bein, damit er ruhig war, damit er stillhielt. Meine Finger krochen seine Schenkel hoch, seine Hand führte sie. Ich tastete im Dunkeln nach seinem Gesicht und fühlte seinen großen Adamsapfel, der auf und ab hüpfte, als würde er ihm aus dem Mund springen.

Er drehte sich auf die Seite und zog mir das Nachthemd von den Schultern. Eine Weile lagen wir beide auf dem Rücken und starrten ins Dunkel über uns. Was nun? Wem sonst sollten wir uns zuwenden?

»Auch mich hätte es bei der Kirche treffen können, zusammen mit Mimi und Sebastien«, sagte ich. »Wenn ich nicht zwei blutige Flecken am Kleid der Señora entdeckt hätte und ein bißchen länger bei ihr geblieben wäre. Und vielleicht ist Odette im Fluß gestorben, weil ich meine Hand zu fest auf ihre Nase gedrückt habe, obwohl ich das nicht wollte.«

»Odette starb, als Wilner starb«, sagte er. »Sie töteten sie, als sie ihn töteten.«

Und dafür war ich dankbar. Dankbarer als er ahnte.

Sein Leib sprang augenblicklich zu meinem hoch, als ich mich auf ihn legte. Ich war wahrscheinlich leichter, als er erwartet hatte, war knochiger und zierlicher, als er dachte. Eine Zeitlang hatte ich das Gefühl, daß er mich trug, wie Señora Valencia ihren Sohn und ihre Tochter in ihrem Leib getragen hatte, wie Kongo vielleicht seinen Sohn Joël getragen hatte, nachdem er gestorben war, wie zuerst Yves selbst und dann der Fremde Odette getragen hatte. Dann war ich es, die ihn trug. Nach einer Weile war es, als trieben wir beide gemeinsam dahin, in einer Weise verbunden, die wir nie erreichen konnten, wenn wir miteinander redeten, nicht einmal wenn wir zusammen weinten.

Mehrere Monate lang hatte ich mich gefragt, wenn ich mir Sebastiens Rückkehr vorgestellt hatte, ob mein Fleisch noch etwas anderes empfinden konnte außer Schmerz. Vielleicht hatte sich Yves dasselbe gefragt.

Sein Atem war laut und schnell wie der Wasserdampf, der den Deckel vom kochenden Topf anhob. Dann erstarrte sein Körper plötzlich und wurde schwerer, und ich dachte, daß sein Herz stehengeblieben, daß er auf mir gestorben wäre. Er knirschte mit den Zähnen und murmelte etwas, versuchte alles herauszudrängen, was tief in ihm verborgen bleiben sollte. Am Ende war alles, was herauskam, nur eine rasche Flut von Tränen, die über meine Stirn rollten, in meinen Augen brannten, mich zum Niesen brachten, als sie in meine Nase rannen, und die wie meine eigenen schmeckten, als sie mir auf die Zunge fielen.

Als er sich wieder zurück auf seine Seite des Bettes rollte, spürte ich eine noch größere Leere in der schmerzenden Höhle meines Bauchs. Ich zog mein Nachthemd an und schlüpfte unter die Decke. Er stieg aus dem Bett, zog seine Hose an und ging hinaus, die Tür ließ er halb offen. Unter dem *Baum der Reisenden* sitzend, suchte er den Himmel ab und öffnete eine neue Packung *La Nationale*-Zigaretten.

Im Mondlicht konnte ich fast das Knochengerippe sehen, das aus seinem Rücken ragte. Nachdem er ein paar Zigaretten geraucht hatte, warf er den Rest des Päckchens an die Hauswand und kam wieder herein. Als er ins Bett kletterte, stellte ich mich schlafend – oder gar tot.

35

Als ich am nächsten Nachmittag wieder zum Haus von Man Denise ging, waren die Türen verschlossen und verriegelt, und eines der Mädchen, die sich um sie gekümmert hatten, sagte mir, daß Man Denise ein paar Kaffeebohnen im Hof vergraben hätte und dann zu ihren Leuten in Port-au-Prince zurückgekehrt sei.

»Weißt du, wo ihre Leute in Port-au-Prince wohnen?« fragte ich.

Sie schüttelte den Kopf, drehte mir den Rücken zu und schaute auf die kalkweißen Hügel auf der anderen Seite des Hauses.

»Vielleicht hatte sie es satt, auf viele verschiedene Arten immer das gleiche zu hören«, sagte das Mädchen. »Vielleicht wollte sie irgendwohin gehen, wo nur ihre Kinder sie finden konnten, falls sie zurückkommen.«

Sie flickte eine Bluse, an der es nichts zu flicken gab, sie machte sie kleiner, damit sie ihr selbst paßte. Ich bot ihr an, die Bluse für sie zu ändern, aber sie ließ sie nicht aus der Hand. Daher sah ich zu, wie sie ihre ungleichmäßigen Nähte stichelte und die Bluse für ihre Figur zu eng wurde.

»Du gehst besser«, sagte sie. »Sie wird nie in dieses Haus zurückkehren. Ihre Leute werden von Port-au-Prince herkommen, um es zu verkaufen, das hat sie noch gesagt. Aber sie selbst wird ihren Fuß nie mehr hierhersetzen.« Das Mädchen riß die neuen Nähte wieder auf und begann, Abnäher in das Futter zu machen. Ich bedauerte, daß ich nicht mehr Zeit mit Man Denise hatte verbringen können. Ich hätte gerne mehr für sie getan. Aber mancher Kummer ging wohl einfach zu nah, als daß man ihn teilen konnte.

»Du gehst jetzt besser«, sagte das Mädchen.

Also lief ich zur Kathedrale von Cap Haitien, wo gerade eine Abendmesse gehalten wurde. Eine Gruppe von Gemeindemitgliedern stand Schlange, um am Fuß eines riesigen Kruzifixes, das anstelle von Blut feuerrote Farbe hatte, die Kommunion zu empfangen.

Ich blieb hinten neben einer schiefen Wand mit Votivkerzen und schaute zu, wie die ganze Gemeinde nach vorne zum Altar ging und dann wieder zurückkam, wie die Leute sich bekreuzigten, sich ein letztes Mal vor dem Kruzifix verbeugten, bevor sie ihm den Rücken kehrten.

Eine Frau schlüpfte herein, neben mich, sie streckte ihre Hände zu den Kerzen aus und zu einem farbigen Fenster, das *La Vierge* in einem Gewand aus Sonne zeigte, die durch blaues Glas gefiltert wurde.

»Gehst du nicht zur Kommunion?« fragte sie, während sie ihren Blick von den gesenkten Augen der Jungfrau abwandte.

»Keine Kommunion«, sagte ich. »Keine Beichte?«

»Keine Beichte.«

»Schon an einem einzigen Wort«, sagte sie mit einem offenen Lächeln, »erkenne ich den Klang deiner Sprache. Bist du gerade zurückgekommen?«

»Vor einiger Zeit«, sagte ich.

»Ich auch. Vor einiger Zeit«, sagte sie. »Früher hatte ich einen kleinen Laden, aber jetzt arbeite ich für die Priester hier, ich putze die Kirche und koche für sie.«

Ich untersuchte sie nach einem Mal, einer Narbe, irgendeiner sichtbaren Verwundung. Sie schaute auf meine Beine, vielleicht fragte sie sich, ob das die einzige Art von Verletzung war, die ich hatte.

»Wo hast du drüben gelebt?« fragte sie.

»Alegría«, sagte ich.

»Da war ich nie«, sagte sie.

»Wo hast du gelebt?« fragte ich sie.

»Higüey«, sagte sie. »War das Zuckerland, wo du warst?«

»Kleines Zuckerrohr, kleine Mühlen.«

»Wurde der Ort, wo du gelebt hast, offiziell Alegría genannt, oder haben die Leute ihn so getauft?«

»Er wurde immer so genannt«, sagte ich.

»Die Leute, mit denen ich zusammen war, die tauften immer die Orte um. Die Namen, die sie ihnen gaben, waren anderswo nicht bekannt. War da viel Freude, wo du lebtest, daß sie es *Alegría* nannten?«

Solange ich denken konnte, hatten die Leute die Ansammlung reicher Villen, die Berge, Flüsse und Zuckerrohrfelder um Señora Valencias Haus Alegría genannt.

»Vielleicht wollten die Leute, die es so nannten, einen Scherz machen«, sagte ich.

Sie lachte ein Lachen, das für jeden heiligen Ort zu laut war.

»Bist du hier, um mit den Priestern über das Blutbad zu reden?« fragte sie. »Dort ist Pater Emil, er hört sich die Geschichten an.«

Sie deutete auf Pater Emil. Er war der kleinere und dickere der beiden Priester, die vor dem Altar standen. Der andere war älter, ein Franzose und weiß, Haare wie die Fransen eines Pferdes fielen ihm in die Augen.

»Du wirst noch ein bißchen warten müssen«, sagte sie, »bis nach der Messe und bis die täglichen Almosen vergeben sind.«

Nach der Messe gingen die Priester hinaus auf die Stufen vor der Kathedrale und verteilten Brot an die Armen, die draußen warteten. Die Frau rannte in einen der hinteren Räume und kam mit zwei kleinen Broten zurück. Sie legte sie ohne ein Wort in meine Hände, damit ich mich nicht schämen mußte, sie zu nehmen.

Als die Patres an uns vorbei wieder hineingingen, hielt sie Pater Emil an der Kutte fest und sagte: »Pater, sie hier hat lange gewartet, um mit Ihnen zu sprechen.«

Pater Emil schaute auf das Brot in meiner Hand hinunter

und nickte mir mitleidsvoll zu. Die Frau preßte mir ihre Hände in den Rücken und schob mich zu ihm hin.

Ich folgte ihm in einen Raum hinter dem Altar. Er enthielt einen großen Schreibtisch, zwei Korblehnstühle, ein kleines Kreuz an der Wand und einen Glasschrank voller Bücher für die Schule, welche die Priester hinter der Kirche betrieben.

»Bist du gekommen, um über das Blutbad zu sprechen?« fragte er mich und bot mir einen der leichten Korblehnstühle an. Er schob sich hinter den Schreibtisch und nahm Platz. »All denen, die uns von ihren verlorenen Verwandten berichten, können wir nichts anbieten außer unseren Gebeten und vielleicht ein wenig Brot. Daher haben wir aufgehört, uns diese schrecklichen Geschichten erzählen zu lassen. Es hat unsere ganze Zeit gekostet, und wir haben so viel andere Arbeit zu tun.«

»Pater, ich bin nicht gekommen, um Ihnen eine Geschichte zu erzählen«, sagte ich. »Und ich habe schon ein Stück Brot bekommen.«

»Wie kann ich dir dann dienen, mein Kind?«

»Ich möchte wissen, ob Sie von Pater Romain oder Pater Vargas gehört haben, die auf der anderen Seite des Flusses gelebt und gedient haben.«

Er legte seine Hände zusammen und neigte seinen Leib in die Richtung meines Stuhls.

»In den Kirchen überall in diesem Land haben wir für sie gebetet«, sagte er und schaute hinauf zu dem einfachen Kreuz hinter mir. »Die Nachricht von ihrem Kampf haben wir über andere Brüder im Glauben erhalten.«

Er schien erfreut, daß er wenigstens etwas für mich tun konnte.

»Sie sind also nicht tot?«

»Sie hatten im Gefängnis viel zu leiden, sind aber am Leben. Einige Mitglieder der Kirche sprachen beim Generalissimo um ihretwillen vor, und sie wurden beide freigelassen. Nachdem Pater Romain frei war, mußte er die andere Seite des Flusses verlassen, obwohl er bleiben und denen von unserem Volk helfen wollte, die noch drüben leben.«

Ich reichte über den Schreibtisch und drückte seine gefalteten Hände.

»Hast du sie gekannt?« fragte er.

»Ja, ich habe sie gekannt.«

»Pater Romain lebt nahe der Grenze, in Ouanaminthe, in einer kleinen Hütte mit seiner jüngeren Schwester, sie ist keine Nonne, sie ist seine leibliche Schwester.« Er lächelte. »Sie ist Sängerin. Das Haus ist in der Nähe einer alten Scheune, wo während der Krise eine Klinik eingerichtet wurde. Er wollte seiner früheren Pfarrei so nahe sein wie möglich.«

»Sie sind ein Wunder, Pater«, sagte ich und küßte lieber die noch warmen Brote als ihn.

36

Am gleichen Abend schrieb ich eine einfache Nachricht, die ich Pater Romain geben wollte, wenn ich ihn sah. Sie war für Doktor Javier, der, falls er nicht noch im Gefängnis war, möglicherweise Pater Romain an der Grenze besuchen würde.

Por favor – Doktor Javier,
Ich wäre sehr dankbar für einen Hinweis,
wo ich Micheline Onius und
Sebastien Onius finde, angeblich sind sie
in Santiago zur Zeit des Blutbads
umgekommen. Würde gerne wissen, ob
Sie dies gesehen haben und ob Sie wissen,
daß es wahr ist.
Unterschrift,
Amabelle Désir.

Ich fügte die Lagebeschreibung von Man Rapadous Haus hinzu sowie die Hausnummer des Kaufmanns am Kai, bei dem wir zumeist Zucker und Mehl kauften. Falls Doktor Javier je meinen Zettel erhielt, würde er wissen, wo er mich finden konnte.

Als Yves in jener Nacht ins Bett kam, blieb er ganz auf der anderen Seite der Matratze liegen und bemühte sich sehr, daß sich unsere Haut nicht berührte. Bevor er einschlief, sagte ich ihm, daß ich am nächsten Tag zur Grenze fahren würde, um Pater Romain zu besuchen.

Am Morgen brach er früh zu den Feldern auf, ließ aber zehn Gourdes bei seiner Mutter, ein Teil davon war für mich, um den *camión* zu bezahlen.

Auf meiner Reise zurück zur Grenze war ich überrascht von der Größe und Schönheit der Berge, ihre rundgewölbte Form wurde erst deutlich, als wir an ihnen entlangfuhren.

Der *camión* hielt vor einem Feld mit staubgefiedertem Gras, es stand um die alte Scheune, in der die Behelfsklinik gewesen war. Als ich mich dem Gelände näherte, wo die Toten gelegen hatten, dachte ich an Odette, und mein Magen drehte sich um.

Der Boden glitt mir unter den Füßen weg; die Sonne schien näher zu kommen, bis ich das Gefühl hatte, sie würde direkt neben meinem Gesicht liegen, meine Haut schmelzen und meine Augen blenden. Die Steine am Boden wurden so riesig wie Kissen und schließlich fiel ich hin, die Erde war für mich ein warmes Bett.

Ich wußte, ich mußte um Hilfe rufen, aber es war niemand, tot oder lebendig, in der Nähe. Außerdem fühlte ich mich so entspannt, daß ich nicht gestört werden wollte. Über mir kreiste ein Himmel aus Gras und den beiden über das Scheunentor genagelten Brettern.

Ich erinnerte mich, wie ich einmal als kleines Mädchen einen Säugling beobachtete, dem mein Vater und meine Mutter auf die Welt geholfen hatten. Einen Monat danach ließ die Frau den Kleinen bei uns, als sie auf den Markt ging. Im Schlaf rollte er sich zu einer Kugel zusammen und drehte sich im Bett um und um. Ich sah ihm eine Weile zu, bevor ich meinen Vater rief, der draußen Holz hackte, und meine Mutter, die hinterm Haus Wäsche wusch.

»Ich glaube, dieses Baby ist vom Bösen besessen«, sagte ich zu ihnen.

Mein Vater lachte und schlug dem Kleinen auf den Hintern, so daß er mit den Krämpfen aufhörte. Dann erklärte er mir, daß manche Babys im ersten Jahr mit ihrem Körper die Geburt erinnerten und sie viele Male wiederholen mußten, bevor sie

sie vergessen konnten. Wenn sie das taten, müßtest du ihnen helfen, wieder alles genauso zu erleben, vor allem das Herauskommen, indem du ihnen auf den Hintern schlägst, wie man es nach der Geburt getan hatte.

Einige Zeit später erwachte ich und rappelte mich auf. Wunderbarerweise hatte ich mich nicht verletzt. Ich wischte mir das Gesicht mit beiden Handrücken ab und ging zu einem Kalksteinhaus in der Ferne, das einsam in einem weiten, offenen Feld stand. Eine alte Frau saß gebückt im Eingang und enthülste in ihrem Schoß Erbsen. Ihre Daumen fuhren in die weichen grünen Schoten hinein und hinaus und schoben vollkommen runde grüne Erbsen in eine halbgefüllte Schüssel.

»Ich bin gekommen, um Pater Romain zu besuchen«, sagte ich.

Sie zeigte das Feld hinunter auf eine kastenähnliche Hütte aus Schindeln mit einem Blechdach.

Die Eingangstür war offen, aber ich klopfte dennoch an. Eine junge Frau kam an die Tür, sie trug ein geblümtes Sommerkleid, dessen Oberteil die kleinen flachen Brüste kaum bedeckte. Sie fächelte ihr Gesicht mit zwei langen Flammenbaumschoten, die durch diese Bewegung eine zufällige Melodie von sich gaben.

»Ist Pater Romain hier?« fragte ich.

»Wer fragt nach ihm?« Sie hörte nicht auf, die Schoten zu schwenken, so daß es schwer für mich war, bei dem Geklapper überhaupt ihre Stimme zu hören.

»Ich heiße Amabelle«, sagte ich. »Ich habe ihn in Alegría gekannt.«

Während sie noch heftiger mit den Schoten klapperte, sagte sie: »Ich mache das, wenn mein Bruder mich nicht sieht, damit er weiß, daß ich da bin. Es beruhigt ihn.«

Sie gab den Weg frei und bedeutete mir, hineinzugehen.

»Sei nicht traurig, wenn er sich nicht an dich erinnert«, sagte sie. »So viele Leute sind zu ihm gekommen, um ihn nach ihren Verwandten zu fragen, aber nachdem er verhaftet war, wurde er immer zusammen mit dem anderen Priester, Pater

Vargas, festgehalten. Er war nie mit den haitianischen Gefangenen zusammen.«

Sie hörte mit dem Klappern auf und führte mich durch einen kahlen Raum in den Hof, wo Pater Romain in einem Schaukelstuhl unter einer Gruppe von Mangobäumen saß.

»Jacques!« rief sie. »Du hast Besuch, jemand, der dich in Alegría kannte.«

Pater Romain hatte einen Strohhut auf, der sein Gesicht fast ganz verdeckte. Ein Dickicht sandfarbener Haare schaute aus dem offenen Kragen seines weiten, geräumigen Hemds heraus. Seine Hände zitterten, als er mit zusammengekniffenen Augen ein Stück dünnes orangefarbenes Papier um das Skelett eines kleinen Drachen zu nesteln versuchte. Wenn sein Kiefer zu zucken begann, strich er mit der Hand über seine Wange, um das Zittern zu beherrschen.

»Wer ist gekommen?« brummelte er. In beiden Mundwinkeln glitzerte Spucke. Obwohl er immer noch jung war, sah er aus wie einer, der niemand mehr erkennt, wie jene Menschen, für die das Leben zu einem langen Schatten schrumpft, da ihre Sicht sich verdunkelt, denn sie sind bereits ins hohe Alter übergegangen.

Die Schwester ging vom Hof ins Zimmer, um Stühle zu holen. Pater Romains Augen wanderten hinauf und hinunter, vom Stamm der Mangobäume zu seiner Schwester, bevor er mich sah.

»Sprich laut und sage ihm, was du zu sagen hast«, sagte sie. »Sein Geist ist zerstreut.«

»Pater, mein Name ist Amabelle Désir«, sagte ich.

»Ja, Amabelle Désir.« Seine Stimme war ein entferntes Murmeln, den Drachen hielt er dicht vor seinem Gesicht.

»Pater, erkennen Sie mich wieder?«

Er wiegte den Kopf hin und her.

»Erinnern Sie sich nicht an mich?«

»Nein«, sagte er.

»Pater, ich muß wissen, ob Sie vielleicht Mimi und Sebastien Onius trafen, bevor oder nachdem Sie im Gefängnis waren.«

Der Priester schüttelte hinter dem Drachen den Kopf.

»Gefängnis? *Wi, wi.* Ich habe im Gefängnis viele Leute getroffen.«

»Siehst du, wie sie ihn im Gefängnis alt gemacht haben?« sagte seine Schwester.

»Unser Land ist das stolzeste Erbe, das ich ihnen hinterlassen kann«, brabbelte Pater Romain. Er starrte verständnislos zu seiner Schwester hinauf, als müßte er sich mit aller Macht anstrengen, ihre und auch meine Worte zu verstehen.

»Sie haben ihn gezwungen, diese Dinge zu sagen, er wiederholt sie jetzt, wenn er zerstreut ist«, erklärte sie.

»Wenn du auf dieser Insel zu weit in eine Richtung gehst, sprechen die Leute eine andere Sprache«, fuhr Pater Romain mit zielloser Bestimmtheit fort. »Unser Mutterland ist Spanien, ihres ist das dunkelste Afrika, versteht ihr? Sie sind einmal nur zum Zuckerrohrschneiden hergekommen, aber jetzt sind mehr von ihnen hier, als je Zuckerrohr zum Schneiden da sein wird, versteht ihr? Unser Problem ist, wir wollen unseren Einfluß behalten. Sag mir, mag es irgendeiner, wenn sein Haus von Besuchern überfüllt ist, so sehr, daß die Besucher die eigenen Kinder ersetzen? Wie kann ein Land uns gehören, wenn unsere Zahl kleiner ist als die der Fremden? Die unter uns, die ihr Land lieben, ergreifen die notwendigen Maßnahmen, damit es unseres bleibt.«

»Wenn er einmal angefangen hat, kann ich ihn nicht aufhalten«, sagte die Schwester, während sie ihrem Bruder mit ihren bloßen Fingerspitzen die größer werdenden Geiferspuren beiderseits des Kinns wegwischte.

»Manchmal kann ich nicht glauben, daß diese eine Insel zwei so verschiedenartige Völker hervorgebracht hat«, Pater Romain fuhr fort, wie eine schlecht aufgezogene Maschine zu sprechen. »Wir als Dominikaner müssen unsere eigenen Traditionen und unseren eigenen Lebensstil bewahren. Sonst sind wir in weniger als drei Generationen alle Haitianer. In drei Generationen werden unsere Kinder und Kindeskinder völlig verdorbenes Blut haben, wenn wir uns nicht jetzt wehren, versteht ihr?«

Vielleicht war er endlich müde vom Reden, er brach jedenfalls ab und senkte das Gesicht, das Kinn fiel hinunter auf seine Brust.

»Er wurde jeden Tag übel zusammengeschlagen«, sagte die Schwester, während sie seine Schulter streichelte. »Gleich nachdem er herkam, erzählte er mir, sie hätten ihm einen Strick um den Kopf gebunden und so eng zugedreht, daß er manchmal meinte, er würde verrückt. Sie gaben ihm nichts zu trinken außer seinem eigenen Urin. Manchmal erinnert er sich an alles. Manchmal vergißt er alles, alles, sogar mich.«

»Vergessen«, murmelte Pater Romain. Er versuchte sich wieder auf die Arbeit an seinem Drachen zu konzentrieren. Mit größerer Kraft, als ich seinen zitternden Händen zugetraut hätte, riß er ein Stück Stoff vom Vorderteil seines Hemdes ab, um den Drachenschwanz zu verlängern.

»*Non*, Jacques«, schimpfte seine Schwester, wie eine junge Mutter, die ihr ungezogenes Kind zurechtweist. »So hat er schon viele von seinen Hemden ruiniert«, sagte sie, wieder an mich gewandt.

»Haben Sie Doktor Javier gekannt?« fragte ich die Schwester.

»Jacques, erinnerst du dich an einen Doktor Javier?« fragte sie.

Pater Romain band den Stoffstreifen von seinem Hemd an das Ende des Drachens und sagte nichts.

»Ich habe nicht alle von Jacques' Freunden gekannt«, sagte die Schwester. »Er ist Priester. Ich bin Sängerin, aber ich singe keine religiösen Lieder.«

»Wie lange werden Sie hierbleiben?« fragte ich sie.

»Solange er hierbleiben möchte«, sagte sie. »Wo wohnst du?«

»In Cap Haitien«, sagte ich, »im Haus einer Frau, die Man Rapadou genannt wird.«

»Unsere Familie besitzt ein schönes Haus in Cap Haitien, in der Nähe der Kathedrale«, sagte sie. »Ich hoffe, daß ich ihn dort bald hinbringen kann. Sogar in seinem Zustand möchte Jacques immer noch zurück über die Grenze gehen, zu den Leuten, die er in der kleinen Stadt im Tal betreute, aber sie werden ihn umbringen, wenn er noch mal rübergeht.«

Die Schwester schüttelte wieder die Flammenbaumschoten. Pater Romain schaute auf, seine Augen strahlten plötzlich wie die eines hungrigen Hundes, der zu seinem langentbehrten Fressen gerufen wird.

Als ich ihm Lebewohl sagte, grüßte er mich wieder, als sähe er mich zum ersten Mal.

Ich drückte der Schwester meine Nachricht in die Hand. »Bitte geben Sie ihm das in einem der Momente, wenn er sich wieder erinnert«, sagte ich.

Als ich sein Haus verließ, wollte ich den Fluß sehen, konnte mich aber nicht dazu überwinden. Statt dessen träumte ich davon, mich aus der Welt zurückzuziehen, meine Zeit nur noch im Haus zu verbringen, so daß niemand mit mir redete und ich mit niemandem redete. Alles was ich wollte, war ein Alltag, eine Reihe eintöniger Tätigkeiten, die ich ohne Eifer oder Anstrengung ausführen konnte, ein Leben, in dem alles immer gleich war, in dem jeder Tag genauso verging wie der davor.

In jener Nacht erzählte ich Yves im Bett, daß ich an der Grenze Pater Romain gesehen hatte.

»Kannst du dir nicht denken, daß ich auch dort war?« fragte er. »Daß ich ihn auch gesehen habe, den armen *bèkèkè*?«

»Bitte nenn ihn nicht so«, sagte ich.

»Hast du gesehen, in was für einem Zustand er war, wie er redete, redete ohne aufzuhören? Seine Schwester war die erste, die mir sagte, daß das ganze Gemetzel so aussehen sollte, als wären es Bauern mit Macheten gewesen; mit den Gewehren sollte nie geschossen werden wie bei Wilner.«

»Warum hast du mir nicht erzählt, daß du schon bei ihm warst? Weißt du, daß Man Denise fort ist, daß Leute zu ihr gekommen sind und ihr gesagt haben, Mimi und Sebastien seien tot?«

»Ich sag dir nicht immer, was ich weiß und wo ich hingehe«, sagte er.

Sein Schweigen vor dem Einschlafen war schwer vor Zorn und Schuld. Wie Sebastien hatte er immer für die Arbeit gelebt.

Die beiden wichtigsten Kreisläufe in ihrem Leben waren die Zuckerrohrernte und die tote Jahreszeit gewesen. Jetzt war alles, was er tun konnte, zu säen und über die tote Jahreszeit hinwegzukommen.

37

Die tote Jahreszeit ist für mich eine nicht endenwollende Nacht.

Ich träume ständig davon, zurückzukehren, um dem Fluß, dem Wasserfall, dem Friedensrichter, ja sogar dem Generalissimo persönlich Zeugnis abzulegen.

Eine Grenze ist ein Schleier, den nicht viele Leute tragen können. Das Tal ist ein Tagtraum, ebenso wie das Dorf, die Menschen und Joël mit seinem Grab, das nur ein gebrochener alter Mann jemals finden könnte.

Ich würde mit Odette zurückgehen, damit sie dem Generalissimo ihr ›pési‹ *hinwirft, denn ich würde es nicht sagen können. Ich würde immer – wenn auch schlecht –* ›perejil‹ *sagen. Denn irgendwo in mir denke ich immer noch, daß ein einfaches Wort unser aller Leben hätte retten können.*

Ich hatte nie weglaufen wollen. Ich wußte, was geschah, aber ich wollte nicht fliehen. »Wohin?« »Zu wem?« klingelte es dauernd in meinem Kopf.

Ich wette, von all den Leuten, die getötet wurden, haben außer mir noch viele andere gefragt: »Zu wem?« Sogar als sie starben und die Priester über ihrem Leib einen zeremoniellen Abschied sprachen, haben sie sich wohl gefragt: »Geh in Frieden. Aber wohin?«

Himmel – mein Himmel –, das ist der Schleier aus Wasser, der zwischen mir und meinen Eltern liegt. Dieses Wasser zu überqueren und wieder heil herauszukommen heißt, ich bin lebendig. Daß Odette und Wilner nicht herauskamen, heißt, daß sie tot sind.

Ich war nie naiv oder blind. Ich wußte alles. Ich wußte, daß viele der Tod erwartete. Ich wußte, daß die Bäche und Flüsse mit Blut gefüllt werden würden. Ich konnte ebensogut »pési« *sagen wie* »perejil«.

Ihr werdet überrascht sein, wozu wir unsere Träume verwenden, wie wir sie über unser Gesicht breiten und sie wie Amulette mit uns herumtragen, damit sie uns vor dem bösen Zauber beschützen.

Ich träume jetzt nur noch davon, wie meine Worte den abwesenden Friedensrichter, den Generalissimo persönlich, heimsuchen.

Er fragte nach »perejil«, *aber wir hätten noch viel mehr sagen können. Vielleicht hätte ein einfaches Wort uns doch nicht das Leben gerettet. Dafür hätte es noch viele andere gebraucht und mit diesen wird es uns irgendwann gelingen.*

Je mehr Tage vergehen, desto mehr denke ich an Joëls Grab. (An Wilners, Odettes, Mimis Grab und auch an Sebastiens.) Ich war genausowenig in der Lage, diese Gräber zu finden, wie ich den genauen Stern ausmachen konnte, der zersprang und in der Nacht vom Himmel fiel, als jeder von ihnen starb.

Je mehr ich an ihre Gräber denke, desto deutlicher sehe ich meines: einen einfachen Grabstein, auf dem nur mein Name und mein Todestag steht.

Aber es soll bekannt werden, daß ich alles verstanden habe. Ich habe auch einiges gesehen. Ich dachte nur, daß sie mich nicht sehen würden. Ich dachte nur, daß sie mich nicht finden würden. Erst als sie Mimi und Sebastien mitnahmen, wurde mir klar, daß der Fluß von Blut bis vor meine Tür kommen könnte, daß er schon immer in unserem Haus war, daß er in all unseren Häusern ist.

Ich hörte einmal einen Alten sagen, daß die Toten, die für ihre Worte keinen Gebrauch mehr haben, sie als einen Teil ihres Erbes ihren Kindern weitergeben, einen Spruch, ein Lufteinziehen mit den Zähnen, Unflätigkeiten, sogar ein Grum-

meln und Brummen, das sie einst an bestimmten Stellen in ein Gespräch einfließen ließen, all das wird dem nächsten Erben weitergegeben.

Ich höre die ganze Zeit die Last des Flusses. Er knirscht unter den Stimmen wie eine hölzerne Plattform unter einer Tonne Fels. Er öffnet sich, der Fluß, um alle, die ihn betreten, zu verschlingen, Männer, Frauen, Kinder, als wären ihre Bäuche mit Steinen gefüllt.

Es wird vielleicht ein großes Unbehagen bei denen entstehen, die die Welt zum Schweigen bringen wollen, wenn sie entdecken, daß in unseren Köpfen Stimmen eingeschlossen sind, Stimmen, die mit jedem Tag, der vergeht, sogar noch lauter werden als der Lärm der Welt draußen.

Das Blutbad ist das einzige, das mir so sehr gehört, daß ich es weitergeben kann. Alles, was ich möchte, ist, einen Platz finden, wo ich es ab und zu niederlegen kann, ein sicheres Nest, wo es weder von den Winden zerstreut noch für immer unter der Krume vergraben wird.

Ich muß es einfach manchmal niederlegen. Sogar in die kostbare Stille der Nacht, wenn keiner zusieht.

38

Ich wartete auf Doktor Javiers Antwort, während ich Yves jeden Morgen zusah, wie er zu den Feldern aufbrach, um erst nach Einbruch der Nacht zurückzukommen. Ich wartete auf Doktor Javiers Antwort, während ich fühlte, wie mein breiter und schwerer werdender Körper sich langsam zu meinen Füßen hinneigte, als sollten meine Knochen von ihrer Höhe zu Boden gezogen werden. Ich wartete auf Doktor Javiers Antwort, während ich für jeden Kleider nähte, der mit einem Stück Stoff zu mir kam, es vor mich hinhielt und mir für meine Mühe ein paar Gourdes anbot, oder einen Teller Essen, manchmal auch nicht mehr als ein freundliches Grinsen. Ja, ich wartete auf Doktor Javiers Antwort, während ich alt wurde.

Pater Romain war von seiner Schwester in ein Krankenhaus nach Port-au-Prince gebracht worden, daher sah ich ihn nicht wieder bis Mai 1961. Da war der Generalissimo in einem Monsun von Kugeln gestorben, als er sich gerade auf einer nach ihm benannten Autostraße aus der Hauptstadt hinausfahren ließ.

Pater Romain war damals bei einem Familienfest am Cap und stellte sich in der Sonne auf die Stufen vor der Kathedrale, um einer Parade von Überlebenden zuzusehen, die auf der Straße sangen:

Yo tiye kabrit la! Adye!

Sie haben die Ziege getötet! Adieu!

Zum ersten Mal, seitdem die Menge auf den Friedensrichter gewartet hatte, sah ich wieder eine Gruppe von Menschen der Ereignisse von damals gedenken, es war eine merkwürdige Feier für die Lebenden und die Toten, veranstaltet von den Kindern und Kindeskindern des Gemetzels.

Pater Romain war gezwungen worden, schneller zu altern als die meisten von uns, aber ich bemerkte, unter den hohlen Wangenknochen und dem hohen runden Schopf graumelierter Haare empfand er eine gewisse unsichere Freude. Er schien eine andere Person zu sein, der ältere Bruder – nein, der Großvater – des Mannes, der er einmal gewesen war, des Mannes, der den Kindern mit Drachenfliegen die Eigenheiten des Windes und der unsichtbaren Stoffe in der Luft beigebracht hatte.

Ich wußte nicht, wo seine Schwester an diesem Tag war, jedenfalls war sie weder bei ihm noch bei uns, als wir die einst im Feuer lodernden Straßen vom Cap eroberten, mit Töpfen und Kannen klapperten, um das Ende des Generalissimo zu feiern.

Yves kam von den Feldern, um zwischen den Reihen hin und her zu gehen, er kaute an seiner Unterlippe, als wollte er über jeden Freudenschrei von uns weinen.

Man Rapadou und ich gingen Arm in Arm, ihr Leib war noch beweglich und munter, obwohl sie sich dem Ende ihres achten Jahrzehnts näherte.

Man Rapadou war in dem einfachen Ablauf meines Lebens unverzichtbar gewesen. Wir wachten beide zur gleichen Zeit am Morgen auf, wenn Yves zu den Feldern aufgebrochen war, und sie half mir beim Nähen. Ich liebte das Nähen; ich genoß es, meinen Zeigefinger in den Fingerhut gekrümmt zu fühlen, freute mich viele Stunden daran, zu sehen, wie die Nadel sich hob und senkte, und achtete sorgsam darauf, wie der dünne Faden sich durch den Stoff wand. Ich benutzte nie eine Maschine, denn sie hätte mir viel von diesem körperlichen Vergnügen genommen.

Jeden Morgen bei Sonnenaufgang gingen Man Rapadou und einige Frauen vom Hof zum Markt und brachten frische Zutaten für ein Essen mit, das erst am späten Nachmittag fertig wurde, um die Zeit, wenn Yves nach Hause kam. Obwohl sie wußte, daß er anderswo aß, vielleicht sogar eine andere Frau hatte, die für ihn sorgte, behandelte sie ihn immer noch so, als ob er ihr hilfloser Junge wäre, der gerade genug Kraft hatte, das Land seines Vaters zum Leben zu erwecken.

Da sein Wohlstand gewachsen war, hatte Yves um den Hof vier weitere Räume gebaut, zwei davon gehörten mir, mir allein. (Seine Mutter hatte nicht umziehen und ihre alten Verwandten und ihre glücklich-traurigen Erinnerungen zurücklassen wollen.) Es gab Zeiten, in denen ich mich in diese beiden Zimmer, die mir allein gehörten, einschloß und monatelang im Bett blieb, Zeiten, wenn mir zu viele Fasern im Hals steckten oder wenn mein Arm schmerzte, so daß ich nicht nähen konnte, wenn mein Kniegelenk pochte und das Klingeln in meinen Ohren unaufhörlich dröhnte. Außer diesen Zeiten war der Tod des Generalissimo die einzige Atempause von meinem Alltag, den ich mit Nähen und Schlafen füllte und den gleichen Träumen, die mich jede Nacht heimsuchten.

»Oh, Man Amabelle, schau an, wie du den *kalanda* tanzt«, rief einer aus der Menge vor der Kathedrale.

Ich hatte nicht einmal gemerkt, daß ich tanzte. Ich wußte nicht, daß ich tanzen konnte. Aber ich hörte nicht auf das Kompliment, sondern auf die Anrede, die einer älteren Frau gebührte, – das »Man« wie bei Man Irelle, Man Denise oder Man Rapadou – vor meinem Namen.

Ich sah junge Männer und Frauen an jenem Tag zu *maracas* und Tamburinen hüpfen, die damals, als ich zurückgekehrt war, noch nicht einmal geboren waren, und ich spürte, wie die Zeit neben mir wegglitt, was ich nicht empfand, wenn ich mit Man Rapadou und den Leuten vom Hof allein war.

Yves ging uns allen voran, er hielt sich aus der Menge heraus, die in die Läden strömte. Er schien jünger als er war; mit seiner eingefallenen Brust und seinen schmalen Hüften sah er aus, als hätte er ein oder zwei Hungersnöte erlebt. Er rasierte sich wieder den Kopf kahl wie eine Schüssel, obwohl seine Haare keine Zuckerrohrzecken mehr einfangen würden.

Es gefiel ihm nicht, daß wir uns an der Parade beteiligten; das war mir klar. Er redete jetzt so wenig, daß ich ganze Sätze aus seinen schweißnassen zusammengezogenen Augenbrauen lesen konnte. Die Fragen, die ihm an diesem Tag im Gesicht standen, waren auch meine eigenen.

Wie könnt ihr es wagen, an einem solchen Tag zu tanzen?

Was konnten wir tun, außer tanzen?

Es ist, als ob ihr auf all den Gräbern tanzt.

Es gab keine Gräber, keine Grabsteine. Wenn wir auf Gräbern tanzen wollten, müßten wir in der Luft tanzen. Außerdem war dies ein harmloser, einfacher Tanz, den unser Volk gut kannte, der Abschiedstanz für einen toten Tyrannen.

Vierundzwanzig Jahre lang waren all meine Gespräche mit Yves auf das Notwendigste beschränkt gewesen. Guten Morgen, gute Nacht. Wie steht's? Auf Wiedersehn. Die vorsichtigen Worte, die zwischen zwei Menschen getauscht werden, wenn der eine den anderen nur durch sein Dasein an einen großen Verrat erinnert.

Ich hatte mir oft gewünscht, daß er eine Frau finden möge, die ihn liebte und vom Hof wegbrachte. Ich konnte selbst nicht gehen, denn ich hatte keinen Ort, wo ich hin konnte. Ich hatte nicht die Kraft, eine Reise zu unternehmen, um entfernte Verwandte zu suchen, die bis dahin recht gut ohne mich leben konnten; ich wußte nicht einmal, ob sie mich wiedererkennen würden, wenn sie mich sahen. Einige von ihnen hätten sich um mich kümmern können, nachdem meine Eltern ertrunken waren, aber vielleicht hatten sie gedacht, ich wäre ebenfalls ertrunken.

Trotz des ernsten Ausdrucks auf vielen Gesichtern in der Menge, trotz mancher Leute, die sogar beim Tanzen weinten, trotz der Toten, deren Verlust uns verfolgte wie der Staub ihrer Knochen im Wind, und obwohl unsere Chance vertan war, dem Generalissimo dereinst ins Auge zu starren und zu spucken, feierten wir also doch ein Fest, und sei es nur, weil er tot war, und wir ihn überlebt hatten.

Als die Menge sich zerstreute, ging ich die Stufen zur Kathedrale hinauf, Man Rapadou und Yves wollten auf dem Gehweg auf mich warten. Pater Romain stand bei einer Gruppe von Gemeindemitgliedern, die gerade aus der Kathedrale herauskamen.

»*Mon pè*, geht es Ihnen besser?« fragte ich vom Rand der Gruppe aus.

»Dank Seiner Gnade, ja.« Seine Stimme war ruhig, seine Augen plötzlich aufmerksam, die beiden auffälligsten Kennzeichen des jungen Mannes, der er einmal gewesen war.

»Ich bin Amabelle Désir, Pater«, sagte ich. »Ich habe Sie besucht, als Sie in Ouanaminthe waren. Ich habe in Alegría gelebt. Wie geht es Ihrer Schwester?«

»Haben Sie meine Schwester gekannt?« fragte er.

»Ja. Ich sah sie in Ihrem Haus in Ouanaminthe.«

»Sie singt immer noch in Nachtclubs in Port-au-Prince.« Er streckte mir seine rechte Hand entgegen, beobachtete dabei, wie sie sich von seiner Seite anhob, als wäre sein eigenes Fleisch für ihn immer noch ein Wunder.

»Pater, werden Sie jetzt nach Alegría zurückkehren?« fragte jemand.

Er schien überrascht, daß so viele von Alegría wußten. »Alegría, der Name klingt nach Freude«, sagte er, seine Stimme schwoll an, als würde er zu Menschen sprechen, die unter einer Kanzel versammelt sind. »Vielleicht hatten seine Gründer – die den Ort so nannten – das im Sinn. Vielleicht war es eine Freude für sie, als sie herausfanden, daß man aus Blut Zucker gewinnen kann.«

Yves und Man Rapadou stiegen die Stufen hinauf, um sich ins kühle Innere der Kathedrale zu setzen. Yves schaute nicht einmal zu Pater Romain hinüber, als er vorbeikam, er half seiner Mutter beim Gehen, indem er sie am Ellbogen hielt.

»Pater, werden Sie nach Alegría zurückgehen?« Ein anderer stellte die gleiche Frage.

Pater Romain schaute auf uns herunter, als hätten wir in ihm eben erst den Gedanken geweckt.

»Ja, ich gehe zurück«, sagte er, »um denen von unserem Volk zu helfen, die noch dort sind, wenn ich kann.«

»Wann werden Sie zurückkehren, Pater?« fragte ich.

»Ich bin kein Pater mehr«, sagte er, um gleich zu erklären: »Ich bin der Vater von drei kleinen Jungen. Ich bin nicht mehr in einem Orden.«

»Warum, Pater?« Die Frage kam aus einem unbedachten Mund.

»Für meine Heilung nach dem Blutbad brauchte es mehr als Gebete«, sagte er mit einer Traurigkeit, zu der er zu verwirrt war, als ich ihn damals an der Grenze gesehen hatte. »Ich brauchte eine hübsche, sanfte Frau und drei neue Leben, die ich an meine Brust drücken konnte. Ich habe so viel geweint, als sie mich verhafteten. Ich habe die ganze Zeit im Gefängnis geweint. Ich habe an der Grenze geweint. Ich habe um jeden geweint, der verletzt, geschlagen oder getötet wurde. Es brauchte eine Liebe, die der Erde näher, meinem eigenen Leib näher war, um meine Tränen zu stillen. Vielleicht habe ich verloren, aber ich habe auch ein größeres Verständnis für die Dinge gewonnen, die göttlichen wie die menschlichen.«

39

In jener Nacht beobachtete ich von meinem vorderen Zimmer Yves, wie er unter einem neuen, fast schon ausgewachsenen *Baum der Reisenden* saß, den er hergebracht und selbst an der Stelle des alten gepflanzt hatte, der vertrocknet und abgestorben war. Er ruhte in einem Schaukelstuhl, mit einer Flasche Rum in der Hand, und schaute vor sich hin auf nichts Bestimmtes, außer vielleicht auf die Glühwürmchen, die zusammen aufleuchteten, während sie ihn umkreisten. Das Blutbad hatte ihn auf ganz eigene Weise angegriffen: Er haßte den Geruch von Zuckerrohr (außer, wenn er sich im Rum auflöste) und verabscheute den Geschmack von Petersilie; er konnte nicht in Flüssen schwimmen; wenn in seiner Nähe Spanisch gesprochen wurde – auch von Haitianern –, weiteten sich seine Augen, sein Atem ging schneller, sein Gesicht verdüsterte sich vor Grauen, er konnte seine Lippen nicht mehr öffnen und sprechen.

Über die Jahre war das Land seines Vaters auf über zwei Dutzend Morgen Bohnenfelder gewachsen. Je mehr er produzierte, desto mehr Land kaufte er. Seiner Familie gehörten jetzt Reisfelder, Pflanzungen mit Sorghum und Weizen, Kaffee-, Kakao- und Yamsfelder. Er hatte sich auch an einem Bach ein Gerätehaus aus Schlackensteinen gebaut. Dort beriet er sich mit den Arbeitern, nahm sein Mittagessen ein und hielt am späten Nachmittag ein Schläfchen. Am Bach standen Mango-,

Avocado- und Papayabäume, darunter vergnügten sich Perlhühner und wilde Tauben, jeder in der Umgebung durfte sie jagen, wie jeder sich auch bei den reifenden Früchten auf allen Bäumen, die Yves gehörten, bedienen durfte. Im alten Schaukelstuhl seiner Mutter war er jedoch nichts weiter als ein armer einsamer Mann, der an einer Flasche mit der *Réserve du Domaine* der Familie Gardère nippte, ab und zu zum Himmel blickte und dazwischen einnickte. Bevor er einen Mundvoll schluckte, spuckte er jedesmal ein wenig von dem teuren Rum auf den Boden, so daß sich ein Kreis aus sprudelndem Staub bildete für die Wesen, die wir nicht sehen, die Körperlosen, Unsichtbaren.

Er und ich hatten beide ein Leben der Arbeit gewählt, das uns nach dem Gemetzel trösten sollte. Zu viele Gespenster hätten die untätigen Minuten bevölkert, wenn jeder Geist in seiner wahren Form kommen und sich weigern kann, zu gehen.

Wie ich so auf einem weißen Plastikeimer saß und ihn von meinem Eingang aus beobachtete, bedauerte ich, daß wir aneinander nicht mehr Trost gefunden hatten. Nachdem mir klargeworden war, daß Sebastien nicht zurückkommen würde, wollte ich jemanden finden, der mir zugleich helfen sollte, ihn zu vergessen und um ihn zu trauern. Vielleicht war das zu viel verlangt von einem Mann, der das gleiche für sich selbst suchte.

Der Plastikeimer glitt unter mir weg, als ich aufstand. Yves drehte sich um und sah, wie ich strauchelte und auf meinem kranken Knie das Gleichgewicht suchte. Als er bei mir war, stand ich schon wieder auf den Beinen. Er ließ meine Hand los und ging zurück zum Schaukelstuhl, nahm die Rumflasche und ging in sein Zimmer.

Als er weg war, kam Man Rapadou über den Hof in mein Nähzimmer. Sie hatte eine kalte Kompresse auf der Stirn und versuchte zu verhindern, daß die Tropfen ihr in die Augen liefen. Sie ließ ihren breiten Leib auf einen langen Rock fallen, an den ich gerade ein paar letzte Falten nähte, bevor ich zu Bett ging.

»Man Rapadou, kannst du nicht schlafen?« fragte ich.

»Das kommt von all dem Herumlaufen in der Sonne heute«, sagte sie. »Ich hätte heute nicht so lange in der Sonne herumlaufen sollen.«

»Bist du krank?«

»Nicht krank, aber sehr müde.« Sie legte sich zurück auf mein Bett, das aus einer einfachen Baumwollmatratze bestand, die absichtlich niedrig war und nah am Boden.

»Amabelle, mein Leben ist wie deines immer reich an Träumen gewesen«, sagte sie. »Kaum berührt nachts mein Kopf das Kissen, träume ich, ich falle.«

»Du fällst?«

»Ich träume oft, daß ich falle«, sagte sie. »Und die Dinge, von denen ich herunterfalle, werden immer größer. Zuerst bin ich ein Säugling, der aus dem Leib seiner Mutter fällt. Dann falle ich vom Haus meines Vaters und meiner Mutter herunter, einem Holzhaus mitten in einer Kaffeepflanzung. Dann ist es das Haus von Yves' Vater, von dem ich herunterfalle. Dann falle ich von kleinen Hügeln und Klippen. Dann sind es Berge; ich falle von Bergen herunter. Das nächste nach den Bergen wird sein, daß ich von den Wolken herunterfalle, *non*?«

»Wenn du herunterfällst, wo landest du dann?« fragte ich. Vielleicht war die Frage überflüssig, aber ich brauchte eine Antwort darauf, um mich selbst auf die Zeit vorzubereiten, wenn ich derartige Träume haben würde.

»Ich werde immer wach, bevor ich aufkomme«, sagte sie, »aber ich sehe mich jeden Tag dem Boden ein wenig näher.«

»Was siehst du in diesen Träumen?«

»Als ich noch ein Kind war«, sagte sie, während sie mit ihren groben, krummen Fingern die Umrisse ihres eigenen Gesichts suchte, das nun unter vielen Falten und Krähenfüßen verborgen lag, »war meine Haut so trocken, daß sie manchmal in Schuppen abfiel, die rötlich waren von Blut, wie Fischschuppen. Ich war sehr ungeschickt, da meine Beine schwach waren, aber ich wußte, wie ich mich fallen lassen mußte, wie ich nicht gegen die Kraft der Erde ankämpfen durfte, die mich hinunterzog. Als ich eine junge Frau war, wurden meine Füße irgendwie stärker und ich dachte nie mehr ans Fallen, bis jetzt.«

Ich versuchte, sie mit meinen Armen zu umfangen, aber es war unmöglich, da sie so breit war, daher klopfte ich ihr das Fleisch an ihrem Rücken, zwischen Nacken und Taille, als wollte ich ein kleines Kind zum Aufstoßen bringen.

»Es ist schwer, zu wissen, daß das Leben eines Tages ohne dich weitergehen wird«, sagte sie.

Ich spürte und erlebte die Traurigkeit meines eigenen Leibs ebenfalls von Tag zu Tag mehr. Für alten und neuen Kummer gab es plötzlich keinen Trost mehr, und ich wußte jetzt, daß die kurzen Momente der Freude nicht ewig währen würden. Wenn ich einen schönen jungen Mann sah, versuchte ich ihn mir mit meinem jüngeren Ich vorzustellen. Ich träumte von dem Leben ohne Schmerz, das er mir gebracht hätte, von dem aufgeräumten Salon und den makellosen Möbeln, die unsere Kinder nicht anfassen durften, außer wenn sie sie am Samstag abstaubten.

»Im Alter sollte man nicht alleine leben«, sagte Man Rapadou, ihre Stimme war schleppend, wegen all ihrer heimlichen Gedanken. »Der Tod sollte sanft, langsam kommen, wie wenn die Hand eines Mannes sich deinem Körper nähert. In der Ungeduld kann Freude liegen, wenn man sich Zeit nimmt, um die Freude zu finden.«

»Wie lange ist es her, Man Rapadou, daß ein Mann deinen dicken Bauch berührt hat?« fragte ich, um sie zum Lachen zu bringen.

»Noch nicht so lange, wie einer dich berührt hat«, sagte sie, und maß die Breite ihres Lächelns mit dem Rand ihrer Fingerspitzen ab. »Ab und zu überrascht dich das Leben. Du sitzt in deinem *lakou* und ißt Mangos. Du läßt die Mangokerne einfach runterfallen, und eines Tages wachst du auf und da ist ein Mangobaum in deinem Hof.«

Ich wußte, sie meinte das als ein Kompliment an mich, als ein freundliches Wort über meine plötzliche Ankunft in ihrem Haus vor einigen Jahren.

»Ich habe das noch niemandem erzählt«, sagte sie und klopfte mit den Händen auf ihre ausladenden Hüften, »aber ich glaube, viele haben einen Verdacht, sogar mein Sohn. Die Yankis haben den Kopf von Yves' Vater vergiftet, als er hier in ihren Gefängnissen war; nachdem er herauskam, sollte er die anderen für Yankigeld bespitzeln. Viele Menschen, die gegen die Besetzung der Yankis waren, würden wegen seines Verrats sterben müssen. Daher kochte ich seine Lieblingsgerichte und gab mehlfein zerstoßenes Glas und Rattengift dazu. Ich habe ihn vergiftet. Vielleicht ist das der Grund, warum ich in allen meinen Träumen immer herunterfalle. Ich gehe bald zu ihm und habe Angst. Was soll ich im nächsten Leben zu ihm sagen? ›Liebe ist nur Lust; doch Ehre ist Pflicht.‹ Ich kann ihm nicht einfach diesen Satz sagen, den ich mir damals immer einredete. Jetzt genügt er nicht mehr. Ich sollte dir das über mich nicht erzählen. Du könntest meinem Sohn das gleiche antun. Aber du liebst ihn nicht wie ich Yves' Vater früher liebte, doch größer als die Liebe zu diesem Mann war meine Liebe zu meinem Land. Ich konnte nicht zulassen, daß er uns verschacherte, uns alle an die Yankis verkaufte.«

»Ich höre oft, Schweigen sei heilig, aber ich bin immer noch nicht heilig«, sagte sie, indem sie sich eine Träne von der Wange wischte. »Ich glaubte damals, das Glück sei auf der Seite der Tapferen. Wie jung ich war. Es gibt Mittel gegen alles, außer gegen den Tod. Ich wünschte, die Sonne wäre über meinem Leben untergegangen, als ich noch eine junge, glückliche Frau war, mit einem Mann an ihrer Seite, der Freude in den Augen hatte und Ehre im Herzen.«

Am nächsten Morgen ließ ich Man Rapadou schlafend in meinem Bett zurück, mit all ihrem Kummer, um die unwegsame Pflasterstraße zur Zitadelle hinaufzusteigen. Droben, auf der äußeren Galerie, mischte ich mich unter eine Gruppe Touristen. Sie wanderten umher, fotografierten die Kasernen, die Steinmauern, die rostende Artillerie und die gewölbten Decken.

Mit gebrochenen Sätzen in verschiedenen Sprachen boten sich Jungen aus der Stadt als Führer zu Einzelbesichtigungen durch die inneren Flure an. Einer der offiziellen Führer war ein sehr großer Haitianer mit einem langärmeligen weißen

Hemd und einer schwarzen Krawatte. Er leitete eine Gruppe von zwölf jungen weißen Ausländern in Strandkleidung.

Mit einer Handbewegung führte der Mann seine Gruppe an den Rand einer niedrigen Mauer, um ihnen die Ruinen des *Palais Sans Souci* zu zeigen, der offiziellen Residenz des Königs unten in der Stadt.

Während er auf die von Ziegen abgeweideten Hügel mit rötlichem Gras deutete, in die Richtung, wo einst das Haus meiner Eltern gestanden hatte, sagte er: »Es wohnten durchaus Leute dort, bevor die dauernden Erdbeben die meisten vertrieben. Auf diesen Hügeln war selbst das kleinste Erdbeben zu spüren.« Ich konnte keinen Ort erkennen, der dem Platz glich, wo unser Haus einst gestanden hatte, ich wollte es auch nicht. Um Land kümmert sich nur, wer Erben hat. All meine Erben würden sein wie meine Vorfahren: Untote, Schatten, Geister.

Ich war mir nicht sicher, warum ich mir gerade diese Gruppe von Ausländern mit ihrem haitianischen Führer ausgesucht hatte, bis ich bemerkte, daß sowohl der Führer als auch die Gruppe untereinander Spanisch sprachen.

Ich folgte ihnen bis in den offenen Innenhof auf einem der oberen Stockwerke der Zitadelle. Als Kind hatte ich diesen Ort immer gemieden. In seiner Mitte stand ein erhöhter Zementblock in der Form eines Sargs, er galt als das Grab von Henri I.

Während die Gruppe um den Zementblock herumging, erzählte der Führer die Geschichte von Henri I.

»Henri Christophe kam zuerst als ein Fremder hierher«, sagte er. »Er war als Sklave auf den Inseln vor dem Wind geboren worden und erklärte sich selbst zum König dieses Landes.« Beim Sprechen zog der große Mann am Zipfel seiner Krawatte. Vielleicht, um seine Schützlinge vor Ruhmsucht zu warnen – oder um der Geschichte gerecht zu werden –, fügte er dann hinzu: »Der König war manchmal grausam. Er ließ Bataillone von Soldaten den Berg hinuntermarschieren und befahl ihnen, um den anderen ein Beispiel für Disziplin zu geben, ins Meer in den Tod zu springen. Tausende aus unserem Volk starben beim Bau des Monuments, das Sie hier sehen. Aber das zeichnet nicht ihn alleine aus. Alle Bauwerke dieser ungeheuren Größe werden mit menschlichem Blut erbaut.«

Um klarzumachen, was er meinte, klopfte er mit den Fäusten auf den Haufen Zement, um die Gruppe an die unverzeihlichsten Fehler der Toten zu erinnern: ihre Abwesenheit und ihr Schweigen.

»Als der König dreiundfünfzig Jahre alt war«, fuhr er fort, »hatte er plötzlich einen Schlaganfall und war danach gelähmt. Seine Feinde führten eine Revolte gegen ihn, doch statt aufzugeben, erschoß er sich, manche sagen, mit einer silbernen oder goldenen Kugel. Angeblich wurde er in seinem Palast bestattet, viele glauben, hier an dieser Stelle, aber es bleibt ein Geheimnis, ob er wirklich hier liegt. Er könnte überall in diesem Palast sein, oder auch nirgendwo.«

Während sie sich von dem Mörtel entfernten, musterte der Mann jedes Gesicht in der Gruppe, um zu prüfen, ob sie immer noch aufmerksam zuhörten. »Berühmte Männer sterben nie wirklich«, fügte er hinzu. »Nur die ohne Namen und Gesicht verschwinden wie Rauch in der Luft des frühen Morgens.«

40

Diese Vergangenheit ist mehr wie Fleisch als wie Luft; unsere Geschichten sind wie die Zeugnisse, die vom Friedensrichter oder vom Generalissimo persönlich nicht angehört wurden.

Sein Name ist Sebastien Onius, und seine Geschichte ist wie ein Fisch ohne Schwanz, ein Kleid ohne Saum, ein Tropfen ohne Fall, ein Leib im Sonnenlicht ohne Schatten.

Seine Abwesenheit ist mein Schatten; sein Atem meine Träume. Neue Träume scheinen überflüssig, wie unnötige Ärgernisse, zuviel, um in den kleinen Raum zu passen, der noch übrig ist.

Dennoch glaube ich, ich suche neue Möglichkeiten, um meinen Kopf zu füllen, neue Visionen für mein Alter, ich suche Flüsse ohne Ufer zum Überqueren und echte Wasserfallhöhlen zum Hineinschlüpfen, mehr als hundertmal jeden Tag.

Sein Name ist Sebastien Onius. Manchmal ist das alles, was ich weiß. Mein Rücken schmerzt jetzt an all den Stellen, die er für sich beansprucht hatte, Rundungen nackter Haut, die ihm gehörten, Grübchen, in denen das Fleisch empfindlich bleibt und wo jede Schuppe, die abfällt, eine tiefere Wunde zeigt.

Ich wünschte, daß er wenigstens Teil der Luft auf dieser Seite des Flusses wäre, ein winziges Teilchen in der Brise, die nachts durch mein Zimmer weht. Ich wünschte, daß wenig-

stens etwas vom Staub seiner Knochen mir im Wind folgen könnte.

Männer mit großen Namen sterben nie wirklich. Nur die ohne Namen und Gesicht verschwinden wie Rauch in der Luft des frühen Morgens.

Sein Name ist Sebastien Onius. Sieben Jahre vor seinem eigenen Tod sah er seinen Vater sterben. Der Tod war für Sebastien Onius so riesengroß wie das bäumewerfende Ungeheuer eines tobenden Hurrikans. Er war ein Ereignis, das den Himmel aufspaltete und den Boden aufbrach, den Himmel zum Heulen brachte und die Wolken zum Weinen. Er war nicht etwas, das einer allein erleben konnte.

Vielleicht war Wasser da, um seinen letzten Fall zu grüßen, um sich um ihn zu schließen und ihn zu umarmen wie eine federgefüllte Matratze. Vielleicht drangen Worte einer Zeremonie an sein Ohr; »Ale avèk Bon Dye«, *»Gehe mit Gott«, »Gehe in Frieden«, dann wäre sein Abschied nicht so einsam und plötzlich gewesen, eher ein Hinscheiden wie die schwächer werdende Dämmerung, die den Himmel verdunkelt für das Spiel von Schatten und Sternen.*

Sein Name ist Sebastien Onius, und sein Geist muß in der Wasserfallhöhle an der Quelle des Baches sein, in dem die Zuckerrohrarbeiter baden, der Grotte aus nassem Moos und Kalk mit ihrem leuchtendgrünen Wandgemälde – dem dunklen Grün feuchter Papayablätter.

Manchmal kann ich ihn aus der Leere heraussträumen, daß er zuhört. Ein gutaussehender Mann mit gestähltem Körper, er trägt einen aus Palmblättern gewebten Rucksack, wenn er aus seiner Höhle in das Zimmer kommt, in dem ich schlafe.

»Amabelle, es ist Sebastien, ich komme zu dir«, sagt er. »Ich habe Medizin für deine Wunden gebracht. Ich habe Zitronell und Zedernholz gebracht, damit die Ameisen und Moskitos deine Haut nicht beißen, Kampfer, Basilikum und bittre Orangen, um das Fieber zu senken und deine Gelenke beweglicher zu halten. Ich habe Ingwer und Sellerie, Anis und Zimt gebracht für deine Verdauung, Gelbwurz für die Zähne, und kowosòl-*Tee für schöne Träume.«*

Er beugt sich über mein Bett und atmet tief die Wolke von Fasern im Raum ein. Ich reiche hinauf und versuche ihn zu berühren, aber er vergeht vor meiner ausgestreckten Hand, wie ein Strom von Staub, der in einen starken Strahl der Mittagssonne gerät.

Ich spüre, daß wir nicht mehr dieselben Worte kennen, nicht mehr die gleiche Sprache sprechen. Wasser, Wind, Land und Berge sind zwischen uns, ein Leichentuch des Schweigens, der Vorhang des Schicksals.

»Sag mir bitte, Sebastien«, sage ich, »ich muß es wissen. Mußtet ihr, du und Mimi, viel leiden?«

Er atmet noch mehr Stoffstaub in meinem Zimmer ein, als wollte er mich und alles andere dort in sich aufnehmen.

»Sebastien, das Blutbad hat mir gezeigt, daß das Leben ein seltsames Geschenk sein kann«, sage ich. »Der Atem ist wie Glas, immer in Gefahr. Ich habe einen lebendigen Tod gewählt, weil ich nicht tapfer bin. Es verlangt Geduld, hast du immer gesagt, um eine untergehende Sonne zum Aufgehen zu bringen. Zwei Berge können nicht zueinanderkommen, aber vielleicht können du und ich einander wieder treffen. Ich komme zu deinem Wasserfall.«

41

Auf den ersten Blick schien der Massacre-Fluß wie jeder andere der drei oder vier großen Flüsse im Norden Haitis zu sein. An einem geschäftigen Markttag war er nur ein belebter Verkehrsweg unter einer Betonbrücke, Frauen saßen auf Steinblöcken am Flußufer, um ihre Wäsche sauber zu schlagen, und Maultiere und Ochsen blieben stehen, um ihren Durst zu löschen.

Der Wasserstand war niedrig für Oktober. So niedrig, daß ein Eimer, den die Waschfrauen hineinhielten, nur halb voll wurde, die andere Hälfte war rotbrauner Sand.

»Siehst du, wie der Fluß jetzt aussieht«, sagte eine der Frauen, während sie eine Handvoll Sand zurück in den Strom warf. »Aber wenn er anschwillt, küßt das Wasser die Brücke.«

Auf der Brücke marschierten Soldaten hin und her, deren Gesichter zu jung aussahen für eine Vergangenheit, sie patrouillierten an einer Linie entlang, die von einer Kette bezeichnet wurde, die Grenze zwischen unserem Land und dem ihren. Sie hatten dunkelgrüne Uniformen, trugen die Gewehre an Gurten über der Schulter und hämmerten mit ihren schienbeinhohen Schnürstiefeln den Boden. Unsere Soldaten blieben zurück, weiter von der Brücke entfernt im Zollhaus an der offenen Straße, um einen besseren Überblick über die Invasoren zu haben.

An der Grenze fehlten einige Bäume. Die Löcher, wo sie herausgerissen und durch Pfähle mit doppelten Reihen Stacheldraht ersetzt worden waren, konnte man noch immer überdeutlich sehen. Entlang dem ganzen stachligen Metallzaun standen Schilder, die Reisende warnten, nicht *anba fil* hinüberzugehen, unter den Drähten.

Ein großer Alter mit krummen Beinen und einem wirren grauen Bart kam von hinten an mich heran, er trug drei Lagen Kleider, die mit Stroh gefüttert waren. Kleidung und Hände waren verschmutzt, aber sein Gesicht war sauber und roch nach Vanille und Kokosnuß. Seine Augen waren von einem hellen Kirschrot, glänzend und prall wie Samt. Die Waschfrauen nannten ihn »*Pwofesè*« und kicherten, als er seine Arme um meine Taille legte.

»Wo gehst du hin, *Pwofesè*?« fragten sie abwechselnd wie bei einem Singspiel.

»Wo ich stehe, wächst kein Gras mehr«, flüsterte der Professor in mein Ohr, ich hörte, daß er seine Stimme selten gebrauchte, höchstens vielleicht in übermütigen Momenten wie diesem. »Ich wandere zum Sonnenuntergang.«

Bevor ich mich losreißen konnte, setzte der Professor mir einen feuchten Kuß auf die Lippen. Ich rieb den Kuß ab und reichte in den Fluß nach einer Handvoll Wasser, um meinen Mund zu reinigen. Die Waschfrauen warfen die Köpfe zurück und öffneten lachend ihre Münder zum Himmel.

»Seit dem Gemetzel ist der Professor nicht mehr der alte«, sagte eine von ihnen. »Wisch es nicht ab. Behalte den Kuß auf deinen Lippen. Weißt du nicht, daß es Glück bringt, von einem verrückten Mann geküßt zu werden?«

Während der Professor in die weite Ebene hinauslief, ging ich auf einen Jungen mit nacktem Oberkörper zu, der am Flußufer saß und in ein kleines Skizzenbuch kritzelte. Man hatte mir gesagt, daß er mir helfen könnte, jemanden zu finden, der mich über den Fluß brachte. Ich kauerte mich neben ihn und tauchte die Füße ins Wasser. Die Strömung gurgelte, sie schlug mir sanft an die Sohlen, wie die Fontanelle eines Babys.

»Kennst du jemanden, der mir helfen kann, ohne Papiere über die Grenze zu kommen?« fragte ich, die Augen auf das

Wasser geheftet. Der Junge sagte nichts, bis er in seiner holprigen Schuljungenschrift seinen Satz fertiggeschrieben hatte.

»Wenn du ohne Papiere über die Grenze willst, muß das nachts sein«, flüsterte er.

»Ist es heute nacht möglich?«

»Vielleicht«, sagte er.

In jener Nacht wurde ich an der Straße vor der Brücke von einem Mann in einem schwarzen Jeep abgeholt. Der Mann, der lenkte und als einziger im Wagen saß, betrieb eine Lotterie in der Grenzregion – zumindest hatte mir das der Junge erzählt. Er trug eine Jeansmütze auf dem Kopf, und sein Gesicht war von einer roten Binde, die über der Nase begann, halb verdeckt.

Der Mann kam heraus in die Nacht und zeigte mir den Platz, den er im hinteren Teil des Wagens für mich vorgesehen hatte, eine kleine Höhle unter einer dicken Decke hinter dem Vordersitz.

»Sie kennen mich an der Grenze«, sagte er leise in Kreyòl. »Mir machen sie keine Schwierigkeiten.«

Ich quetschte mich in den engen Raum und versuchte unter Mühen, die Stiche zu ignorieren, die durch mein Knie zuckten. Meinen Kopf nach unten geduckt, reichte ich hinüber und gab ihm die Bezahlung, die er und der Junge vereinbart hatten. Er schlug die Seitentür zu, und wir machten uns auf den Weg.

An der ersten Grenzstation hielten wir uns nur kurz auf.

Der Fahrer stoppte neben dem haitianischen Zollhaus und ging hinein zu den Nachtwächtern, um ihnen ein Bestechungsgeld zu bringen.

Beim dominikanischen Posten auf der Brücke hielten wir wieder an. Ich hörte Stimmen, lüpfte die Decke und hob meinen Kopf an eines der Seitenfenster.

»Bleib unten«, kommandierte der Fahrer.

Entgegen seinen Anweisungen heftete ich meine Augen an die Unterseite der Scheibe. Die Grenzwachen drückten ihr Bedauern über die Verzögerung aus und öffneten schnell das Gatter für den Fahrer.

»Bis morgen abend«, sagte der Fahrer, als er den Wachen wieder Geld gab.

Die meisten der militärischen Kontrollpunkte bis Alegría verschlief ich. Während der letzten beiden Jahrzehnte hatte ich im Schlaf stets Trost gefunden. Er war für mich so nahe am Verschwinden wie möglich.

Als ich erwachte, war die Sonne aufgegangen. Der Wagen fuhr schnell eine unbefestigte Straße zwischen zwei Wällen mit violettem Zuckerrohr entlang. Der Fahrer hatte die rote Binde vom Gesicht genommen, seine Mütze war aber immer noch über eine Seite seines Kopfes heruntergezogen. Er beobachtete mich im oben vor ihm hängenden Spiegel, ich meinerseits musterte seine Augen. Sie waren tiefliegend und standen weit auseinander, und sie hatten die Farbe matten Bernsteins.

Als er sah, daß ich ihn anschaute, zog er die Mütze ganz herunter und wandte sich ab. Er war noch jung, jünger als Sebastien bei seinem Verschwinden. Sein Haar war zu langen dünnen Zöpfen geflochten und fiel ihm über die Ohren.

»Ist es jetzt recht«, sagte ich in Kreyòl, »wenn ich dein Gesicht sehe?«

»Es ist gefährlich, was ich für dich tue«, sagte er. Seine Stimme war fröhlich und laut. »Auch nach dem Tod des Generalissimo hat sich die Lage hier noch nicht beruhigt. Es gibt Proteste und Aufruhr in der Hauptstadt. Ich glaube, es kommt bald eine neue Yanki-Invasion.«

Die Zuckerrohrfelder dehnten sich weit, die Stengel standen ganz eng beieinander, wie eine Menschenmenge an Karneval. Er hielt den Jeep mitten in den Feldern an und bedeutete mir, ich sollte mich auf den Sitz neben ihm setzen. Während ich hineinkletterte, verschwand er zwischen dem Zuckerrohr, kam dann, seine Hose am Gürtel hochhaltend, heraus.

»Warum machst du diese Reise?« fragte er, als er wieder die Straße entlangbrauste.

»Bist du sicher, daß du den Weg nach Alegría kennst?« fragte ich.

»Ich treffe dich dort heute nachmittag auf dem Großen Platz, um dich zurückzubringen«, sagte er.

»Und du? Was hast du heute morgen vor?«

»Ich bleibe nicht in Alegría«, sagte er.

Wir fuhren aus dem Zuckerrohr heraus auf eine Asphaltstraße, die zu einem geschlossenen Park gegenüber einem gelben Regierungsgebäude führte.

»Hier ist es, dein Land der Freude.« Er hielt vor einer Gruppe von Jasminbäumen mit weißen und gelben Blüten an, die am Eingang zum Platz einigen Holzbänken Schatten spendeten. »Warte heute nachmittag hier auf mich. Komm nicht zu früh, sonst halten sie dich für eine Bettlerin.«

Er kletterte zurück in den Jeep und raste einen breiten Boulevard hinunter, hielt eine Hand heraus und winkte, bis er um eine Ecke bog und verschwand.

Die Hauptavenue stieg an zu mehreren engen Straßen mit palmenbeschatteten Gehwegen. Alegría war jetzt eine geschlossene Stadt, eine Gruppe von Haciendas hinter hohen Mauern, die oben mit Metallzähnen und zersplitterten Flaschen abgesichert waren. Flamboyants überragten die Mauern, und alte Männer, die in Stühlen mit Zuckerrohrlehnen kauerten, bewachten die Tore. Jedes Haus war eine Festung, jeder ein Eindringling.

Als ich so die umschlossenen, gepflasterten Straßen hin und her ging, im Schatten dieser Mauern, hatte ich das Gefühl, an einem Ort zu sein, den ich noch nie gesehen hatte. Nur an wenigen Merkmalen konnte ich ihn wiedererkennen: an drei riesigen Kapok-Bäumen, deren ausladende Äste ihr Alter bewiesen, und an der Reihe mit Mandelbäumen – aber vielleicht waren es neue Bäume, vielleicht gar ein neuer Mandelweg.

Ich hielt an, um meine Knie auszuruhen und schaute zu, wie sich die Straße mit Schulkindern und ihren Eltern füllte, wie Küchenmädchen nach frischen Lebensmitteln ausschwärmten, Händler bis an die Tore der Häuser anrückten, um die Torhüter zum Kauf zu verleiten, und wie Ehemänner in Automobilen mit Chauffeur und verhängten Rückfenstern wegfuhren.

Ich kannte mich nicht mehr aus. An dem Park, wo der Fahrer mich abgesetzt hatte, war vielleicht die Kirche von Pater Romain und Pater Vargas gewesen. Die Zuckermühlen und die Baracken schienen verschwunden zu sein, und selbst nachdem ich den halben Tag herumgewandert war, und zu stolz (oder vielleicht zu ängstlich) war, nachzufragen, hatte ich weder den Bach noch den Wasserfall gefunden.

Ich wußte nicht, in welcher Lage sich Señora Valencia befand, nur das, was ich von einer Frau gehört hatte, für die ich ein Kleid nähte, eine, die über die Grenze hinüber und herüberreiste, um ihre Waren feilzubieten, nämlich daß beide, sowohl die Señora als auch ihr Mann, noch lebten. Ihr Mann hatte nun einen Posten in der Regierung. Er war zumeist in der Hauptstadt, aber sie wohnte mit ihrer Tochter in Alegría. Obwohl sie noch miteinander verheiratet waren, führte jeder von ihnen sein eigenes Leben, wie es schon immer zwischen ihnen gewesen war. Als ich jedenfalls den Bach und den Wasserfall nicht finden konnte, beschloß ich, zu überprüfen, ob die Señora ihr Versprechen gehalten hatte, sie würde in Alegría in der Nähe der Gräber ihrer Mutter und ihres Sohnes bleiben, da wir an den Platz gebunden sind, wo unsere Toten liegen.

Nachdem ich fälschlicherweise an mehr als zwei Dutzend Toren vorgesprochen hatte, fand ich endlich ein Anwesen, das zur Beschreibung von Señora Valencias jetziger Villa paßte. Ein großes schmiedeeisernes Tor war errichtet worden, wo möglicherweise einst das Haus von Juana und Luis gestanden hatte. Eine gepflasterte Auffahrt wand sich durch einen neuen, mit Steinen befestigten Garten hinauf zu einem rosaverputzten Balkon.

Ein kleines Mädchen in einer braunen Schuluniform kam zum Tor gerannt, sobald ich davorstand.

»Bist du die Eierfrau?« fragte sie.

»Die Eierfrau?«

»Meine Mami hat mir gesagt, ich soll auf die Eierfrau warten.«

»Wer ist deine Mami?«

»Mami.«

»Wer ist die Eierfrau?«

»Du.« Das Mädchen lächelte; ihr fehlten vier Vorderzähne, zwei oben und zwei unten. Als ein älterer Junge herzukam, hatte sie bereits den Riegel angehoben und mir das Tor geöffnet. Der junge Mann beeilte sich, dies rückgängig zu machen, aber ich war bereits in den Garten getreten.

»Sie ist die Eierfrau«, sagte das Mädchen und lächelte zu ihm auf. Er fuhr ihr durchs Haar und schaute auf der Suche nach einem Eierkorb an mir hinauf und hinunter.

»Wohnt Señora Valencia noch hier?« fragte ich. »Mein Name ist Amabelle Désir.«

Ich war überrascht, daß mein Spanisch nach all den Jahren noch verständlich war.

Der junge Mann wiegte sich ungeduldig hin und her und trat von einem Fuß auf den anderen. Wir hatten inzwischen vier weitere Zuschauer: drei Gärtner und ein Hausmädchen, das ein gefaltetes Leintuch an die Brust drückte. Der junge Mann senkte den Kopf, schaute sich dann nach den anderen um, als bräuchte er Hilfe.

»Ich habe die Señora sehr lange Zeit gekannt, bevor ich wegging«, versuchte ich ihn zu beruhigen.

»Sie haben ein neues Haus.«

»Ich zeige es dir.« Das kleine Mädchen hüpfte davon, bevor die anderen sie aufhalten konnten. Der junge Mann folgte ihr.

Das neue Haus war nur wenige Kilometer vom alten entfernt, in einer besser geschützten Lage. Bevor man den Eingang sah, mußte man ein Guavenfeld durchqueren. Es war eine große Hacienda, vier Wohnhäuser waren durch eine Pergola miteinander verbunden, an der Seite hatte sie eine Glasveranda und einen riesigen Garten. Ich umschloß mit meiner Hand eines der Herzen im Gitterwerk und erspähte eine Reihe von Korbbänkchen zwischen Flammenbäumen im Garten, der zweimal so viele Orchideenarten enthielt, wie Papi je gezüchtet hatte.

Das Mädchen rüttelte neckisch am Tor, bis eine Frau auf eine der Galerien an der Vorderseite herauskam und zum Eingang herunterschaute. Die Frau hatte ein fleischiges Gesicht mit Grübchen, runde Schultern und eine füllige Figur. Sie trug eine sandfarbene Uniform und ein Tuch aus dem gleichen ausgewaschenen Stoff auf dem Kopf. Sie rief einen Diener, aber nachdem dieser nicht auftauchte, kam sie selbst zu uns herunter, das Staubtuch immer noch in der Hand.

»Was wollt ihr?« fragte sie schroff in Spanisch mit Kreyòl-Akzent. Ihre Kiefer waren zusammengepreßt, so daß sie mit dem übrigen Gesicht ein vollkommenes, besorgtes Oval bildeten. Ihre Stimme war einmal schrill, dann war sie heiser, als könnte ihr jeden Moment die Luft ausgehen. Sie nickte dem Mädchen und dem älteren Jungen einen Gruß zu, heftete dann ihren Blick auf den Pfad hinter uns, als wartete sie darauf, daß jemand sie durch das Gitter des Tors aus dem Hinterhalt angriff. Als sie ihren Hals reckte, sah ich, daß sie über dem Schlüsselbein Male von Stricken hatte. Sie waren noch tiefer und ausgeprägter als die Narben der Frau in der Grenzklinik, es war ein tief eingegrabener Bereich.

»Ich möchte die *dueña* besuchen, Señora Valencia«, sagte ich.

»Warum?« fragte sie und schöpfte Atem. »Was willst du von ihr?«

»Mein Name ist Amabelle Désir«, sagte ich. »Sie wird mich sehen wollen.«

»Ihr könnt gehen«, sagte sie zu dem Mädchen und dem großen Jungen.

Der junge Mann zerrte das Mädchen mit sich fort. Die Frau ging den Weg hinauf bis zum Balkon, in der Hast derer, die jeden Moment ihres Tages Angst haben, zu mißfallen. Wenn du für andere arbeitest, rennst du immer zu ihnen hin oder von ihnen weg.

Sie war außer Atem und fühlte sich offensichtlich unbehaglich, als sie zurückkam, um das Tor aufzuschließen, und mir bedeutete, ich sollte ihr die Auffahrt hinauf, durch einen Steingarten unter den Guavenbäumen, folgen.

Als ich hinter dem Dienstmädchen die langen Flure im Haus entlangging, nahm unerwartet ein Gefühl der Freude von mir Besitz. Ich begann mich zu freuen, daß ich gekommen war, war glücklich, daß ich die Señora wiedersehen würde.

Das Anwesen war luftig und großzügig, eine Brise wehte von den offenen Terrassen herein. Alles war poliert und glänzend: von dem verzierten bronzenen Treppengeländer bis zu den altmodischen Leuchtern, die von der Decke herunterhingen. Die Frau führte mich auf dem Weg zum Salon durch die Küche. In der Mitte stand ein Küchentisch mit einer Marmorplatte. Ich ließ meine Hand im Vorbeigehen auf ihm entlanggleiten, um Staub und Schweiß von den Handflächen zu wischen. Die Oberfläche fühlte sich angenehm kühl an, wie das Wasser im kalten Bach vor Sonnenaufgang.

Der Salon selbst befand sich in der Mitte des Hauses, Bögen unterteilten ihn in verschiedene Abschnitte, vier Ventilatoren drehten sich an der Decke, Treppen mit Metallgeländern führten zum oberen Teil des Hauses. Die Wände waren mit Fotografien von der Señora und ihrer Familie bedeckt. Ich ging etwas langsamer, um sie anzuschauen, ich versuchte soviel wie möglich zu erfahren, bevor ich ihr begegnete, um alle unvermeidlich peinlichen Fragen nach denen zu umgehen, die nicht mehr am Leben waren oder die nicht mehr als Familienmitglieder betrachtet wurden. Alle Aufnahmen von ihrem Mann zeigten ihn in Uniform. Die Medaillen auf seiner Brust waren größer und zahlreicher geworden. Die Zeit hatte ihn fetter gemacht und seine jugendlich verwegene Miene weicher werden lassen. Von einem vergoldeten Rahmen zum nächsten war er langsam zu einem alten Mann geworden.

Auch Rosalinda hatte eine Zeitkurve aus Fotografien, zuerst ragte sie als die größere und dunklere über eine kleine Gruppe von Kindern in schürzenartigen Schuluniformen, dann posierte sie wie eine Schönheitskönigin mit dickem dunklem Lockenhaar, das sich um ihre Schultern drapierte, umgeben von den dreißig jungen Leuten ihres Hofstaats an ihrem fünfzehnten Geburtstag, und schließlich ein Foto von ihr, wie sie sich in die Arme eines jungen Mannes schmiegte, der ein Schwert trug und die gleiche Uniform wie ihr Vater, während sie ein Brautkleid anhatte.

In den Aufnahmen von Rosalinda konnte ich Ähnlichkeiten mit ihrer Mutter wie mit ihrem Vater finden. Sie hatte den

Bronzeteint ihres Vaters behalten und war so groß wie er; aber vor allem hatte sie das überlegene, gedankenverlorene Lächeln von ihrem Großvater, von Papi, und ähnliche Denkfalten auf der Stirn.

Das größte Bildnis im Raum war jedoch ein Gemälde von einem knochenweißen männlichen Baby, das vorsichtig schaute und lächelte, in einem elfenbeinfarbenen Taufkleid aus Perlen und Satin mit einer passenden Haube, die seine seerosenfarbenen Wangen umrahmte.

Señora Valencia saß diesem Porträt gegenüber, während das Dienstmädchen mit mir darauf wartete, daß sie sich uns zuwandte.

Als sie sich endlich erhob, sah ich, daß sie einen mit Hibiskus bedruckten Kaftan anhatte, der ihr bis zu den Knöcheln reichte; die Gestalt unter dem Kleid war schmal, fast ausgemergelt. Sie stützte sich auf die Lehne ihres Stuhls, bevor sie auf uns zuging. Sie hatte ein paar graue Strähnen in ihrem Haar und war zu Doña Evas früherer Frisur übergegangen, indem sie die schweren Knoten der aufgewickelten Zöpfe zu beiden Seiten ihres Gesichts trug.

Als sie vor mir stand, näherte sie ihr Gesicht auf Nasenlänge dem meinen, dann drehte sie sich um und schritt zurück zu ihrem Platz. Ich blieb auf der Stelle stehen, während sie sich setzte und ihre Kaffeetasse hob und leer trank, als wäre ich einfach aus ihrem Gedächtnis verschwunden. Das Mädchen ergriff meinen Ellbogen und zog an ihm, um mich zum Gehen aufzufordern.

Endlich sprach die Señora: »Es ist gemein von dir, hierherzukommen und Amabelles Namen zu benutzen.« Wie bei dem Dienstmädchen war auch ihre Stimme unsicher, kurzatmig, nervös. Sie setzte ihre leere Tasse auf den Tisch vor sich und wandte uns weiter den Rücken zu. »Wofür hältst du mich? Ich habe mit vielen Leuten gesprochen, die mir sagten, sie hätten zugesehen, wie sie in La Romana getötet wurde, mit einigen anderen Leuten, die sich in einem Haus am Meer versteckt hatten. Pico hat mir versichert, daß sie umgekommen sein muß.«

Da sie mich nicht wiedererkannte, hatte ich das Gefühl, ich

wäre nach Alegría gekommen und hätte herausgefunden, daß es nie existiert hatte. Aber gleichzeitig gab sie mir, ohne es zu ahnen, die Hoffnung, daß all die Leute, die gesagt hatten, Mimi und Sebastien seien tot, sich ebenfalls irrten.

Das Gesicht des Dienstmädchens war ausdruckslos, wie meines an ihrer Stelle gewesen wäre. Sie nickte mir verständnisvoll zu, aber wir beide wußten, daß sie mich jederzeit hinausführen mußte, wenn es ihre Herrin von ihr verlangte.

Ich fragte mich, wo all die Wächter sich verbargen. Wo war der Schutz, den die Position ihres Ehemanns mit sich brachte? Womöglich konnten jeden Moment Soldaten in den Raum stürmen, mich verhaften und mich zur Ausweisung an die Grenze bringen.

War ich so viel älter und dicker geworden? Hatte sich mein Gesicht so sehr verändert? Wie kam es, daß sie meine Stimme nicht erkannte, die, wie ihre, mit dem Alter vielleicht langsamer und gebrochener geworden, aber dennoch meine alte Stimme war? »Ich war hier – unten an der Straße – in Ihrem Schlafzimmer, als Ihre Kinder geboren wurden«, erinnerte ich sie. »Sie sagten niemandem etwas von Ihren Wehen, bis die Babys fast da waren, weil Sie darauf vertrauten, daß Ihre tote Mutter Ihnen helfen würde. Ihr Sohn Rafael, Rafi, benannt nach dem Generalissimo, kam zuerst. Ihre Tochter wurde als zweite geboren, sie hatte die Eihaut über dem Gesicht. Sie haben sie Rosalinda Teresa genannt, nach Ihrer Mutter.«

Es dauerte eine Weile, bis sie sich wieder umdrehte. Ich spürte, daß ich weiterreden mußte. »Was ist aus Ihrem Porträt vom Generalissimo geworden, das im Salon Ihres früheren Hauses unten an der Straße hing? Wo ist Juana? Wo ist Luis? Ist Juana fortgegangen, um bei ihren *hermanas* zu leben, den Nonnen?«

»Wo haben wir Amabelle gefunden?« fragte sie, mit weniger sicherer Stimme.

Es war wie ein Zweikampf, ich mußte gewinnen; sie mußte mich wiedererkennen.

»Ihr Vater hat mich am Massacre-Fluß entdeckt«, sagte ich. »Ihr Vater bat eines der Kinder am Flußufer, mich in Kreyòl auszufragen, wohin ich gehörte, und ich antwortete, daß ich mir selbst gehörte.«

Ich konnte in ihrer Haltung etwas wie Scham und Reue erkennen, als sie ein paar Schritte auf mich zukam. Die Peinlichkeit ihrer anfänglichen Ablehnung und was ich als mein Zuspätkommen einsah, erlaubten keine enge Umarmung, keine Freudentränen.

Sie machte ein paar weitere Schritte auf mich zu, dann sprang sie zurück, als könnte es gefährlich sein, mich zu berühren. Mit einem verlegenen Zucken des hervorstehenden Knochens an ihrem schlanken Handgelenk deutete sie auf die Korbsofas im Raum und wartete, daß ich eines auswählte, um mich niederzulassen.

»Sylvie, bitte laß uns allein.« Sie zuckte noch einmal mit ihren Handgelenken zum Zeichen für das Mädchen, daß sie gehen sollte.

Ich selbst wollte in diesem Moment auch am liebsten gehen, aber ich setzte mich und blieb, ein kleiner Teil in mir freute sich, daß ich gewonnen, daß ich mir ihre volle Aufmerksamkeit erworben hatte.

»Wir haben nicht mehr viele Hilfen«, sagte sie, sobald Sylvie außer Sicht war. »So wenige sind über die Jahre treu geblieben.«

Sie sah auf ihre Hände hinunter. Sie waren makellos und sahen weich aus. Ich schaute ebenfalls auf meine Hände, die mit Malen von Scheren und Nadeln zerschnitten und zerschrammt waren. Warum hatte ich nie von ihr geträumt? Das fragte ich mich. (Meine Träume waren manchmal meine Art, zu hoffen und zugleich nicht zu hoffen.) War es, weil ich sie nie wirklich geliebt hatte? Alles was ich jetzt noch von ihr wollte, war, daß sie mir sagen sollte, wo der Wasserfall war. Was war aus dem Wasserfall und dem Bach geworden? Sie konnten nicht verschwunden sein. Manche Wünsche klingen zu dümmlich, wenn sie laut ausgesprochen werden. Aber ich war nur aus dem einen Grund zu diesem Ort zurückgekehrt, um den Wasserfall zu sehen.

»Amabelle, ich bitte dich um Verzeihung, daß ich dich nicht

wiedererkannt habe.« Auf ihrem Gesicht lag die ganze Zeit ein seltsam schmerzliches Lächeln, als dächte sie an zu vieles, was sie sagen wollte und fände nicht die richtigen Worte. »Wir alle haben uns so sehr verändert.«

»Ich verstehe«, sagte ich, und fühlte mich, als wäre ein alter Geist wieder in meine Haut geschlüpft.

»Wo lebst du jetzt? Bist du hier oder in Haiti?«

»In Haiti.«

»Ich male immer noch. Siehst du? Ich habe Rafi gemalt.« Sie zeigte auf das große Porträt des knochenweißen Babys im Taufkleid.

Dann erzählte sie mir: »Rosalinda ist verheiratet.«

Es war mir, als spräche sie zu mir wie eine andere Person. Ich konnte nicht aufhören zu denken, daß vielleicht ein älteres Mitglied der Familie, eine Doña mit einem ähnlichen Gesicht, ähnlichem Benehmen und einer ähnlichen Stimme gekommen war, um mir Gesellschaft zu leisten, bis Valencia selbst mit mir sprechen konnte.

Als sie noch jünger war, hätte ich mühelos ihre Gedanken erraten, aber jetzt hatte ich keine Ahnung, was sie im Sinn hatte.

»Haben Sie keine weiteren Kinder bekommen?« fragte ich.

»Nur die beiden, die du kanntest«, sagte sie. »Ich konnte keine Kinder mehr gebären. Und du? Hast du einen Mann, Kinder, Enkel, Amabelle?«

»Nein.«

»Nachdem du weggegangen bist, hatte ich einige Tage Blutungen. Ich war während der gefährlichen Zeit nach der Geburt der Kinder wohl zu unvorsichtig gewesen. Javier war der einzige Doktor, dem ich vertraute, und vielleicht hätte er mir helfen können, aber er verschwand. Doña Eva konnte ihn trotz all ihrer Verbindungen nicht wiederfinden. Pico sagt, er habe alles getan, um ihn ausfindig zu machen, aber es nützte nichts. Manche Leute verschwanden ganz einfach.«

Sie rief nach Sylvie, diese kam zurück in den Salon gerannt. Sylvies Augen kreisten im Raum, um den Blick der Señora zu meiden. Wenn du für andere arbeitest, wirst du gemustert, sobald du den Raum betrittst, als wenn der *patrón* oder die Señora ständig hofften, dich mit einer fehlenden Kostbarkeit in der Hand zu erwischen.

Sylvie wartete vor einer Säule in der Mitte des Raums geduldig auf die Befehle der Señora. Bald war sie vergessen und mußte dort stehenbleiben.

»Papi starb, bevor Rosalinda heiratete«, erläuterte die Señora, indem sie auf Rosalindas Hochzeitsbild zeigte. »Rosalinda wollte jung heiraten. Sie ist jetzt an der Medizinischen Hochschule in der Hauptstadt bei ihrem Mann. Es geht ihnen gut, aber bei dem Aufruhr in der Stadt kommen sie vielleicht dieses Wochenende mit ihrem Vater nach Hause.«

»Und wie geht es Señor Pico?« Ich hatte das Gefühl, daß ich jetzt fragen konnte.

Sie legte ihre Hände in ihrem Schoß zusammen und zögerte mit der Antwort. »Es sind unsichere Zeiten für unser Land«, sagte sie.

»Wie kam es, daß Sie in ein anderes Haus zogen?« fragte ich.

»Für dich muß jetzt alles anders aussehen«, sagte sie. »Pico kaufte das Haus von der Familie eines Hauptmanns, der gestorben war. Sie sind jetzt alle in Nueva York, in Nordamerika, ebenso wie Doña Eva und Beatriz.« Sie atmete aus, begann dann, ein heiteres, lebhaftes Lied zu singen – »*Yo tiro la cuchara. Yo tiro el tenedor. Yo tiro to' los platos y me voy pa' Nueva York.*« Es war ein Lied über Glück und Leid des Exils, bei dem alles an Nueva York verloren wird. »Ich werf meinen Löffel weg. Ich werf meine Gabel weg. Ich werfe meine Teller weg und fahre nach New York.«

»Als wir umzogen«, fuhr sie mit einer entspannteren Stimme fort, »gingen Juana und Luis zurück zu ihren Leuten. Sie wurden alt und konnten nicht mehr arbeiten. Ich hätte sie behalten, aber sie wollten gehen.«

Sie lehnte sich vor und drückte meine Hand, preßte ihre Finger fest auf meine Handknöchel, als wollte sie Abdrücke auf meinen Knochen hinterlassen.

»Amabelle, ich lebe immer noch hier«, sagte sie. »Wenn ich

dieses Land verurteile, verurteile ich mich selbst. Ich hätte mein Land verlassen müssen, wenn ich mich von meinem Mann getrennt hätte. Aber ich habe nie Fragen gestellt. Ihm nicht zu vertrauen, hätte bedeutet, daß ich gegen ihn war.«

»Ich verstehe«, sagte ich.

»Verstehst du das wirklich?« Ihr Gesicht erhellte sich mit einer Art Hoffnung, die ich meinem Empfinden nach nicht länger nähren konnte. »Obwohl ich während *El Corte* Blutungen hatte und fast gestorben wäre, habe ich viele von deinen Leuten versteckt.« *El Corte* – der Schnitt – war ein Wort, das sich leicht aussprechen ließ. Genau wie es manche auf unserer Seite des Flusses einen *kout kouto* nannten, einen Messerstich, wie eine einzelne Verletzung mit dem Messer. »Ich habe ein Baby versteckt, das jetzt mit Rosalinda und ihrem Mann an der Hochschule Medizin studiert. Ich habe Sylvie und zwei weitere Familien in deinem alten Zimmer versteckt. Ich habe einige von Doña Sabines Leuten versteckt, bevor sie und ihr Mann nach Haiti entkamen. Ich tat, was ich in meiner Situation konnte.«

Was wollte sie von mir hören? Es wurden keine Medaillen vergeben. Und wenn, ich hätte nicht zu sagen gewußt, wo sie die ihre abholen konnte.

»Ich verstehe«, sagte ich.

»Ich habe sie versteckt, weil ich dich nicht verstecken konnte, Amabelle. Ich dachte, du wärst getötet worden, daher tat ich alles in deinem Namen.«

»Ich kann keine Spur von der Mühle von Don Carlos finden. Wurden die Leute dort alle ermordet?« Ich wollte ihr nichts schuldig bleiben.

»Keiner von den Leuten in der Mühle von Don Carlos wurde angerührt«, sagte sie und bestätigte damit, was ich vermutet hatte. Vielleicht, wenn ich Sebastien nicht aufgefordert hätte, die Baracken zu verlassen und in die Kirche zu gehen, hätten Mimi und er gerettet werden können. »Hier gibt es keine kleinen Mühlen mehr«, sagte sie. »Nur Anwesen wie dieses.«

War der Bach ausgetrocknet, als diese Häuser gebaut wurden, waren die Steine und der Sand für Mörtel gebraucht worden, das Wasser für Strom und Licht?

»Amabelle, Pico führte nur die Befehle aus, die ihm gegeben wurden«, sagte sie und ließ meine Hand los. »Ich habe so oft darüber gegrübelt. Ihm wurde gesagt, er solle hingehen und ein paar Leute verhaften, die an jenem Abend in der Kirche ein Komplott gegen den Generalissimo schmiedeten, dann wurde er von den Leuten auf der Straße aufgehalten, von diesem jungen Mann, Unèl, derselbe, der einmal die Latrinen für uns gebaut hat.«

Für eine Weile saß sie vollkommen still, als wäre Unèl vor ihr aufgetaucht und als betrachtete sie ihn mit tränenerfülltem Blick.

»Wir lebten in einer Zeit der Massaker.« Sie atmete hörbar aus. »Bevor Papi starb, tat er nichts anderes, als die ganze Zeit am Radio Geschichten von verschiedenen ... *cortes* anzuhören, überall auf der Welt. Es ist ein Wunder, daß es noch einige von uns hier gibt, die darauf warten und hoffen, daß sie eines natürlichen Todes sterben werden.«

In der ganzen Zeit, die ich sie gekannt hatte, waren wir immer hin und her geschwankt, Fremde oder Freundinnen zu sein. Jetzt waren wir weder das eine noch das andere. Wir waren wie zwei Leute, die auf der Straße aneinander vorübergehen und einen längeren, bedeutungslosen Gruß austauschen. Schließlich wollte ich, daß es aufhörte.

»Ich möchte wissen, was mit dem Bach geschehen ist«, sagte ich.

»Mit welchem Bach?«

»Dem, der am Wasserfall beginnt.«

»Es sind hier viele Häuser gebaut worden«, sagte sie, »aber die Häuser haben nicht alles verdrängt. Es gibt immer noch viele Wasserfälle. Wenn du willst, kann ich dir einen zeigen, der noch hier in der Nähe ist.«

Hinter dem Haupthaus stand ein großes, zweifarbig grün und weißes Automobil mit einer gelben Vinyl-Innenverkleidung in der Garage. Sylvie kletterte zuerst auf den Rücksitz. Dann nahm ich den Sitz neben der Señora ein. Ich merkte, wie die Señora einen Schreckensschrei unterdrückte, als sie sah, daß wegen meines kranken Knies ein Bein viel kürzer schien als das andere.

Ein Mann kam aus einem der kleineren Häuser hinzugerannt, als sie das Automobil startete.

»Señora, wollen Sie ausfahren?« fragte er, den Arm auf die Tür an ihrer Seite gelegt.

»Es wird nicht lange dauern«, sagte sie.

»Soll ich nicht mitkommen?« fragte er.

»Bitte öffne uns das Tor«, sagte sie.

Der Mann schloß die letzten beiden Knöpfe seines Hemdes, während er zum Tor eilte. Obwohl er so schnell rannte, wie seine Beine ihn trugen, erreichte das Automobil der Señora dennoch vor ihm das Tor. Sie wartete dort, bis er es für sie öffnete.

»Dies ist das Automobil meiner Tochter«, sagte sie, während sie durch die offenen Türflügel fuhr. »Unsere Rosalinda ist so schön, Amabelle. Sie ist mein ganzes Leben. Wir verstehen uns sehr gut, so, wie es zwischen Mami und mir hätte sein können. Dieser Wagen war ein Hochzeitsgeschenk ihres Vaters. Sie brachte mir das Fahren bei, damit ich mich selbständig bewegen kann, wenn ich möchte. Er, mein Mann, weiß nicht einmal, daß ich ein Automobil lenken kann, nicht wahr, Sylvie?«

»So ist es, Señora«, sagte Sylvie.

Die Señora fuhr mit dem Wagen fast im Schrittempo durch die gleichen Straßen, durch die ich zuvor gewandert war, dann bog sie plötzlich ab, so daß wir die großen Häuser verließen und in weite Flächen kamen, altes Zuckerrohrland, das nun mit Weizen- und Maisfeldern gefüllt war, darüber ragten drohend die Bergketten auf. Wir fuhren an Ansammlungen von *casitas* und kleinen Gehöften vorbei, aus denen Kinder herauskamen und hinter dem Wagen herrannten. Schließlich beschleunigte die Señora ein wenig und brauste einen engen Pfad entlang, der ein Maisfeld durchschnitt. Er bog plötzlich ab und führte an einem langen Wasserlauf vorbei, der breiter wurde, als wir zu seiner Quelle hinauffuhren.

Die Señora hielt das Automobil mit einem plötzlichen Ruck an, so daß Sylvie sich das Kinn am Rücken meines Sitzes stieß.

Wir waren fast bis zum Rand eines riesigen Wasserfalls vorgefahren und schauten zu, wie das Wasser über den Sims in ein tiefes Becken hinunterglitt, in dem weiße Gischt aufstieg und wieder sank. Der Fall war viel größer und das Becken viel tiefer als jenes, an das ich mich erinnerte. Vielleicht hatte die Zeit mein Gefühl für die Größenverhältnisse und Gegebenheiten verändert. Vielleicht aber war das auch ein ganz anderer Wasserfall.

Wir saßen da und schauten zu, wie die Kaskade ihre Farbe wechselte, von tränenklar zu flüssigem Orange.

»Vielleicht hat es in den Bergen gerade geregnet, der Wasserfall ist so stark«, sagte sie. »Ich kann verstehen, warum du die weite Reise hierher machst, um ihn zu sehen. Als wir Kinder waren, fühltest du dich immer zum Wasser hingezogen, Amabelle, Bäche, Seen, Flüsse, Wasserfälle in all ihrer Macht; erinnerst du dich?«

Ich erinnerte mich.

»Wenn ich dich nicht sah, wußte ich immer, wo ich dich finden würde, nämlich an einem Wasserlauf, in dem du dein Gesicht suchtest. Ich kann dir nicht sagen, an wie vielen Bächen und Flüssen und Wasserfällen ich seither war, um nach dir zu suchen.«

Wir beobachteten das Becken, bis es der vollkommene Spiegel des Himmels war, in dem die Sonne gerade unterging. Sylvie räusperte sich mehrmals, vielleicht meinte sie, es sei Zeit für uns zu gehen. Als wir nicht aufbrachen, wurde der ängstliche Ausdruck in ihrem Gesicht noch stärker, sie wischte ihre schwitzenden Handflächen in ihrem Schoß ab und versuchte, ihren schnellgehenden Atem zu mäßigen.

»Was ist, Sylvie?« fragte die Señora. »Ist dir schlecht?«

Sylvies Oberlippe war schweißnaß und wurde dunkler, einen Moment erinnerten mich ihre Züge an Joëls Geliebte, Félice, die ein tiefviolettes Muttermal hatte, wo sie einen Schnurrbart gehabt hätte, wenn sie ein Mann gewesen wäre.

»Eine Frage«, sagte Sylvie und ihre Stimme wurde schnell höher und tiefer, ohne daß sie es beeinflussen konnte. »Kann ich eine Frage stellen?«

Die Señora holte aus einem der verborgenen Fächer des Automobils ein Taschentuch und reichte es Sylvie, damit sie sich das Gesicht abwischen konnte.

»Welche Frage hast du, Sylvie?« fragte sie. »Bitte beruhige dich.«

Sylvie holte ein paarmal tief Luft, während sie das Taschentuch der Señora benutzte, um den Schweiß von ihrer Oberlippe abzuwischen.

»Warum Petersilie?« fragte Sylvie.

»Was?« erwiderte die Señora.

»Warum haben sie gerade Petersilie ausgesucht?«

Aus irgendeinem Grund war es mir zuvor nicht aufgefallen, ich hatte nicht gesehen, wie jung Sylvie war. Sie mußte noch ein Kind gewesen sein, als die Señora sie während des Gemetzels zu sich nahm.

Die Señora wandte sich mir zu und hob die Augenbrauen. Sie versuchte zu lächeln, aber ihr Gesicht nahm wieder einen unangenehm berührten Ausdruck an. »Weißt du, Amabelle, daß wir bisher noch nie über diese Dinge gesprochen haben, Sylvie und ich?«

Sylvie senkte den Kopf und wiegte ihn vor und zurück.

»Es gibt viele Geschichten. Dies ist nur eine«, sagte die Señora und richtete ihren Blick wieder auf den Wasserfall. »Ich habe gehört, als der Generalissimo ein junger Mann war, arbeitete er als Aufseher in den Zuckerrohrfeldern. Eines Tages entkam einer seiner haitianischen Arbeiter in ein nahegelegenes Feld, wo vieles wuchs, darunter Weizen und Petersilie. Damit der Generalissimo ihn nicht sehen konnte, kroch der haitianische Arbeiter durch diese Felder, um sich zu verstecken. Nachdem der Generalissimo der Jagd auf ihn müde geworden war, rief er dem Haitianer zu: ›Wenn du mir sagst, wo du bist, lasse ich dich leben, aber wenn ich dich suchen muß, bringe ich dich um.‹ Der Mann traute dem Generalissimo offenbar nicht, deshalb kroch er weiter, aber er nahm den Generalissimo immerhin so ernst, daß er die Namen der Felder rief, durch die er kam. Im Weizen rief er *twigo* für *trigo*. Und in der Petersilie rief er ›*pewegil*‹ für *perejil*. Der Generalissimo hatte ihn voll im Blick und hätte ihn erschießen können, als er in der Petersilie war, aber er tat es nicht, weil dem Generalissimo dabei etwas aufging. Ihr rollt nicht das r wie wir und sprecht das jota nicht aus. ›Ihr werdet euch nie verstecken können, solange Petersilie in der Nähe ist‹, soll der Generalissimo dann gesagt haben. Wenn du auf dieser Insel zu weit gehst, sprechen die Leute eine andere Sprache. Ihre eigenen Worte zeigen, wer auf welche Seite gehört.«

Sie brach fast schroff ab. Sylvie schüttelte noch immer den Kopf, da sie offenbar mit der Erklärung der Señora nicht zufrieden war. Vielleicht gab es keine wirklich befriedigende Geschichte. Ich selbst wußte nicht, ob diese Geschichte wahr oder überhaupt möglich war, aber wie die Señora gesagt hatte, es gab viele Geschichten. Auch meine ist nur eine von ihnen.

»Komm mit uns zurück ins Haus und bleib über Nacht, Amabelle«, bot mir die Señora an.

Sylvie hob den Kopf und wischte sich die Tränen aus den Augen.

»Ich habe mir immer eine Antwort gewünscht, Madame«, sagte sie zu mir.

»Ich muß zurück zum Platz in der Stadt«, sagte ich. Ich wollte nicht, daß der junge Mann ohne mich losfuhr.

»Amabelle, kannst du nicht länger bleiben?« fragte die Señora.

»Ich kann überhaupt nicht bleiben«, sagte ich. »Es wartet jemand auf mich.«

Sie fuhr sehr schnell zurück zum Platz, wo der junge Mann schon wartete. Während er seine Arme über den Kopf schwenkte und mir bedeutete, ich solle mich beeilen, saßen wir in reglosem Schweigen im Automobil von Señora Valencias Tochter.

»Wirst du wiederkommen, Amabelle?« fragte die Señora.

Ich wollte mich nicht mit einer Lüge von ihr trennen. Wir verabschiedeten uns nur mit einem einfachen, linkischen Handschlag, den sie nachträglich mit einem raschen Kuß auf meine linke Wange beschönigte. Ich öffnete die Wagentür und stieg aus.

»Amabelle, es war großherzig von dir, mich zu besuchen«, sagte die Señora.

»Geht in Frieden, Sylvie, Señora«, sagte ich.

Der junge Mann bot mir seine Hand, um mir in den Jeep zu helfen. Die Señora stieg ebenfalls aus, lehnte sich an die Vordertür vom Wagen ihrer Tochter und winkte. Mit abwesendem Blick stand Sylvie ergeben an ihrer Seite. In Sylvies Gesicht war ein Sehnen, das ich sehr gut kannte, aus der Erinnerung, wie es einst in mein junges Gesicht gezeichnet war: Ich werde alles aushalten, jede Last tragen, jede Herabsetzung erleiden, mit gesenktem Blick gehen, nur um der sehr geringen Chance willen, daß eines Tages unsere Geschicke einander ein wenig näher kommen und daß mir für all die Jahre der Mühe und der Pflichterfüllung ein ehrlich erworbenes Leben gewährt wird, das auf eine höchst bescheidene Weise anfangen würde, dem ihren zu gleichen.

Geh in Frieden, Señora.

Der Fahrer fuhr mit hoher Geschwindigkeit zur Grenze zurück. Er hatte ein Rendezvous und wollte vor Morgengrauen ankommen. Er wußte, wie er die militärischen Kontrollpunkte umgehen konnte, sagte er, um Zeit zu sparen.

Ich hielt während der gesamten Fahrt die Augen geschlossen. Ich konnte immer noch hören, wie der Wasserfall im Innern meines Kopfes donnernd aufschlug, konnte die Gischt auf meinem Gesicht fühlen, obwohl wir nicht aus dem Wagen ausgestiegen waren. Sebastien hatte ich nicht gefunden. Er war nicht herausgekommen und hatte sich gezeigt. Er war im Wasserfall geblieben.

Nach einer Weile klopfte der junge Mann mir auf die Schulter und fragte: »Bist du da hinten schon tot? Du kannst nicht tot sein. Es wäre nicht gut für mich, wenn du tot wärst.«

Ich konnte das *Presidente*-Bier und den Kautabak in seinem Atem riechen. Ohne die Augen zu öffnen, sagte ich: »Nein, mein Sohn, ich bin nicht tot.«

»Warum schläfst du soviel?« fragte er. Ich merkte, daß er ein Gespräch wünschte, eine Stimme, die ihm half, wach zu bleiben und den Wagen zu lenken. »Hast du die Leute nicht gefunden, die du besuchen wolltest?«

Wir fuhren eine Weile schweigend weiter, bis seine Fingernägel mir wieder auf die Schulter trommelten.

»Es ist jetzt Mitternacht«, sagte er. »Du kannst die Augen öffnen, du siehst überhaupt nichts.«

»Sind wir noch weit von der Grenze?« fragte ich.

»Nicht weit«, sagte er.

»Was arbeitest du?« Ich schloß meine Augen wieder. »Du machst nicht nur die Lotterie, oder?«

»Ich helfe, Arbeiter nach La Romana zu bringen, für das Zuckerrohr«, sagte er.

»Warum machst du das?« fragte ich.

»Die Leute hier brauchen jemanden, der ihnen das Zuckerrohr und andere Sachen schneidet«, sagte er. »Und die Leute in unserem Land leiden darunter, daß sie keine Arbeit haben.«

»Weißt du von dem großen Gemetzel vor einigen Jahren?« fragte ich.

»Meine Mutter floh deswegen mit mir, als ich noch ein Baby war«, sagte er. »Mein Vater kam darin um.«

»Du hast es also erlebt?«

»Wenn du es so nennen willst.«

Wir sagten nichts mehr, bis wir an der Brücke waren. Die Wachen schauten mich nicht einmal an, als wir durch das Gatter fuhren. Ich versuchte vergebens, einen Blick auf den Fluß zu erhaschen, ein Kegel Mondlicht blitzte auf der Wasserfläche, ein verkleinerter Schatten des Himmels.

Ich bat ihn, mich aussteigen zu lassen, bevor wir das haitianische Zollhaus und die Landstraße erreichten. Er hielt an und schaltete die Lichter aus. »Dich einfach hierlassen? Das kann ich nicht tun«, sagte er. »Ich weiß, es ist die gleiche Jahreszeit wie damals, als der *kout kouto* sich ereignete. Wenn du einen Moment hierbleiben willst, ein Gebet sprechen und eine Kerze anzünden möchtest, warte ich auf dich, aber nicht lange, denn ich habe ein wichtiges Rendezvous.«

»Ich möchte, daß du jetzt gehst«, sagte ich.

»Was willst du hier?«

»Mein Mann kommt und holt mich«, log ich. »Wenn er jetzt noch nicht am Zollhaus wartet, dann kommt er bald, und wenn er nicht kommt, werden mich die Wachen davor schlafen lassen. Außerdem ist es nicht mehr lange bis zum Morgengrauen.«

Mir zu glauben, beruhigte vielleicht sein Gewissen. Er hatte es eilig und wollte sich nicht länger mit mir streiten. Vielleicht hatte er sogar Angst vor Geistern. Immer wieder, so wurde mir erzählt, findet ein Schwimmer ein paar weiße, schwammige Knochen, ein Skelett, das von der Zeit dünn geworden ist, und weil es im Flußbett begraben lag.

»Bist du sicher, daß du die ganze Nacht hierbleiben willst?« fragte der junge Mann.

»Ganz sicher«, sagte ich.

Er spuckte einen Klumpen Kautabak seitlich aus seinem Mund, während er die Sache noch einmal kurz überlegte. »Du bist eine Verrückte«, sagte er.

Als er in seinem Auto davonfuhr, ging ich hinunter zum Ufer des Flusses und versuchte, nicht über meine eigenen Füße zu stolpern. In der kohlschwarzen Dunkelheit einer solchen Nacht hört der Fluß auf zu existieren, außer wenn du ganz nah bist, er erlaubt dir für einen Moment die Vorstellung, daß alle – meine Mutter und mein Vater, Wilner, Odette und die Tausende, deren Gräber hier sind – natürliche Tode gestorben sind, friedliche Tode, mit nachdenklichen Momenten, mit Innehalten und ein wenig Reue, einen Tod, bei dem noch Zeit bleibt, an das zu denken, was wir zurücklassen und wie die Dinge vielleicht besser werden können.

An jenem Tag, an dem meine Eltern ertranken, schaute ich zu, wie ihre Gesichter auf und ab tanzten, den Kamm des Flusses entlang. Sie versuchten beide, mir eine Nachricht zukommen zu lassen, aber die Wucht des Wassers verhinderte es. Bevor meine Mutter unterging, hob sie den Arm noch einmal in die Höhe, weit über den Gipfelpunkt der Flut. Ihre Gebärde war so verzweifelt, daß es schwer zu entscheiden war, ob sie wollte, daß ich zu ihnen hineinsprang, oder daß ich weiter wegging.

Ich dachte, wenn ich den Augenblick oft genug durchlebte, würde mir die Antwort klarwerden, ob sie gewollt hatten, daß wir alle zusammen starben, oder daß ich weiterleben sollte, wenn auch allein. Ich dachte auch, wenn ich am richtigen Tag zur richtigen Stunde an den Fluß käme, würde mir die Wasseroberfläche vielleicht die Antwort liefern: ein besseres Gefühl für den Moment, eine klarere Erinnerung. Aber die Natur hat kein Gedächtnis. Und bald habe ich vielleicht auch keines mehr.

Ich hörte, wie etwas aus dem Wasser herausflatterte, so wie Reis auf einem schwingenden Sieb steigt und fällt, wenn sich die winzigen Hüllen von den Körnern lösen. Ein Schatten kam aus dem Streifen Wasser vor mir, ein Geist mit einem Lächeln auf dem Gesicht, seine Wangen waren körnig vor rotbraunem Sand, seine Augen leuchtend rot wie das Innere einer Flamme.

Es war der Professor, seine drei Lagen Kleidung waren jetzt mit durchnäßtem Stroh ausgestopft, der Fluß triefte von ihm ab, als er einen Moment stehenblieb und leer in mein Gesicht starrte. Er sog die Luft durch seine Nase ein, vielleicht nahm er mit der Nachtluft ein paar winzige Sandkörner auf. Er kratzte seinen struppigen Bart, dann ging er am Ufer entlang weiter, seine Schaumgummisandalen klatschten zwischen dem Sand und seinen Fußsohlen.

Ich schloß die Augen und versuchte mir den Nebel, den dichten Dunst der Traurigkeit im Innern seines Kopfes vorzustellen. Würde das Gemetzel – der Fluß – ihm eines Tages seine geistige Gesundheit ebenso wieder zurückgeben, wie er sie ihm einst entrissen hatte?

Ich wollte ihn rufen, aber mit seinem richtigen Namen, nicht bei dem Spitznamen, den sie ihm gegeben hatten, *Pwofesè* anstelle von »Verrückter«. Ich wollte ihn fragen, ob er bitte meinen Leib aufheben und in den Fluß tragen würde, in Sebastiens Höhle, in das Lachen meines Vaters, in die Ewigkeit meiner Mutter. Aber er war jetzt fort, verschwunden in der Nacht.

Ich zog mein Kleid aus, faltete es ordentlich zusammen und legte es auf einen großen Stein am Ufer. Nackt glitt ich in die Strömung.

Das Wasser war warm für Oktober, warm und seicht, so

seicht, daß ich auf dem Rücken liegen konnte und meine Schultern waren nur halb im Wasser, die Strömung floß über mich in einem nicht ganz zärtlichen Streicheln, da die Kiesel im Flußbett mir den Rücken aufschrammten.

Ich suchte in meinen Träumen nach Weichheit, nach einer zärtlicheren Umarmung, die mir die Furcht vor den Schlammlawinen und vor dem Blut nähmen, das aus dem Flußbett emporsteigen könnte, dem, so wurde erzählt, die Toten ihre Tränen mitgaben.

Der Professor kam zurück und schaute mich an, wie ich so dalag, von der Strömung getragen, und paddelte wie ein Neugeborenes in einem Waschzuber. Er drehte sich um und ging weg, seine Sandalen schlugen wie zwei große Vögel, die mit feuchten Flügeln flattern, weniger, um wegzufliegen, als um trocken zu werden.

Er, wie ich, suchte nach dem Sonnenaufgang.

Danksagung

Dieses Buch ist eine erfundene, auf der Grundlage historischer Ereignisse erzählte Geschichte. Viele Daten sind geändert, manche Geschehnisse um des Erzählflusses willen umgeschrieben worden. Die meisten Ungenauigkeiten oder mögliche andere Unstimmigkeiten in der Wahl von Ort und Zeit lassen sich so erklären. Falls sich noch weitere finden, so möchte ich mich für das Ausmaß meiner künstlerischen Freiheiten entschuldigen. Ich bin dem *Lila Wallace-Reader's Digest Fund* außerordentlich dankbar für die große Ehre und Unterstützung seines Schriftstellerpreises, der mir die Zeit gab, dieses Buch zu schreiben. Der *Barbara Deming Memorial Fund* und *The Barnard College Alumnae Association* danke ich für die Reisestipendien, die mir erste Recherchen erlaubten. Der *Ledig House International Writers' Colony* für einen einmonatigen Aufenthalt. Ich danke Julia Alvarez für die viele Zeit und die zahlreichen Hinweise, die sie mir gewährte, ebenso Lionel Legros (und der SELA) für seine Angaben über Quellen und Dokumente sowie Jonathan Demme für die Überlassung vieler nicht mehr erhältlicher Bücher und Zeitungen. Mein Dank geht auch an Archibald Lewless, der mir über längere Zeit sein schönes Büro überließ und immer für mich da war, ich werde es ihm nie vergessen.

Mein aufrichtiger Dank gilt Botschafter Bernardo Vega, Madame Jeanne Alexandre, Nicole Aragi, Myriam Augustin, Patricia Benoit, David Berry, Joanne Carris, Angie Cruz, Francis Cruz, Jacqueline Celestin-Fils-Aimé, der verstorbenen Jean

Desquiron, Junot Diaz, Pierre Domond, Lionel Eliel, Jean Paul Fils-Aimé, Melanie Fleishman, Laura Hruska, Juris Jurjevics, Michéle Marcelin, Caroline Marshall, Sheila Murphy, Kareen Obydol, *pigeon voyageur,* und Dr. Michel-Rolph Trouillot.

Ich danke meiner *manman,* meiner Muse, die mir alles über *pèsi* und andere Geheimnisse lehrte. Ich werde immer daran denken, daß diese Geschichten – und alle anderen – eigentlich von dir erzählt wurden und nicht mir gehören. Dank an Jacques Stephen Alexis, für den Compère Général Soleil. *Oné* – er sei geehrt. Auf ewig.

Die folgenden Bücher waren mir bei meinen Recherchen ebenfalls hilfreich:

Suzy Castor: *Le Massacre de 1937 et les Relations Haitiano–Dominicaines;*

Bernard Diederich: *Trujillo, the Death of the Dictator*;

Rita Dove's schönes Gedicht: »*Parsley*«;

Albert C. Hicks: *Blood in the Streets*;

Bernardo Vega: *Trujillo Haiti*;

Patrick Gavigan: »*Beyond the Bateyes: Haitian Immigrants in the Dominican Republic.*« Eine Broschüre, die von der *National Coalition of Haitian Rights* veröffentlicht wurde.

Die Passagen aus Rafael Trujillos Reden wurden zitiert und paraphrasiert nach dem 21. Kapitel des Buches von Lawrence De Besault: *President Trujillo, His Work and the Dominican Republic*; publiziert in Santiago, Dominikanische Republik, Editoria El Diario, 1941.

Meine letzen Worte – sie sind zwar die letzten auf diesen Seiten aber die ersten in meinem Gedächtnis – sollen jenen gelten, die im Massaker von 1937 starben, denen, die überlebten, um Zeugnis abzulegen, wie auch den anderen, die sich in ständigem Kampf noch heute in den Zuckerrohrfeldern schinden müssen.

Glossar

der im Text kursiv gesetzten Wörter
mit Anmerkungen der Übersetzerin

Ale avèk Bon Dye	creol.; frz. Allez avec le Bon Dieu, *Geht mit Gott*
Alegrîa	Ortsname; span. *Freude*
anba fil	creol.; frz. en bas du fil, *unter dem Draht (hindurch)*
Baum der Reisenden	eine typisch karibische Palmenart, deren Blätter Wasser sammeln, das den Reisenden als Labung dient.
bèkèkè	creol.; kann zugleich *arm* und *Idiot* heißen
bracero	span. *Zuckerrohrarbeiter*
cafecito	span. Verkleinerungsform v. *Kaffee*
calmate, hombre	span. *nur ruhig, Mann*
camión	span. *Lastwagen*; in lateinam. Ländern mit Holzbänken zu einer Art Bus umgebaut
campos	span. *Felder*; hier Bezeichnung für das agrarische Hinterland der Dom. Rep.
casitas	span. *kleine Häuser*
chocolat-au-lait	frz. *Milchschokolade*; die Abstufungen der Hautfarbe zwischen Schwarz und Weiß spielen auf den Antillen eine Rolle für den sozialen Status und haben spezielle Namen.

compadre	span. *Gevatter*; enge Verwandtschaftsbez. in hispanophonen Ländern
Dueña	span. *Herrin*
dulce de leche	span. *Milchreis*
El Amirante	span. *Der Admiral*
El Corte	span. *Der Schnitt*; beschönigende Bezeichnung für das Massaker an den Haitianern
fanal	creol.; frz. fanal, *Laterne*
felicitacións	span. felicitaciones, *Glückwünsche*
Fortaleza	span. *Fort, Befestigung*
granmèmès	creol.; frz. grand-mémés, *Großmamas*
guanabana	span.; s.a. kowosól, *Sauerapfel,* gibt einen beruhigenden Tee
hermanas	span. *Schwestern*
ja	creol.; frz. jarre, *Krug*. Schatz, der häufig in großen Krügen vergraben wurde
jota	Das »j« wird im Spanischen mit einem Rachenlaut ausgesprochen
kalanda	creol.; auf den Antillen üblicher Tanz
kite'm	creol.; frz. quitte-moi, *Geh jetzt*
kòt a kòt	creol.; frz. côté à côté, *Seite an Seite*
kout kouto	creol.; frz. couper avec le couteau, *Messerstich*; s.a. El Corte
kowosòl	creol.; frz. corossol, *Sauerapfel*
Krag	Repetiergewehr; benannt nach seinem Konstrukteur, dem Norweger Ole Krag; war in den USA als Ordonnanzwaffe gebräuchlich
l'union fait la force	Nationalspruch von Haiti: »*Einigkeit macht stark*«; nach der Tradition der Sklavenaufstände
La Nación	span. *die Nation*; Zeitung in der Dom. Rep.
lakou	creol.; frz. la cour, *der Hof*
lechón	span. *Ferkel*; hier: »wie ein Spanferkel gebraten werden«

Los Estados Unidos	span. *Die Vereinigten Staaten*
M'renmen	creol. *meine Mutter*, hier im Zusammenhang mit Dunkelheit etwa: »Mütterchen Dunkelheit«
M'se	creol.; frz. moi, c'est, *Ich bin*
mangú	span. dominikan. Gericht, ein Brei aus gekochten grünen Bananen
maracas	*Rumbakugeln*, paarweise verwendetes lateinam. Rasselinstrument
Mon pè	creol.; frz. mon père, *Mein Vater*
moun ou yo	*meine Leute*
move san	creol.; frz. mauvais sang, *böses Blut*
No más	span. *Genug!*
non-vwayajè	creol.; frz. non-voyageurs, *die Seßhaften*
oslé	creol.; frz. osselets, eine Art Würfelspiel mit kleinen Knochen
patrón	span. *Chef*
perejil	span. *Petersilie*
pèsi	creol.; frz. persil, *Petersilie*
pewegil	statt perejil; span. *Petersilie*
pisannwit	creol; frz pissenlit, *Löwenzahn*
plantain	creol.; frz. botan. Bezeichnung für die Edelbanane
pobrecita	span. Verkleinerung v. *die arme Kleine*, pobre, *arm.* ay, pobrecita manman mwen, creol. *Ach, meine arme Mutter*
podyab	creol.; frz. pauvre diable, *armer Teufel*
por favor	span. *bitte*
Que diga amor	span. *Sagt mal Liebe*
Que diga perejil	span. *Sagt mal Petersilie*
qué lástima	span. *wie schade*
Quisqueyanos valientes	span. *Tapfere Bewohner von Quisqueya,* Beginn der Nationalhymne der Dom. Rep. Die Insel Hispaniola hieß früher Quisqueya

sábila	frz. sablier; Hura crepitans, *Sandbüchsenbaum*. Blätter und Blüten werden z. Heilung v. Hautverletzungen verwendet
sanba	creol.; volkstümlicher Sänger/Erzähler auf den Antillen
travay tè pou zo	creol.; frz. travailler la terre pour les os, *auf dem Feld bis auf die Knochen schuften*
twigo	statt trigo; span. *Weizen*
Virgen de la Carmen	span. *Jungfrau der Barmherzigkeit, Mutter Gottes*
Virgencita	span. Verkleinerung, *Gottesmütterchen,* von Jungfrau
vwayajè	creol.; frz. voyageur, *Reisender*
wi wi	creol.; frz. oui, oui, *ja, ja*
Yo tiye kabrit la, adye	creol. frz. Ils ont tué le cabri, *Sie haben das Zicklein getötet, Adieu*!
zafra	span. Ausdruck für *Zuckerrohrernte*

Die Originalausgabe erschien 1998 unter dem Titel
The Farming of Bones *bei Soho Press Inc.,*
New York, USA.

Der Claassen Verlag ist ein Unternehmen der
Econ & List Verlagsgruppe

ISBN 3-546-00166-4

Satz: Franzis print & media, München
Druck: Wiener Verlag, Himberg